두번째남편이 절륜해서 우울하다

지미신 장편소설

두번째 남편이 절륜해서 우울하다

2

위즈덤하우스

차 례

1

산다는 것은
바뀐다는 것

응접실에서 타이론 대공 부부가 신혼의 깨볶음을 하고 있는 사이.

케닌은 앞장서서 에릭을 안내하며 타이론 대공저에서 지켜야 할 것들에 대해 설명했다.

"수도에 머무르고 싶겠지만, 사실 수도에는 이미 인력이 꽉 차서 말이다. 아마 기본적인 훈련을 받고, 테스트를 통과하여 수련 기사가 되면 공국으로 가게 될 가능성이 크다."

대공가로 승작되어 독립영지를 받게 되면서 이것저것 개편이 되는 중이었다. 빠르든 이르든 언젠가 공국으로 내려가야 했다.

케닌은 지극히 이성적으로 상황을 설명했다.

"물론, 그전에 네가 통과하지 못하고 이곳을 떠나게 될 수도 있다. 전하께서는 너를 무조건 채용하라는 건 아니시니까. 기사가 될 기회를 주라는 거지."

"알겠습니다."

에릭은 담담하게 고개를 끄덕였다. 세상에 닳고 닳아서 별반 감흥이 없는 것이 케닌의 눈에 훤히 보였다.

케닌은 혀를 찼다.

'도대체 어디서 이런 아이와 얽히게 되었을까.'

물론 그건 어디까지나 올리비아의 영역이었다. 케닌은 잡생각을 잘라내며 손으로 에릭이 가야 할 곳을 가리켰다.

"그럼 견습생 숙소는 이쪽으로……."

"앗."

바로 그때였다. 안내하느라 잠깐 뒤를 돌아본 사이, 수풀 사이로 튀어나온 누군가와 케닌이 쿵 부딪쳤다.

개나리꽃이 걸어온 듯, 화사한 외출용 드레스를 입은 갈색 머리카락의 소녀였다.

"죄송해요, 남작님. 제가 한눈을 팔다가."

"아닙니다, 아가씨."

바로 올리비아의 동생, 애니 플로렌스였다.

막 학교와 도서관을 다녀오던 참이라 애니의 품에는 책과 여러 장의 종이뭉치가 들려 있었다. 부딪치면서 놓치는 바람에 그것들이 모두 땅바닥에 흩어졌다.

"어머나."

세 사람은 잠시 말없이 바닥에 떨어진 것들을 주웠다. 얼추 정리되었을 때였다. 애니는 호기심 어린 눈으로 에릭을 바라보았다.

"그런데 이분은?"

타이론 가문에서 한 번도 자기 또래의 아이를 본 적이 없는 애니는 눈을 반짝이며 에릭을 바라보았다.

그 모습에 케닌은 가볍게 미간을 찌푸렸다.

'분명 아가씨의 은인이라고 했는데? 아가씨는 기억을 못 해?'

한눈에 에릭을 알아보던 올리비아와는 조금 다른 모습이었다.

'아가씨의 어릴 때 은인인 건가. 잘 모르겠네.'

가끔 올리비아에게서 묘한 위화감이 느껴질 때가 있었는데, 지금이 바로 그런 때였다.

뭔가 틀렸다고 딱 짚기는 뭐한데, 또 그것이 묘하게 거슬리는 그런 감각.

'하지만 이쪽은 아가씨를 알아보는 것 같고.'

케닌은 흘긋 에릭을 응시했다. 아까까지 담담했던 소년은 무언가에 홀리기라도 한 것처럼 애니의 얼굴을 넋을 놓고 바라보고 있었다.

"……"

부자연스럽게 이어지는 침묵에, 케닌이 에릭의 어깨를 가볍게 건드렸다.

"오늘 들어온 기사 견습생입니다. 어서 고개를 숙이거라."

"아."

케닌의 재촉에 에릭은 그제야 정신을 차리고 고개를 숙였다.

"죄송합니다."

"주운 것도 건네드리고."

"여기 있습니다."

투박한 손이 꽤 많은 양의 종이뭉치를 건넸다. 그것을 받던 애니가 눈을 동그랗게 떴다.

"어머나! 손가락에서 피가 나요. 종이에 베이셨나 봐요."

"괜찮습니다."

에릭은 서둘러서 손을 치웠다. 심장이 순식간에 최고 속도로 뛰었다.

태어날 때부터 고아.

아무도 지켜주지 않고 혼자서 구걸을 하며 자란 손이 얼마나 거칠겠는가.

'이런 상처투성이 손가락에 살짝 베인 상처 따위가 뭐라고.'

애니는 귀족이었고, 그는 평민이었다. 애초에 존대하며 신경 써줄 필요도 없는 사이였다.

하지만 그녀는 여전히 상냥했다. 으레 귀족들이 평민을 대하 듯 그냥 그를 그렇게 지나치지 않았다.

처음 만났던, 바로 그때처럼.

"저 때문인데요. 괜찮다고 해도 그냥 지나갈 수 없어요."

푸르른 녹색 눈동자가 다정함을 담뿍 담고 그를 응시했다.

'눈부셔.'

어릴 때와 변함없이 상냥한 그녀를 마주하니 기쁘기도 했지 만, 동시에 자신이 초라하게 느껴졌다. 에릭은 손가락을 등 뒤로 감추며 다시 한번 딱딱한 어조로 대답했다.

"정말 괜찮습니다."

"아이참."

굳게 다물린 에릭의 입술에서, 고집스러움을 엿본 애니가 발을 동동 굴렀다. 귀엽게 이맛살을 찌푸리고 고민하던 그녀는 어깨를 으쓱했다.

"그럼, 여기요."

비스듬하게 걸쳐진 작은 가방에서 그녀는 손수건을 꺼냈다. 테두리에 그녀와 꼭 어울리는 연한 보라색 방울꽃이 수 놓인 손수건이었다.

그녀는 환하게 웃으면서 에릭에게 말했다.

"꼭 훌륭한 기사가 되어서 저희 언니를 지켜주셔야 해요."

공교롭게도 자매가 주어와 목적어만 달라졌지, 똑같은 부탁을 건넸다. 에릭은 머뭇거리다가 손수건을 조심스럽게 받으며 고개를 숙였다.

"……예."

"그럼 안녕히 계세요."

밝게 웃으며 인사를 건넨 애니는 가볍게 그를 스쳐 타이론 저택으로 향했다. 하늘하늘 흐트러지는 머리카락을, 에릭이 물끄러미 바라보았다.

❖ ❖ ❖

그 뒤로 나는 앓아누웠다. 단순한 감기몸살이었는데, 얼마나 지독한지 온몸이 얼음에 빠진 것처럼 덜덜 떨렸다.

그래도 쉴 수가 없었다.

"편지, 편지를 써야 하니…… 펜과 종이를 주렴."

열이 올라 희게 질린 손을 내밀며 내가 하녀에게 말했다. 하녀는 덩달아 파랗게 질리며 대답했다.

"세상에, 마마. 안 돼요. 열이 펄펄 나시는데 어떻게 편지를 쓰세요!"

"꼭 써야 돼. 지금 아니면……."

몸이 아픈 건 아픈 거고. 애니를 위해 해야 하는 마지막 일이 있었다.

'지금 안 하면 타이밍을 놓칠 거야.'

애니와 에릭이 여기 있고, 아버지는 언제 올라올지 모른다. 그래서 나는 정신이 오락가락한 와중에도 편지 한 통을 적었다.

수신인은 몇 해 전에 멀리 결혼해서 나간 플로렌스 가문의 장남이었다.

"이걸 부쳐줘……."

"아이고, 마마!"

편지까지 쓰고 나니 이제는 정말로 기력이 없었다. 나는 꺼질 듯이 숨을 쉬며 눈을 감았다.

'남편에게 별자리 한 번 알려줬다가 죽게 생겼네.'

열대식물이 자라는 온실이니 잠자기에도 충분히 따뜻하다고 생각했는데, 오산이었다.

'그래도 이안은 아프지 않아서 다행이야.'

그런 생각을 하며 나는 가물거리는 눈을 감았다. 잠은 안 온다고 생각했는데 깜빡 잠이 들었었던 모양이다.

"올리비아."

이름을 부르는 목소리가 메아리처럼 멀었다. 열이 펄펄 나는 내 이마에 차가운 손이 닿았다. 나는 나도 모르게 배시시 웃었다.

"시원해."

기분 좋은 시원함에 다시금 잠이 고롱고롱 밀려왔다. 하지만 이대로라면 내게 내민 손의 주인을 볼 수 없을 것 같아, 나는 눈에 힘을 주었다.

"이안……?"

"네. 접니다."

흐릿한 시야로 잔뜩 일그러뜨린 이안의 얼굴이 들어왔다. 나는 나도 모르게 키득키득 웃고 말았다.

"얼굴이 그게 뭐예요."

잘생긴 얼굴이 다 상했네. 기운만 있으면 푸석푸석해진 뺨을 쓸어주었을 텐데 조금 아쉬웠다.

내가 웃자, 이안은 내 가슴팍에 고개를 묻고 낮게 한숨을 내쉬었다.

"신이시여, 감사합니다……."

무어라 기도하는 것처럼 중얼거리던 그가 삐쭉 눈을 내밀고 입술을 삐죽였다.

"당신이 죽은 듯 잠만 잔 게 사흘째입니다."

"벌써요?"

그냥 잠깐 잠든 것 같은데.

나는 얼떨떨해서 눈을 깜빡거렸다. 허리를 완전히 세운 그가 내 이마에 붙은 앞머리를 떼어주며 말했다.

"제 잘못입니다. 당신이 날 위해 이야기를 들려주는 게 너무 좋아서 잠자코 있었거든요. 이렇게 아플 줄 알았으면 잠든 당신을 안고 들어오기라도 할 걸 그랬어요."

'그게 왜 당신 탓이에요?'

그렇게 묻고 싶었지만, 순간 목이 따가워서 목소리가 잘 나오지 않았다.

'아니, 그런데 잠자코 있었다니?'

까슬거리는 목을 큼큼거리던 내가 물었다.

"설마…… 당신 그때 안 자고 있었어요?"

내 말에 이번에는 이안이 배시시 웃었다. 긍정의 뜻이었다. 내 얼굴이 퐁 하고 달아올랐다.

"뭐야, 그럼 아무 의미가 없잖아요! 당신을 재우려고…… 쿨럭! 쿨럭!"

"얼른 물 마셔요. 목이 많이 상했어요."

미지근한 물을 이안이 내 입술에 흘려 넣어주었다.

물을 마시니 정신이 또렷해지는 것만 같았다.

'진짜 사흘이나 정신을 놓고 있었구나.'

그동안 많이 못 잤던 것 같기도 하고.

'제임스랑 담판 짓는다고 은근히 긴장하고 있었지.'

거기까지 생각하니 번쩍 잊고 있었던 일들이 떠올랐다. 나는 눈을 동그랗게 뜨고 이안에게 물었다.

"앗, 그럼 내가 정신을 놓고 있는 동안 제임스가 난리를 치진 않았나요?"

내 말에 이안은 잠시 멈칫했지만, 순순히 대답해주었다.

"황궁에서 한 차례 연락은 왔는데, 당신이 다 나은 뒤 이야기하기로 했어요."

"그 돌머리가 순순히 수긍했네요."

나는 한숨을 내쉬었다.

'아니지. 그렇게까지 이야기를 했는데도 또다시 내게 연락을 하려고 했던 건가.'

지긋지긋하다는 말이 절로 나왔다. 나는 눈을 감았다. 물먹은 솜처럼 다시 몸이 무거워졌다.

"올리비아?"

이안이 깜짝 놀라서 내 손을 다시 꽉 붙들었다. 나는 희미한 미소를 지었다.

아니, 지었는지 잘 모르겠다.

"피곤해…… 잠……."

깨어서 떠들었던 것이 꿈인 것처럼 다시 잠이 훅하고 밀려들었다. 뒤늦게 완성된 수프가 든 트레이를 밀고 들어온 하녀장이 다급한 어조로 말했다.

"마마, 수프 한 술이라도 들어보세요."

수프고 나발이고 그냥 잠만 자고 싶었다. 되었다고 고개를 살짝 흔드니, 이안이 간절한 어조로 물었다.

"따로 먹고 싶은 것은 없나요, 올리비아?"

먹긴 뭘 먹어. 그냥 한숨 자고 나면 나을…….

'아.'

문득 한 음식이 떠올랐다.

"달걀죽……."

"네?"

이안은 눈을 동그랗게 떴다. 그리고 이안과 나란히 내 말에 귀를 기울이고 있던 하녀장에게 물었다.

"달걀죽이 뭐지?"

하녀장도 난처한 표정으로 고개를 절레절레 흔들었다. 내게 재차 물으려던 이안은, 내가 설명할 컨디션이 아닌 것을 보고 자리에서 일어났다.

"처제에게 물어보고 올게. 처제라면 뭔가 알지도 몰라."

점점 멀어지는 이안의 뒷모습을 흐릿한 눈으로 바라보며, 나는 속으로 그렇게 생각했다.

'그 아이도 모를 텐데.'

달걀죽이라고 말했지만 사실 그냥 대충 달걀만 비벼와도 나는 몰랐을 것이다. 나도 달걀죽이라는 걸 이름만 들어봤지 먹어본 적이 없으니까.

'엄마.'

플로렌스 부인, 아니 정확히 나를 친자식으로 입적하여 키운 '이모'는 죽기 전, 크리스털 목걸이를 건네며 이렇게 말했다.

"네 어머니가 죽기 전에 달걀죽이 먹고 싶다고 했단다. 네 아버지가 자주 만들어주던 거라고……."

오르세산 크리스털 목걸이와, 오르세에서 즐겨 먹는다는 음식, 달걀죽.

그것만이 내 친아버지에 대해 알고 있는 유일한 단서였다.

❖ ❖ ❖

한차례 소동을 벌인 뒤에, 나는 다시금 깊은 잠이 들었다. 다시 눈을 떴을 때, 사위는 어두웠다. 몇 시인지는 알 수 없었다.

'몸이 한결 가볍네.'

몸살이 파도처럼 한차례 몸을 쓸고 이제는 지나간 기분이었다. 내가 팔에 힘을 주어 무거운 몸을 막 일으켰을 때였다.

"이안."

내 허리 맡에, 이안이 엎어져서 잠들어 있었다.

'여태껏 내 곁을 지킨 거야? 얼마나? 지금까지?'

나는 깜짝 놀라서 그의 어깨를 붙들고 흔들었다.

"왜 여기 이러고 있어요. 얼른 방에 돌아가서 자요."

"올리비아."

깊은 잠이 든 건 아니었는지, 이안의 눈꺼풀이 파르르 떨리고 살짝 충혈된 연한 푸른색 눈동자가 드러났다.

그는 뿌드득한 몸에 얼굴을 찌푸렸다가, 이내 나와 눈을 맞추었다.

"이제 괜찮나요?"

"많이 좋아졌어요. 고비를 넘겼나 봐요."

"다행이에요."

이안이 커다란 손으로 내 손을 꽉 붙들었다. 굵은 손가락이 내 손끝을 문질렀다.

"올리비아."

내 이름만 부르고는, 그는 잠시 말문이 막힌 사람처럼 입술을 다물었다.

그 모습에서, 나는 한 가지 사실을 눈치챌 수 있었다.

"……당신, 들었군요."

애니가 달걀죽이 무엇인지 알 리가 있나. 거기서 포기하면 좋았을 텐데, 이안은 결국 로메오에게까지 찾아가 물었던 모양이다.

그리고 들어버린 것이다. 바로 내 출생의 비밀을.

"미안해요. 내가 먼저 말했어야 했는데."

나는 눈을 내리깔았다. 사실 지난 생에서는 제임스는 물론이고, 누구에게도 말하지 않았다. 그래서 이제 와서 말을 꺼내는 것이 조금 어색하게 느껴졌다.

"전, 사실 애니와 친자매가 아니에요."

나는 내 부모의 얼굴을 모른다. 적어도 어머니의 이름은 알지, 아버지는 아예 들은 바가 없었다.

막연히 오르세인이 아닐까 추측하는 것 말고는 아무것도.

"어머니가 돌아가시는 바람에 누구인지 들을 수 없게 되었죠."

어떤 사연인지, 어머니는 혼인도 하지 않은 채 나를 임신했던 모양이다. 의탁할 곳이 없었던 그녀는 결국 하나뿐인 여동생, 플로렌스 부인에게 몸을 의지했다.

"아버지는 그런 나를 플로렌스 가문 적에 올려준 사람이에요. 그래서 저도 아버지가 제게 이것저것 요구하는 걸 거절하지 못했었고……."

과거의 기억과 지금 생의 기억이 뒤죽박죽 섞였다. 나는 고개를 흔들었다.

'내가 플로렌스 자작에게 이리저리 흔들린 건 엄밀히 말해 과거의 일이니까.'

결과적으로 내가 그리 흔들리는 바람에, 나는 애니를 구할 수가 없었다.

돌이킬 수 없는 과거를 곱씹으며, 내 눈이 짙게 가라앉았다. 바로 그때였다. 이안이 내 손을 한층 더 세게 쥐었다.

"올리비아, 나는 그런 사실은 다 상관없어요."

"이안."

"저는 그저, 당신이 그동안 얼마나 마음고생을 했을까 걱정했을 뿐입니다."

나는 고개를 들어 이안을 마주 보았다. 푸른 눈동자가, 거센 바람이 부는 바다처럼 거칠게 일렁이고 있었다.

"왜냐면 나도 비슷한 처지였거든요."

그의 입에서 흘러나온 것은 지난 생에서, 밝혀진 적 없던 그의 출생의 비밀이었다.

"저는 수많은 전대 황제의 아이들 중 유일한 황후의 자식이었어요. 저를 이용해 황위를 흔들 세력이 나타날까 두려워했던 형님은 저를 당시 자식이 없던 타이론 공작 부부에게 맡겼었죠."

이안은 씁쓸한 미소를 지었다.

"하지만 나는 결국 타이론 공작 부부를 불행하게 만들어버렸어요."

"아."

작고한 타이론 공작 부부의 성품은 알지 못하지만 그 '불행'이 어떤 모습인지는 대충 알 수 있을 것 같았다.

플로렌스 저택의 분위기는 이랬으니까.

"이게 대들어? 내가 너 때문에 저런 혹덩이까지 하나 더 키우고 있는데 감히?"

나의 친이모라는 이유로 나를 딸로 키우게 된 플로렌스 부인은 늘 플로렌스 자작에게 구박을 받았다. 어떤 상황이든 나를 물고 늘어지면, 그녀의 입은 다물리고 말았다.

그녀가 늘 식물처럼 기운이 없었던 이유 중 하나는 나였을지도 모른다.

"타이론 공작 부부의 마차 사고는 나 때문이었죠. 생일을 맞아 근교로 여행을 떠나며 두 사람은 나를 두고 크게 다퉜습니다."

그리고 그건 이안도 마찬가지였던 모양이다. 그는 담담한 목소리로 말을 이었지만, 그의 표정은 음울했다.

"그 뒤로 화이트폴 후작에게 위탁되었지만 거기서도 결국 나 때문에 불행한 일이 생겨서……."

화이트폴 후작저의 이야기를 하던 그의 얼굴이 일순간 괴롭게 일그러졌다. 잠시 말을 잇지 못하고 있던 그가 씁쓸한 미소를 지었다.

"그래서 혼자 살겠다고 결심했던 겁니다. 나를 아끼는 사람들에게는 불행한 일이 닥치니까."

"그건 당신 탓이 아니에요."

그렇게 대답하는 내 입술은 바들바들 떨렸다. 나는 두 손으로 그의 손등을 감쌌다.

그 말은 내가 이안을 통해 받은 위로이기도 했다.

'당신이 내게 용기를 주었어.'

나는 나도 모르는 새, 내가 받아왔던 불합리한 운명에 순응하고 있었다. 쓰레기통에서 벗어난다며 이안을 택했으면서도, 또 이안에게 어떤 다정함도 기대하지 않았던 것이 그 증거였다.

'은연중에 그렇게 여기고 있었던 거야. 내가 사랑받을 가치가 없는 존재라고.'

하지만 이안은 의심 많은 내게 아낌없이 사랑을 베풀어주었다. 내 말에 귀를 기울이고, 내가 말하지 않아도 내 입장을 헤아리며 배려해주었다.

따뜻하고 온화한 시간을 보내며 나도 비로소 깨닫게 되었다.

'하지만 나는 하찮은 존재가 아니야. 나도 사랑받을 수 있고, 사랑할 수 있어.'

그리고 이제는 내가 그에게 용기를 주어야 할 때였다. 나는 이안의 손을 꽉 붙잡았다.

"불행은 그저 스치는 바람 같은 거예요. 당신이 붙든 것도 아니고, 영원히 머무는 것도 아니죠."

"맞아요. 당신 덕분에 알게 되었어요."

"네?"

위로를 하긴 했으나, 설마 이렇게 빠르게 수긍할 줄 몰랐던 나는 눈을 깜빡였다. 이안은 픽 웃으며 내 코끝에 입을 맞췄다.

"당신이 나를 최고의 행운이라고 해주었잖아요. 기억 안 나요?"

나는 눈을 깜빡였다. 정말 근래에 했던 말이라, 오히려 기억이 늦었다.

"당신이 제 청혼을 받아준 것이 내 인생 최고의 행운이에요."

'으아악! 그 말을 이렇게 써먹다니!'

정작 그때에는 별로 감흥 없는 것처럼 흘려듣더니 반칙이었다. 내 얼굴이 화르륵 달아올랐다.

그런 나와 눈을 맞추며, 이안은 다정한 어조로 말했다.

"올리비아, 그러니 당신도 당신 자신을 탓할 것 없어요. 위축될 이유도 없죠. 출생의 어떠함이 당신이 누구인지 규정짓지 못하니까요."

"이안."

그의 말에, 오랫동안 닫혔던 녹슨 빗장이 하나 스르륵 열렸다.

'오로지 로메오에게만 털어놨었지.'

그것도 로메오가 딱히 더 좋아서, 믿음직스러워서가 아니었다. 로메오만이 나를 오르세 왕국으로 데려갈 수 있는 유일한 사람이었으니까.

'하지만 이제 괜찮아.'

이제야 비로소 내 마음 한구석이 가벼워지는 느낌이었다.

'아버지를 찾지 못해도, 오르세 왕국에 가지 못해도…….'

내가 얼굴도, 이름도 모르는 친부에게 집착했던 것은 오로지 하나의 이유였다.

나도 진심으로 나를 사랑하는 가족을 가지고 싶었으니까.

'하지만 이젠 괜찮아. 되었어. 이미 가지고 있으니까.'

애니는 지난 생과 달리 밝고 건강하게 학교에서 배우고 싶은 것들을 배우며 자라고 있었다.

그리고 내 곁에는.

'내 남편.'

나를 물끄러미 바라보는 금빛 머리카락의 남자.

그 존재를 자각하는 순간부터 심장이 콩닥콩닥 뛰었다. 나는 살짝 뺨을 붉히며 물었다.

"키스해도 돼요?"

이안은 조금 놀란 듯 눈을 찡그렸다. 그리고는 가볍게 웃으며 대답했다.

"언제든지, 올리비아."

나는 두 팔을 펼쳐 이안의 목에 매달렸다. 나의 허리를 이안의 팔이 단단하게 안았다.

새가 부리를 비비듯, 우리는 조심스럽게 서로의 입술을 핥았다. 그것이 조금씩 조금씩 깊어지는 건 순식간이었다.

농밀한 입맞춤이 길게 이어졌다. 입술을 뗀 뒤에도 우리는 서로의 얼굴 여기저기에 잔 입맞춤을 남겼다.

마주하는 눈빛에 전에 없던 여유가 타오르는 열정 아래 안개처럼 깔렸다.

나는 금빛 머리카락 사이로 손가락을 넣어 헤집으며 말했다.

"당신, 내게 말하지 않은 것들이 있죠?"

내 말에 이안은 대답 없이 나를 물끄러미 바라보았다.

안다. 고작 몇 마디 말로 표현할 수 없을 인생이었을 거란 걸.

'나도 당신에게 숨기고 있으니까.'

언젠가 그에게 내가 인생 2회차라는 걸 말할 수 있을까?

'자신 없어.'

미래가 언제든 변하는 것이기에, 함부로 그것을 약속할 수는 없었다.

하지만 적어도.

"어떤 순간이든, 어느 때든, 내가 돌아서려고 하면 당신은 이 순간을 말하도록 해요. 그럼, 나는 이 마음을 기억해내고 무슨 일이든 당신을 용서할게요."

앞으로 이어질 기나긴 인생에서, 오늘의 기억이, 모든 걸 포기하고 싶은 한순간을 잡아줄 수 있을 거란 건 확답할 수 있었다.

내 말에 이안은 피식 웃었다.

"나는 절대로 당신을 상처 입히지 않을 겁니다."

그가 천천히 내 침대 위로 올라왔다. 무릎을 세워 침대에 걸터

앉은 그가 아이를 안 듯 나를 자신의 품에 폭 끌어안았다. 그의 가슴은 단단했고, 알싸한 향기가 났다.

"늘 내 곁에 있어요. 꼬부랑 할머니가 될 때까지."

"그건 상상이 안 되네요!"

내가 할머니라니, 그게 웬 말이야!

'이 남자가 늙은 모습은 더더욱 상상이 안 되고!'

늙어서도 이렇게 반짝반짝 빛나려나. 상상해보려고 했지만 결국 포기하고 말았다.

우리는 서로 경쟁하듯 미래를 토해냈고, 키득키득 웃었다. 몇 번이고 입맞춤을 나누었고, 결국 새벽녘이 되어서야 잠이 들었다.

다음 날 주치의에게 나란히 혼난 것은 덤이었다.

❖ ❖ ❖

그리고 사흘 뒤!

나는 완전히 몸살감기를 털어버렸다. 다행히 이안은 내게 옮지 않았다.

"원래 건강체거든요."

'왜 너만 안 걸리냐! 억울하다!'라는 항변에, 이안은 어깨를 으쓱하며 그렇게 대답했다.

"그리고 데리고 사는 남자가 건강하면 건강할수록 당신에게는 좋은 거 아닌가요?"

"조, 좋기는 도대체 뭐가……."

"그래서 우리 계약은 어떻게 되어가는 겁니까? 일주일의 다섯 번으로 확정된 거죠?"

"미쳤어, 이 남자!"

대낮에도 한치의 부끄럼 없이 그런 소리를 나불거리는 입술을, 나는 내 입술로 꽉 막아주었다.

어찌 되었든 간에 온실에서 하룻밤을 보낸 대가로 일주일을 꼬박 앓아누운 셈이다.

'지난 생에는 별로 아프지 않았던 것 같은데.'

파넬에서 그렇게 냉골에 못 먹어도 아프질 않았는데, 어찌 된 것인지 몸이 편해지니 이렇게 크게 앓았다.

'앞으로 내 인생에 서프라이즈는 없다. 역시 사람은 하지 않던 짓을 하면 병이 나는 법이지.'

나는 단단히 결심했다.

내가 앓아누운 사이에도 세상의 시간은 착실하게 흘러서, 내가 뿌려놓은 여러 가지 일들은 결과를 물고 왔다.

당연히 그중의 가장 굵직한 일은 애니였다.

"언니, 이제 괜찮아?"

학교를 다녀온 애니는 조심스럽게 내 곁에 앉았다. 나는 애니가 해주는 하루 일들을 들었다.

"학교에서는 이런 걸 배웠는데……."

대부분은 별로 특별할 것 없는 일상이었다. 하지만 한 가지는 달랐다.

"그리고 저택에서 내 또래 기사 견습생을 만났어. 신기하더라."

바로 에릭의 이야기였다.

'접점이 있었구나.'

애니는 에릭을 전혀 알아보지 못하는 것 같았지만, 에릭은 분명 애니를 알아보았을 것이다.

애니를 내보내고, 나는 안락의자에 몸을 푹 묻었다. 큰 짐을 내려놓은 것처럼 마음이 노곤해졌다.

'애니는 이제 행복해질 거야.'

그녀의 행복을 위해 내가 깔 수 있는 포석은 모두 깔았다.

나는 흘긋 시선을 테이블 위로 던졌다. 내가 의식을 잃었던 동안 날아온 편지가 펼쳐져 있었다.

바로 아버지의 편지였다.

− 여기서 투자자문을 맡아 더 머물러야 할 것 같구나. 애니를 네가 잘 책임지고 있으렴.

편지 내용은 내게 달가웠다.

'책임지고 있지요. 아버지가 기대하시는 것보다 훨씬 더.'

나는 입술을 비틀었다.

나는 최근 아버지가 알면 뒤로 나자빠질 일을 하나 단행했다.

바로 수도의 플로렌스 저택을 팔아버린 것이다.

'오빠가 그렇게 신이 나서 빨리 움직일 줄은 몰랐지.'

우리 큰오빠는 우리 아버지의 복사판이었다. 성실하게 일하기는 싫어하고 어떻게 큰 몫을 잡아서 팔자를 고칠 생각만 하는 한

량. 하지만 큰 몫을 잡으려고 해도 종잣돈이 필요한 법.

나는 그래서 살살 오빠를 긁었다. 그게 바로 혼미한 와중에도 적었던 편지였다.

— 아버지는 고향에 자리를 잡을 생각이신 거 같은데. 그동안 저택 관리를 할 사람이 없어서 걱정이야. 이대로는 집이 폐허가 되어버릴걸. 장남인 오빠가 집을 관리해야 하지 않을까?

그럼 오빠가 집을 돌아보면서 천천히 값비싼 것들을 하나하나 챙길 거라고 예상했다.

'그것도 과소평가였지.'

"어차피 이 집은 장남인 내 집이니까! 미리 유산을 당겨 쓰는 거야!"

그렇게 주장하며 큰오빠는 아버지 집무실에 있는 인감과 집문서로 순식간에 집의 명의를 바꿔버렸다.

결국, 나와 애니는 한 푼도 가지지 못하고 고스란히 남자 형제들에게 돈이 돌아간 셈이지만, 아깝지는 않았다.

'더러운 돈을 받으면 나중에 또 거머리처럼 달라붙을 거야. 그냥 떼어주는 게 나아.'

애니의 몫은 나중에 내가 불린 투자금에서 떼어주면 된다.

'아버지가 돌아오셨을 때는 집이 없으니까. 기가 막혀 하다가

결국 고향으로 돌아가겠지.'

결국 애니의 미래에 위협이 될 만한 것들은 다 치워버린 셈이다. 나는 등받이에 기댄 채 눈을 감았다.

'이제 앞으로의 행복은 애니 자신에게 달렸어.'

에릭이랑 이어지든, 그게 아니든, 나는 이제 그저 애니를 지켜보며 지지해주기만 할 생각이었다.

'내 동생은 충분히 혼자서 행복을 그러쥘 수 있는 아이니까.'

애니는 걱정할 필요 없었다. 나는 눈을 감았다. 애니 일이 일단락되고 나니 다른 보고들도 하나둘 떠올랐다.

'백화점도 순조롭고.'

용지매입 등이 생각보다 일찍 끝나서, 백화점은 벌써 1층이 올라간 상태였다. 다음 주에 이안과 함께 공사현장을 구경하러 가기로 했다.

'그다음은 이안과의 계약이 문제인데.'

계약이라고 부르기도 낯뜨거운, 그놈의 잠자리 횟수!

'아니, 그런 게 그렇게까지 중요한 거야?! 이놈이나 저놈이나.'

투덜거리면서도 싫지 않다는 게 가장 큰 문제였다. 나는 빨개진 얼굴을 손바닥으로 덮었다.

'다 알고 기어오르는 거야. 내가 흔들리고 있는 걸 알고……'

요망한 남자 같으니. 나는 눈웃음을 살살 치며 치고 빠지는 남자의 얼굴을 떠올렸다.

바로 그때였다.

"저어, 비전하."

"응?"

노크하고 들어온 하녀장의 얼굴은 보기 드물게 무척 당혹스러워 일그러져 있었다.

"그, 그⋯⋯."

말도 잇질 못했다. 나는 등받이에서 몸을 일으키며 물었다.

"무슨 일인데 그렇게 뜸을 들이고 그러니?"

"내, 내려가 보셔야 할 것 같습니다."

"?"

도대체 무슨 큰일인데 저런 반응인 걸까. 나는 고개를 갸웃거리며 하녀장의 뒤를 따라나섰다.

정체는 굳이 1층으로 내려가 확인할 필요도 없었다. 계단 난간에서도 1층의 상황이 훤히 보였으니까.

"아이고."

색색깔의 꽃들이 끝도 없이 1층에 늘어서 있었다. 노란색, 빨간색, 분홍색. 어디서 저렇게 쨍한 색들의 꽃들로만 골랐는지.

'저게 돈이 얼마야.'

꽃밭을 통째로 떠서 1층에 옮겨놓은 것 같았다. 저 찰나의 즐거움을 위해 얼마나 많은 돈이 들었을까 생각하니 속이 터졌다.

'이안, 이 남자를.'

꽃향기에 머리가 어지러울 지경이었다. 나는 손수건으로 코와 입을 막았다. 그때 등 뒤에서 묵직한 목소리가 내 이름을 불렀다.

"올리비아."

"이안!"

나는 몸을 돌려 뒤를 돌아보았다. 얼떨떨해 보이는 얼굴을 보니 더더욱 속이 터졌다. 나는 뾰로통한 얼굴로 타박했다.

"이게 웬 꽃이에요. 애초에 저는 꽃가루 알레르기가 있단 말이에요. 그런데 이렇게 무식하게 많이 사 오다니……."

내가 입술을 삐죽거릴 때였다. 이안이 얼굴을 무섭게 굳히며 대답했다.

"제가 사 온 것이 아닙니다."

"네?"

이건 또 무슨 소리야.

'이안이 아니면 누가 나한테 저렇게 많은 꽃을 보내?'

그때 떠오른 건 살 오른 가을 곰 같은 황제의 얼굴이었다.

'설마 제수씨가 생각나서~ 하고 보낸 건 아니겠지.'

설마설마하며 소름 돋아 하고 있을 때였다. 하녀장이 쭈뼛쭈뼛 나와 이안의 눈치를 살피며 입술을 열었다.

"저어, 마마. 이건 파넬 공작 각하께서……."

"뭐?"

누구? 너무나 예상하지 못한 인물이라 한 번에 알아듣지를 못했다. 하녀장은 나와 눈도 마주치지 못하며 보라색 작은 정사각형 봉투를 내밀었다. 카드였다.

카드 내용은 제임스가 쓴 게 맞았다. 무섭도록 간결했으니까.

— 아프다고 들었소. 쾌차하기 바라오.

당신의 남편 제임스

"아니, 이 화상이!"

남편은 무슨 놈의 남편이야.

이렇게 짧은 글로 사람의 복장을 뒤집는 것도 재주였다.

카드는 박박 찢어서 바로 불살라버렸다. 그리고 나는 냉정한 얼굴로 명령했다.

"전부 돌려보내."

"하오나, 비전하."

"하오나고 자시고 돌려보내. 그리고 앞으로 파넬에서 오는 모든 것은 받지 말도록."

저 많은 양의 꽃을 나르느라 고생했을 사람들에게는 미안했으나 어쩔 수 없었다.

'내일 수도 모든 신문의 헤드라인을 안 봐도 맞출 수 있겠군.'

— 파넬 공작! 전 부인에게 열렬한 애정공세!

'이래서야 정말로 우리 셋 다 우스워지겠어. 아니, 이미 우스워졌어!'

사실 노래가 저잣거리에 퍼질 때부터 우리 셋의 우스운 치정극은 시작되어 있었다.

'하지만 이렇게 기름을 부을 필요는 없잖아!'

역시 좋게 말하면 사람이 꾸밈이 없이 진실했고, 나쁘게 말하면 무식했다.

'도대체 어떻게 해야 해.'

우아하게 비꼬는 사교계식 싸움에는 익숙하지만, 정작 이렇게 정석적으로 치고 들어오는 상대는 드문지라 나는 당황하고 말았다. 그때, 이안이 내 어깨를 짚으며 담담한 목소리로 말했다.

"이미 꽃이 들어오는 걸 많은 사람이 보았을 거예요. 입방아에 올랐으니 돌려보내는 것보다 길에서 사람들에게 나누어주는 건 어떻겠습니까?"

"좋은 생각이에요!"

그렇게 하면 헤드라인을 좀 고칠 수 있었다.

― 파넬 공작! 전 부인에게 열렬한 애정공세를 했으나 길거리에 뿌린 꼴

"아휴, 정말."

내가 이런 것까지 고민하며 살아야 하나. 자괴감이 들었다.

'선물을 할 거면 받는 사람에 대해 조사하는 건 기본 중의 기본 아니야? 나는 꽃가루 알레르기가 있다고.'

어떻게 하고 많은 것 중에 꽃을 꼭 집어 줄 수 있단 말인가.

'스케일이 이 정도면 오히려 민폐야. 하나도 안 기쁘다고.'

입술을 삐죽이던 나는 제임스를 떠올리고 이내 납득했다.

'제임스라면 모를 수 있어. 이번 생의 제임스가 아니라 지난 생의 제임스도 내가 꽃가루 알레르기라는 걸 모를 거야.'

선물을 한 적이 없으니까.

어쨌든 제임스는 제임스인 것에 감사해야 할 것이다. 다른 귀족이 내게 이랬다면 나는 무척 격노했을 테니 말이다.

'하지만 제임스는 그럴 수 있어.'

어떻게 이름 석 자만으로 내 마음이 이렇게 누그러지는 건지. 하여간 그 또한 재주였다.

당장 이딴 짓은 집어치우라고 편지를 적어야겠다고 생각하며 나는 천천히 내 집무실 쪽으로 돌아섰다. 그런데 내 눈에 좀 이상한 모습의 이안이 눈에 들어왔다.

'우와, 이러다가 난간 부서질 듯.'

계단 난간을 붙들고 있는 이안의 팔이 부들부들 떨렸다. 평온해 보이는 얼굴과 달리 화가 났다는 뜻이었다. 나는 매서워 보이는 푸른 눈을 보다가 입술을 열었다.

"나는 꽃을 싫어해요. 괜히 라이벌 의식 불태우지 말아요."

기왕이면 선물은 형태가 남는 게 훨씬 좋았다. 나중에 값어치도 그렇고.

움찔. 역시 그런 생각을 하고 있었는지, 이안의 몸이 크게 떨렸다. 이안은 어색한 웃음을 지으며 나를 돌아보았다.

"……그렇게 티가 납니까."

"아니요. 하지만 이제 조금 알 것 같아요."

당신이 어떤 식으로 화를 내는지, 또 어떻게 기뻐하는지.

흥분할 때면 어디가 어떻게 달아오르는지까지.

"올리비아."

간밤에 귓가에 속삭여지던 낮은 목소리가 떠올라, 나는 화르

릌 얼굴을 붉혔다.

'이걸 티 냈다가는 또 놀릴 테지.'

이안이 쳐다보기 전에 얼른 도망쳐야겠다. 나는 서둘러서 몸을 돌렸다.

"저는 파넬 공작가로 보낼 서신을 적을게요!"

"잠깐만요, 올리비아."

부끄러움에 얼른 집무실로 사라져버리려는 나를 이안이 꽉 붙들었다. 그리고 빠르게 본론을 읊었다.

"황태자 전하께서 어제 서신을 보내셨어요. 나흘 뒤, 황태자 궁에서 삼자대면하자고요."

"아."

삼자대면. 그 말을 듣고 나니 왜 이런 사태가 벌어졌는지 알 것 같았다.

'그래서 갑자기 꽃을 보내고 그런 거군.'

제임스도 나름대로 이안을 견제하고 있다는 뜻이었다.

'어쩐지 하지 않던 짓을 한다 했다.'

20년을 산 아내에게도 꽃 한 송이 꺾어 건넬 줄 모르는 남자가 바로 제임스 파넬이었다.

'역시 자존심이 걸리니 행동이 달라지는구나.'

하지만 자존심을 운운하면 또 이야기가 달라졌다. 자존심을 지키려면 사실 이 우스꽝스러운 치정극에서 그가 이탈하는 것이 가장 자연스러웠다.

'그런데 왜 제임스는 내게 집착하는 걸까.'

나는 팔짱을 끼고 잠시 고민했다.

다시 생각해도 잘 모르겠다.

'설마 제임스도 인생 2회차인가.'

하도 답이 나오질 않으니 이상한 생각까지 들었다. 말도 안 된다며, 내가 내 생각에 키득키득 웃음을 터뜨렸을 때였다.

"저어, 전하."

이번에는 집사장이 파랗게 질린 얼굴로 꽃다발을 안고 나타났다. 연보라색, 그리고 흰색으로 구성된 우아한 꽃다발이었다.

이안이 불쾌한 표정으로 말했다.

"꽃은 모두 저잣거리에 나누어주라고 했을 텐데."

"이건 파넬 공작가에서 온 것이 아닙니다."

그리 말하며 집사장은 내 눈치를 살폈다. 내가 고개를 갸웃했을 때였다.

"화이트폴 후작 영애께서 전하께 보내는 것입니다."

"……."

집사장의 말에 이안은 입술을 꾹 닫았다. 나는 눈을 동그랗게 떴다.

'화이트폴 후작 영애?'

화이트폴 후작가 자체가 영지에 내려가 있을 때가 많아서, 사교계에서 보기 드문 사람들이었다. 특히 후작 영애에 대해서는 아는 바가 하나도 없었다.

'그런데 귀에 익은 이름이야.'

나는 어렵지 않게 기억을 떠올릴 수 있었다. 이안의 입에서 언급된 적이 있었다.

바로 얼마 전에!

"그 뒤로 화이트폴 후작에게 위탁되었지만 거기서도 결국 나 때문에 불행한 일이 생겨서……."

'타이론 공작 부부가 서거하고 이안을 맡아 길렀던 사람들!'

조금 자란 유년기의 이안과 후견인, 그리고 불행.

그 세 가지를 조합하니 공교롭게 한 얼굴이 떠올랐다. 나는 설마설마한 어조로 그에게 물었다.

"이안, 나 한 가지만 물을게요."

"예."

"화이트폴 후작 영애가 일전에 아마란테에서 마주친 그 화려한 미인인가요? 물결치는 붉은 머리카락에, 푸른 눈?"

"……예."

내 말에 이안은 얼음처럼 굳어져서는 느릿하게 대답했다. 굳어진 이안 대신 집사장이 곁에서 '히익!'하고 비명을 질러주었다.

내 얼굴이 그만큼 흉측하게 얼어붙은 탓이었다.

'그 여자에게만은, 이안이 허세를 부리려고 했지. 절대 그런 사람이 아닌데 말이야.'

그리고 나를 이글이글 불타는 눈으로 응시했던 여자.

'누가 봐도 보통 사이가 아니잖아.'

비슷한 또래의 소년 소녀가 한집에서 얼마간 지냈으니, 어떤 스파크가 터졌어도 이상하지 않았다.

'나는 결혼도 두 번째인걸. 옛날 여자 친구 정도야, 그럴 수도 있지.'

잘생기고, 가진 거 많은데, 지위까지 높은 젊은 독신남이 연애 경험이 없다면 그것이야말로 판타지였다.

'그래, 그거야 연장자의 아량으로 넘어간다고 쳐.'

하지만 '쎄함'이 여기서 끝나지 않는다는 게 문제였다.

바로 지속적으로 이안이 언급했던 내 외모.

"그런데 또 외모가 내 취향이야."

"하?"

너무나 기막힌 생각이 떠올라서 나는 입을 벌렸다. 웃어넘기지 못했던 것은 내 직감이 정답이라고 열심히 외쳤기 때문이다.

'설마. 설마.'

붉은 곱슬머리에 푸른 눈과 은빛 직모에 붉은 눈.

'너무나 명확한 대조잖아.'

그러나 내 마음은 직감의 의견을 부정했다. 결국 나는 가장 어리석은 행동을 했다.

바로 본인에게 묻기.

"설마 내가 그 영애와 정반대 인상이라서 취향이라고 했던 건가요?"

내 질문에 이안은 희게 질려서 아무 말도 하지 못했다.

"······."

정답이었다.

❖ ❖ ❖

─ 나흘 뒤, 점심.

황제는 스타티스 황태자가 보낸 작은 쪽지를 펴보고는 그대로
책상 위에 있던 촛불에 태워버렸다.

그리고는 자신의 앞에 앉은 곰처럼 커다란 덩치의 남자에게
여상스러운 어조로 물었다.

"언제 북방으로 내려갈 생각인가, 파넬 공작."

황제의 앞에 앉은 건 다름 아닌 제임스였다.

'의자에 몸을 욱여넣은 것 같군.'

찻잔을 들어 올리는 간단한 행동에도 팔근육이 위협적으로 꿈
틀거렸다. 옷으로 가려진 모든 부분에도 아마 근육이 고르게 퍼
져 있으리라.

'거슬려.'

황제는 눈살을 찌푸렸다. 등 뒤로 자신을 지킬 호위기사가 잔
뜩인데도, 강인한 장수를 앞에 두니 어쩔 수 없이 위압감과 불쾌
감이 들었다.

'이안과 결투를 하려나.'

그런 생각을 하며 황제가 샅샅이 제임스의 몸을 훑고 있을 때

였다.

찻잔을 내려놓으며 제임스가 딱딱한 어조로 대답했다.

"제 아내를 찾기 전에는 돌아가지 않겠습니다."

"이미 늦었대도."

"폐하."

혀를 끌끌 차는 황제에게, 제임스는 으스스한 어조로 말했다.

"폐하께서 먼저 약조를 어기셨습니다. 저 또한 폐하와의 약조를 지킬 이유가 없습니다."

"약조라."

황제는 입술을 비틀었다.

"그 부분에서 내 과실은 명백하게 인정하네. 하지만 그대 또한 무작정 내 탓만을 할 수는 없을 거야."

제임스 파넬이 북부로 나가기 일주일 전, 두 사람은 그때도 이런 모습으로 대화를 나누었었다.

황제는 그 대화를 똑똑히 기억했다.

"분명 그대는 그렇게 말하지 않았나."

"올리비아 플로렌스?"

"모르는 여자입니다. 현재로선 말 한 마디 나누지 않았습니다."

"모르는 여자를 아내로 정해달라고?"

"그냥 생일이 같아서요."

황제는 찻잔을 들어 마른 입술을 축였다. 그가 이안의 열애 소식에 옳다구나 자신의 명을 번복하는 데는, 바로 제임스의 심드렁한 태도도 한몫했다.

"나는 그대가 별 이유 없이 그녀를 아내로 지목한 줄 알았어. 이렇게 사랑하는 줄 알았으면 망설였겠지."

"구구절절 이야기하는 게 꺼려졌을 뿐입니다."

이 순간에도 말투가 얼마나 딱딱한지, 돌덩어리가 말하는 것 같았다. 아니꼽게 바라보던 황제가 툭 하고 핵심을 찔렀다.

"말은 바로 하지. 올리비아 플로렌스가 정말로 그대와 접점이 없었기 때문 아니었나."

"……."

틀린 말이 아니었기에, 제임스는 입술을 다물었다. 황제는 속으로 혀를 찼다.

'전장에 나서기 전에, 아니면 결혼이 정해지기 전에라도 그녀에게 한 마디 말이라도 했다면 상황은 달라졌을 것을.'

결국 솔직하게 고백하지 못하고 망설이다가 그녀를 놓친 셈이다. 황제는 한숨 섞인 목소리로 말했다.

"이번에는 나도 그대에게 면목이 없네. 허나, 타이론 대공 부부는 진심으로 행복해하고 있어. 이번엔 그대가 물러나지 그러나."

어차피 말 한 마디 섞지 못하고, 손 한 번 잡아보지 못한 사이 아닌가. 황제가 냉정하게 그리 말했을 때였다.

제임스는 고개를 흔들었다.

"제 곁에서 말라 죽이면 죽였지, 자유롭게 놔주지는 못하겠습니다."

이기적인 말에 황제의 입술에서 상소리가 나왔다.

"이런 씨⋯⋯."

"씨?"

"허허, 차가 오래 놔두었더니 너무 시어졌구먼."

그래도 충실한 부하가 전장에 있는 동안 아내를 빼앗은 꼴인지라, 황제는 어색한 미소를 지으며 욕설을 주워 삼켰다. 물론 속으로는 열심히 욕했다.

'이놈이 남의 금쪽같은 제수씨를 왜 말려 죽이겠다는 거야! 정말 사랑하면 행복을 빌어줘야지, 네가 그러고도 사내놈이냐!'

그는 이걸 속으로 생각하는 데 그치지 않고 자기 전 일기에 썼는데, 후대에 황제들이 얼마나 욕을 잘했는지 알려주는 사료로서 박제되었다.

❖ ❖ ❖

그러니까, 이안은 화이트폴 후작 영애와 어릴 때 모종의 사연이 있었던 모양이다.

'심지어 그녀 쪽은 아직도 이안에게 감정이 남은 모양이고.'

나를 이글이글 두 번이나 노려보았다. 지금도 미련이 철철 남은 것이 분명했다.

'하지만 이안에게 감정이 남은 건 아니잖아.'

오히려 이안은 나를 이용해서 그녀의 미련을 완전히 떼버리려는 것 같았다. 조금이라도 켕기는 게 있다면 그렇게 행동하지는 않았겠지.

'냉정하게 따져서 내가 기분 나쁠 상황은 아니야.'

대국민 고자라는 이유로 이안을 택한 건 누구였던가. 이안이 고작 외모가 마음에 든다는 이유로 나를 받아들였다고 해도, 내 쪽이 너무한 건 분명했다.

'그런데도 기분이 나쁘다고! 무척 나빠!!'

널뛰기하는 감정을 이기지 못하고 나는 서둘러 내 집무실로 도망쳤다. 이대로 이안을 마주 보고 있으면 상처 입힐 것 같았기 때문이다.

"마마, 차를 올릴까요?"

"응. 캐모마일로."

"알겠습니다."

나는 홍차를 즐겨 마시는 편이었지만, 이번만큼은 마음을 다스리는 데 도움을 줄, 캐모마일로 정했다.

차를 기다리며 자리에 앉아서도 나는 불안하게 계속 검지로 테이블을 두드렸다.

'나답지 않아.'

왜 그 자리에서 나는 바로 휙 돌아서고 말았던 걸까.

'꺼림칙한 게 있다면 이안에게 말하면 되잖아.'

실제로도 나는 줄곧 그렇게 지내왔다. 이안에게 꺼리는 것 없이 모든 말을 하며.

'그런데 오늘은 왜 그럴 수 없었던 걸까. 정말 이상해.'

왜 이렇게 흉포한 감정이 들끓는 걸까.

내 마음인데도 내 마음이 아닌 것만 같았다. 나는 심호흡을 하며 잠시 열기를 입술 밖으로 뱉어냈다.

그렇게 조금 있으니, 하녀장이 찻주전자와 찻잔이 올라온 쟁반을 안고 들어왔다.

쪼르르.

찻물이 찻잔 안에 가득 채워지는 그 짧은 시간도 참지 못하고, 나는 성급하게 입술을 열었다.

"이안은 어떻게 하고 있어?"

내 귀에도 내 목소리는 삐죽삐죽하게 들렸다. 하녀장은 조금 당황한 듯 눈을 깜빡이다가 천천히 내리깔며 대답했다.

"집무실로 돌아가셨습니다."

"그 꽃다발은?"

왜 하필 또 입술에서 튀어나오는 말이 꽃다발이야!

내 머릿속에서도 모든 것이 뒤죽박죽이었다.

'무슨 말을 하고 싶은 건지.'

나는 신경질적으로 머리카락을 쓸어넘겼다. 무슨 말인지 알아들은 하녀장이 다시 공손한 어조로 대답했다.

"각하께서 버리라고 집사장에게 명령하셨습니다."

이안이 버리라고 했다니, 그대로 흡족해하면 될 일이었다. 그런데 그 순간 삐죽 또 못된 심보가 올라왔다.

"가져와."

"예?"

"어떤 꽃인가 보고 싶어서 그래. 가져와 봐."

봐봤자 속만 상할 것이 분명한데, 그 순간 또 그런 모순적인 명령을 내렸다.

하녀장은 조금 망설이다가 후다닥 가서 꽃다발을 들고 왔다.

"여기 있습니다, 마님."

여러 가지 꽃이 섞여 있지만, 내 눈에 가장 먼저 들어온 것은 이것이었다.

'푸른 물망초.'

아마 꽃말이 나를 잊지 말아요, 였나.

'가지가지 하는구먼.'

배알이 꼴려서 나는 입술을 비틀었다.

꽃말로 은근히 메시지를 보내는 것은 사교계에서 자주 사용하는 간접언어 중 하나였다.

'어차피 흘려들으면 돼. 이안도 하나하나 기억도 못 할 것.'

내가 스무 살 아가씨였다면 두근두근거리며 꽃을 골랐을지도 모르지만, 나는 이미 한 번 벽돌 같은 남자를 데리고 살아봤다.

'남자들은 이런 것 하나하나 알지도 못한다고.'

그러니까 이 꽃다발조차도 그냥 이안에게는 하나의 꽃에 지나지 않을 수 있었다.

'실제로 자세히 보지도 않고 버리라고 했고.'

그런데 굳이 들고 와서 내 속을 스스로 상하게 하고 있는 이유는 무엇이란 말인가.

'나도 모르겠다, 나의 마음.'

심란하다, 심란해. 그리 생각하며 내가 조금 세게 꽃다발을 테이블에 내려놓았을 때였다.

탁. 풍성한 꽃 속에서 작은 카드가 톡 하고 튀어나왔다. 꽃다발의 색과 어울리는 연보라색 카드였다.

'보지 않는 게 나을 텐데.'

그냥 버려질 카드, 그대로 덮어두면 세상에 없었던 일이 되고 끝날 텐데.

나는 그 카드를 집어 들었다. 그리고 천천히 카드를 양옆으로 벌렸다.

카드의 내용은 간결했고, 기분 나쁘게 글씨는 정갈했다.

— 너를 진심으로 사랑하는 사람은 나뿐이야, 이안.

당신의 릴리

"이게 진짜!"

화가 훅 하고 솟아올랐다. 나는 손아귀에 힘을 주었다. 카드가 우두둑 구겨졌다.

하지만 거기까지였다.

'버리질 못하겠어.'

제임스가 보낸 편지는 곧장 갈기갈기 찢어버릴 수 있었다.

'그런데 왜 이건 버릴 수가 없지?'

곁에 두고 봐봤자 속만 들끓을 게 뻔했는데, 동시에 버리면 안될 것만 같았다.

'내가 이상해.'

마음이 울렁울렁거렸다. 나는 입술을 꾹 다물고 카드와 꽃다발을 내려다보았다. 그리고 충동적으로 자리에서 일어났다.

"외출 준비를 해주게, 하녀장."

한 모금도 머금지 않은 찻잔에서는 희미한 김이 솟아올랐다. 그것들을 뒤로한 채 나는 성큼성큼 걸었다. 하녀장이 내 곁을 따라붙으며 물었다.

"어디를 나가시려고요?"

"그냥 바람이 쐬고 싶어서."

그냥 이렇게 집에 있으면 속이 더 부글부글 끓을 것 같았다.

❖ ❖ ❖

취해버릴 것같이 넘실거리는 꽃의 파도를 넘어서, 나는 마차에 올라탔다.

"어디로 모실까요?"

"아."

마부의 질문을 받은 나는 정작 얼음처럼 굳어지고 말았다. 당연했다. 어디 가고 싶어서 나가는 것이 아니었으니까.

'괜한 외출인가.'

하지만 그냥 집에 있자니 가슴이 터질 것 같았다. 그리고 경험상 이럴 때에 그 원인이 되는 사람과 붙어 있으면 꼭 후회할 짓을 했다.

'그러니 나가기는 해야 하는데.'

그리 생각하며 나는 마차에 달린 창문으로 타이론 저택을 올려다보았다. 이안이 창가에 서 있는 모습이 희미하게 보였다. 멀어서 어떤 표정인지는 보이지 않았다.

'이안.'

나는 입술을 깨물었다. 화를 지글지글 낼 때는 언제고, 막상 저렇게 창틀에 서 있는 모습을 보니 마음 한구석이 알싸하게 아파 왔다.

'그래도 내가 신경 쓰여서 저기 서 있는 거겠지.'

저렇게 신경 쓰이도록 내가 행동했다고 생각하니 괜한 죄책감이 들었다.

'이안은 단것을 좋아하니까.'

단것을 사 들고 와서 있다가 진지하게 이야기를 해보자.

그렇게 결심한 나는 마부에게 아까보다 한결 밝은 목소리로 물었다.

"시내에서 가장 유명한 케이크 가게가 어디인가?"

"리버티 시장 내에 있습니다만."

"그리로 가지."

마차는 천천히 굴러갔다.

❖ ❖ ❖

리버티 시장은 이 나라에서 가장 유명한 홍차 잎 가게와 마주하고 있는 커다란 시장이다.

홍차 가게가 흥하면서 홍차를 마실 때 필요한 다과 같은 것들이 하나둘 그 가게 근처로 모여들어서 시장을 이루게 되었는데, 지금은 귀족 가문이나 황실로 납품하는 식자재, 디저트 전문시장이 되었다.

"……라고 말할 수 있겠습니다."

"그렇군."

나를 따라온 하녀장은 장황하게 리버티 시장의 역사를 읊어주었다. 나는 눈으로 여기저기를 둘러보며 고개를 끄덕였다.

'이전 생에는 직접 찾아와본 적이 없으니까.'

제임스는 물론이고 진상들도 디저트류에는 관심이 없었기 때문에, 우리 집안에서 디저트를 사올 때는 티파티나 연회를 주최할 때뿐이었다.

'그렇다 보니 집사가 보통 가서 업체를 선정하고 그랬지.'

그랬던 장소를 내가 이렇게 직접 찾아와 있으니 기분이 묘했다. 나는 천천히 모든 것을 내 눈에 담듯 걸었다.

그렇게 한 30분쯤 걸었을까. 드디어 케이크 가게가 있는 섹션에 들어섰다. 투명한 유리 너머로 설탕을 아낌없이 퍼부은 아이싱 장식들이 화려하게 눈을 사로잡았다.

'저건 구두인가? 저건 드레스?'

결혼식 연회 한가운데 놓아도 손색없는 아름다운 설탕공예 케이크들이 보였다.

왜 생크림 케이크가 안 보이고 버터케이크들이 주를 이루는가 생각했더니 답이 나왔다.

'설탕은 같은 무게 은과 같은 값이니까.'

우유만 있으면 되는 생크림 케이크는 굳이 귀족들에게 선보일 필요가 없었던 것이다.

'이안도 잘 먹을까?'

결혼해서 부부가 되었다고 하지만, 그가 어떤 입맛인지는 아직도 잘 모르겠다. 그냥 막연히 단것을 좋아하나 보다, 했을 뿐.

내가 물끄러미 바라보고 있어서일까. 주인이 상냥한 미소를 지으며 다가왔다.

"케이크 찾으세요? 어떤 케이크를 주문하시겠어요?"

"남편과 둘이 먹을 건데……."

"그럼 3호 사이즈로도 충분할 것 같아요."

고민하고 있었던 차에, 점원이 그리 말하니 사야 할 것 같았다. 나는 고개를 끄덕였다.

'사실 정말 뭘 좋아하는지도 모르고.'

케이크를 싫어한다면 다음에는 케이크를 사지 않으면 되지.

"장식은 개수에 따라 가격이 달라지는데, 보통 다섯 개 이상은 올리지 않아요."

"여기에서 고르면 되나?"

"네."

장식을 고르는 건 어렵지 않았다. 유리창 너머로 전시된 케이크를 둘러보던 나는 주문서를 들고 오는 주인에게 물었다.

"메시지는 몇 글자까지 넣을 수 있지?"

그냥 장식만 꽂아서 바로 가져갈 줄 알았던 주인이 내 질문에 조금 멈칫했다가 바로 기운차게 대답했다.

"열다섯 글자까지 가능합니다. 어떤 글자로 해드릴까요?"

"……"

막상 새길 수 있다고 하니 또 망설여졌다.

잠시 머뭇거리던 나는 천천히 입을 벌렸다.

"나는 신경 쓰지 않아, 라고 넣어주게."

"예?"

"그렇게 해줘."

"네, 넷!"

주인이 후다닥 메모하는 것을 보며 나는 한숨을 내쉬었다.

'이안이라면 그 말을 보고서 안심하겠지. 눈치가 빠른 사람이니까.'

값은 하녀장이 치렀다.

"얼마나 걸리지?"

"한 시간이면 충분할 것 같습니다."

"그럼, 차 한잔 들고 오도록 하지."

"네!"

말이야 그렇게 했지만, 결국 케이크는 마부가 찾아올 것이다. 나는 하녀장과 함께 리버티 시장 입구에 있는 유명한 홍차 가게로 향했다.

"위층으로 가지."

"예, 마마."

성행하는 홍차 가게답게 건물은 5층이나 되었다. 1~3층은 홍차와 클로틸드 크림, 레몬커드, 샥스핀 등등 홍차와 곁들일 수 있는 모든 것을 팔았고, 4층에는 찻잔을 비롯한 다기를 팔았다. 그리고 5층이 찻집이었다.

앉아서 차를 고르고 나는 잠시 생각에 잠겼다.

'좀 더 로맨틱한 문구로 해달라고 할 걸 그랬나.'

하지만 마땅히 생각나는 게 없었다.

'사랑한다 좋아한다 이런 말은 하기에 아직 꺼림칙하고.'

바로 그때였다. 고개를 돌리니 탁 트인 전경이 눈에 들어왔다. 무섭게 올라가고 있는, 건물도.

"저게 짓고 있는 백화점……."

그 건물을 보니 가슴이 울렸다. 백화점은, 이안이 나를 신뢰하고 거금도 아낌없이 투자한 사업이었다.

'그이는 늘 나를 믿어주었지.'

그런데 고작 과거의 일에 이렇게까지 흔들리다니. 문득, 내가 지나치게 감정적이었다는 생각이 들었다.

나는 긴 한숨을 내쉬었다.

'바로 이안과 이야기를 해봐야지.'

그런 생각이 드니, 더 이상 앉아서 차를 마실 수 없었다. 마침 마부가 완성된 케이크를 들고 왔기에, 나는 곧장 자리에서 일어났다.

"어서 돌아가자."

하녀장과 마부는 어쩐지 흐뭇한 미소를 지었다.

돌아가는 길은 나올 때보다 빨랐다. 치맛자락을 꾸깃꾸깃 쥐고 있던 나는 도착하기 무섭게 마차에서 뛰어내렸다.

그런데 이게 웬일. 나를 반긴 것은 내 남편이 아니었다.

타이론 저택의 현관 앞에는 곱슬곱슬한 붉은 머리카락을 길게 늘어뜨린 화려한 미인이 서 있었다. 그녀는 무척 자신만만한 미소를 지으며 나를 마주했다.

"반갑습니다, 타이론 대공비 전하."

"……?"

얼마나 당당한지, 내가 일순간 이곳이 타이론 공작가가 맞나 다시 확인할 정도였다. 주변을 둘러보니 분명 우리 집이었다. 나는 눈살을 찌푸리고 그녀를 바라보았다. 그녀는 당당하게 허리를 세우고 자신을 소개했다.

"저는 화이트폴 후작가의 막내딸, 릴리아나예요. 타이론 대공 전하와는 막역한 사이죠."

"막역?"

아주 이야기를 하면 할수록 점입가경이었다. 신혼집에 함부로 낯선 사람이 찾아온 것도 어이가 없는데, 새신랑하고 막역한 사이라고?

'화이트폴 후작 영애.'

바로 오늘 문제의 꽃다발을 보낸, 그 여자였다. 나는 뾰족한 눈으로 그녀를 바라보았다. 저절로 목소리가 거칠어졌다.

"내 저택에는 무슨 일이죠? 사전에 언질도 없이 남의 집에 찾아오다니 후작 영애답지 않은 예의범절이네요."

잔뜩 비꼬았으나, 그녀는 내 목소리가 들리지 않는 것 같았다.

그녀는 지극히 극적인 태도로 자신의 두 손을 모았다. 화려한 외모 때문에 그다지 가련해 보이진 않았다.

"예의가 부족했으나 이해해주세요. 제 친구의 가엾은 이야기를 들으니 견딜 수가 없어서요. 마침 대공비 전하께도 드리고 싶은 말씀이 있어요."

무섭게 쏘아볼 때는 언제고. 나는 뭐라고 말하나 들어보자는 심경으로 팔짱을 꼈다. 하지만 이어지는 말에는 입을 떡 벌릴 수밖에 없었다.

"이안을 놔주세요."

❖ ❖ ❖

나는 내 귀를 의심했다.

"이안을 놔달라고요……?"

아니, 내가 이안을 묶어놓기라도 했나. 나랑 헤어지면 당장 뛰어내려 죽어버릴 거라고 협박이라도 했나.

'물론, 시작이 매끄럽지 않긴 했지만.'

그 부분에서는 그의 책임도 상당 부분 지분을 차지했다. 아니, 애초에 고자라고 했잖아! 고자가 아니었다면 나도 이 결혼을 재고했을 거라고.

'그런데 나보고 놓아달라고?'

무언가 단단히 오해를 하는 것이 분명했다. 그 오해를 풀기 위해 나는 입술을 천천히 떼었다. 하지만 내가 말하기도 전에, 화이트폴 영애는 계속 충격적인 말을 던졌다.

"네. 비전하께서는 조금도 이안을 사랑하지 않으시잖아요. 그이는 마음씨가 착해서 질질 끌려가고 있을 뿐이에요. 양심이 있으시다면 그이를 놓아주세요."

"하."

이쯤 되니 기가 막혀서 말이 안 나온다는 게 무슨 상황인지 알 것 같았다.

'우리 부부에 대해서 도대체 뭘 얼마나 잘 알아서?'

열이 확 솟았다. 하지만 내가 순간적으로 대차게 그녀에게 대하지 못한 것은 그녀와 이안의 관계가 무엇인지 전혀 알지 못했기 때문이다.

'정말 둘이 죽고 못 사는 사이인데 내가 갑자기 끼어든 것일 수도 있잖아.'

상황이 혼란해서 그런가 이런저런 말도 안 되는 생각들이 떠올랐다. 바로 그때, 적절하게 현관문이 열리고, 이 자리를 수습할 수 있는 남자가 뛰어나왔다.

바로 이안이었다.

"릴리!"

"이안!"

밖으로 달려 나온 이안은 나와 릴리아나의 사이를 가로막듯, 내 앞에 섰다.

마치 나를 지키는 듯한 태도였으나, 이미 콩깍지가 거하게 씌어 있는 릴리아나는 마냥 행복해하며 말했다.

"이제야 얼굴을 보여주네. 어쩜, 마음고생을 많이 했나 봐. 안 좋아 보여."

안 좋긴 누가 안 좋단 말인가. 누가 봐도 이안은 결혼하고 얼굴이 폈는데!

발끈했지만, 내가 나설 기회는 주어지지 않았다. 제임스와 달리, 이안은 행동하는 남편이었기 때문이다. 그는 얼음처럼 차가운 목소리로 릴리아나에게 말했다.

"내 부인에게 무슨 무례지? 만나지 않겠다고 분명히 말했는데! 이렇게 계속 저택 현관 앞에 진을 치기까지 하고."

그제야 나는 상황을 대략 알 수 있었다. 그녀는 내게 마치 집안의 안주인으로서 마중을 나온 것처럼 굴었지만, 사실은 이안의 허락이 떨어지지 않아 현관 앞을 서성이고 있었던 것이다. 충분히 수치스러워할 수 있는 상황이건만 그녀는 굴하지 않았다.

"항간의 소문으로 수치스러운 건 이해하지만 나한테는 감출 필요 없어. 나는 늘 네 편이니까."

정확히는 상황을 자기 유리한 대로 보는 것 같았다. 나는 속으로 혀를 찼다.

'이거 완전체네.'

다른 사람 누구의 말도 듣지 않고 순전히 자기감정에만 취해 있었다.

이안은 그것이 자신의 유한 태도 때문이라고 생각했는지, 조금 더 강경한 어조로 말했다.

"돌아가, 릴리. 과거의 정을 생각해서 강압적으로 굴지 않고 있지만, 이렇게 내 아내에게 무례를 계속 범한다면 나도 가만히 있지 않겠어."

"하지만 이안! 나는 친구로서 네가 불행한 결혼생활을 하는 걸 두고 볼 수 없어! 그것도 어쩔 수 없는 강압으로!"

"왜 강압이라고 생각하는데?"

"네가 스스로 결혼을 했을 리가 없으니까! 너는 정말로 결혼할 생각이 없었잖아."

친구라고 하더니 정말로 이안에 대해서 많은 것을 알고 있는 건 분명했다. 세간에 소문처럼 이안은 사랑에 적극적이지 않았으니까.

'하지만 그것도 다 옛날이야기라고.'

나는 현실을 깨닫지 못하는 그녀에게 적절한 정신적 충격이 필요하다고 생각하여 한 걸음 성큼 나섰다.

"영애, 영애께서 하나 단단히 착각하고 계신 게 있어서 정정하고 싶네요."

"뭐죠?"

더없이 사근사근하게 굴던 그녀의 눈꼬리가 뾰족하게 올라갔다. 나는 이안의 팔에 팔짱을 끼고 몸을 밀착시켰다. 그리고 요염하게 웃었다.

"제가 이안을 구속하고 있는 게 아니고, 이안이 제게 매달리는 거예요. 영애께서도 아시다시피…… 제 남편은 제게만 남자가 되거든요. 무슨 말인지 아시겠죠?"

그래봤자, 너도 이안이 고자인 줄 알겠지.

'하지만 고자 아니거든.'

아니나 다를까. 내 노골적인 말에 그녀의 흰 얼굴이 확 달아올랐다.

"이, 이게 무슨 남사스러운……!"

갓 스무 살 아가씨였다면 이런 말을 내뱉고 부끄러워했을지도 모르지만, 나는 충분히 뻔뻔하게 굴 수 있는 나이였다.

나는 하녀장의 손에서 케이크를 빼앗아 들어 상자째 그녀의 손에 건네주었다.

"귀한 손님에게 맞는 선물을 마침 제가 사 왔네요. 여기선 영애에게 찻물 한 방울 드릴 수 없고, 대신 가져가서 드세요."

그것참 공교롭기도 하지. 케이크 위에 적힌 말은 그녀 자신에게도 교훈이 될 것이다.

– 나는 신경 쓰지 않아.

멍하게 굳어져 있는 그녀를 보고 나는 눈을 찡긋했다. 그리고 다시 이안의 팔을 잡아당겼다. 현관문 고리를 쥐고, 나는 적당히 예의 바른 어조로 말했다.

"피곤해서 배웅은 하지 않을게요. 그럼 안녕히."

거기까지가 내가 발휘할 수 있는 인내심의 끝이었다.

나는 쾅 소리가 나게 무거운 현관문을 닫았다.

'휴우.'

매정하게 문을 닫긴 했지만, 마음 한구석에서 잔뜩 긴장하고 있었던 모양이다. 나는 큰 소리로 한숨을 내쉬었다.

그런 나를 이안이 마주 보았다. 그는 대단히 의외라는 표정을 짓고 있었다.

"올리비아?"

나는 한숨을 내쉬었다. 모처럼 사 온 외출 선물도 엄한 사람에게 넘겨버렸고.

'피곤해.'

더 이상 그와 이야기할 기운도 없었다. 나는 뻑뻑한 눈을 손가락으로 꾹꾹 누르며 말했다.

"뭐해요, 여보. 내가 피곤하다고 했잖아요."

내 말에 이안은 잠시 눈을 동그랗게 떴다가, 이내 특유의 눈웃음을 쳤다.

"여부가 있겠습니까."

역시 눈치가 빠른 남자였다. 그는 두 팔로 나를 들어 올렸다. 그리고는 혼자서 내려왔을 계단을 나를 안고 오르기 시작했다.

"이안!"

등 뒤로 그 여자의 목소리가 들렸다. 목소리는 길게 이어지지 않았다.

'안고 가는 모습을 보고 말문이 막힌 거겠지.'

나는 너희가 생각하는 것처럼 이안과 불행하지 않아. 오히려 감정이 무엇인지 하나하나 배워가는 것 같아.

나는 어깨 너머로 굳이 그녀를 바라보는 대신 그냥 이안의 가슴팍에 이마를 대었다.

'제임스도 그렇고, 다들 적당히 포기해주었으면.'

솔직히 그 생각뿐이었다.

❖ ❖ ❖

이안이 나를 안아서 데려간 곳은 나의 침실이었다.

침대에 앉히듯 나를 내려놓은 뒤, 모자와 리본을 섬세한 손길로 풀어주었다.

그리고 천천히 내 앞에 무릎을 굽혀, 눈높이를 맞추었다. 그가 천천히 입술을 열었다.

"당신에게 하고 싶은 변명이 아주 많아요, 올리비아."

나는 잠자코 그의 말을 기다렸다. 그늘이 깊어 그윽해 보이는 그의 푸른 눈이 맑은 가을하늘 같았다.

'화내지 말아야지.'

무슨 말을 듣든, 냉정하게 들어야지.

"일단, 릴리는 제가 부른 게 아니에요."

주먹을 꾹 쥐고 한 다짐은 순식간에 무너졌다.

나는 날 선 목소리로 이안에게 말했다.

"……그렇게 부르지 말아요."

"네?"

첫 마디에 내가 화를 낼 줄 몰랐던 이안이 천진하게 눈을 깜빡였다. 나는 조금 더 길게 으르렁거렸다.

"그녀의 애칭을 부르지 말라고요."

"올리비아."

나는 입술을 비틀었다. 저절로 미간에 힘이 들어갔다.

'기분이 나빠.'

사실 냉정하게 생각하면 기분 나쁠 것도 없었다. 로메오도 나를 올리라고 부르지 않던가. 오랜 친구 사이에는 특별할 것도 없는 애칭이었다.

하지만 지금 이 순간, 그의 입술에서 흘러나오는 릴리라는 이름이 그렇게 싫을 수가 없었다.

'이제야 알겠어. 그가 얼마나 기분이 상했을지.'

역시 사람은 당해봐야 어떤 기분인지를 알게 된다. 나는 언제 애칭에 관한 이야기도 진지하게 나누어야겠다고 생각했다.

바로 그때였다.

"올리비아."

커다란 손이 내 뺨을 감쌌다. 어쩐지 오스스한 느낌이었다. 나는 그의 손가락이 이끄는 대로 곧게 앞을 마주 보았다.

은은한 미소를 지은 잘생긴 얼굴이, 나를 향해 물었다.

"질투하는 겁니까?"

"질투?"

"화이트폴에서 꽃다발이 왔을 때부터 계속 기분이 저기압이었잖아요."

"난……."

이안의 말은 정곡이었다. 릴리아나가 보낸 꽃다발을 보았을 때부터 내 속은 엉망으로 일그러졌으니까.

'그게 질투라고?'

나는 눈을 내리깔아서 이안과 시선을 피했다. 떨리는 목소리에 어쩔 수 없는 혼란이 묻어났다.

"난 모르겠어요. 이게 무슨 감정인지, 왜 이렇게 기분이 나쁜 건지……."

나는 그동안 내가 내 자신을 잘 다스리는 사람이라고 생각했다. 내 감정은 늘 명확했고, 다른 사람을 향할 때에 그 색채가 분명했다.

하지만 그 예외가 바로 이안이었다. 이안을 마주할 때마다 나는 매일매일 새로운 감정을 맛보았다.

'도대체 이게 어떻게 된 일일까. 그동안 내가 알았던 감정은 그럼 감정이 아니었을까.'

누군가를 향해 마음이 울렁이고 어지럽게 뛰는 격한 감정을, 나는 이전에 한 번도 느낀 적이 없었다. 편안함이나, 인정받음에서 오는 기쁨도. 아니, 사실 그 어떤 감정도 내 이전 생에서 알던 것과 같지 않았다.

'그래. 사실은 몰랐던 거야.'

나는 이제야 알았다. 사랑도, 질투도, 행복도 모두 알고 있었다고 생각했지만, 사람이 가진 수천의 감정들 중 내가 아는 것은 사실 별로 없었다는 사실을.

'어째서 이렇게 이안 타이론만 특별하단 말인가.'

내가 혼란스러운 표정을 지었을 때였다. 나의 양 뺨을 감싸고 고스란히 지나는 모든 감정을 마주했을 남자가 환한 미소를 지었다.

"올리비아. 나 웃어도 돼요?"

"네?"

남은 심각해 죽겠는데, 너는 웃어?

내가 눈살을 찌푸렸을 때였다. 이안이 팔을 넓게 벌려 나를 와락 끌어안았다. 낮고 부드러운 목소리가 내 귓가를 간질였다.

"당신이 너무 좋아서 자꾸만 웃음이 나오는군요."

"이안."

그의 말에 나는 다시 뺨을 붉혔다. 잠시간 나를 끌어안고 내 어깨에 뺨을 비비던 남자는 천천히 몸을 들었다.

고개만 숙이면 코끝이 맞닿을 가까운 거리에서 우리는 서로의 눈동자 속에 비친 자신의 얼굴을 바라보았다.

촉. 그리고 누가 먼저라고 할 것 없이 천천히 입술을 포갰다.

평소의 키스는 정신없이, 누가 떠밀기라도 하는 것처럼 빠르고 정열적으로 이어졌지만, 지금은 아니었다. 우리는 서로의 내부를 탐하는 대신 부드럽게 입술을 빨고, 서로의 숨결에 입술을 비비었다.

따뜻하고, 안정적인 키스. 하지만 입술을 천천히 떼었을 때, 마주 보고 있는 남자가 그렇게 사랑스러울 수가 없었다.

'이게 사랑.'

경험한 적 없었던 감정을, 나는 어린아이처럼 하나하나 배웠다. 심장이 터질 듯이 뛰었지만, 동시에 더없이 편안했다. 포만감과도 비슷한 감각이었다.

내가 차분해졌다는 사실을 눈치챈 이안은 천천히 몸을 일으켜 내 곁에 나란히 앉았다. 그리고 내 손에 깍지를 끼고 단단히 쥐었다.

그의 입술에서 내가 줄곧 궁금해했던 이야기가 흘러나왔다.

"화이트폴 영애와는 아무 사이도 아니에요. 당신이 상상할 수 있는 모든 어떤 관계도 아니었어요."

나는 잠자코 이안의 말에 귀를 기울였다. 이안은 손으로 턱을 문질렀다.

"내가 잠시 화이트폴에 맡겨졌던 건 이야기했었죠."

"타이론 공작 부부의 서거 뒤에요."

나는 고개를 끄덕였다. 어떻게 잊어버리겠는가. 그가 허심탄회하게 내뱉은 과거의 이야기를.

"솔직히 저는 화이트폴 후작님이 더 아버지 같았어요. 그분은 정말 마음으로 저를 아껴주셨죠. 인생에서 가장 따뜻한 날들이었어요. 그러니까……."

이안은 먼 과거를 보듯 멍한 눈으로 앞을 바라보며 말했다.

"릴리아나가 제가 사실 황족이라는 걸 알게 되기 전까지는요."

❖ ❖ ❖

이안을 그저 황제의 동생으로만 여기던 타이론 공작. 갑자기 나타난 아이에 대해 어떤 설명도 듣지 못한 타이론 공작부인. 두 사람은 갓난아기였던 이안에게 제대로 된 사랑을 주지 못했다.

"아버지, 어머니, 제게 조금만 다정하게 대해주시면 안 돼요?"

어린아이가 무얼 알겠는가. 설명을 듣는다고 해서 납득할 수 있는 나이가 아니었다. 애정결핍에 허덕이며 이안은 성장했다.

그에게 냉정했던 부부는, 죽을 때조차도 냉정했다.

"도련님, 주인님과 마님께서 마차 사고로……."

애정의 작은 조각 하나 주지 않은 채, 그들은 그렇게 세상을 떠났다. 그들의 장례식에서 처음 만난 그의 친형 - 황제는 그의 탄생의 비밀에 대해서 그제야 털어놓았다.

"아직 내 치세가 안정적이지 않다. 너도 네가 황족이라는 사실은 잊고 사는 편이 좋을 것이다."

태어날 때부터, 사랑받지 못할 운명.
그 비밀을 들은 소년의 눈은 새카맣게 죽었다.
'역시 내가 문제였던 거야.'
차라리 태어나지 않는 편이 나았을 텐데.
그렇게 자신을 원망하던 소년에게 찾아온 사람이 바로 화이트 폴 후작이었다.

"네가 형님의 아들이구나. 이렇게 어린데 가엾기도 하지."

이안이 타이론 공작 부부의 자식이라고 철석같이 믿고 있던 화이트폴 후작은 친조카를 대하듯 이안에게 온 마음을 다했다.

그리고 그에게는 귀여운 동생도 생겼다. 바로 화이트폴 영애인 릴리아나였다.

"오빠, 나 너무 예쁘지? 난 사실 숨겨진 황녀 아닐까?"

릴리아나는 공상에 빠져 있는 것이 취미인 어린 소녀였다. 그녀가 오빠오빠 부르며 자신의 뒤를 졸졸 쫓아다니는 모습이 그는 싫지 않았다.

'이게 가족인가.'

포근하고, 따뜻하고.

하지만 화이트폴 후작 부부의 사랑을 받으면 받을수록 이안의 마음속에는 묘한 죄책감이 피어났다. 아예 몰랐다면 모를까, 그는 이미 황제에게 이야기를 들어 알고 있지 않은가.

'나는 사실 타이론 공작 부부의 자식이 아닌데.'

화이트폴 후작 부부는 그가 친조카라고 믿고 애정을 주고 있었다. 하지만 사실 피가 한 방울도 섞이지 않은 남이라는 사실을 알게 된다면?

'이 애정도 사실 내 것이 아니야.'

차라리 상냥한 사람들이 아니었다면 이런 죄책감도 느끼지 않았을 텐데.

그런 생각에 빠져 허우적거리던 이안은, 결국 어느 날 화이트폴의 모든 가족을 모아놓고 자신의 비밀을 털어놓았다.

"저는 사실 타이론 공작 부부의 아들이 아닙니다."

화이트폴 후작은 진정한 인격자였다. 자신을 기만했다는 기나긴 이야기를 듣고도, 그는 가만히 이안을 안아주었다.

"그동안 마음고생했겠구나."

그의 반응에, 이안은 어린아이처럼 엉엉 울고 말았다.

그 뒤로 화이트폴 가족들과 이안의 관계는 더 돈독해졌다. 진정한 가족이 될 수 있을 거라고 생각했다.

하지만 누구도 예상하지 못했다.

"나는 황족이 되고 싶어. 그리고 오빠는 우리와 진정한 가족이 되고 싶지?"

릴리아나의 돌발 행동을 말이다.

"그러니까 우리 둘이 맺어지면 완벽하잖아."

완전한 나신에 얇은 가운 하나를 걸치고 침실에 숨어든 릴리아나를 보고, 이안은 꼴사나운 비명을 지르고 말았다.

사실은 소리를 질러도 안 되었다. 몇 살 더 많은 오빠답게, 릴리아나를 달래든가, 아님 조용히 해결해야 했다.

결국 그날은 이안의 마지막 다정했던 날이 되고 말았다.

❖ ❖ ❖

이안의 과거 이야기를 모두 들은 나는 입술을 꾹 다물고 말았다.

'세상에.'

저렇게 적극적으로 뻔뻔하게 달려들길래 뭔 껄적지근한 건수라도 있어서 그런 줄 알았더니만.

이안은 나를 보며 난처한 미소를 지었다.

"대국민 고자도 사실 완전 거짓말은 아닙니다. 그때 릴리아나에게 느낀 충격이 너무 커서, 타인과 친밀한 관계가 된다는 것 자체가 너무 무서운 일로 느껴졌었거든요."

입장을 바꿔 생각해보니 소름이 쭉 끼쳤다.

'날 좋아한다고 사전에 동의도 없이 내 침실에 숨어든다고.'

그리고 공교롭게도 나는 그 비슷한 경험을 지난 생에서 했다.

"나도 많이 참았소."

나만 얌전히 몸을 맡기면 온 집안이 평안할 거라고 말하던 그 무뚝뚝한 남자.

그 관계가 내게는 얼마나 치욕과 모멸감을 주었었던가.

'그걸 이안도 당했던 거야. 훨씬 어린 나이에.'

그가 겪었을 마음의 상처가 상상이 되질 않아서, 나는 울망울망한 눈으로 그를 바라보았다.

이안은 흐트러진 머리카락을 쓸어넘기며 중얼거렸다.

"그런데 설상가상으로 달라붙는 사람은 끝이 없었고……."

"잠깐만요. 달라붙는 사람이 끝도 없다뇨. 한 명이 아니에요?"

"네?"

이안은 무슨 뜻이냐는 듯이 눈을 깜빡였다. 그러더니 이내 능글맞게 씩 웃으며 자신의 뺨을 쓸어 보였다.

"반짝이는 외모, 공작위에 많은 재산, 누구에게나 사랑받을 만한 청년."

"우웩."

자기 자랑도. 하지만 더 슬픈 건 그 자랑들 중 어떤 것도 부정할 수 없다는 점이다.

'하긴, 나도 고자가 아니면 잔뜩 달라붙을 거라고 생각했었지. 고자라도 좋다는 사람도 몇몇 봤었고.'

결혼한 지 얼마나 지났다고 그 소문들이 다 새삼스럽게 느껴진담. 나는 멋쩍은 표정을 지었다.

그때였다.

"올리비아."

이안이 진지하게 가라앉은 얼굴로 나와 눈을 맞추었다.

"나는 당신에게 모든 것을 털어놓았어요. 내가 왜 아이를 가질 수 없는지, 내 과거가 어땠는지, 당신을 어떻게 생각하고 있는지."

내가 들은 이야기는 모두 그만 알고 있는 내밀한 이야기들이었다. 그가 이글이글 타오르는 듯한 열기가 묻어나는 목소리로 내게 물었다.

"당신은 어때요? 날 사랑하나요?"

"이안."

나는 그와 눈을 맞추었다.

지난 생에서, 그는 20년 동안 결혼도 하지 않았고, 자신의 비밀들을 세상에 알리지도 않았다.

모두 나만 특별하다는 뜻이었다.

그런 사람을, 내가 어떻게 거부하겠는가.

"내가 어떻게 당신을 사랑하지 않을 수 있겠어요."

"올리비아."

내 대답에 이안이 다시 나를 꽉 끌어안았다. 잠시 머뭇거리던 나는 그의 등을 서툰 손길로 마주 안아주었다.

두근. 두근. 은은한 심장 소리가 꼭 노랫소리 같았다. 나는 그의 가슴팍에 내 얼굴을 비비며 말했다.

"정리가 다 된 다음에, 우리 느긋하게 수도 데이트해요. 그때는 당신 쓰고 싶은 대로 돈도 다 써도 돼요."

늘 그에게 과하다, 그건 아니다, 그만 사라고 말하는 나였지만.

'한 번쯤은 풀어줘도 되겠지.'

내 말에 이안은 키득키득 웃음을 터뜨렸다.

"맙소사. 방금 조금 설렜습니다."

"자기 돈을 자기가 쓰는 건데 뭐가 설레요."

"내 돈을 쓰는 게 설레는 게 아니에요. 당신을 위해 쓰는 것이 설레는 거지."

하여간 달콤한 말도 되게 잘한다. 나는 피식 웃고 말았다. 잠시 그의 심장 소리에 귀를 기울이고 있던 나는 천천히 입술을 열었다.

"이안, 나는 당신에게 모든 것을 말하지 못하겠어요."

내겐 많은 비밀이 있었다. 그에게 말할 수 없는 많은 것을 이미 알고 있었고, 앞으로도 감추며 살아갈 것이다.

"하지만 한 가지는 단언할 수 있어요."

나는 그의 등을 안고 있는 손에 힘을 주었다. 이안 특유의 높은 체온이 나를 따뜻하게 했다.

마음속까지 따뜻해지는 기분이었다.

"내가 보낸 많은 시간들은, 분명 당신을 만나기 위해서였을 거예요."

내가 겪었던 고통, 눈물, 힘들었던 시간들.

그래도 괜찮다. 당신을 만나기 위해서였다면.

2

미운 정도
정이라고

오르세 왕국에서 시작되어 이제는 전 세계로 뻗어나가기 시작한 생제르망 상회. 그 오너는 놀랍게도 오르세 왕국의 왕족인 샤를 드 로렌이었다. 공식적인 직함은 마이엔 공.

본래 왕위계승 후보로 언급될 정도로 혈통이 완벽하였으나, 그는 사랑하는 사람과 결혼하고 싶다며 왕위계승권을 포기한 로맨티스트이기도 했다. 하지만 개인사 측면에서는 불행하기 짝이 없는 남자였는데, 그 왕위계승권을 포기하게 한 여자와 결국 결혼하지 못했기 때문이다.

그가 왕위계승권 문제로 분쟁을 치르는 동안, 그를 지지하던 세력은 그녀를 다른 곳으로 감추고 말았던 것이다.

'이제 찾을 곳은 제국뿐인데.'

그가 상회를 운영하게 된 것도 순전히 그 여자를 찾기 위해서였다. 처음에는 오르세 왕국 내에 있을 줄 알았으나, 그녀는 갓난아기를 안고 국경까지 넘었다.

'포기해야 하나.'

아내를 찾아 헤맨 지, 이미 20년.

이제 대륙에 그가 찾지 못한 나라는 제국뿐이었다.

'멜리사.'

사랑하는 여인을 떠올리며 샤를은 한숨을 내쉬었다.

❖ ❖ ❖

시간은 순식간에 흘렀다. 릴리아나 화이트폴 영애 문제로 한 차례 폭풍이 지난 뒤, 우리는 또 다른 폭풍을 맞이해야 했다.

다름이 아니라, 황태자 전하 앞에서 제임스와 삼자대면을 하기로 한 날이 다가온 것이다.

'구여친 다음에는 구남편이냐.'

아주 지긋지긋했다. 왜 이렇게 다들 지난 사람에 미련을 가지는 건데?

'제발 포기 좀 해라, 좀.'

난 그렇게 빌었지만, 제임스도 릴리아나도 호락호락할 것 같지가 않았다. 생각만 해도 머리가 아팠다.

입술을 짓씹으려다가, 애써 발라놓은 화장이 뭉개질까 봐 참았다가를 반복하고 있을 때였다.

방문이 똑똑 울리더니 이안이 얼굴을 빼꼼 내밀었다.

"올리비아, 준비 다 되었습니까?"

나는 고개를 돌렸다. 그리고 순간 손바닥으로 입을 꾹 누르고 말았다.

'잘생겼어!'

아니, 얼굴이 휘황찬란한 것은 원래도 알고 있었지만 말이다.

'갑자기 왜 빛이 나는데!'

멋들어진 스트라이프 정장에 센스 있는 산호색 행커치프가 돋보였다. 워낙에 몸의 선이 예쁜지라, 찰싹 달라붙는 정장이 무척 잘 어울렸다.

나는 엄지를 척 치켜세웠다.

"좋아요. 이미 이겼어요."

"네? 무슨 말이에요."

"그런 게 있어요."

문득 왜 이안이 레스토랑에서 릴리아나에게 나를 처음 보일 때 최대한 화려한 보석을 달고 싶어 했는지 이해했다.

'아무리 남에게 둔하고 자존감이 높은 제임스라도 이안을 보면 움찔하겠지.'

저런 절대 미모의 사내가 이 세상에 흔치 않지. 나는 고개를 주억거리며 자리에서 일어났다.

"네. 다 되었어요. 이제 나갈까요?"

"아, 잠깐만요."

나는 오늘 로즈핑크의 목을 덮고 소매가 없는 드레스 차림이었다.

심심해 보일 수 있는 디자인이라, 목에 길게 스카프를 둘렀는데, 이안이 그걸 붙들었다.

"리본이 헝클어졌어요."

"어차피 가서 다시 매야 할 텐데……."

나는 조금 멋쩍은 표정으로 이안이 리본을 고쳐주길 기다렸다. 손가락이 긴 면을 잡아당기니, 부드러운 천이 풀렸다. 예민한 살갗에 이안의 손가락이 살짝살짝 스치는 느낌이 은근했다.

"자, 다 되었어요."

"고마워요."

언제 다 묶나 안절부절못하던 나는 이안의 말이 끝나기 무섭게 자리에서 벌떡 일어났다. 그런데 비켜줘야 하는 남자가 내 앞을 지키듯 서서 움직이지 않았다.

"이안?"

내가 고개를 갸웃하며 그를 올려보았을 때였다. 그가 사르르 눈을 휘어 웃으며 말했다.

"예뻐서요."

덕분에 내 얼굴은 새빨갛게 달아올랐다.

❖ ❖ ❖

중재 장소는 바로 황태자궁이었다. 마차에서 내려서 조금 걸으니 마침 비슷한 시간에 황태자궁에 도착한 제임스와 마주할 수 있었다.

'제임스.'

여전히 옷 챙겨줄 사람이 없는지, 그는 머리끝부터 발끝까지 까만색으로 도배하고 있었다.

'아휴, 진짜. 저렇게까지 색을 맞추면 오히려 성의 없어 보인다니까.'

오기 전에는 '이안이 이겼다!'라고 생각했는데, 막상 대충 입고 서 있는 그를 보니 챙겨주고 싶은 오지랖이 불쑥 솟아났다.

'무섭다, 세월.'

이게 바로 미운 정이라는 건가.

부산스러운 내 마음과 달리, 제임스도 이안도 한마디 인사도 없이 자리에 앉았다.

"……."

자꾸만 시선이 그리로 가는 걸 억지로 참고 앉아 있으니, 빨간 재킷에 활동성이 돋보이는 승마 바지 차림의 황태자가 자리에 착석했다.

'이안과 그러고 보니 많이 닮았네.'

비슷한 색채의 금빛 머리카락이나, 연한 푸른 눈동자나.

'따지고 보면 조카니까.'

이안이 선황의 자식으로, 현황제의 형제라면 스타티스 황태자에게는 작은아버지가 된다.

두 사람의 계보를 헤아리고 있던 나는 고개를 갸웃했다.

'아니, 그런데 정작 형이자 아버지는 토실토실한 곰처럼 생겼잖아.'

도대체 그 외모는 어디서 튀어나온 거란 말인가.

어쨌든 황태자가 앉음과 동시에 본론을 꺼냈다. 첫 마디는 공식장소와 달리 무척 불량했다.

"내가 중재를 맡겠다고 하긴 했는데, 말이지. 애초에 내 중재가 필요한 일인가 싶은데."

'서두부터 강하다!'

이참에 제임스를 찍어내겠다고 생각하고 행차한 나였지만, 스타티스 황태자의 차가운 말에 저절로 손가락에 힘이 들어갔다.

나는 나도 모르게 제임스를 흘긋 바라보았다. 제임스 또한 황태자가 이미 타이론 쪽으로 마음이 기울었다는 사실을 깨달은 듯, 턱에 힘을 주고 있었다.

조금의 침묵 끝에 입을 연 건 제임스였다.

"……지금 전하께서는 그 순간을 모면하기 위해 거짓 중재를 자청하셨다는 뜻입니까?"

제임스답지 않은 날카로운 반문이었다.

'저렇게 따질 줄도 알았어?'

지난 생에서 제임스는 바보스러울 정도로 황제에게 충성했다. 황제가 가라면 사지인 줄 알면서도 나서는 충성스러운 기사가 바로 그였다.

'그런데 왜 지금은?'

전혀 제임스답지 않은 태도였다. 내가 눈살을 살짝 찌푸렸을 때였다.

스타티스 황태자는 신경질적으로 머리를 쓸어넘겼다. 반듯한 입술이 지금 상황이 일목요연하게 정리했다.

"파넬 공작, 그대는 혼인무효 자체가 그대의 의지가 아니었으므로 무효라는 건가?"

"그렇습니다."

"하지만 혼인무효장에 찍힌 것은 분명 파넬 공작가의 인장이지."

"인장을 가주의 허가 없이 찍은 범인들은 집 안에 구금해둔 상태입니다."

그 말에 나는 눈을 동그랗게 떴다.

'……정말 진상들을 가두었다고?'

그가 보인 여러 가지 새로운 모습들이 나를 놀라게 했지만, 가장 놀라운 건 저 말이었다.

'나랑 결혼한 게 아니라 어머니들이랑 결혼한 것 같았던 저 남자가?'

제임스 파넬은 절대로 어머니를 거스를 수 없다. 그 판단이 깨지는 순간이었다.

'그렇게까지 결혼을 유지하고 싶다고? 도대체 왜?'

결국 모든 일은 이 질문으로 귀결되었다.

도대체 왜?

'이해를 못 하겠어.'

마음이 다시 흔들흔들거렸다. 하지만 나는 눈을 질끈 감았다. 내 곁에서 나처럼 입술을 꾹 깨물고 이야기를 듣고 있는 이안의 기척이, 놀랄 만큼 내 마음을 빠르게 안정시켜주었다.

'……이해할 필요도 없지.'

어차피 이제는 남인 사람이었다. 가족일 때나 이해하려 노력하는 것이지.

'그리고 그 진상들에게 실권을 준 건 바로 당신이잖아.'

마음을 다잡은 나는 다시 뾰족한 시선을 던졌다. 스타티스 황태자 또한 그 부분을 지적했다.

"허나, 전장에 나가며 자네가 직접 그대 가문의 인장을 맡겼을 것 아닌가. 그대를 대신해 봉사해온 믿음직한 대리인에게, 이번 일이 그대의 의지가 아니었다고 몰아세우는 건 지나치게 과한 처사가 아닌가 싶은데."

"그건······."

역시나라고 해야 할까. 진상들에 대한 지적이 나오자, 제임스는 말문을 흐렸다.

대답을 제대로 하지 못하는 제임스를 보던 황태자의 무미건조한 시선이 이번에는 나를 향했다.

"그대의 의지는 어떠하지?"

내가 가장 기다리고 있던 질문이었다. 나는 냉큼 대답했다.

"죽어도 파넬로는 돌아가지 않습니다."

"부인!"

내 대답에 제임스가 분을 내며 자리에서 몸을 반쯤 일으켰다.

저놈의 부인, 부인, 부인!

'저 호칭이 익숙하게 들리는 내가 싫다.'

그렇게 부르지 말라고 지난번에도 이야기했는데. 마찬가지로 호칭에서 불쾌감을 느낀 이안이 입술을 비틀었다.

"내 부인을 왜 자꾸 그대의 부인이라고 칭하는지 모르겠군."

이안의 차가운 목소리에, 제임스가 그를 응시했다. 어두운 밤 하늘 같은 회청색 눈동자에서 불꽃이 튀었다.

"남편이 전장에 나간 사이 아내를 도둑질한 주제에 왜 이리 당 당하지?"

"도둑질? 파넬에서 핍박당하던 여자를 구해준 것 아니고?"

"핍박? 남의 가정사를 그렇게 폄훼할 자격이 있다고 생각하나."

"폄훼라."

이안은 재미있다는 듯이 웃었다. 하지만 그 싸늘한 눈빛을 보 고 진정 즐거워한다고 착각하는 사람은 없으리라.

"공작은 정녕 올리비아가 파넬에서 당하고 있는 불합리한 일 들을 알지 못했나?"

그러면서 이안은 최대한 감정 없이, 내가 파넬에서 당했던 일 들을 나열했다.

집안에서 가장 허름한 방에서 덜덜 떨고 살며.

식사도 제때 못하고.

욕설과 매질까지.

'으아, 다른 사람 입으로 들으니 정말 막장이었다 싶네.'

나는 손가락을 꼼지락거렸다. 내가 그렇게까지 푸대접을 받 았는지 몰랐던 황태자 전하가 눈살을 찌푸리고 나를 돌아보았다. 나는 부끄러움에 살짝 뺨을 붉혔다.

이안의 말을 들은 제임스의 얼굴 또한 창백하게 질렸다. 잠시 머뭇거리던 그는 결국 한숨 섞인 목소리를 쥐어 짜냈다.

"……최대한 전장에서 일찍 돌아오려고 했다."

그 말 또한 내게는 의외였다.

'답장을 그딴 식으로 보냈길래 아예 관심이 없는 줄 알았더니.'

이것이 지난 생과 사건의 시간대가 조금씩 어긋난 이유였던 모양이다.

제임스의 말에 이안은 지극히 냉소적으로 반문했다.

"그대가 돌아온다고 해서 뭐가 좋아지는데?"

그 또한 핵심질문이었다. 제임스가 오고 생활이 나아졌다면 나도 참았을지도 모른다.

'허나, 진정한 지옥은 제임스가 돌아오고 벌어졌지.'

지난날들을 떠올리자 일말의 안타까움조차도 가뭄처럼 말라 버렸다.

물끄러미 대화를 관전하고 있던 황태자는 한숨을 내쉬며 잔을 기울여 안에 담긴 남은 홍차를 모두 쏟아버렸다.

더 이상 대화가 무의미하다는 제스처였다.

"결론은 이미 나와 있군. 지금 그대는 아집을 부리고 있네. 전 부인의 새로운 생활을 축복하고 물러나도록 하지."

하지만 제임스는 그에 수긍하지 않았다.

"이런 대화는 부당합니다."

뭐래, 이 벽돌이.

결국 이 고리를 끊을 수 있는 건 나뿐이었다. 나는 찻잔을 들고 느릿한 어조로 말했다.

"저는 애초에 이 대화 자리가 있어야 하는지도 이해하지 못하겠어요."

손가락이 떨려, 홍차에 파문이 일었다. 나는 손가락 끝에 힘을 주었다. 찻잔을 굳이 든 이유는 하나뿐이었다.

여유롭고, 당당해 보이고 싶었기 때문에.

"부당? 진정 부당한 건 제 의지와 상관없이 당신과 혼인해야 했던 거겠죠."

제임스의 얼굴이, 오늘 처음으로 선명한 감정을 띠었다.

서운함이었다.

"하지만, 그대는 나를 모르잖아."

"모른다는 점이 부당하다는 증거 아니겠어요?"

태연스레 대꾸했지만, 사실 내 마음도 사정없이 흔들리고 있었다. 어찌 되었든, 나 또한 제임스와 나름의 유대를 가지고 있으니까.

'그러니 제발 이번으로 마지막 하자.'

그를 상처 입힌다고 해서 내 마음이 후련해지지도 않았다. 그 저 마주하는 것만으로도 피곤해지기만 할 뿐.

"나는 분명히 말했어요, 파넬 공작. 우린 끝이에요. 애초에 시작도 한 적이 없지만요."

나는 그런 바람을 담아, 더더욱 매정하게 말했다.

❖ ❖ ❖

이번엔 꽤 충격이었는지, 제임스는 비슬비슬 인사도 하는 둥

마는 둥 사라졌다.

나는 그제야 깊은 한숨을 내쉬며 찻잔을 내려놓았다.

"아."

달그락. 그제야 손이 사시나무처럼 떨렸다. 왈칵 엎질러진 홍차가 둥글게 점점 퍼져나갔다.

나는 그런 나를 물끄러미 바라보고 있는 스타티스 황태자에게 고개를 숙였다.

"못난 모습을 보여 송구합니다, 전하."

스타티스 황태자는 턱을 괴고 앉아서 툭 내뱉었다.

"타이론 대공하고 이혼하고 나랑 결혼하지."

"예?"

근데 이게 무슨 소리야.

'이, 이혼? 또 재혼? 내가 누구랑?'

스타티스 황태자는 뒤로 보고 앞으로 봐도 여자였다.

'여자가 지금 나한테 청혼을 한 건가.'

상상도 못 한 상황이라 오히려 머리가 돌처럼 굳었다. 내가 정신을 차리고 대답하기도 전에 이안이 내 어깨를 확 끌어안으며 대답했다.

"헛소리 마시죠, 전하. 제 아내가 무척 늠름하고 멋진 건 인정하지만, 신혼부부에게 이혼이라뇨!"

내가 들은 소리가 맞나 보다. 나는 둔하게 눈을 깜빡거렸다. 너무 당황한 덕분에 떨리던 손이 거짓말처럼 멎었다.

황태자는 어린애처럼 입술을 삐죽이며 퉁명스레 대꾸했다.

"그대에게는 과한 신부야."

"전하께서는 여자 아닙니까!"

이안의 반박에, 황태자는 의외로 논리정연한 대답을 내놓았다.

"한 나라의 지존에게 반려가 남자 여자 둘 다 있는 게 뭐 어떻다고. 게다가 대공비는 내 약혼자와도 절친한 사이이니 투기하지 않고 사이좋게 내정 운영을 할 수 있지 않은가."

"아, 듣고 보니 그러네요."

역대 황제 중에 황비로 남자를 둔 황제도 있는데 뭐! 여자 황제가 여자 황비를 둘 수도 있는 거지!

'게다가 로메오라니. 혹하긴 한다.'

로메오 알티저스. 내 하나뿐인 친구 아닌가.

조금만 생각해봐도 너무나 잘살 수 있을 것 같다. 내가 눈을 반짝거릴 때였다. 이안이 나를 꽉 끌어안으며 툴툴거렸다.

"저런 빈소리에 솔깃하지 말아요, 올리비아. 나는 저 무식한 남자처럼 순순히 물러나지 않을 거니까요."

'순순히 물러갔나.'

나는 눈을 깜빡거렸다.

'정말로 이게 마지막이면 좋겠는데.'

왠지 이렇게 순순히 물러나지 않을 것 같다는 예감이 들었다.

내가 스멀스멀 올라오는 불안감에 이안의 팔을 꽉 붙들었을 때였다. 스타티스 황태자가 찻잔에 각설탕을 와르르 쏟으며 말했다.

"대공은 내게 아주 큰 빚을 졌어."

"제가요?"

이안은 전혀 모르겠다는 듯이 뻔뻔스레 대꾸했다. 황태자는 입술을 비틀었다. 사실 그녀는 지금 머리가 아팠다.

"파넬 공작이 지금 저 상태에서 다시 북부로 갈 것 같은가? 나는 북부로 떠날 믿음직스러운 다른 부하를 찾아야 한다고."

"어차피 가겠다고 자원하는 자는 열 손가락을 넘을 것 아닙니까."

"파넬처럼 욕심 없이 명을 따르는 부하가 흔한 줄 아나."

제임스가 자기 몫을 제대로 챙기지 못하는 건, 그의 성품도 성품이었지만 집안에서 제대로 이권을 따지고 거래할 수 있는 어른이 없었기 때문이다.

'지난 생에도 느끼긴 했지만 새삼 입맛이 쓰네.'

지난 생에서 파넬 공작부인으로서 내가 가장 힘들었던 것도 이런 부분이었다. 나는 제대로 가문의 이득을 받아내려고 하는데 주변에서는 이런 시선을 쏟아냈다.

"파넬이 변했어!"

"저 여자 때문이야. 과연 파넬 대부인의 말대로 악독한 여자로군."

내 입장에서는 미치고 환장할 노릇이었다. 남편은 목숨 걸고 전장에 나갔는데 제대로 된 보상도 못 받았지, 남편과 상관없는 사업을 벌이는데도 반응들이 죄 저러니 말이다.

'설마설마했는데 황실에서도 호구 취급이었군.'

이제 제임스와는 남남이건만, 미운 정이 남아서인지 안타까운 마음이 들었다.

'차라리 이참에 북부에서 돌아온 게 잘된 일인지도 모르지.'

제임스가 북부에서 복무한 10년. 그 긴 세월의 헌신을 그는 제대로 보답받지 못했다. 어차피 받지 못할 보답이라면 일찌감치 돌아오는 편이 나았다.

'지금이야 나한테 집착하지만, 서서히 자신의 상황도 돌아보게 될 거고. 그러다 보면 새 사람도 만나겠지.'

다른 여자와 혼인을 한 제임스라니. 상상해보려고 했지만 떠오르지 않았다.

나는 어깨를 으쓱했다. 거기까지는 내가 간섭할 수 있는 영역이 아니었다.

내가 제임스에 대해 떠올리고 있는 사이, 이안과 스타티스는 계속 북방에 대한 대화를 주고받고 있었다.

"화이트폴 후작을 보내면 딱이지만, 은거 중이니."

"지금 저보고 찾아가라고 눈치 주는 겁니까?"

"일꾼을 내보냈으면 책임도 져야지."

"너무하시네요."

만담하는 것 같이 가볍게 대화가 오고 갔지만 그렇게 가벼운 주제는 아니었다.

'화이트폴 후작.'

최근 자주 오르내리는 그 이름.

'내가 한참 사교계 활동을 할 때에 그는 은거 중이 아니었어.'

이 무렵이야 진상들에게 시달리고 있을 때라 정확히 사교계의 동향이 어떤지 잘 알지 못한다. 하지만 내가 파넬 공작부인으로 완전히 자리를 잡았을 무렵, 화이트폴 후작을 만난 적이 있었다.

'온화한 신사였지.'

이안이 그를 친아버지처럼 존경한다고 말하는 게 당연했다. 척 보기에도 그의 인품은 훌륭해 보였으니까.

'그가 두문불출하게 된 이유는 아마도 이안이 말한 그 사건 때문일 거야. 후에 그가 다시 활동을 한다는 건 그 문제가 풀어졌다는 것.'

결국 문제는 한 사람으로 귀결되었다. 얼마 전 저택에 찾아와서 안하무인으로 굴었던 한 여성.

'릴리아나 화이트폴.'

타오르는 불꽃 같은 머리카락에 푸른 눈을 가진 아름다운 여인이었다.

'하지만 지난 생에서 나는 그녀를 만난 적이 없는데.'

저렇게 화려한 외모를 가진 여성을 모르고 지나쳤을 리가 없다. 게다가 결혼한 집에 찾아와서 부인에게 이혼해달라고 이야기할 수 있을 정도의 당돌함이면 이안을 쉬이 포기했을 것 같지도 않다.

'하지만 한 번도 본 적이 없어.'

나는 입술을 잘근 깨물었다. 기억이 날 듯 말 듯 했다.

'릴리아나라. 분명 어디서 들은 이름인데.'

"아!"

그때였다. 번뜩 머릿속에 떠오르는 한 줄 소식에 나는 눈을 동그랗게 떴다.

스타티스 황태자와 투닥거리던 이안이 나를 돌아보았다.

"왜 그래요, 올리비아?"

"아, 아니……."

순간 과거의 기억이 섞여들어서 이안의 얼굴이 선명하게 들어 오지 않았다.

왜 잊어버리고 있었을까.

'그녀구나. 폴카의 왕비가 된 여자.'

폴카가 제국과 동맹을 맺으며 제국에서 왕비를 맞이하고자 한다. 다들 황녀들 중 하나가 결혼을 할 거라고 생각했지만, 뜻밖에 인물이 시집을 갔는데 그게 바로 화이트폴 영애, 릴리아나였다.

'무척 간절하게 자청했다고 들었는데.'

지금 보니 두 가지 이유가 다 함께 맞물려서 그녀가 왕비가 된 것이었다.

릴리아나의 의견, 그리고 그녀를 최대한 멀리 보내어 이안을 자유롭게 하고 싶었던 황제의 의중.

'말도 통하지 않는 먼 타국에서 왕비가 되는 게 좋았을까?'

그런 생각을 하고 있으니, 이안이 과거에 했던 말들이 함께 떠 올랐다.

"내가 대공이어서 좋아요?"

"내가 황족이라는 걸 알게 되기 전까지."

유추할 수 있는 결론은 하나뿐이었다.

그녀는 이안의 혈통이 좋았던 것이다.

'기가 막혀.'

혈통 때문에 친부모도 아닌 사람들 밑에서, 평생 그림자처럼 살아온 남자에게 그 사실이 얼마나 큰 상처였을까.

'세상에. 너무 불쌍해.'

오죽하면 대국민 고자를 자처했을까.

나는 울컥해서 이안을 바라보았다. 이안이 다정한 눈빛을 맞춰왔다.

"올리비아, 왜 그래요? 많이 피곤합니까?"

"아니에요. 그런 게 아니고 갑자기 생각할 게 있어서요."

"어떤 생각이요?"

나는 입술을 꽉 깨물었다. 도대체 무슨 말을 할 수 있을까.

'당신의 힘이 되어주고 싶어.'

나는 이안의 손을 꽉 잡았다. 이안이 눈살을 찌푸렸다.

"올리비아?"

"······."

말을 꺼내면 눈물이 날 것 같았다. 나는 입술을 꽉 깨물고 잠시 그의 손가락만 만지작거렸다.

바로 그때였다.

"하여간."

턱을 괴고 우리를 바라보고 있던 스타티스 황태자가 여상스러운 어조로 말했다.

"믿음직한 후임자를 구할 수 없다면 그대가 대신 북방으로 출정해주어야 해, 타이론 대공."

"네?"

아니, 이건 또 무슨 날벼락이람. 나와 이안은 딱딱하게 굳어져서 황태자를 마주 보았다.

❖ ❖ ❖

어두움이 아른아른한 거리에서 반백 머리 중년이 술잔에 술을 왈칵 부었다. 술을 얼큰하게 마신 얼굴은 붉게 달아올라 있었다. 그는 턱을 시근거리며 중얼거렸다.

"올리비아."

그는 바로 올리비아와 애니의 아버지 플로렌스 자작이었다.

'젠장, 이게 무슨 꼴인지.'

그는 고향에 있었다. 물론 이안의 말을 대단히 잘 들어서가 아니었다. 지난주 그는 씩씩하게 수도로 올라갔다. 하지만 관문조차 통과할 수가 없었다.

"귀하는 수도 방문이 금지되어 있습니다. 들어갈 수 없습니다."

이게 얼마나 기가 막힌 상황인가. 수도에 집을 가지고 있는 귀족이 수도로 들어갈 수 없다니.

'내가 대역죄인도 아닌데 이게 말이나 되는 상황인가? 타이론 공작이 뭐라고.'

아무리 공작이라고 해도 이런 패악을 부릴 수는 없었다.

물론, 이안이 막무가내로 그를 협박하여 수도에서 내쫓은 것은 아니었다. 플로렌스 자작은 아주 거대한 저택과 사용인들, 그리고 꽤 많은 액수의 품위유지비를 받았다.

그럼에도 수도에 올라간 것은 딱 한 가지 이유였다.

바로 저잣거리에서 주워들은 소문.

"타이론 대공가? 타이론이 대공이 되었다고?"

바로 이안 타이론의 출생의 비밀이었다.

그 이야기를 들은 플로렌스 자작은 발을 구르며 분노했다.

"제길! 이제 공국의 비가 되었는데 아버지를 이렇게 박대해? 키우지 않아도 되는 것을 길러줬더니만 은혜도 모르고."

올리비아와 이안의 모습이 눈에 아른거렸다. 아주 여우 같은 놈이었다.

'일찌감치 떼어준 거야. 대공이라 발표하기 전에.'

이안이 건넨 저택과 품위유지비도 대공이라는 지위 앞에서 색이 바랬다.

'이 늙은 아버지 하나 챙기기 싫어서. 이 못된 계집애 같으니.'

그리 생각하며 플로렌스 자작은 술잔에 술을 가득 채웠다. 바로 그때였다. 묵직한 목소리가 그의 곁에서 들려왔다.

"플로렌스 자작인가."

"누구……!!"

이 시골 촌구석에서 그를 하대할 수 있는 사람은 없었다. 플로렌스 자작이 새우 눈을 뜨고 옆을 확 째려봤을 때였다.

통나무가 서 있는 것 같은 단단한 몸의 사내가 서 있었다. 플로렌스 자작 따위는 한 손으로 뭉개버릴 수 있을 것 같았다.

"누, 누구십니까?"

그를 보니 저절로 분노 조절이 되었다.

"얼굴을 보는 건 처음이군, 플로렌스 자작."

빌빌거리는 그를, 표정 없이 내려다보며 사내가 자신을 소개했다.

"제임스 파넬이오."

❖ ❖ ❖

"믿음직한 후임자를 구할 수 없다면 그대가 대신 북방으로 출정해주어야 해, 타이론 대공."

스타티스 황태자는 여상스레 말했지만, 웃어넘길 수 없었다.

'정말 권하는 말이었을 거야.'

북방의 전투는 여러 가지 이권이 얽혀 있는 복잡한 곳이었다. 지금 대륙은 굉장히 안정적이어서 실제로 전쟁에서 공훈을 세울 수 있는 곳이 드물다. 그래서 군권으로 기틀을 잡았던 가문에서는 호시탐탐 노리는 자리가 그것이었다.

하지만 그만큼 욕심이 많은 사람이 가게 되면 여러모로 위협적이기도 했다. 견제하기가 어렵기 때문이다.

'다시 생각해보면 제임스는 그런 자리를 차지했으면서도 빈

손으로 털레털레 돌아왔던 거고.'

다시 생각해도 속이 터졌다. 붙잡다가 놓고 잔소리를 늘어놓아도 대답은 늘 같았다.

"나는 그런 걸 바라지 않소."

'아오, 그 벽돌.'

다시 생각하니 이번 생에서는 얽히지 않기로 한 건 백번 잘한 것 같았다.

북방을 떠올리다가 결국 제임스에 대한 욕을 하고 있던 나를 이안이 불렀다.

"올리비아."

"이안!"

얼마나 깊이 생각했는지, 그가 내 집무실 문을 열고 고개를 내민 것도 모르고 있었다. 나는 자리에서 일어났다.

'무슨 일이지?'

북방으로 가는 것이 확정되기라도 했나. 마음이 다시 또 불유쾌한 삐거덕 소리를 내었다.

그때였다. 가벼운 걸음으로 다가온 이안이 발랄한 어조로 말했다.

"우리 데이트합시다."

"네?"

생각지도 못한 소리에 나는 눈을 동그랗게 떴다. 이안이 내 손을 잡았다. 내 손이 싸늘하게 식어서인지, 그의 손바닥이 뜨겁게 느껴졌다.

"우리 약속했잖아요. 파넬 공작 문제가 해결되면 같이 데이트 하기로."

"하지만 정말 해결되었는지 모르는걸요."

"전하께서 우리 결혼에 문제가 없다고 공증해주셨잖습니까. 그치가 뒤엎을 방법은 없어요."

"……"

이안의 확실한 말에도 나는 입술을 꾹 깨물고 대답하지 못했다.

왜일까, 이렇게 안심이 되지 않는 것은.

'내가 그 사람을 잘 알고 있기 때문이야. 이안은 제임스를 몰라.'

제임스는 의견 표현을 잘 하지 않지만, 우직하고 고집이 센 편이었다. 한번 마음을 먹으면 그 뜻을 돌이키거나 포기하는 법이 없었다.

'이렇게 쉽게 물러날 리 없어.'

비슬비슬 물러가면서도 수긍하는 말 한마디 내뱉지 않은 것이 그 반증이었다. 정말 졌다고 생각했다면 제임스는 포기하겠다고 말했을 것이다.

'왜 이렇게 내게 집착하는지는 모르겠지만.'

결국 모든 문제는 돌고 돌아서 제임스의 이상행동으로 돌아왔다. 나는 제임스가 이렇게 진상들에게 반항하면서까지 결혼에 집착할 거라고는 상상도 못 했다.

'분명 이 시점에서 나와 제임스는 얼굴도 모르는 사이였는데.'

석연치 않은 점이 하나둘이 아니었다. 답이 나오지 않는 문제에, 나는 아랫입술만 잘근잘근 깨물었다. 그런 내 잇새로 말랑한 손가락이 들어왔다.

"올리비아, 나를 봐요. 입술 상하니까 깨물지 말고."

이안이었다. 나는 눈을 깜빡거렸다. 이제야 나와 시선을 마주한 그가 흡족한 듯 웃었다.

"우리 나가서 맛있는 거 먹어요. 오페라 예약도 했어요. 백화점을 둘러보고 가면 딱 맞을 거예요."

"이안."

나는 순간 다른 의미로 말문이 막혔다.

"좋아요. 나가요."

내 기분을 풀어주려고 애쓰는 이 남자가 무척 사랑스러워 보였다.

❖ ❖ ❖

오늘은 빨간 치마에 흰 블라우스, 머리는 땋아서 둥글게 말았다. 평소 내가 잘 입지 않는 스타일로, 이안의 코디였다.

"너무 소녀 같은 거 아니에요?"

그렇게 내가 툴툴거리자, 이안은 뺨에 입을 맞추며 웃었다.

"소녀 때의 당신도 궁금하네요. 어떤 아이였어요?"

"별거 없었어요. 그냥 공부하고 있었고."

"공부를 좋아했구나?"

공부가 딱히 좋았던 건 아니다. 공부 말고는 할 수 있는 일이 없었던 것뿐.

'아버지가 지참금도 안 주실 분이라는 걸 알고 있었으니까.'

좋은 혼처로 시집가는 인생은 접어두었으니 당연히 공부를 해서 취직을 해야 했다. 회계를 택한 것도 숫자계산을 좋아해서가 아니라 행정관이 되고 싶었기 때문이다.

'그런데 타이론 대공비가 되다니. 역시 인생은 아무도 알 수가 없어.'

열 살 때의 내가 이 미래를 알게 된다면 어떤 생각을 할까.

나는 마차의 흔들림에 기대어, 하루하루 살기 급급해서 미래조차도 쫓기듯 그렸던 어린 소녀의 모습을 떠올려 보았다.

잘 생각이 나지 않았다.

"다 왔어요."

잠시 울적함에 젖어 있는 사이, 마차는 백화점에 도착했다. 이안의 손을 잡고 내려선 나는 탄성을 질렀다.

"와아."

지난번에 차를 마시며 멀리서 올라가는 장면을 보았지만, 이렇게 가까이서 보니 또 느낌이 달랐다.

'웅장해. 거대해.'

내가 알고 있는 고슈 백화점보다도 더 규모가 컸다. 인부들이 열심히 땀을 흘리며 일하는 모습을 보며 나는 감탄했다.

"순식간에 지어지고 있네요."

"운이 좋았어요."

이안은 겸손하게 그렇게 말하며 웃었다. 하지만 나는 그게 단순한 운이 아님을 알았다.

'이만한 인력을 구하는 것도 보통 일이 아닌데.'

얼마나 힘들게 뛰어다니고 사람을 모집했을까. 그 모습을 떠올리니 마음 한구석이 살짝 아릿했다.

우리는 손을 잡고 천천히 백화점 주위를 한 바퀴 돌았다.

나는 북부에 대한 것은 다 잊어버리고 눈을 빛냈다.

"1층에는 화장품하고 식료품을 입점시킬 거예요. 2층에는 여성복, 3층에는 남성복."

어쩔 수 없이 신이 났다. 지난 생에도 하고 싶었으니까. 이런 사업.

"많은 사람이 와서 시간을 보낼 수 있게 휴게시설도 넉넉히 설치하고요. 분명 많은 호응을 받을 수 있겠죠?"

어린애처럼 조잘거리는 나를 흐뭇한 눈으로 바라보고 있던 이안이 싱긋 웃으며 대답했다.

"잘될 거예요. 올리브는 신의 열매니까요."

그 말에, 나는 우뚝 멈춰 서고 말았다. 나는 떨떠름한 표정을 지으며 물었다.

"……진짜 이름을 마티니라고 할 거예요?"

장난이겠지. 어떻게 백화점 이름을 마티니라고 해.

'심지어 내 이름에서 따온 거라니!'

사람들이 유난이라고 손가락질할 것이 분명했다. 내가 얼굴을 빨갛게 붉혔을 때였다.

이안은 고개를 갸웃하며 능청스레 되물었다.

"너무 심심한가요? 한 마디 더 붙일까요? 몬 쉐르 마티니."

"으악!!"

붙이고 붙여서 몬 쉐르(내 사랑)냐!

나는 손바닥으로 그의 요망한 입술을 꽉 틀어막았다. 이안이 피식 웃었다.

'또 나를 놀렸어.'

보아하니 날 놀려먹는 데 재미를 붙인 모양이다. 나는 손바닥을 치우고 그를 흘겨보며 툴툴거렸다.

"정말 그동안 어떻게 참았대요."

쉬지 않고 흘러나오는 달콤한 소리, 부드럽게 자기 좋을 대로 이끌어가는 대화 솜씨까지.

'사람이 이렇게 잔망스럽기가 쉽지 않은데.'

그동안 대국민 고자로 오해받느라 애썼다 싶었다.

그때였다. 그가 성큼 내게 한 걸음 다가왔다. 갑자기 좁혀진 거리에 내가 당황하여 물러나려는데, 그의 굵은 팔이 내 허리를 끌어안아서 자신 쪽으로 휙 당겼다.

"왜 참았다고 생각합니까?"

귓가에 속삭여지는 낮은 목소리가 목 뒤로 찌르르 울리는 것만 같았다.

"내가 고자가 아니라고 해서 세상 모든 여자를 사랑하는 건 아니잖아요."

내 말은 그 끼를 감추느라 고생했다는 말이었는데. 하지만 내가 발언을 정정할 틈도 없이 그가 내게 입을 맞춰왔다.

할짝. 내 입술을 살짝 핥아내는 소리가 왜 그렇게 야한지. 나는 얼굴을 새빨갛게 붉히고 더 깊이 파고들려는 입을, 손바닥으로 막았다.

"바, 밖이거든요!?"

공사현장인지라 사람이 없다고 해도, 여기 벌써 우리 수행원과 호위기사까지 둘 이상 있었다.

이안은 눈을 깜빡이다가 손을 들어 내 손바닥을 살짝 치우며 은근히 웃었다.

"그럼 안에서는 괜찮습니까?"

"그, 그건."

나는 눈망울을 데구루루 굴렸다. 무심코 대답을 잘못했다가는 또 이걸로 오늘 밤새도록 괴롭힐지도 몰랐다.

"그때, 그때 달라요!"

"그럼 시간마다 물어봐야겠네."

물어보긴 뭘 물어봐.

나는 그를 째려보면서 비척비척 뒤로 물러났다. 이안은 키득키득 웃었다. 그리고 여전히 웃음의 여운이 남은 입꼬리를 휘며 중얼거렸다.

"아마 당신을 만나지 못했다면 평생 혼자 살지 않았을까요?"

"이안……."

그 말에는 나도 말문이 막히고 말았다.

실제로 내가 살다 온 미래에서, 그는 20년 뒤에도 혼자였으니까. 여전히 대국민 고자로 알려져 있었고.

'그는 내가 생각하고 있는 것보다 더 깊은 마음을 내게 주고 있는 것 아닐까.'

어쩌면, 내가 그에게 답하는 그것보다도 더.

어쩐지 슬퍼져서, 나는 눈을 깜빡거렸다.

❖ ❖ ❖

"이쪽으로 와요, 올리비아."

백화점을 다 둘러보고 바로 마차에 오를 줄 알았는데, 그는 어디론가 나를 이끌고 갔다.

백화점 조경을 위해 깔아놓은 잔디밭 위였는데, 생각지도 않은 흰 테이블과 다구가 놓여 있었다.

우리를 보고 그 앞에 서 있던 흰 셔츠에 검은 조끼를 걸친 중년 남자가 고개를 숙였다. 이안이 가벼운 어조로 설명했다.

"1층에 입점할 찻잎 가게 주인이랍니다."

"대공비 마마를 뵙습니다."

"함께 차를 마시려고 부탁했어요. 오너로서 찻잎의 질도 확인할 겸."

이안이 의자를 빼주었다. 거기 앉으니 주인이 네 종류의 티백 중 하나를 고르라 내밀었다.

내 대답은 정해져 있었다.

"전부 다."

그렇게 내뱉고 나니 묘한 기시감이 느껴졌다. 바로 보석상에서 이안이 보석 세트를 다 털어올 때였다.

"역시 통이 크시다니까."

이안도 그때가 생각났는지, 마담 바네사의 말을 따라 중얼거렸다. 나는 피식 웃었다.

쪼르르륵.

조금 있으니 향긋한 찻물이 찻잔을 채웠다.

'나쁘지 않네.'

향이 괜찮았다. 찻잔을 들고, 나는 가볍게 찻물을 흔들어 보았다. 찰랑거리는 찻물이 영롱했다.

맞은편에 앉은 이안이 커다란 백화점 건물을 바라보며 중얼거렸다.

"백화점이 문을 열면 이런 호사도 부릴 수 없을 테죠."

"제발 그랬으면 좋겠네요."

나는 눈을 일그러뜨리며 웃었다. 정말 사람이 너무 많아서 앉을 자리도 없었으면 좋겠다.

미래를 통해 백화점이 대박이 난다는 사실을 이미 알고 있는 나였으나, 막상 마주하고 있으니 심장이 떨리는 게 사실이었다.

그런 내게 이안은 사르르 눈을 접어 웃으며 말했다.

"될 겁니다. 당신 눈썰미가 좋잖아. 한눈에 나를 찍었죠."

"……제발, 그때 일은 잊어주면 안 될까요."

"어떻게 잊겠습니까."

이안은 테이블에 몸을 기대고 내 쪽으로 고개를 내밀었다.

"이렇게 예쁜 여자가, 나한테 씩씩하게 청혼을 했는데."

"미쳐, 진짜."

안 그래도 당신이 생각하는 것보다 심각하지 않았기 때문에 양심이 찔리는 중이랍니다.

'운이 좋았어.'

그렇게밖에 설명할 수 없었다.

내가 이안을 택한 건 그가 고자이고 무심한 성품이니 명목상 아내가 되기 쉬울 거라고 생각했을 뿐이니까.

'지금 생각해보니 무척 용감했네.'

몇 가지 우연이 겹쳤을지언정, 우리는 만났고, 이제는 진심으로 서로를 대하고 있었다.

'그러니까 괜찮아.'

문득 엉망으로 술렁이던 마음이 고요하게 가라앉았다. 나는 한결 가벼운 마음으로 입술을 열었다.

"북부로는 언제 가나요? 제가 어떻게 준비해야 할까요?"

내 말에 차를 마시고 있던 이안의 몸이 굳어졌다. 그가 살짝 떨리는 눈으로 나를 돌아보았다. 나는 미소 지었다.

"나는 걱정하지 말아요. 타이론도 걱정하지 말고요. 잘 이끌어 나갈 수 있어요. 믿음직한 참모도 있으니까요."

케닌은 훌륭한 보좌관이었다. 지금부터 인수인계를 받으면 시간은 조금 빠듯하겠지만, 지난 생에는 인수인계 없이도 파넬을 이끌고 나갔는걸.

'그 지긋지긋한 경험이 힘이 될 줄이야.'

이제는 고통스러웠던 과거도 웃으며 돌아볼 수 있었다. 나는 의연하게 말했다.

"그러니까 걱정하지 말고 다녀와요."

"……아, 진짜."

내 말에 이안은 낮게 탄식하며 앞머리를 쓸어넘겼다.

"왜 이렇게 늠름한 겁니까, 당신."

나는 소리 없이 웃었다. 내가 만약 늠름하다면 그건 이안이 내게 건네준 용기와 지지 덕분일 터였다. 파넬 공작부인일 때 나는 조금 더 신중했고, 신경질적이었다.

이안은 손바닥으로 턱을 문지르다가, 입술을 비틀었다.

"내가 다칠까 봐 걱정 안 됩니까?"

"걱정되어요."

"몇 년이나 떨어져 있을지도 모르는데?"

"10년쯤은 괜찮아요."

예전에도 10년이나 남편 없이 혼자 집안을 건사했는걸.

그때가 오히려 더 좋지 않은 상황이었다. 진상들의 방해공작까지 거셌으니까.

계속 돌아오는 의연한 대답에, 어쩐지 초조해 보이던 이안이 살구색 입술을 잘근잘근 깨물었다. 그리고는 슬쩍 야살스럽게 웃으며 물었다.

"내가 거기서 외로움을 이기지 못하고 두 집 살림이라도 차리면 어떻게 해요?"

그 질문에는 나도 참을 수 없어, 큰 소리로 웃음을 터뜨리고 말왔다. 두 집 살림은 무슨.

"그럴 사람 아니잖아요, 당신."

"올리비아."

내가 깔깔 웃자, 이안은 입술을 삐죽이며 찻잔을 내려놓았다.

"나는 지금 조금 서운하군요."

"네?"

"당신이 이렇게 의연해서 자랑스럽고 설레는데, 또 서운해요.
이건 무슨 마음일까요."

"아……."

놀랍게도 그 마음 또한 이해할 수 있었다. 이것도 저것도 아닌
데 이율배반적인 마음.

'나도 그러니까.'

그가 가서 서운하고, 하지만 동시에 자랑스럽고. 그가 나와 같
은 감정을 느끼고 있다니 조금 기쁜, 그런 뒤죽박죽 이상한 마음.

내가 덩달아 숙연해하고 있으니, 이안이 손을 뻗어서 내 손을
잡았다. 진지한 표정을 지은 그가 천천히 말했다.

"여차하면 공국으로 갑시다, 우리."

"네?"

나는 눈을 깜빡거렸다. 공국? 이번에 황제가 하사한 작은 왕국
을 말하나.

'관리차 가게 될 수도 있다고 생각은 했는데.'

이 시점에서 공국으로 떠난다는 건 누가 봐도 관리차 가는 게
아니지 않은가! 북부행이 싫어서 저 멀리 줄행랑치는 거지.

'기가 막혀.'

생각지도 못한 회피 방법에 나는 입을 딱 벌렸다. 어이없어하는 나에게 이안은 오히려 당당하게 가슴을 내밀었다.

"한창 깨가 쏟아지는 신혼인데 북부로 떠나라니 말이 됩니까. 저는 절대로 안 갈 거예요."

"이 나라를 위해서잖아요. 어리석은 소리 하지 말아요."

"음."

내 질책에 이안은 미간을 찌푸렸다. 잠시 고민하는 것 같던 그가 조심스레 나와 시선을 맞추며 물었다.

"비겁한 남자는 싫습니까?"

그 모습은 또 왜 이렇게 귀여운지.

나는 터져 나오려는 웃음을 꾹 참았다. 이때는 엄하게 꾸짖어야 할 때라고 생각했기 때문이다.

"전 당신이 뭘 하든 싫지 않아요. 하지만 귀족의 의무는 해내야지요."

"그래도 나는 당신 곁에 있고 싶은걸요."

"요, 애정결핍."

나는 손가락을 펼쳐서 이안의 손에 깍지를 꼈다. 나보다 훨씬 크고 마디가 붉어진 손이 단단하게 조여왔다. 나는 허심탄회하게 웃었다.

"우리는 헤어져 있어도 괜찮아요. 변하는 건 아무것도 없을 거예요."

예전의 나는 이렇게 의연할 수 없었다. 무엇이든 내 눈앞에 있지 않으면 변할까 봐 무서웠고, 한눈을 팔고 있으면 사라질지도 모른다고 생각했다.

하지만 이제는 괜찮았다. 이안은 멀리 떨어져 있다고 나를 배신할 사람이 아니었다. 내 마음 또한 가벼이 날아갈 것이 아니었다. 그러니 괜찮다. 5년이든, 10년이든.

'정 그리우면 내가 찾아가면 되지.'

옛날처럼 집을 비우면 큰일 나는 상황도 아니잖나. 케닌이나 다른 보좌관들에게 잠시 맡기면 된다.

'그러니까 괜찮아.'

그런 나의 여유가 전해진 걸까. 입술을 삐죽삐죽거리던 이안은 천천히 고개를 끄덕였다.

"……맞아요, 당신 말이. 어디에 있든, 언제 만나든 우리는 변하지 않을 겁니다."

그게 결혼이라는 단단한 결속으로 묶인 '부부'였다.

내가 지난 생에 느끼지 못했던 유대와 소속감을 느끼며 해사하게 웃었을 때였다.

이안이 진지하게 가라앉은 눈으로 나를 응시했다.

"올리비아."

"이안."

그의 푸른 눈에서 불꽃이 튀는 것 같았다. 사냥감을 낚아채기 위해 준비하는 매처럼, 예리하게 빛나는 눈에서는 나를 향한 열기가 느껴졌다.

내가 홀린 듯이 그의 입술을 바라보았을 때였다.

"크흠."

화들짝!

갑자기 들려온 말에, 나는 잠에서 깬 것처럼 깜짝 놀랐다. 헛기침을 한 것은 이안의 뒤를 따라온 수행원이었다. 그는 뺨을 살짝 붉힌 채로, 애써 무덤덤한 표정을 지어내며 말했다.

"예약시간이 다 되옵니다, 전하."

"아, 이런."

이안은 낮게 탄식했다. 누가 들어도 '한창 좋을 때였는데. 예약시간을 좀 더 늦게 할걸.'이라는 의미의 탄식인지라 내 얼굴이 저절로 달아올랐다. 이안은 미련이 철철 넘치는 눈으로 내 입술을 바라보며 물었다.

"그럼 일어날까요?"

나는 자리에서 일어났다. 꾸벅 인사하는 찻잎 가게 주인에게 손을 흔들어준 뒤, 나는 이안의 손을 꽉 잡았다.

"굳이 안 가도 되어요."

"네?"

이안이 무슨 의미냐는 듯이 나를 돌아보았다.

"당신은 오페라 싫어하잖아요."

"어?"

내 말에 이안은 진심으로 놀라서 눈을 동그랗게 떴다.

"어떻게 알아요, 당신?"

"다 아는 수가 있죠."

나는 어깨를 으쓱했다. 나는 아직 오지 않은 미래의 어느 날을 떠올렸다.

파넬 공작부인으로 오페라 행사에 갔던 날. 제임스는 당연하다는 듯이 나와 동행하지 않았기 때문에, 나는 특석을 혼자 독점하고 있었다.

자연스럽게 시선이 옆으로 향했는데, 공교롭게도 그 자리에는 이안이 혼자 앉아 있었다.

커튼 뒤에 기대고 앉아서는 꾸벅꾸벅 졸고 있던 모습이 하도 인상 깊어서 잊히지 않았다.

'흥미 없어 하면서, 나를 위로한다고 예약하다니.'

내가 좋아하는 차를 준비하고, 참고 오페라도 보려고 하고.

별것 아닌 듯 이어지는 배려.

'그러니까 우리는 괜찮아.'

진심으로 서로를 존중하고 배려할 수 있으니.

나는 이안의 손을 꽉 붙들었다.

❖ ❖ ❖

잘 정돈된 거리를 새치가 섞인 은빛 머리카락을 단정하게 넘긴 남자가 걸었다. 지팡이를 짚고, 폭이 넓은 페이즐리 무늬의 크라바트를 멘 우아한 신사였다.

'결국 제국까지 왔군.'

그는 바로 오르세 왕국에서 제국까지 찾아온 생제르망 상회의 주인, 마이엔 공이었다.

그의 주름진 적색 눈이 바닥을 응시했다.

'여기서는 내 아내와 딸을 찾을 수 있을까.'

솔직히 자신이 없었다. 이미 수십 년이 흘렀다.

그녀가 먼저 찾아올 수도 있었을 텐데, 그녀는 그를 찾아오지 않았다. 좋지 않은 사정이 있을 수도 있지만.

'이미 다른 남자와 행복하게 살고 있을지도 모르지.'

어느 쪽이든 그에게는 끔찍한 일이었다.

'그래도 내 아이가 있어.'

그가 왕위계승권을 포기한 가장 결정적인 이유.

바로 사랑의 결실.

'내 자식만이라도 만날 수 있다면…….'

마이엔 공은 간절한 마음으로 소망했다.

바로 그때였다.

"저건 뭐지?"

그의 시선에 닿은 것은 한창 짓고 있는 거대한 건물이었다. 이미 상당히 올라갔는데도 짓고 있다니.

'적어도 3층 이상이란 뜻 아닌가.'

수도에 이렇게 높은 데다가 규모가 큰 건물을 짓고 있다니. 그 용도가 뭔지 궁금해졌다.

마이엔 공의 질문에 생제르망 상회 제국지점 본부장이 맨들맨들한 이마를 문질렀다.

"아, 이름이 복잡해서 잘 기억이 안 나는데. 뭐였더라……."

손수건으로 땀을 닦으며 기억을 더듬던 본부장은 큰소리로 대답했다.

"아! 백화점이라고 합니다."

"백화점?"

뜻밖의 말에 마이엔 공은 눈살을 찌푸렸다. 본부장은 더듬더듬 말을 이어갔다. 오르세 말에 능통하다고 해도, 기본적으로 제국인인지라 새로운 개념은 제국어로 설명하기가 어려웠다.

"다양한 종류의 가게를 한곳에 모아서 장사한다는데, 저도 설명드리기가 어렵네요. 과연 수요가 있을까 싶기도 하고."

제국 본부장은 그렇게 중얼거렸지만, 마이엔 공의 얼굴은 딱딱하게 굳어졌다.

그럴 수밖에 없었다. 그가 제국에 와서 하려던 사업이니까.

"누가 그런 아이디어를……."

도대체 누가 자신보다 한발 앞서서 그런 생각을 해냈단 말인가. 자신의 머릿속에 들어갔다 나온 게 아닌가 싶을 정도였다. 혹시 수족들 중에서 정보가 샜나 싶어서 심각해졌을 때였다.

"앗, 저기 나오네요."

본부장이 환하게 웃으며 저쪽을 손가락질했다. 마이엔 공은 덩달아 고개를 돌렸다.

출입이 금지되어 있을, 공사장 울타리를 눈이 부시도록 아름다운 선남선녀가 넘어 나오고 있었다.

"타이론 대공 부부입니다. 최근 제국에서 가장 화제의 인물들이죠. 이 사업도 타이론 대공가에서 추진하는 겁니다."

"타이론……?"

익숙하지 않은 이름을 중얼거리던 마이엔 공의 얼굴이 창백하게 굳어졌다. 그가 떨리는 목소리로 누군가를 불렀다.

"멜리사."

멜리사. 부르는 것만으로도 마음이 닳아지는 것 같아서 부르지 못했던 그 이름.

하지만 이 순간 그 이름이 튀어나왔다. 그럴 수밖에 없었다.

'그녀와 너무나 닮았어.'

고양이처럼 뾰족한 눈꼬리, 도도하고 새침해 보이지만 웃을 때는 부드럽게 누그러지는 인상까지.

너무나 멜리사와 똑같았다.

"저 사람이 누구지?"

"타이론 대공비 마마이십니다. 한미한 자작가 출신인데 갑자기 대공비가 되어서 단언 화제의 인물이지요."

본부장은 갑자기 안색이 변한 마이엔 공을 보며 당황하면서도 성실하게 대답했다.

"저 사람에 대해서 조사해오게. 어떻게 만날 수 있는지도."

"네?"

본부장이 당혹스러운 듯 반문했으나, 마이엔 공은 입술을 꾹다물고 더 이상 대답하지 않았다.

그의 붉은 눈동자가 어둡게 가라앉았다.

이안과 데이트를 끝내고 또 며칠이 흘렀다. 나는 그사이 이안과 사이좋게 정원을 가꾸거나, 쇼핑을 했다. 케닌에게 타이론 가문의 재정상태와 사업 현황도 전해 들었다.

이안은 그런 나를 보며 구시렁거렸다.

"멀리 떠나보내기 전에 나랑 시간을 보내겠다는 의지가 느껴지는군요. 너무합니다!"

"아니, 갑자기 닥친 다음에는 준비할 새가 없으니까……."

의연하게 괜찮다고 대답할 때는 언제고, 막상 내가 준비를 하니 또 서운하긴 했던 모양이다.

이 상황에 대해 내가 하녀장에게 고충을 늘어놓았더니, 하녀장은 어색한 미소를 지었다.

"서운하실 만하지요."

"왜?"

"일단…… 지금도 짐가방을 싸고 계시고……."

"아."

무심코 남편의 셔츠를 착착 개서 가방에 정리하던 나는 우뚝 멈춰 서고 말았다.

'이 무서운 습관.'

제임스가 전장에 있는 동안, 물론 필요한 물건을 그쪽에서 구입하기도 하지만, 한 달에 한 번씩은 그에게 필요한 물건들을 정리해서 북방으로 보내주었다.

"그게 아내로서 마땅히 네가 해야 할 일이지."

파넬 안주인으로서 할 수 있는 어떤 일도 허락하지 않으면서,

그들은 제임스에게 보내는 짐은 내가 싸도록 만들었다.

물론 내가 챙긴 대로 그대로 가는 건 아니었다.

"내 아들에게 이런 쓰레기 같은 걸 주었어? 정신 나갔니?"

"하여간 없이 살아서."

"안목이 형편없구나."

진상들은 내가 가방을 정리해두면 그걸 열어보고 비난하느라 늘 정신이 없었다.

'지금 생각하면 그냥 나를 괴롭히고 싶었던 것뿐이었어.'

나에게 비난은 해야겠는데, 자기들이 실권을 건네주기 싫으니 일을 맡길 수가 없다.

그래서 마땅한 건수로 잡은 것이 제임스의 짐이었던 셈이다.

내가 우뚝 멈춰 서자, 이때라는 듯이 하녀들이 끼어들었다.

"이런 일은 저희가 할게요."

"어쩜, 짐을 여러 번 챙겨 보셨나 봐요. 이렇게 구색을 잘 맞추셨대."

그들의 탄성에 나는 어색하게 웃었다.

하녀장은 떨떠름한 표정으로 첨언했다.

"제가 감히 말씀드리자면, 주인님께서는 마님께서 이 상황을 기꺼워한다고 생각하실 수도 있다고 봅니다."

"에엑?"

어떻게 그런 오해를!

하지만 이내 곰곰이 생각해보니 그럴 수도 있겠다 싶었다.

'아직 확정된 것도 아닌데.'

스타티스 황태자가 이안을 콕 집어서 가라고 한 상황은 아니지 않은가.

'이 사람 저 사람 다 섭외해볼 건데, 정 없으면 네가 가라는 말이지.'

그런데 기다렸다는 듯이 착착 떠나보낼 준비를 하는 아내가 어떻게 느껴졌겠는가.

'아무래도 오해를 풀어줘야겠어.'

누군가를 배웅하고 뒷바라지하는 것이 너무나 익숙한 일이라서 그로 인해 오해할 수 있다는 생각 자체를 못 했다. 나는 자리에서 일어났다.

"이안을 만나고 올게."

이 시간이면 이안이 어디 있을까.

그런 생각을 하며 방 밖으로 나오자, 마침 복도를 지나던 집사가 내게로 빠른 걸음으로 다가왔다.

"아, 비전하."

"집사."

'이안은 어디 있지?'라고 물으려던 내 목소리는 목 안으로 쏙 들어가고 말았다. 집사가 은쟁반에 편지 한 통을 담아서 내밀었기 때문이다.

"황궁에서 초대장이 왔습니다."

황제의 티타임 초대장이었다.

놀랍게도 초대장에 적힌 날짜는 오늘, 정확히 2시간 뒤였다.

'아니, 이건 또 무슨 예의야!'

티타임을 가지자는 초대장을 이렇게 급하게 보내는 법이 어디 있단 말인가!

"그냥 편안하게 가족을 부른다, 생각하고 그러신 걸 겁니다."

이안은 속 편하게 그렇게 대답했지만, 나는 속이 터졌다.

'가족이어도 편안할 수가 없는 사이예요, 폐하!'

어쨌든 지엄하신 황제 폐하께서 우리 부부를 무척 친근히 여기시는 건 분명했다. 이안이 한참 어린 늦둥이 동생이니 그렇게 여길 수도 있겠지만.

'그래도 이렇게 갑자기 부르시진 말아달라고 따끔하게 말씀 드리고 와야겠어.'

그리 다짐하며, 나와 이안은 급하게 의관을 정제하고 황궁으로 향하는 마차에 몸을 실었다.

'이제는 너무 자주 와서 황궁이 익숙하게 보이네.'

이게 좋은 건지 나쁜 건지 모르겠다.

시종의 안내를 받아서 안쪽으로 들어가니, 아니나 다를까. 오늘도 만두처럼 포슬포슬한 볼살을 뽐내며 황제가 짠하고 나타났다.

"제수씨!"

······아, 이 호칭에까지 익숙해지는 건 좀 아닌 것 같은데.

"황제 폐하를 뵙습니다."

나는 치맛자락을 붙들고 깊숙이 고개를 숙였다. 그러자 황제는 해사하게 웃으며 손을 내저었다.

"에이, 우리 사이에 이런 예는 안 차릴 때도 되었지."

"하하하."

윗사람이 까라고 까면 안 되는 법이다. 나는 그냥 그렇다 안 그렇다 대답도 안 하고 어색하게 웃었다.

황제는 어지간히 급했는지, 우리에게 자리에 앉으라고 권하지도 않고 다짜고짜 본론으로 들어갔다.

"이안이 떠날까 봐 불안에 떨고 있다면서. 갑자기 사랑하는 남편하고 헤어지려니 얼마나 속상했을까."

"네?"

별로 안 속상했는데요.

내가 생각해도 나는 무척 의연하게 이별을 준비하고 있었는데, 갑자기 이런 소리를 들으니 어이가 없었다.

나는 당황해서 눈을 깜빡깜빡거렸다. 황제는 물개처럼 두꺼운 손으로 내 어깨를 통통 두드리며 말했다.

"황태자가 괜한 소리를 해가지고. 제수씨는 그런 거 신경 안 써도 돼. 그러니까 매일매일 즐겁게 살아요."

"……."

여기까지 듣고도 이 자리가 누구의 농간인지 모르면 바보일 것이다.

황제가 내게 뭐라 말을 더 하려는데 보좌관이 황제를 불렀다.

"폐하, 티타임을 가지시기 전에 잠시 이것 결재를……."

"먼저 앉아 있어요."

토실토실한 몸이 엄청 가볍게 통통 튀어서 저리로 갔다. 나는 웃으며 황제를 배웅했다. 그리고 딱딱하게 굳어진 목소리로 이안을 불렀다.

"이안."

내 곁에서 마찬가지로 그린 것 같은 미소를 짓고 있던 이안이 나를 돌아보았다. 나는 딱딱한 얼굴로 그를 흘겨보았다.

"나 좀 봐요."

티테이블에 앉아서 시종들이 다 구경하는 와중에 이야기하기는 좀 그랬다. 나는 이안의 팔을 붙들고 정원을 산책하는 척 들어갔다. 그리고 인적이 드물어지기 무섭게 이안을 추궁했다.

"내가 왜 불렀는지 알겠죠?"

"잘못했습니다."

이 밉살맞은 남자는 내가 얼굴을 굳히기 무섭게 바로 사과했다. 나는 허리에 손을 올렸다.

"그렇게 말하지 말고 무엇을 잘못했는지 요목조목 제대로 말해봐요."

"그게……."

이안은 난처한 듯 머리를 긁적이며 떨떠름하게 대답했다.

"형님께 북방에 안 갈 거라고 말해달라고 부탁한 점?"

모르는 줄 알았더니 자기 잘못을 알기는 한다.

"그래요. 왜 자꾸 우리 사적인 문제를 황제 폐하로 해결하려고 하는 거예요?"

"제일 손쉬운 방법이니까?"

"이안."

"네, 엄마."

"장난하지 말고요."

여전히 반성의 기미가 보이질 않았다. 나는 신경질적으로 머리를 쓸어넘겼다.

이안은 그런 나를 서운한 듯 바라보았다.

"하지만 당신, 내가 가는 것 외에는 아무 선택지가 없는 듯이 굴고 있지 않습니까."

그 말에 나는 무슨 뜻이냐는 의미로 미간을 찌푸린 채로 그를 응시했다.

이안은 한숨 섞인 말투로 말을 이었다.

"난 정말로 갈 생각이 없습니다. 황태자 전하의 말씀처럼 심각한 상황도 아니고요."

"잠깐만요, 이안."

그의 말에 나는 손바닥을 내밀어 잠시 그의 말을 막았다.

'듣고 보니 그것도 그렇네. 아까도 그래서 사과하려고 했었지.'

그의 말은 깨닫지 못하고 있던 사실을 깨닫게 했다.

꼭 이안이 가야 하는 자리는 아니지 않나?

"그러네요. 나도 너무 외골수처럼 생각했군요."

사실 파넬 공작가에서 흔쾌히 북방으로 떠나서 그런 거지, 거절하려면 거절할 수도 있는 일이었다. 원하는 사람은 많은데 굳이 원치 않는 사람이 갈 이유는 없지 않나.

'제임스가 완전히 포기하고 온 것도 아니고.'

나는 아라미르에서 제임스가 했던 말을 선명하게 기억하고 있었다.

"괜찮아. 아직 여유가 있어."

'그때 여유가 있다고 말했어. 제임스도 다시 돌아갈 생각이 있다는 뜻이야.'

스타티스 황태자의 말에 나는 꼭 이안을 보내야 한다고 생각했다. 제임스가 북방을 비우고 이쪽으로 달려 나온 것이 우리 때문이라고 생각했으니까.

하지만 사실 제임스가 북방으로 다시 돌아갈 의사가 있다면?

'그럼 지금 내가 고민해야 할 것은 남편을 어떻게 보내는가가 아니라······.'

뜻밖의 상황에 내가 손가락을 깨물었을 때였다. 언제 앉으신 건지, 티테이블에서 황제가 우리를 향해 손을 흔들었다.

어찌 황제를 기다리게 하겠는가. 우리는 다시 서둘러서 티테이블로 돌아갔다.

"둘이 무슨 이야기를 그리 재미나게 하는가?"

"폐하."

생각해보면 나는 황태자가 한 말에만 집중했을 뿐, 상황을 넓게 보지도 못했다.

'제임스는 부하들에게는 대단히 지지받는 훌륭한 상관이었

어. 그런 그를 지금 잠시 명령에 불복했다고 북부 작전에서 제하는 것은 불합리해.'

사실 정말 불합리한 것은 따로 있었다.

"제가 드릴 말씀이 있어요."

"뭔데? 이안은 걱정 말래도. 절대로 내 하나뿐인 아우를 북방까지 보낼 수는 없지."

"아뇨, 그게 아니라요."

황제는 내가 이안을 제발 보내지 말아 달라고 부탁할 줄 알았는지 손을 내저었다. 나는 완고하게 고개를 내저었다.

"이안이 아니라 제임스에 관한 거예요."

"파넬 공작?"

내 말에 황제의 눈이 커다래졌다. 그는 자신의 귀를 의심하는 듯 손가락으로 귀를 문지르기까지 했다.

나는 두 손으로 치맛자락을 꽉 쥐었다.

이런 말을 하면 미쳤다고 할지도 모른다. 제임스랑 무슨 사이냐고 할지도 모르지.

'그래도 이건 말해야 해.'

나는 고개를 곧게 들었다. 그리고 한 글자 한 글자 또박또박 말했다.

"그가 북방에서 보여준 헌신에 대한 정당한 대가를 내려주세요."

바로 제임스 파넬의 처우에 관한 문제였다.

제임스는 전투에서 있었던 일을 자주 이야기하지 않았다.
원래 성정이 과묵해서도 그렇지만.

"ㅇ ㅇ……."

사실 제임스와 수많은 밤을 보냈던 나는 진짜 이유를 알고 있었다.

"제임스? 왜 그래요?"
"으허억!"
"제임스!"
"피가…… 팔이……!"

그는 아무도 모르게 트라우마에 시달리고 있었다.

3

머리 검은 짐승은
거두면 안 된다

'성인이 되자마자 끌려나갔으니 당연한 일이지만.'

사람들은 제임스의 겉모습만 보고 제임스가 얼마나 고통받았을지 상상하지 못한다.

다른 사람보다 훨씬 큰 체구, 강해 보이는 인상에, 말수가 적고 무뚝뚝한 성격까지.

'부하들에게는 대단히 관대하면서도, 위기에는 앞장서서 나서는 상관이었고.'

그래서 약간 사람들은 그가 씩씩한 장수인 게 당연하다고 생각하는 경향이 있었다.

하지만 제임스도 연약한 인간이었기에, 그는 밤마다 트라우마에 시달리곤 했다.

"흐억."

목이 졸리는 것 같은 숨을 내쉬며 자다가 벌떡 일어난 건 몇 번인가. 뭐가 그리 불안한지 검을 끌어안고 앉은 채로 눈을 붙인 건 또 몇 번이고.

사람들이 마냥 생각하는 것처럼 그의 북부 생활은 녹록하지 않았던 것이다.

나는 입술을 깨물었다.

'그 헌신과 충정에 대해서는 제대로 된 보답을 받아야 해.'

나는 고개를 들고 의연한 태도로 황제를 응시했다. 황제는 턱을 괴고 미간에 주름을 잡았다.

"정당한 대가를 내려주라고?"

"예. 그가 고생했다는 건 폐하께서도 인정하시잖아요."

"음."

내 말에 황제는 대답 대신 침음성만 흘렸다. 느긋해 보이지만 머릿속에는 여러 가지 이권이 치열하게 오가고 있을 게 분명했기에, 나는 입술을 다물고 얌전히 기다렸다.

잠시 기묘한 표정으로 나를 응시하던 황제가 천천히 입을 열었다. 뜻밖에 흘러나온 말은 지극히 감정적이었다.

"그대는 파넬 공작을 별로 좋아하지 않잖아. 그런데 왜 그를 챙기지?"

"제 감정과는 별개의 문제예요."

나는 분명한 어조로 선을 그었다. 모든 문제를 감정적으로 접근하고 해석하는 건 아주 나쁜 버릇이다.

"저는 그 부분에서부터 문제가 생겼다고 생각해요. 바로 잡아야 해요."

나는 최대한 질책하는 어조가 되지 않도록 주의를 기울이며 말했다.

사실 모든 문제는 아버지도 없는 가엾은 소년을 전장으로 무작정 내민 데에서 시작된 것 아닌가. 그것 때문에 말이 나오니 어영부영 얼굴도 모르는 여자와 혼인을 치르게 하고, 그의 고생에 대해 보답은 하지 않고 입만 쓱 닦고.

'제임스를 대하는 황제 폐하의 태도는 분명히 잘못되었어.'

조금이라도 그라는 남자를 존중하고 배려했다면 지금 같은 상황은 벌어지지 않았을 것이다. 나는 그 부분을 분명하게 지적했다. 내 말에 황제의 통통한 볼살이 쏙하고 들어갔다. 재미있다는 듯이 웃은 탓이었다.

그가 은근한 어조로 내게 물었다.

"그래서 그 충정의 대가로 그대를 요구하면 어쩔 셈이지?"

뜻밖의 질문에 나는 숨이 살짝 막혔다.

나를 요구한다?

'있을 수 있는 일이야.'

지금 천지분간 못하고 나타나서 나와 다시 혼인을 부활해달라고 우기는 태도를 보면 충분히 그럴 수도 있다 싶었다.

"그는…… 지금 제대로 사리 분별을 못하고 있어요. 아마 젊은 나이에 전쟁터에서 혹독한 시간을 보낸 탓이겠죠."

하지만.

"앞으로도 신하들의 충정을 바라신다면 파넬 공작에게는 제대로 된 상을 내려야 한다고 생각해요."

그가 무슨 말을 하든 나는 내 의견을 철회할 생각이 없었다. 내 생각이 옳으니까.

적절한 타이밍에 이안도 한마디를 보탰다.

"어차피 그 요구에 타이론은 응할 생각이 없으니 그 부분은 걱정할 필요가 없지 않겠습니까."

"이안."

사실 그에게도 예민할 수 있는 문제인데, 이렇게 흔쾌히 내 편을 들어주니 마음이 가벼워졌다. 서로 다정한 시선을 주고받는 우리를 지켜본 황제는 천천히 고개를 끄덕였다. 그리고 내게 물었다.

"그래서 그대는 어느 정도면 충분하다고 생각하나?"

반쯤 내 말에 넘어온 질문이었다.

나는 그가 이안처럼 내 말에 귀를 기울여준다는 사실에 기뻤다. 나는 서둘러 고개를 숙여 예를 표하며 입을 열었다.

대답은 어렵지 않았다. 수도 없이 지난 생에서 내가 이만큼은 요구해야 하는 거 아니냐며 제임스를 닦달했던 내용이니까.

"임무를 완수했을 시, 1만 데르크에 준하는 현물, 그리고 황실 보고에서 검이라도 한 자루 내리면 되지 않을까요?"

"먹고 떨어지라고 하는 거냐고 더 반발하지 않을까."

"그럼 그때는 자기 몫이죠. 굴러들어온 복을 걷어차는 것도."

줘도 싫다는 사람에게 굳이 보물을 안겨줄 필요는 없었다. 거기까지는 내가 알 바도 아니었다.

"그렇게 해야 귀족들 사이에서도 말이 나오지 않을 거예요. 한 번 고려해주세요."

"확실히 좋은 방법이야. 검토해보도록 하지."

황제는 흔쾌히 고개를 끄덕였다. 긴장한 것이 무색할 정도로 시원시원한 태도였다.

잠시 멍하니 있었던 나는 이내 환하게 웃으며 허리를 숙였다.

"미흡한 의견에 귀를 기울여주셔서 감사해요, 폐하."

"아니야. 나는 제수씨가 이렇게 강단 있는 사람이라 좋아. 말하기 쉽지 않았을 텐데."

"과찬이세요."

하지만 말하기 어려운 건 사실이었다. 특히나 나와 제임스의 얽힌 사연을 떠올리면 말이다.

'제임스도 뿌듯함을 느끼면 좋겠네.'

보상 같은 것에 관심을 두는 사람은 아니지만, 그래도 남이 나를 인정하고 안 하는 것은 큰 차이가 있으니 말이다.

'그리고 좀 더 자신을 존중해주는 여자를 만나서 행복하게 살았으면.'

어쨌든 부부라는 사이로 얽혀 오랜 시간을 보냈다. 나는 제임스 또한 행복해지길 바랐다.

내가 제임스를 떠올리며 쓸쓸한 미소를 지었을 때였다. 턱을 문지르던 황제가 어쩐지 짓궂은 미소를 지었다.

"참 재미있는 일이야."

둥글둥글한 인상에 파묻혀 있던 눈이 날카롭게 빛났다.

"조사 내용을 보면 제수씨와 파넬 공작 사이에는 어떤 접점도 없는데 말이지. 정작 두 사람은 무척 친근하게 행동한단 말이야."

"그건 우연⋯⋯."

내가 서둘러 오해라고 대답하려고 했을 때였다. 내 말을 자르고 황제가 내가 전혀 모르는 사실을 털어놓았다.

"파넬 공작이 북부로 출정하는 대가로 그대와의 혼인을 요구한 걸 아나?"

"네?"

나는 눈을 동그랗게 떴다.

'북부로 출정하는 대가로 날 요구했다고?'

그 말에 이안의 얼굴이 와락 구겨졌다.

"그게 무슨 말씀이십니까?"

"말 그대로의 뜻이네. 사실 진지하게 말하지 않아서 나도 귀담 아듣지 않았었지만."

그런 말을 하긴 했었다는 뜻이다. 처음 듣는 말에 내 머릿속이 엉망으로 꼬여 들어갔다.

"그, 그럴 리가⋯⋯."

나는 덜덜 떨리는 목소리로 부정했다. 그럴 리가 없었다.

'우리는 그냥 생일이 같아서 얻어걸린 부부였잖아?'

내 기억 속에 나와 제임스의 결혼은 분명 그랬다.

'그런데 지금 이건 무슨 소리야?'

내가 알고 있던 사실이 틀렸던 건지, 아니면 이번 생은 바뀐 것인지 알 수가 없었다.

'왜 이번 생은 자꾸 과거와 달라지는 거지? 나 한 사람이 미래를 알고 있다고 해서 이렇게까지 바뀔 수가 있나?'

밀려오는 혼란스러움에 내 얼굴이 창백하게 질렸을 때였다.

황제는 팔짱을 끼고 인자하게 웃으며, 아무렇지도 않게 소름 끼치는 이야기를 꺼냈다.

"공작은 그대를 어디서 보고 마음에 품었을까. 나는 요즘 그게 참 궁금하다네."

나야말로 궁금했다.

'이 시점에서 우리는 전혀 모르는 사이였잖아.'

왜 하필 나를 찍었을까. 왜 내게 이렇게 집착하는 걸까.

도통 답을 찾을 수 없는 질문들이었다.

❖ ❖ ❖

황궁에서의 티파티는 의외의 근심거리를 내게 던져주었다.

"파넬 공작이 북부로 출정하는 대가로 그대와의 혼인을 요구한 걸 아나?"

몰랐다. 오늘 처음 듣는 말이었다.

"공작은 그대를 어디서 보고 마음에 품었을까."

'아니야. 제임스가 나에 대해서 어떤 감정을 가지고 있을 리가 없어.'

나와 제임스는 절망적이라고 할 정도로 접점이 없었다. 우리의 공통점을 굳이 찾고 또 찾자면, 아카데미 동문이라는 점이었지만, 내가 입학할 무렵 제임스는 졸업생으로 북부 출정을 앞두고 훈련을 받고 있었다.

'나는 제임스를 만난 적도 없어. 스치듯 볼 기회조차 없었지.'

내가 입학할 무렵, 제임스는 바로 현지훈련을 떠났으니까.

'정말 모르겠다.'

나는 머리카락을 쓸어넘겼다. 바로 그때였다.

"부인."

귓가에 제임스의 목소리가 울렸다. 마흔 살 내 생일 때가 아니고 바로 얼마 전 황제의 탄신제 때 들었던 호칭이다.

'그때도 그는 왜 그렇게 자연스러웠지?'

결혼식에서조차 얼굴 한 번 보지 못하고, 10년 뒤에야 만날 수 있었던 부부. 그런데 어떻게 처음 만나는 자리에서 그렇게 자연스럽게 나를 부를 수 있단 말인가.

"부인, 이리 오시오."

진중하게 가라앉아 있던 표정은 난생처음 보는 여자를 보는 사람이라고 믿을 수가 없었다.

처음 보는 사람을, 이미 익숙하게 알고 있듯 부른다면 그 이유는 단 하나뿐이지 않은가.

'설마 제임스도 과거의 기억이 있는가?'

그 생각을 하는 순간 소름이 온몸에 돋아났다.

'하지만 어떻게 그렇게 단정 지을 수가 있지? 사실 이건 있을 수 없는 일이었잖아.'

그런 기적이 어떻게 내게만 일어날 수 있겠는가.

제임스도 만약 나처럼 시간을 거슬러 왔다면…….

'나는 어떻게 해야 하지?'

눈동자가 크게 흔들렸다. 힘을 주려고 해도 손가락 끝부터 바들바들 떨려왔다.

이런 불안을 드러내고 싶지 않아, 내가 작게 심호흡을 하고 있을 때였다.

"폐하께서 당신의 의견을 적극 반영하여 파넬 공작에게 오리하르콘으로 만들어진 넘버즈 시리즈 중 하나 '투머로우'를 내리시겠다고 하는군요. 그 수여식은 다음 달 초로…….."

이안은 오늘 황궁에서 정해진 것들을 천천히 읊었다. 그러다가 불쑥 내게 고개를 내밀고 눈을 맞췄다.

"올리비아? 듣고 있어요?"

"이안."

해가 쨍한 여름 하늘 같은 눈동자가 나를 바라보고 있었다.

하지만 어쩔 수 없이, 그를 마주하고 있는 순간에도 음울한 회청색 눈동자가 떠올랐다.

'제임스.'

그저, 그가 기억이 있을지도 모른다는 것에 왜 이렇게 흔들리는가.

"왜 그래요? 아까부터."

이안이 엄지로 내 붉어진 눈가를 문질렀다. 그를 마주하는 것도 죄스럽게 느껴져서 나는 눈을 감았다.

따뜻한 온기가 손바닥을 통해 뺨 전체에 느껴졌다. 나는 나른한 한숨을 내뱉었다.

"머리가 너무 복잡해서요."

"어떤 문제인지 내게도 이야기해줄 수 있습니까?"

"미안해요, 아직 확실하지 않아서……."

확실하다고 해도 이야기할 수 있을까.

나는 사실 다른 사람의 아내였고, 시간을 거슬러와서 당신을 만났는데, 전 남편도 공교롭게 시간을 건너온 것 같다고?

'못해.'

이안이 아무리 날 사랑한다고 해도 저 상황은 이해할 수 없을 게 분명했다. 그런 복잡스러운 내 마음도 모르고, 이안은 부드럽게 채근했다.

"확실하지 않아도 이야기해주십시오. 당신은 괜히 사소한 것에 흔들리는 스타일이 아니잖아."

"미안해요, 이안. 혼자 생각 좀 하고 싶어요."

사실 머릿속이 너무 복잡해서, 지금은 그를 마주하고 싶지도 않았다.

'마차에 나란히 앉은 상황이 불편해지기는 처음이야.'

여태까지는 이안이 불편했던 적이 없었는데. 달콤했던 꿈에서 깨서 현실을 마주한 것 같은 느낌이었다.

나는 이안을 피해 고개를 살짝 돌렸다. 이안은 그런 나를 물끄러미 바라보다가 작은 목소리로 나를 불렀다.

"올리비아."

그가 손으로 부드럽게 뺨을 감싸서, 내가 그를 마주 보게 했다. 이안의 눈썹이 일그러졌다.

"이런 말은 정말 하고 싶지 않았지만, 오늘은 해야겠군요."

무엇을? 나는 느릿하게 눈을 깜빡였다. 이안에게서 흘러나온 것은 뜻밖에 연약한 목소리였다.

"내가 정말 북부로 가기 싫은 이유는 내가 떠나고, 저 무식한 놈과 당신이 수도에 함께 있는 것 자체가 싫어서입니다."

"이안."

이안의 말에 나는 눈을 동그랗게 떴다. 설마 그렇게 생각하고 있을 줄은 몰랐다.

'그렇구나. 이안이 가지 않는다는 건 제임스가 수도에 남는다는 뜻이니까.'

놀라 눈을 크게 뜬 나를, 이안이 쓸쓸한 미소를 지으며 보았다.

"왜일까요. 그 사람이 나타난 다음부터 나는 불안하군요."

나는 손을 들어 이안의 손바닥을 감쌌다. 나보다 훨씬 큰 손이 어쩐지 어린아이처럼 느껴졌다.

"미안해요. 당신이 그런 생각까지 하고 있는 줄 몰랐어요."

참 이상한 일이었다. 조금 전까지도 내 마음은 한없이 불안했는데, 막상 나와 마찬가지로 흔들리는 이안을 보니 거짓말처럼 마음이 가라앉았다.

'그래. 제임스가 기억이 있다고 해서 흔들릴 이유가 어디 있니, 올리비아.'

그렇다고 해서 이 사랑스러운 사람의 곁을 떠날 건 아니지 않은가.

나는 팔을 벌려 이안의 목을 끌어안았다. 깜짝 놀란 듯 이안의 몸이 굳어졌다.

"우리는 괜찮아요. 다 잘될 거예요."

나는 이안을 다독였다.

물론, 그건 내게 하는 말이기도 했다.

'괜찮을 거야.'

그렇게 나는 내 마음의 불안을 살짝 구석으로 밀어냈다.

이안은 어릴 적부터 감이 좋았다. 그리고 그 직감은 올리비아를 만났을 때도 선명했다.

'사실 만나기 전에는 별로였지.'

겨우 스무 살. 다른 남자와 이미 혼인한 사이.

그런데 대국민 고자와 밤마다 붙어먹는다는 노래를 일부러 퍼뜨리다니.

'도대체 무슨 꿍꿍이인가 싶었어.'

나가기도 싫은 자리, 황제의 권고로 '얼굴이나 보자.' 하고 나갔다.

그리고 얼굴을 마주하는 순간, 이안은 직감했다.

이 여자다, 라고.

분명 이제 막 스물이 된 젊은 여성인데 그보다 더 성숙한 느낌이었다. 시원시원하게 말하면서도 그 사이에는 절박함이 느껴졌다.

'무엇이 그녀를 절박하게 만드는 걸까.'

그 점을 눈치채니 그녀에 대해 알고 싶어졌다. 그리고 그 시점에서 이안은 깨달았다.

이미 마음이 기울기 시작했다는 걸.

'몰랐어. 내가 이렇게 순식간에 여자에게 빠져들 수 있다는 걸.'

그의 예감은 언제나처럼 맞았다. 그녀와 이야기하면 이야기할수록, 그는 그녀에게 더 매료되었다.

'평생 혼자 살 생각이었는데.'

그녀가 바꾼 것은 그만이 아니었다. 황제 또한 바뀌었다.

"네게 돌려주고 싶다."

황제의 그 말을 들었을 때, 이안은 티는 내지 않았지만 속으로 실소했다.

사람 좋은 얼굴을 하고 있어서 그렇지, 황제는 속이 좁고 냉정했다. 이치대로라면 타이론 공작가와 화이트폴 후작가에서 분란이 일어났을 때 이안이 자신의 동생임을 밝혀야 했다. 하지만 의심이 많은 성품이 그것을 막았다.

"아직 후계자가 안정적이지 않은데, 또 다른 가능성을 열어두고 싶지 않다."

이안에게 정계 진출을 허락하지 않는 것도, 공훈을 세울 기회를 주지 않는 것도 모두 같은 맥락이었다.

이안을 경계하기 때문에.

그런 주제에 그는 또 죄책감을 느끼고 이안에게 살갑게 굴었다. 여러모로 이율배반적인 사람이었다.

하지만 그 상황을 바꾼 것이 올리비아였다. 이안을 불러낸 황제는 술에 얼큰히 취해서 자신의 진담을 털어놓았다.

"처음에는 네 짝을 찾아주고 싶은 마음뿐이었다. 출신이 한미하고, 이미 결혼했던 적이 있으니 적당한 흠을 가지고 있다고 생각했지."

역시. 그는 그 한순간에도 모든 상황을 계산했다. 황제를 나무랄 것은 아니었다. 무릇 위정자란 숨 쉬듯 계산을 해야 하는 법.

하지만 그로 인해 자신의 마음이 바뀐 것은 그도 계산하지 못한 점이리라.

"하지만 막상 행복해 보이는 너를 보니, 네게서 빼앗은 많은 것들이 떠오르더구나. 그것은 너 한 사람에게만 빼앗은 것이 아니라 네가 낳을 아이들의 미래와 권리이기도 하지."

황제는 수십 년을 하지 않았던 말을, 비로소 내뱉었다.

"미안하다, 이안. 못난 형을 용서해다오."

그제야 이안은 자신을 괴롭히던 과거의 한 단락이 마무리되었음을 깨달았다.

'모두 그녀 덕분이야.'

그렇기에 이안은 자신이 받은 것처럼, 올리비아도 과거에서 자유로워지길 바랐다.

못된 아버지를 멀리 보내고, 사랑하는 동생과 함께 지낼 수 있도록 해주었다. 스타티스는 마음에 들지 않았지만, 로메오가 절친한 친구라니 자주 입궁해야겠다고도 생각했다.

하지만 그 마음은, 제임스가 나타난 다음부터 불안하게 삐걱거렸다.

"부인."

내 아내를 부인이라고 멋대로 칭하는 것도 짜증 났지만.

"이안이 아니라 제임스에 관한 거예요."

왜 그녀는 저토록 자연스럽게 파넬 공작의 이름을 부르는가.

'둘이 무슨 관계가 있나?'

서류상 아무리 봐도 두 사람의 접점은 없었다.

하지만 이안의 감이 그에게 말하고 있었다. '무엇인가 있다'고.

'분명 흔들리고 있는 거야. 파넬 공작이 먼저 결혼을 청했다는 말을 듣고.'

황제가 그 말을 한 다음부터, 올리비아는 눈에 띄게 혼란스러워하고 있었다.

'도대체 그자는 왜 그런 말을 한 걸까?'

그리고 그녀는 왜 그 말에 흔들리는가?

두 사람이 친근한 관계가 아닌 이상 납득하기 어려운 일이었다.

이안이 예리하게 그녀를 관찰하는 줄도 모르고, 올리비아는 두 손으로 그를 끌어안고 아이를 다독이듯 토닥였다.

"우리는 괜찮아요. 다 잘될 거예요."

그것은 그에게 하는 말이라기보다는 그녀 자신에게 하는 말 같았다.

이안은 두 손으로 그녀의 허리를 끌어안았다. 잘록한 허리가 그의 품 안에 쏙 들어왔다.

'이 여자는 왜 이렇게 사랑스러운가.'

강단이 있는 것 같다가도 무르고, 여린 것 같다가도 강하다. 그녀가 드문드문 소신을 보일 때마다 이안은 등줄기가 저릿저릿했다. 예를 들면, 아까 황제 앞에서 제임스 파넬에게 제대로 된 보상을 내려달라고 부탁할 때라든가.

'감싸고 도는 게 파넬 공작이라는 점은 마음에 들지 않지만.'

누군가가 홀로 남은 이안을 위해 저렇게 나서주었더라면 어땠을까. 이안은 올리비아의 어깨에 눈을 문질렀다.

'파넬 공작은 정말 멍청이야. 이런 보석을 못 알아보고.'

굳이 상상할 필요도 없었다. 그녀는 정말로 그렇게 나서줄 사람이었으니까.

'이제 와 욕심을 낸들 내가 물러날 줄 알고.'

만나지 않았다면 모를까, 그는 이미 올리비아를 만났다.

이제 올리비아는 그의 밑바닥 모든 비밀을 아는 유일한 사람이었다.

'언제고 담판을 지어야겠어.'

플로렌스 자작을 치워버린 것처럼 녹록하진 않을 터였으나.

이안의 눈동자가 파랗게 타올랐다.

❖ ❖ ❖

나는 내 집무실에 앉아서 신문을 넘겼다. 몇 장 넘기지 않고, 제임스의 소식을 접할 수 있었다.

— 황궁보고에 잠들어 있던 넘버즈 '투머로우'가 주인을 찾다!

그 주인은 다름 아닌 북방의 젊은 호랑이 파넬 공작!

'넘버즈라.'

나는 턱을 톡톡 두드렸다. 파넬 공작부인이었던 것치고, 나는 사실 무기나 전쟁에 대해서는 아는 바가 적었다. 제임스가 내가 그런 것에 관심을 가지는 걸 싫어했기 때문이다.

'모르긴 몰라도 무척 유명한 거겠지. 이렇게 대서특필 되는 거 보면.'

수여식은 내달 초. 무도회 같은 큰 행사를 겸하진 않지만, 그래도 수도의 중진들은 모두 행차하는 큰 행사가 될 터였다.

'타이론에서도 가야겠지. 적당한 축하선물을 가지고.'

무엇이 좋을까. 나는 턱을 괴고 톡톡 두드렸다. 마침 백화점에 관해 상의하러 들어온 케닌이 그런 나를 보고 고개를 갸웃했다.

"무슨 고민 있으세요?"

"고민은 아니고요. 그냥 뉴스를 보고 있었어요."

"무슨…… 아, 파넬 공작의 수여식이군요."

'투머로우'에 대한 정보가 없어서인지 기사에는 그 관련 이미지가 하나도 실려 있지 않았다. 나는 어깨를 으쓱했다.

"대단한 검인가 봐요?"

"대단하긴 하죠. 그래서 넘버즈로 분류되잖아요."

"넘버즈가 뭐죠?"

내 질문에 케닌은 간략하게 대답했다.

"전설적인 장인 튤라가 생전에 오리하르콘으로 만들어낸 검을 통틀어서 넘버즈라고 불러요. 대표적인 형제 검으로는 '하늘을 가르는 검'과 '저스티스' 등이 있죠."

"이름이 죄다 거창하네요."

하늘을 가르는 검이라. 도대체 어떤 검인지 상상도 되지 않았다. 그 정도로 날카롭다는 뜻이겠지?

'옛날 사람들은 이름을 낭만적으로 짓는 편이었으니까.'

하지만 하늘을 가른다든가 정의라든가 하는 이름과 달리 '투머로우'는 직관적으로 이름이 와닿질 않았다.

'설마 내일을 볼 수 없게 해버린다든가, 그런 의미는 아니겠지?'

그럼 조금 무서울지도.

그리 생각하며 나는 여상스럽게 신문을 넘겼다.

－ 오르세 왕국의 사절단 도착, 마이옌 공이 왕족 대표로 방문.

－ 황태자 전하 국혼 초읽기‖로메오 알키저스는 어떤 사람인가.

－ 폰즈 백작의 네 번째 재혼!

'별로 신기한 뉴스는 없군.'

각 왕국에서 제국으로 사절단을 보내는 것이야 매년 있는 일이었다. 오히려 오르세 왕국은 늦은 편이었다. 보통 황제의 탄신제에 맞춰서 들어오니 말이다.

'로메오는 한동안 바쁘겠네.'

결혼 선물은 뭐로 보내야 할까. 그런 생각들을 하며 나는 신문을 덮었다. 그리고 케닌에게 물었다.

"백화점은 어떻게 되어가고 있어요?"

"이달 말일에는 완공이 될 것 같고, 인테리어 작업은 한 달 걸릴 것 같습니다."

"상점 모집은요?"

"순조로운 편입니다. 예상보다 모집이 잘 되어서 오픈할 때에는 2층까지 채워서 오픈할 수 있을 것 같습니다."

"다행이네요."

이 나라에 아직 없는 형태의 가게인지라 많은 호응을 얻기 어려운 게 당연했다. 오히려 이런 상황에서 이만큼 입점 업체를 모아온 케닌의 수완이 대단했다.

"곧 너도나도 들어오고 싶어서 점포임대료를 더 내겠다고 하는 곳이 될 거예요. 처음이 중요하니까 조금만 더 힘내보아요. 케닌이 고생이 많아요."

"아닙니다."

케닌은 나름대로 의연한 척했으나, 입꼬리가 씰룩씰룩 올라가는 것이 다 보였다. 이안이 얼마나 빡세게 사람을 굴리는지, 그는 아주 작은 칭찬에도 약한 모습을 보였다.

'아마도 놀리는 게 재미있어서겠지만.'

케닌은 놀리면 팔딱팔딱 뛰는 모습이 무척 웃겼다.

그 모습을 떠올리며 내가 픽 웃었을 때였다. 케닌이 머뭇머뭇거리며 운을 뗐다.

"그리고 비전하, 이 부분은 사실 말씀드려도 되나 조심스럽습니다만."

"뭐죠?"

"파넬 공작이 최근 수도에서 보이지 않습니다. 복귀 신청은 하지 않았는데 어떻게 된 일인지 잘 모르겠습니다."

"아."

뭔데 뜸을 들이나 했더니 제임스의 이야기였다. 나는 웃던 모습 그대로 굳어졌다. 케닌은 미간을 찌푸리고 말했다.

"무슨 음모를 꾸미고 있는 건 아닐까 찝찝합니다만."

하필 이 시기에 모습이 보이지 않는다니. 나도 조금 찝찝해졌다. 하지만 이내 고개를 저었다.

"아마 그런 건 아닐 거예요. 그는 명예로운 기사니까요."

"하지만……."

케닌은 머뭇거리다가 입을 다물었다. 나는 한숨을 내쉬었다.

'도대체 어딜 간 걸까.'

내가 아는 제임스는 정면으로 달려들면 달려들었지, 비겁한 수를 쓸 사람은 아니었다.

'딱히 무슨 수를 쓸 방법도 없고.'

수도 밖에 나간들 내 약점이 굴러다니는 것도 아니지 않은가. 나는 평생 수도를 떠난 적이 없는데.

'별일 아닐 거야.'

나는 고개를 흔들고 다시 백화점 관련 서류로 시선을 두었다. 하지만 꺼림칙함은 사라지지 않고 계속 몽글몽글 내 주변을 맴돌았다.

제임스의 '투머로우' 수여식은 황궁이 아닌, 대성당에서 치러지기로 정해졌다. 그 모습을 참관하고 싶은 사람은 누구라도 참관할 수 있다.

그 사실을 전해 들은 나는 손뼉을 치며 감탄했다.

'정치적으로 잘 써먹으시네.'

충정에 대한 대가는 이렇게 확실하게 치른다!

기왕 주기로 한 것 최대한 과시하겠다는 뜻이었다.

'보통 너구리가 아니야.'

생긴 건 곰처럼 생겼지만, 사실 이번 상황 전체를 보라. 모든 것은 황제가 원하는 대로 굴러가지 않았나.

'그나마 이안을 예뻐해서 다행이라고 해야 하나.'

정말 예뻐서인지, 이제는 하나밖에 안 남은 형제라서 그런지, 그의 유년 시절에 대한 부채감 때문인지는 모르겠지만.

'적으로 삼으면 상당히 피곤할 스타일.'

그 정도로 나는 생각을 정리했다. 앞으로 그런 장인 어르신을 모시며 괴로워할 로메오에게 미리 애도를.

똑똑.

조금 있으니 방문이 두드려졌다. 누구인지 묻지 않아도 알 수 있기에, 나는 가벼운 걸음으로 걸어 나갔다.

열린 문 앞에는 이안이 서 있었다.

"준비 다 되었어요?"

"네. 가요."

이안의 작위, 타이론 대공.

젊은 시절 황제의 대대적인 정리 작업 덕분에 이 나라에 전 황제의 자식은 이제 황제와 이안밖에 남지 않았다.

황실의 두 번째 어른으로 주요 행사 때마다 이안이 참석하는 것은 당연한 일.

그의 팔에 팔짱을 끼니, 그가 당연하다는 듯이 내 이마에 입을 맞췄다. 그리고 잠시 나를 빤히 쳐다보는 것 아닌가.

"왜, 왜요?"

혹시 화장이 잘못되었나? 나는 당황해서 내 얼굴을 더듬었다. 그러자 이안이 나를 와락 끌어안는 것 아닌가.

"아니요. 그냥 당신이 너무 예뻐서 새삼 다시 쳐다보았습니다."

"무슨."

갑자기 훅 들어오는 작업 멘트에, 내 뺨이 붉게 달아올랐다. 나는 슬쩍 그를 흘겨보며 웃었다.

"당신도 멋있어요."

"빈말 아닙니다. 어쩜 이렇게 사람이 예쁘지. 볼 때마다 넋을 놓게 되네요."

또, 또 불꽃 플러팅 날린다.

이런 식으로 은근슬쩍 침실로 끌려간 적이 있기에, 나는 냉정하게 그의 팔을 풀고 한 걸음 물러났다.

"넋은 마차 안에서 놓으면 안 될까요."

"냉정해."

입술을 삐죽이는 이안이 너무 귀여워서 나도 쪽 입을 맞춰주고 싶었지만, 참았다.

'다음 일정이 없다면 모를까, 일국의 대공이 지각할 수는 없잖아.'

내가 생각보다 강경하게 철벽을 치자, 이안은 결국 느릿하게 걸음을 떼었다. 하지만 툴툴거림은 끝나지 않았다.

"오늘 하필 가는 곳이 파넬 공작의 수여식이라니. 아아, 가기 싫다. 그 무식한 사람도 내 아내에게 반하면 어쩌죠?"

제임스가 반한다고?

'그 벽돌에게도 그런 말랑말랑한 감정이 있을까?'

잘 모르겠다. 애초에 제임스와의 결혼생활은 버석한 모래를 씹는 기분이었는걸. 특별할 것도, 즐거울 것도 없이, 그냥 똑같은 하루하루, 미지근한 온도.

'있을 수 없는 일이지.'

하지만 만약 그런 일이 일어난다면.

"보란 듯이 진하게 키스하죠."

나름대로 한 달 가까이 고민한 끝에 나는 제임스의 상황을 결론지었다.

일단, 미래에서 과거로 회귀했을 가능성은 낮다고 보았다. 시간을 거스르는 건 기적인데, 그 기적이 우리 두 사람에게 동시에 일어났을 확률은 매우 적지 않은가.

그렇다면 왜 그는 내게 집착하는가.

거기에 나는 그럴듯한 이유를 찾아냈다.

'아직 이안이 대국민 고자라고 믿고 있는 거야.'

나와 이안이 수도에 염문을 뿌릴 때, 그는 북방에 있었다. 그래서 아직도 그가 고자인 줄 아는 것이다.

'맞아. 나한테 아기도 없는 삶이 어떻게 행복하냐고 묻는 걸 보면 틀림없어.'

이안이 고자가 아니라는 사실을 알게 된 사람들은 모두 나한테 2세 계획을 묻는데, 제임스만 내가 아이 없이 살 거라고 했다.

'제 딴에는 내가 가엾게 느껴졌나 보지. 하지만 이안과 내가 행복하게 살고 있다는 것만 알면 순순히 물러갈 거야.'

진한 키스 한 번이면 정신 차리지 않을까.

내 말에 이안의 눈이 반짝반짝 빛났다. 없는 꼬리가 살랑이는 것이 보일 정도였다.

"진짜? 나 진짜로 할 겁니다."

"……하지 말아요."

누구를 밤에 이불킥하게 만들려고.

나는 키득키득 웃으며 이안의 팔에 팔을 꿰었다.

❖ ❖ ❖

황제를 평민들이 가까이서 볼 기회가 별로 없기에, 대성당에는 일찍부터 평민들의 입장으로 붐볐다.

물론 그들이 입장할 수 있는 구역이 정해져, 진짜 황제와 귀족들의 가까이까지는 갈 수 없지만 말이다.

'귀족들도 생각보다 많이 왔네.'

너무 많은 사람이 일제히 돌아보니 일일이 얼굴을 확인하는 게 쉽지 않았다. 우리는 상석의, 귀족들과 목례를 하고 자리에 앉았다.

'저들은 낯선 얼굴인데.'

나는 맞은편에 앉은 이들을 바라보았다. 처음 보는 얼굴이었는데, 드문드문 검은 피부의 이국적인 생김새를 가지고 있는 이들도 섞여 있었다.

'저들이 오르세 왕국에서 온 사절단인가 보군.'

보통 사절단이 오면 큰 행사를 베풀기 마련인데, 그동안은 탄생제로 퉁 쳤고 이번에는 파넬 공작 수여식으로 퉁 치려는 듯했다.

'대단한 수완이야.'

다른 행사를 열자니 돈이 들고, 마침 파넬 공작에게 검도 수여해야 하니 겸사겸사하겠다는 것이다.

'가재도 잡고 도랑도 치네.'

칭찬인지 비꼼인지 모를 소릴 중얼거리고 있으니 황제와 함께 제임스가 나타났다. 나는 제임스를 보자마자 눈살을 찌푸렸다.

'아니, 머리카락 무슨 일이야.'

제임스는 오늘도 검은색 일색이었다. 하지만 옷은 눈에 들어오지도 않았다. 헝클어진 머리카락 때문이었다.

'오늘 같은 날 빗질도 한 번 안 하고 나온 거야? 그 정도는 집안 누구든 챙겨야 하는 거잖아.'

나는 혀를 찼다.

'하여간 우아한 진상, 의뭉스러운 인간 같으니.'

저건 분명 첫째 시어머니의 작품이 분명했다. 그녀는 제임스

덕분에 파넬 대부인으로 군림했지만, 제임스가 자신의 친아들이 아니기에 은근히 선을 긋곤 했다.

'아휴, 내가 무슨 생각이람.'

이제는 남이건만, 제임스의 모습을 볼 때면 참견하고 싶어 근질근질해졌다. 이쯤 되면 병이다 싶었다.

행사는 무난하게 끝났다. 애초에 그저 공훈을 치하하고 검을 내리는 것뿐이니 문제가 있을 것도 없었다.

"훌륭한 장수에게 훌륭한 검을 내렸으니, 이제 적을 소탕할 때로다."

'북쪽으로 좋게 말할 때 돌아가라는 뜻이렷다.'

심드렁하게 보고 있던 나는 황제의 말에 또다시 박수를 치고 말았다.

'역시 의뭉스러운 사람이야. 조심해야 해.'

제수씨라고 살갑게 굴어도 절대로 마음을 놓지 않겠노라고 다짐했다.

행사가 가볍게 끝나고, 아직 황제가 자리에서 일어나지 않았을 때였다. 그 절묘한 타이밍에 한 사내가 상석으로 걸어와서는 나를 불렀다.

"올리비아!"

설마 나를 부르는 사람이 있을 거라고는 생각하지 못했던 터라, 나는 펄쩍 놀랐다. 나는 눈을 깜빡거렸다.

"아버지?"

그 사람은 다름이 아닌 나의 아버지 플로렌스 자작이었다.

❖ ❖ ❖

설마 이런 자리에서 만날 거라고는 상상도 못 했다. 나는 아버지에게로 가까이 다가가며 물었다.

"어떻게 아버지께서 수도에 계신 거예요?"

그런데 오랜만에 만나, 반가워할 줄 알았던 아버지는 뜻밖에 입술을 비틀며 빈정거렸다.

"왜? 네가 그렇게 기를 쓰고 막으면 내가 못 들어올 줄 알았냐?"

"네?"

기를 쓰고 막다니. 내가 왜 아버지의 출입을 막는단 말인가.

순간 말문이 막힌 내가 입을 꾹 다물었을 때였다. 이안의 커다란 손이 내 어깨를 짚었다. 낮은 목소리가 내 귓가를 울렸다.

"장인어른."

평소와는 다른 느낌의 소름이 훅 돋아났다. 이안은 무척 불쾌해하고 있었다.

"오랜만에 뵙는군요. 얼굴이 많이 좋아지셨습니다."

기분은 그럴지언정, 아버지를 향하는 그의 얼굴은 완벽하게 상냥한 미소를 짓고 있었다.

그런데 간덩이가 부은 것인가. 지난번에는 이안에게 바닥에 머리가 닿을 정도로 조아리던 사람이, 이번에는 배를 내밀고 빈정거렸다.

"얼굴이 좋아지다뇨. 이렇게 상한 것 안 보입니까?"

"저런. 몸이 안 좋으셨습니까?"

아버지의 날카로운 대답도 이안은 부드럽게 받았다. 하지만 그의 턱이 무섭게 시근거리는 것을 나도 느낄 수 있었다.

'왜 이렇게 화가 났지?'

나는 의아해서 이안을 돌아보았다. 바로 그때였다.

아버지가 상상도 못 한 이야기를 늘어놓았다.

"제 딸이 신의도 모르는 악랄한 여자라는 소문에 밤잠을 설치느라 이렇게 야위게 되었습니다."

"그게 무슨 소리예요, 아버지?!"

아무리 수여식이 끝났다고 해도 이 자리에는 황제가 남아 있었다. 황제가 일어나지 않았는데 자리에서 떠나는 간 큰 사람이 어디 있겠는가.

수많은 사람이 우리를 응시하고 있었다.

'세상에! 여기서 이런 소리를 하다니.'

이제야 우리를 응시하는 시선들을 깨달은 내 얼굴이 파랗게 질렸다. 그리고 나처럼 그 시선을 눈치챈 아버지는, 도리어 목소리를 더 높였다.

"무슨 소리냐니! 너는 이미 파넬 공작과 혼인한 몸이잖니. 그런데 어떻게 저리 훌륭한 지아비를 두고 다른 남자의 부인이 될수가 있어?"

"네?"

도통 정신을 차릴 수가 없었다.

'아버지가 왜 이제 와서?'

지난번에 왔을 때는 훌륭한 사위를 두어 영광이라고 굽신거리

150

지 않았던가. 그런데 왜 갑자기 헛소리를 하는 건지 도대체 이해를 할 수가 없었다.

내가 멍하니 굳어진 순간, 이안이 나를 지키듯 내 앞으로 나섰다. 그리고 정중한 목소리로 그를 꾸짖었다.

"이런 자리에서 큰 소리로 할 이야기는 아닌 것 같군요."

"이런 자리가 아니면 어디서 이야기합니까? 대공이 무서워서 대공저에서 이야기할 수 있습니까?"

"장인어른."

"말 잘하셨군요. 저는 올리비아의 아비입니다. 그리고 아비 된 도리로, 이 결혼을 인정할 수 없습니다."

자기가 도대체 뭘 했다고 이제 와서 인정하네 마네란 말인가. 듣자 듣자 하니 들어줄 수가 없었다. 나는 냉정한 목소리로 대답했다.

"아버지의 인정은 필요 없어요."

"아니, 필요할걸."

그런데 아버지도 나름대로 믿는 구석이 있었던 모양이다.

"파넬 공작과의 혼인무효증에 서명할 때 너는 생일이 지나지 않았어. 즉, 혼인무효에도 부모인 내 허락이 필요하다는 뜻이지."

"!!"

나는 눈을 동그랗게 떴다.

내가 회귀한 상황이 마흔 살 생일이었던 탓에, 나는 내가 회귀한 뒤 당연한 듯이 성인으로 행동했다.

'그런데 그때 내가 아직 생일이 지나지 않았었다고?'

워낙 난리통에 이루어진 혼인무효라 그 무렵이 생일이었나 아니었나도 기억이 가물거렸다.

'아니, 그런데 당신은 여태 내 생일을 한 번도 챙겨준 적이 없잖아.'

"어차피 네 생일은 네 어미가 죽은 날이니 축하할 필요도 없지."

그렇게 말하던 사람이 이제 와서 내 생일을 물고 늘어지다니 기가 막혔다.

나는 눈에 힘을 주어 그를 쏘아보았다.

"정말 이런 식으로 나오실 거예요?"

잘 살라고 응원은 못 해줄망정, 이렇게 공개적인 장소에서 망신이라니.

그런데 아버지는 도리어 나에게 버럭 소리를 질렀다.

"그건 내가 할 말이다! 이 계집애가 키워준 은혜도 모르고."

"은혜요?"

"그래. 네 한 몸만 잘 먹고 잘살면 끝이더냐? 가엾은 이 아버지는 보이지도 않고?"

"네?"

정말 장소만 아니었다면 이렇게 물었을 것이다.

'내가 갚아준 빚은 뭔데?'

남들처럼 지참금 주고 잘살라고 빌어주지는 못할망정, 도리어 빚을 얹어서 보내지 않았던가.

152

'그래서 내가 당한 수모들은 또 뭔데? 그 뒤로도 애니 핑계, 오빠 핑계 대면서 수도 없이 돈을 가져갔잖아.'

머리가 뜨거워지는 기분이었다. 당장이라도 멱살을 잡고 패대기치고 싶었다.

내가 폭발하기 직전, 이안이 입을 열었다.

"제가……."

무섭게 가라앉은 목소리가 꼭 지옥에서 기어 올라오는 것만 같았다. 얼음처럼 차가운 미소를 지으며 이안이 아버지의 어깨를 붙들었다.

"제가 너무 신사적이었던 모양이군요."

꽈악 힘을 주면서 어깨 쪽 재킷이 우그러들었다. 아버지는 이안에게 압도되어 숨을 죽이고 굳어졌다.

이안이 아버지의 귓가에 둘만 들리도록 뭐라 속삭일 때였다.

통나무처럼 투박한 목소리가 또박또박 홀을 울렸다.

"틀린 말을 하는 것도 아닌데 어째서 겁박하는 겁니까."

"파넬 공작."

이안이 천천히 몸을 일으켜 아버지로부터 떨어졌다. 그리고 고개를 돌렸다.

그의 시선 끝에는 반짝반짝 빛나는 은색 검을 든 거구의 사내가 서 있었다. 바로 제임스였다.

이안은 무표정한 얼굴로 물었다.

"당신이 꾸민 짓인가."

"……."

거짓말을 하지 못하는 제임스는 어떤 대답도 하지 않았다. 바로 그 순간이었다.

내 머릿속에 언젠가 들었던 케닌의 경고가 떠올랐다.

"파넬 공작이 최근 수도에서 보이지 않습니다."

"제임스."

저절로 주먹에 힘이 들어갔다. 나는 빨개진 얼굴로 그를 바라보았다.

"당신이 어떻게 이럴 수가 있죠?"

"내가 무얼?"

자신이 뭘 잘못했는지 모르겠다는 듯이 그가 뻔뻔스레 반문했다.

눈물이 왈칵 나올 것 같았다. 나는 입술을 꽉 깨물었다.

내가 왜 이렇게 속상한지, 나는 알고 있었다.

'난 저 사람을 믿었어.'

케닌은 불안해했다. 의심도 했다. 하지만 나는 그를 도리어 안심시켰다. 제임스는 그럴 사람이 아니라고, 그런 비열한 방법은 어울리지 않는다고 대답했다.

나는 지금 내 믿음을 배신당한 것이었다.

나는 가까스로 울음을 참았다. 하지만 목소리가 엉망으로 떨려 나오는 것은 어쩔 수 없었다.

"제 명예를 바닥에 떨어뜨리고, 이렇게 공개적인 자리에서 저를 비참하게 만들어서 당신이 얻는 게 무엇인가요?”

정말 나를 아내로 얻고 싶은 사람이 이렇게 행동할 수 있는가. 도망칠 길을 모두 틀어막고 싫다는 사람을 억지로 끌어오는 것을 사랑이라고 포장할 수 있는가.

‘당신이 정말 그런 사람이었나?’

내 나름대로 간절한 물음이었다. 그러나 제임스의 반문은 무심하기 짝이 없었다.

“그런 게 중요한가?”

“하.”

내 인격을 모조리 무시하는 발언이었다. 나는 허탈하게 웃었다.

“고맙네요. 마지막 죄책감까지 모두 없애주셔서.”

나는 솔직히 제임스가 내게 악감정을 가질 수 있다는 걸 인정했다. 원하지도 않았고, 얼굴도 모르는 아내가 갑자기 전쟁에 나간 사이 다른 남자 손을 잡고 사라지다니.

‘그래, 그럴 수 있어. 분할 수도 있고 내게 화를 낼 수도 있지.’

하지만 가족까지 이용해서 모욕하는 건 너무한 것 아닌가.

‘심지어 내가 파넬에서 당했던 고통을 생각하면 자기가 이렇게 당당할 수는 없지.’

아버지, 아니 플로렌스 자작과 제임스를 보니 몸의 피가 다 식는 느낌이었다.

내가 허탈한 미소를 지었을 때였다. 제임스가 나타나서인지 플로렌스 자작이 더더욱 목청을 높여 소리를 질렀다.

간 크게도 이번에는 황제를 향해서였다.

"그렇습니다, 황제 폐하! 이 결혼은 무효입니다. 친아버지인 제가 반대하니까요!!"

얼떨결에 황제가 있는 곳을 돌아본 나는 깜짝 놀라고 말았다.

"그대들은……."

평소 포근한 만두 아저씨 같던 분이, 매섭게 눈을 빛내고 있었다. 부들부들 떨고 있던 그가 와락 소리를 질렀다.

"짐이 우습냐!!"

역시 황제라고 해야 할까. 평소에는 느끼지 못했는데, 이렇게 바락 고함을 지르니 전에 없던 박력이 느껴졌다. 이번에는 정말 화가 많이 나신 건지, 그는 발을 쿵 하고 굴렀다.

"감히 짐이 있는 자리에서 사적인 일로 분위기를 흐리다니! 정 녕 짐이 진노하는 모습이 보고 싶은 겐가!"

"그, 그건……!!"

소인배인 플로렌스 자작은 막상 황제가 역정을 내니 터진 풍선처럼 쪼그라들었다.

그런 상황에서 한 발 나선 것이, 바로 오늘 행사의 주인공 제임스였다.

"그만큼 억울하기 때문입니다, 폐하."

"파넬 공작."

황제의 푸른 눈이 잘 벼려진 칼날처럼 제임스를 향했다. 우두 둑 이가 갈리는 소리가 흘러나왔다.

"그대는 선을 넘었다."

이 정도 황제가 정색을 하면 졸아들 만도 하건만, 제임스는 차분히 고개를 숙였다.

"감정적으로 말씀하지 마시고 이성적으로 이 상황을 따져주시지요."

"감히."

일국의 황제를 감정적이라고 재단하는 것인가.

'하지만 황제 폐하께서 이대로 화를 내도록 내버려 두면 안 돼.'

이 자리에는 외국 사절도 있을뿐더러, 보는 눈이 많았다. 여기서 황제가 권위로 그를 짓누른다면 두고두고 이런 말이 흘러나올 것이다.

황제가 충성스러운 파넬 공작의 아내를 빼앗아 동생에게 주었다고.

'결국 내가 해결해야 해.'

나는 침착하게 한 걸음 나섰다. 이미 마음이 식을 대로 식은 터라, 이제는 어떤 죄책감도 느껴지지 않고 도리어 평온했다.

"폐하, 저 사람의 말은 전제부터 틀렸습니다."

하지만 내가 가진 카드가 몇 장이나 되겠는가. 나는 결국 평생 동안 감추고 있던 비밀을 꺼내 들었다.

"저 사람은 제 친아버지가 아니니까요."

"그게 무슨 의미지?"

플로렌스 자작은 돌처럼 굳어졌고, 제임스는 눈을 커다랗게 뜨고 나를 돌아보았다. 나는 곧게 고개를 들었다.

지난 생에는 한 번도 내뱉어본 적 없던 나의 비밀.

'하지만 이미 이안은 알고 있는걸.'

그리고 그런 비밀은 자신의 사랑에 아무런 영향을 주지 못한다고 말해주었다. 오히려 고생했다고 다독여주었다.

그러니 나는 이 순간, 침착할 수 있었다.

"말 그대로의 뜻입니다. 제 친어머니는 플로렌스 자작부인의 언니, 멜리사 올랜도입니다. 저를 낳고 바로 죽는 바람에 동생인 플로렌스 자작부인이 저를 딸처럼 키우셨지요."

"그에 대한 증거가 있는가?"

황제의 반문에 나는 피식 웃었다.

"얼굴만 봐도 증거가 될 텐데요."

누가 봐도 플로렌스 자작과 나는 닮은 구석이 없었다. 그는 애니와 같은 갈색 머리카락을 가지고 있었다.

"아닙니다, 폐하! 저 아이가 타이론 대공비가 되고 싶은 욕심에 이제는 부모까지 부정하는군요!"

"그럼……."

플로렌스 자작은 아니라고 펄쩍 뛰었지만, 더 이상 황제는 거기에 귀를 기울이지 않았다. 그가 느릿한 어조로 물었다.

"그대의 친부는 누구지?"

"제 친부는……."

거기서는 나도 말문이 막힐 수밖에 없었다.

내 어머니는 죽을 때까지 아이 아버지가 누구였는지 밝히지 않았으니까.

'나는 내 아버지를 몰라.'

아버지에 대한 단서는 하나뿐이었다.

목에 걸려 있는 목걸이.

'하지만 이런 초라한 목걸이로 찾을 수 있을까.'

나는 검지로 목걸이를 만지작거렸다. 그 순간 많은 이가 내 입술을 응시하고 있었다. 플로렌스 자작이 의기양양한 미소를 짓는 것도 눈에 들어왔다.

'사실대로 말하자.'

모르면 모른다고. 끝없이 꼬리표가 따라다녀도 괜찮다. 이안은 계속 나를 믿고 지지해줄 테니까.

"제 아버지는……."

바로 그 순간이었다.

"이렇게 나서고 싶진 않았는데."

부드럽고 나긋나긋한 목소리가 상석에서 울렸다. 나는 그쪽을 돌아보았다.

오르세 왕국 사절단 중에서 한 사람이 천천히 몸을 일으켰다.

흰 머리가 섞인 은빛 머리카락을 단정하게 넘긴, 반듯한 이마에 차분하고 지적인 인상의 사내였다. 키는 크지 않지만, 우아함과 고상함에 몸에 배어 있었다.

그가 작지만, 또렷한 목소리로 말했다.

"제가 그녀의 아버지입니다, 폐하."

이안이 나를 돌아보았다. 나는 나도 잘 모른다는 뜻으로 고개를 흔들어 보였다. 그리고 그를 바라보았다.

그와 나는 인상이 전혀 달랐다. 살짝 눈꼬리가 올라간 나와 달리, 그는 온화하고 인자해 보였다.

하지만 은빛 머리카락과 붉은 눈동자만은 똑같았다.

'아버지? 정말로?'

이 세상에 붉은 눈은 흔치 않았다. 은발도 흔치 않다. 하지만 두 공통점에도 내가 아버지라고 확신하지 못하는 이유가 하나 있었다.

나는 저 사람이 누구인지 알고 있었다.

'오르세의 마이엔 공.'

제국에 와서 고슈 백화점을 짓는 남자. 생제르망 상회의 주인.

그리고 오르세의 왕족.

전생에도 그와 나는 만난 적이 있었다. 대화도 했었다.

"실례합니다. 제 딸아이와 비슷해 보여서."

하지만 그때 그는 돌아섰다. 그런데 왜 이번 생에는 그가 이리 선뜻 내 딸이라고 말한단 말인가.

'아닐 거야. 그때도 아니었잖아.'

"저는 제 딸의 의사는 무엇이든 존중할 생각입니다. 그러니 딸의 의사를 들어보지요."

말해주어야 했다. 헛된 기대를 하지 말라고, 돌이킬 수 없는 말은 하지 말라고.

"어떻게 하고 싶습니까?"

"저는……."

하지만 그가 던지는 말이 너무나 달콤해서, 이기적인 나는 결국 그를 위한 말을 할 수가 없었다.

나는 이 순간, 하고 싶었던 말을 큰 소리로 외쳤다.

"저는 이안을 사랑하고 있어요!"

"올리비아."

이안이 감격한 눈으로 나를 돌아보았다. 나는 그의 손을 꽉 잡았다.

제임스가 쫓아오든, 플로렌스 자작이 악을 쓴들, 이 세상의 모든 신이 몰려와 파넬 공작부인이 되는 것이 네 운명이니 순응하라고 해도 나는 이제 이 손을 놓을 생각이 없었다.

이 모습을 물끄러미 지켜보던 황제는 지친 얼굴로 머리카락을 쓸어넘겼다.

"이제 정말 이 주제로 논쟁은 오늘을 마지막으로 하지. 신물이 나는군."

사실상 나의 혼인에 대한 논쟁 종결 선언이었다. 황제는 떠나기 전 마지막으로 제임스를 노려보았다.

"파넬 공작은 단단히 각오해야 할 것이야."

제임스의 얼굴에는 어떤 표정도 떠오르지 않아서 무슨 생각을 하고 있는지 알 수가 없었다.

플로렌스 자작만 화가 나서 쿵쿵 날뛰었다.

"이게 말이 되나! 무슨 증거로 이 아이의 아버지가 당신이라는 거야?"

무식하면 용감하다고. 그는 건너편에 앉은 이들이 오르세 왕국 사절단이라는 사실도 모르는 모양이다.

마이엔 공은 그런 플로렌스 자작을 물끄러미 바라보다가 멋진 대답을 했다.

"얼굴만 봐도 알 텐데."

통쾌한 한 수였다.

"그렇게 말하는 당신에게는 무슨 증거가 있지?"

"그, 그건……."

증거랄 게 뭐가 있겠는가. 그냥 태어나서 출생신고를 한 것이 증거지. 하지만 순간 플로렌스 자작은 어물어물거렸다. 그만큼 허술하고 멍청한 치였다.

'머릿속이 어지럽겠지.'

그러게 입 다물고 있었으면 중간은 갔을 텐데.

나는 차가운 눈으로 내 아버지였던 남자를 쳐다보았다. 놀라울 정도로 좋았던 추억이 없었다.

마이엔 공이 나긋나긋한 어조로 말했다.

"나는 우리 딸아이를 맡아준 마음씨 착한 부부에게 거액의 수고료를 지불할 마음으로 제국까지 왔습니다."

거액의 수고료.

딱 플로렌스 자작이 솔깃할 만한 말이었다.

"진지하게 생각해보고 대답하시지요. 당신이 정말 이 아이의 아버지가 맞습니까?"

그 말이 끝나기 무섭게 플로렌스 자작은 얼굴을 붉히고 동동 발을 굴렀다. 맹렬하게 머리가 굴러가는 게 한눈에 보일 정도였다. 마이엔 공과 이안을 분주하게 오가며 바라보던 그가 결국 비굴한 미소를 지었다.

"가, 감사료는 얼마나……."

'얄팍한 인간 같으니.'

나는 입술을 비틀었다. 마이엔 공은 불쾌한 기색도 없이 온화한 어조로 대답했다.

"이런 자리에서 말하긴 그렇군요. 제가 나중에 따로 연락을 드리겠습니다."

"알겠습니다."

플로렌스 자작은 그의 말에 고개를 끄덕였다. 그리고 쥐새끼처럼 제임스의 눈치를 보다가 서둘러서 도망쳤다.

'쌤통이다.'

나는 피식 웃었다. 그는 아직 모르고 있지만, 수도의 저택은 이미 그의 아들이 팔아치워서 자신의 주머니로 빼돌린 참이었다.

'집에 갔다가 길바닥에 내쫓기라지.'

그리고 나면 정신이 번쩍 들 것이다. 나는 어깨를 으쓱했다.

바로 그때였다. 눈앞에 그늘이 드리워진다 싶었더니 커다란 덩치의 사내가 앞에 섰다. 제임스였다.

제임스는 눈살을 찌푸리며 물었다.

"정말인가?"

"무엇이 말이죠?"

"그대가 플로렌스 자작의 친딸이 아니라고?"

"당신이 보시는 대로예요."

누가 벽돌 아니랄까 봐. 여태 같은 자리에 있었으면서 왜 묻는지 모르겠다.

내 시큰둥한 대답에 제임스의 미간 주름이 더욱 깊어졌다. 그가 뜬금없이 물었다.

"어째서 말을 안 했지?"

"왜 내가 당신에게 말을 해야 하죠? 우리가 무슨 사이인데요?"

"하지만 저자에게는……."

제임스의 시선이 내 곁에 선 이안을 향했다. 이안은 내 어깨를 감싸 안으며 대답했다.

"내가 올리비아의 남편이니까 당연한 것 아니겠소?"

그리고는 흘긋 나를 바라보았다. 부드럽게 휘어진 눈으로 쳐다보기만 했을 뿐인데, 그의 마음의 소리가 들려왔다.

'할까요, 진한 키스?'

기억력도 좋지. 나는 고개를 거세게 흔들었다.

'하지 마요! 하면 한 달 동안 이야기 안 할 거야.'

'피, 당신이 먼저 권했으면서.'

'농담이었다고 말했죠?!'

우리가 눈짓으로 대화를 하는 것을 본 제임스의 얼굴이 휴지 조각처럼 구겨졌다. 제임스는 입술을 구깃거리며 나를 바라보다가 휙 소리가 나도록 몸을 돌려 나갔다.

'이쪽도 이제 해결된 것 같군.'

이제는 더 흠을 잡으려도 잡을 수 없을 것이다. 나는 한숨을 내쉬었다.

웅성웅성거리며 사람들이 썰물처럼 빠져나갔다. 긴장이 풀려

주저앉고 싶었지만, 내게 휴식시간은 돌아오지 않았다.

가장 중요한 일이 남았으니 말이다.

"이제 우리는 우리의 이야기를 하도록 하죠."

마이엔 공이 과하지도, 덜하지도 않은 태도로 내게 손을 내밀었다. 나는 조심스럽게 그 손바닥 위에 내 손을 올렸다.

❖ ❖ ❖

지난 생에서도 나는 마이엔 공을 만난 적이 있었다. 황실에서 주관한 행사였는데, 그때 나는 공적인 행사에서 우아한 진상에게 면박을 당하고 울고 있었다.

'이게 결혼이야? 나는 평생 이런 상황에서 참고 살아야 하는 거야?'

어디 상담할 곳도 없어서, 속절없이 정원에 숨어서 울기만 했다. 그때 내게 손수건을 내밀어준 사람이 바로 마이엔 공이었다.

"괜한 참견이라면 죄송합니다. 손으로 비비면 눈이 다칠 것 같아서."

난생처음 보는 사람의 호의를 쉽사리 받을 수가 없었던 나는 그의 손수건을 받지 않았다. 그는 멋쩍은 듯 웃었다.

"실례합니다. 제 딸아이와 비슷해 보여서."

그 뒤로도 우리는 몇 번 대화를 나누었고, 그는 계속 내게 상냥했다. 온갖 나라를 헤매며 찾아다닌다는 딸을 겹쳐보듯이 말이다. 하지만 결국 그는 내게 자신이 아버지라고 말하지 못했다.

'그런데 왜 지금은 다르단 말인가.'

신부님의 배려를 받아, 아무도 없는 텅 빈 대성당 예배당에서 나는 마이엔 공을 마주했다.

나는 내 앞에 선 마이엔 공을 멍하니 바라보았다.

"아버지?"

내 물음에, 시종일관 잔잔하던 그의 눈동자에 파문이 생겼다. 은은하게 붉어진 눈가가 나를 향했다. 분명 내 눈도 그럴 터였다.

"정말 당신이 제 아버지인가요?"

내 질문에 그는 자신의 안주머니에서 무엇인가를 꺼내 들었다.

"이것이면 증거가 될까요?"

나는 눈을 동그랗게 떴다.

그것은 물방울 모양의 투박한 펜던트였다.

"올리비아."

깜짝 놀란 이안이 나를 돌아보았다. 나도 반사적으로 내 목에 걸린 목걸이를 만지작거렸다. 익숙한 촉감이 손가락 끝에 걸렸다.

'내 것이 여기 있는데 저기 같은 것이 있다는 건…….'

내가 흔들리는 눈으로 다시 마이엔 공을 응시했다. 그가 눈물을 글썽이며 말했다.

"그 펜던트는 내가 직접 깎은 것입니다."

그의 말에 펜던트를 쥐고 있는 손에 힘이 들어갔다.

그는 낮게 잠긴 목을 가다듬으며 말을 이었다.

"처음에는 얼굴을 보고 혹시나 했습니다만, 오늘 당신의 목걸이를 보고 확신하게 되었습니다. 제가 직접 깎아서 만든 크리스털은 이 세상에 두 개뿐이니까요."

"하, 하지만 당신은……"

지난 생에서는 나를 알아보지 못했잖아요.

그 말은 목 끝에서 걸렸다. 그 이유는 단 하나뿐이었으니까.

'전생에는 이 목걸이를 차고 다니지 않았어.'

진상들이 가장 싫어하던 게 바로 이 투박한 목걸이였다.

내가 시집오며 유일하게 들고 온 귀금속이 이렇게 초라하다는 사실에 그들은 길길이 날뛰었다.

"사랑도 받아봤어야 베풀지."

"네가 이렇게 자랐으니 성정이 모가 났지."

"폐하께서도 너무하시지, 어떻게 이렇게 모자란 아이를 우리 며느리로 정하셨담."

'내가 살려면 이런 건 눈에 띄면 안 돼.'

그래서 나는 하나뿐인 부모님의 유품을 보석함 가장 깊은 곳에 감췄다. 공적인 자리는 물론, 사적인 자리에서도 한 번도 착용한 적이 없었다.

"세상에……"

그런데 바로 그 목걸이 때문에 내가 지난 생에는 아버지를 찾지 못했었다니.

'맞아. 내 출생서류는 흠잡을 곳이 없으니까. 마이옌 공도 그 사실을 알고 나서는 딸이 아니라고 생각했겠지.'

하지만 이번 생은 달랐다. 나는 유품인 목걸이를 늘 걸고 다녔다. 이안은 나를 그런 걸로 평가하지 않았으니까.

"정말 아버지세요……?"

내 눈에서는 결국 눈물이 왈칵 쏟아지고 말았다. 마이옌 공이 다가와서는 그런 내 손을 꼭 붙들어주었다.

오랜 시간을 헤매다가 잡은 손이었다.

❖ ❖ ❖

몸이 흔들흔들거렸다. 꼭 요람에 누운 것만 같았다. 힘이 들어가지 않는 나른한 몸을 가볍게 바르작거리니, 앞머리가 이마 너머로 넘어갔다.

'바람이 부는 건가?'

얼굴이 간질간질했다. 나는 천천히 눈을 떴다. 시야가 뿌옇게 흐렸다. 한참 시간이 흘러서야 눈앞에서 나를 내려다보는 이의 얼굴을 알아볼 수 있었다.

"이안."

아름다운 금빛 머리카락에 조각 같은 얼굴이 나를 내려다보고 있었다.

나는 고개를 가볍게 흔들었다. 석양이 창문으로 길게 들어와서 방을 붉게 물들이고 있었다.

내 침실이었다.

"내가 도대체 언제……."

방으로 걸어들어온 기억이 없었다. 나는 천천히 기억을 더듬었다.

'마이엔 공을 붙들고 울었고, 너무 우느라고 이야기를 못 하니까 내일 다시 만나자고 하고 헤어졌지.'

그다음이 흐릿했다. 미간을 찌푸리니, 이안이 이마에 입을 맞추며 대답해주었다.

"마차에서요. 곤히 잠들었길래 제가 안고 올라왔어요."

"아."

우느라 기력이 빠져서 기절할 듯 잠들었던 모양이다. 이안은 내 머리카락을 정리해주며 말했다.

"오늘 정말 많은 일이 있었으니까. 지치는 게 당연하죠."

"……."

나는 입술을 다물고 오늘 하루를 떠올렸다.

'맞아. 제임스가 플로렌스 자작을 데려왔었지.'

또다시 혼인무효장을 물고 늘어졌었다. 플로렌스 자작은 자신이 내 아버지라는 걸 강조하며 다시 나를 제임스에게 보내려고 했고.

'제임스.'

내 머리를 가지런히 정리해준 이안이 자리에서 일어나려고 했다. 나는 나도 모르게 손을 뻗어 그런 이안의 팔을 꽉 붙들었다.

"이안."

이안이 조금 놀란 표정으로 나를 돌아보았다. 나는 다급한 어조로 물었다.

"이거 꿈 아니죠? 진짜죠?"

저절로 손가락 끝까지 파르르 힘이 들어갔다. 이안은 반대 손을 들어, 내 손등을 감싸 쥐었다. 그리고 상냥한 미소를 지었다.

"모두 진짜예요, 올리비아. 아버지를 만난 것도, 내 품에 안겨 있는 것도."

"하아……."

그 특유의 따끈한 손바닥이 내 마음까지 데워주는 것만 같았다. 나는 나른한 숨을 쉬었다.

이안은 내 곁에 앉아서, 내가 마음을 가라앉힐 때까지 완전히 기다려주었다.

그의 다정함이 얼마나 내게 힘이 되는지 그는 모를 것이다. 나는 그의 손바닥에 내 뺨을 비비며 말했다.

"내가 얼마나 불안한지 당신은 모를 거예요, 이안. 눈을 뜰 때면 지금이 꿈인 것만 같아요. 나는 다시 싸늘한 쪽방의 초라한 올리비아 파넬이 되죠."

내 편이라고는 한 명도 없는 거대한 무덤 같은 저택, 나를 노려보는 세 명의 시어머니, 내 편을 들기는커녕 방관하기만 하는 남편. 친정 식구들이 하는 일이라고는 가끔 찾아와서 돈을 달라고 닦달하는 것뿐.

'의지가 될 가족이 있었다면 조금이라도 달랐을까.'

가족.

내 눈에 다시 눈물이 고였다. 나는 아랫입술을 깨물었다. 목이 따끔따끔했다.

신기했다. 그렇게 울었는데도 또 눈물이 나오다니.

"……아버지를 만날 거라고는 상상도 못 했어요."

나는 눈을 질끈 감았다. 눈물이 눈을 적셨다.

이안의 손바닥이 내 눈을 문질렀다. 눈물이 그의 체온보다 더 뜨거웠다. 이안이 내 머리를 쓰다듬어주며 물었다.

"어째서요? 한 번쯤 찾아볼 만도 했잖아요."

"네, 맞아요. 그 때문에 로메오랑 친해졌죠. 이 크리스털이 오르세산이라는 것만 알고 있었거든요."

나는 얌전히 눈물을 닦아주는 이안의 손길을 받았다. 그리고 로메오를 떠올리니 기가 막히게도 웃음이 나왔다.

로메오의 집안인 알키저스는 이 나라에서 유일하게 오르세 왕국과 교역을 하는 집안이었다. 로메오는 늘 입버릇처럼 졸업하면 나를 오르세 왕국으로 데려다주겠다고 했다.

'하지만 그럴 겨를조차 없었지. 졸업하기도 전에 파넬 공작과의 혼인이 결정되었으니까.'

오랜 꿈이 좌절되었음에도 나는 조금도 실망하지 않았다. 도리어 나의 평온함 때문에 깨달았다.

사실 나는 조금도 기대하지 않고 있었던 것이다.

"하지만 당연하잖아요. 아무것도 모르는 외국에서 내 아버지를 찾을 수 있을 리가요. 어렵게 찾았다고 해도 그쪽이 나를 원하지 않을 수도 있죠."

로메오와 오르세 왕국에 가서 무얼 할까 떠들면서도, 나는 사실 내 아버지를 찾을 수 있을 거라고 생각하지 않았다.

'그냥 친부모에 대해서는 아무것도 모르는 채로 살다가 죽을 거라고 생각했어.'

그런데 아버지가 나타났다. 조금도 예상하지 못한 곳에서.

말랐던 눈가가 다시 젖어들었다. 나는 울먹이며 말했다.

"내가 이렇게 행복해도 되는 걸까요, 이안?"

"올리비아."

이안이 일그러진 표정으로 나를 붙들었다. 나는 훌쩍였다. 왜일까. 이 남자 앞에만 서면 나는 어린아이가 될 수 있었다.

"내가 이렇게 과한 행운을 거머쥐어도 될까요? 그럴 자격이 있을까요?"

나의 얼굴을, 이안이 간지러울 정도로 부드럽게 문질렀다. 그의 미소가 눈부셨다.

"당신은 많은 걸 바꾸었습니다. 평생 고자라고 불리면서 혼자 살 생각이었던 나를 사랑에 빠뜨렸잖아요."

"하지만요, 나는······."

그 미소 앞에 내 마음은 다시 쭈그러들었다. 나는 잠시 입술을 달싹이다가, 두 팔을 뻗었다.

"키스해줘요, 이안."

갑자기 내가 매달리니, 이안은 놀란 듯 몸을 굳혔다. 하지만 이내 내 몸을 꼭 끌어안아 주었다. 반듯한 살구색 입술이 부드럽게

172

내게 맞닿았다. 꼭 강아지들끼리 얼굴을 비비는 것처럼, 우리는 조심스럽게 입술을 문질렀다.

'내가 과거로 돌아와서 낸 용기는 이안에게 먼저 손을 내민 것뿐이야.'

다시 같은 인생을 살 엄두가 나질 않아서, 어떻게든 파넬에서 벗어나고 싶어서 막무가내로 뽑아 든 선택지였다. 그로 인해 행복해질지, 어떤 모습으로 살아갈지도 생각해보지 않았다.

'그러니까 내가 바뀌었다면, 또 미래가 바뀐다면……'

그건 당신의 다정함 덕분일 테지.

나는 체중을 실어서 이안에게 매달렸다. 순간 무게 중심을 잃은 이안이 그대로 기울어지다가 내 침대로 넘어갔다.

"엇!"

침대가 크게 출렁였다. 우리 두 사람의 위치는 이제 완전히 역전되어, 내가 그를 위에서 내려다보고 있었다. 나는 그의 가슴팍을 짚고 앉아서 말했다.

"눈 감아요."

그리고 손가락에 걸리는 이안의 셔츠 단추를 풀었다. 갑자기 적극적인 행동에 당황한 이안이 얼굴을 새빨갛게 붉히며 몸을 일으켰다.

"자, 잠깐만요. 난 너무 좋은데, 아직 준비가…… 으앗!"

"괜찮아요, 하루쯤."

우리는 부부인데, 사랑을 나누는데 무슨 준비가 필요하단 말인가.

"당신 품에서 잠들고 싶어."

지금 내게는 꿈이 아니라는 확신이 필요했다.

내가 이 아름다운 남자를 위에서 내려다본 것은 처음이었다. 아래에서 올려볼 때도 그는 조각 같았지만, 위에서 내려다볼 때도 그는 아름다웠다.

'도대체 어떻게 사람이 이렇게 생겼지?'

속눈썹이 촘촘히 달린 우아한 눈매도, 오뚝한 코도, 반듯한 이마도.

어디 한 군데 못난 구석이 없는 아름다운 얼굴이었다.

'게다가……'

벌어진 셔츠 안으로 드러나는 흰 가슴 또한 탄탄하고 매력적이었다.

저절로 침이 꿀꺽 넘어갔다. 그리고는 내가 홀린 듯이 이안의 가슴팍만 보았다는 걸 깨달았다.

'으으, 부부가 된 지 한참 지났는데 아직도 넋을 놓고 보다니!'

이게 다 익숙하지 않은 각도 때문이다!

정신 차리라는 뜻에서 고개를 도리도리 흔드니, 이안이 피식 웃었다.

"무리하지 말아요."

"무리하는 게 아니에요."

은근슬쩍 몸을 일으켜 앉으려는 그의 가슴팍을 내가 꽉 눌러 다시 눕혔다. 이안이 눈을 동그랗게 뜨고 껌뻑거렸다.

나는 큰 소리로 말했다.

"나, 나도 당신하고 대화를 나누고 싶어요."

그러니까 오늘은 내가 우리 관계를 주도해야 한다.

토마토처럼 빨간 얼굴로, 당찬 포부(?)를 밝히자, 이안의 눈이 부드럽게 휘어졌다. 이안은 한결 여유로운 표정으로 말했다.

"좋아요. 응원해드릴게요."

"……얄미워."

지금 우리 관계를 제대로 인지하고 있는 건지! 내가 지금 당신을 덮치고 있다고.

'어디 두고 보라지.'

하지만 나의 포부와 달리, 손길은 어색하기만 했다. 셔츠를 벗겨낸 나는 어설프게 그의 옆구리를 더듬어갔다. 이안이 재미있다는 듯이 말했다.

"간지럼 피우려는 거라면 성공이신데."

"입 다물어요."

나도 지금 땀이 뻘뻘 나거든요.

내가 이안을 흘겨보니, 이안은 어깨를 으쓱했다.

"그럼 예쁘게 울어드릴까요?"

"당신, 진짜."

자꾸 이렇게 장난 칠 거냐. 나는 한숨을 내쉬며 내 목을 조이던 단추를 툭툭 풀었다.

바로 그 순간이었다.

휙 소리와 함께 몸이 뒤집혔다. 방금 전까지 아래 깔려 있던 잘생긴 얼굴이 나를 위에서 내려다보고 있었다.

"자, 잠깐만요! 이건 반칙이잖아요!"

"미안해요."

이안의 손가락이 내 목덜미를 쓱 쓸어내렸다. 바로 방금 단추
를 푼 그곳이었다.

"내가 더 이상 참을 수가 없어서."

❖ ❖ ❖

해가 지기도 전에 침대에 들어간 지라, 욕심을 부린 뒤에도 여
전히 밤이 깊지 않았다. 이안은 자신의 품에 안겨서 새근새근 자
는 여자를 내려다보았다.

'으으, 도대체 누구보고 잔망스럽다는 건지.'

평소에는 수줍음을 그렇게 타더니만, 또 이럴 때는 세상 씩씩
했다.

어떻게 밤을 보냈는지도 모르겠다. 그녀가 자신을 유혹하던
순간부터 그의 눈은 휙 돌았으니까.

'이 요물!'

진짜 어디서 이런 여자가 갑자기 불쑥 나타났단 말인가. 살면
서 누군가에게 마음을 빼앗길 거라고 조금도 상상하지 못했는데.

이안은 조금 신기한 눈으로 올리비아를 바라보았다.

'눈이 아플 것 같은데.'

그렇게 서럽게 우는 여자는 처음 봤다.

'그만큼 속상했던 거겠지.'

마이엔 공이 자신의 친부라는 걸 알게 된 순간, 올리비아는 숨이 넘어가도록 울었다. 도대체 뭐가 그렇게 슬펐는지 묻고 싶을 정도로.

　　'얼음이라도 대줘야 하나.'

　　하지만 곤히 자는 여자를 깨우고 싶지도 않았다. 이안은 흰 얼굴을 따뜻한 눈빛으로 내려봤다.

　　방문이 울린 건 바로 그때였다.

　　"쉬시는데 죄송합니다, 전하."

　　단정한 목소리는 케닌이었다.

　　'잠든 올리비아는 깨어 있을 때와 느낌이 달라서 지켜보는 것이 즐거웠는데.'

　　하지만 눈치 없이 이 시간에 찾아온다는 것은 그만큼 중대한 일이라는 뜻이기도 했다. 그러기에 이안은 혀를 차며 침대에서 일어났다.

　　"쯧."

　　침실에 구비되어 있는 가운을 걸치고 낙낙한 바지를 입고 나오니 문 앞에 케닌이 쓴 약이라도 삼킨듯한 표정으로 공손하게 인사했다.

　　"손님이 찾아왔습니다. 아무래도 전하께서 기꺼워하실 것 같아서 붙잡아두었습니다."

　　"누가 찾아왔는데?"

　　"플로렌스 자작입니다."

　　"호오."

뜻밖의 이름이었다. 이안은 입술을 비틀었다.

'안 그래도 잡아두려고 했는데. 호랑이 무서운 줄 모르고 제 발로 들어왔군.'

올리비아의 친부가 아니라는 사실이 수많은 사람 앞에서 까발려졌는데도 여길 찾아오다니 낯짝도 두꺼운 치였다.

이안은 케닌과 함께 복도를 걸었다. 저절로 웃음이 흘러나왔다. 좋은 웃음은 아니었다.

"내가 많이 만만해 보이나 보군. 그렇지 않나, 케닌?"

"비전하와 결혼하신 뒤로 이미지가 많이 바뀌시긴 했죠."

케닌은 이마에 맺히는 땀을 문질러 닦으며 속으로 한숨을 쉬었다.

'왜 하필 내가 오늘 당직이란 말인가.'

이안의 보좌관은 총 3명. 매일매일 여기서 숙식할 수 없으니, 돌아가면서 당직을 선다. 그리고 오늘이 바로 운이 없는 비혼주의 남성, 케닌의 차례였다.

'젠장! 부부의 침실문을 두드리는 것도 상당한 담력을 요구했는데, 이제 심기 불편한 주인과 함께해야 한단 말인가.'

하지만 한낱 월급쟁이가 무슨 도리가 있겠는가. 얌전히 비위 맞추며 따르는 수밖에.

이안은 입술을 비틀었다. 생각할수록 어이가 없었다.

"참 웃기는 일이야. 나는 올리비아에게만 친절해지고 싶은데, 다들 내가 친절해진 줄 알고 기어오르니."

"……"

눈치 빠른 케닌은 얌전히 입을 다물었다.

조금 걸으니 플로렌스 자작을 가두어둔 방이 나왔다. 걸신들린 것처럼 대접 차원에서 나온 과자를 흡입하고 있던 자작이 자리에서 벌떡 일어났다.

"가, 각하."

'저게 뭐 손님이라고 과자를 대접하고 앉았어.'

이안의 눈꼬리가 뾰족하게 올라갔다. 이안은 손을 들어 목을 치는 포즈를 취해 보였다. 바로 알아들은 집사가 고개를 숙이고는 디저트와 차를 내온 시종을 갈구러 데리고 나갔다.

케닌이 이안의 눈치를 보다가 엄한 목소리로 플로렌스 자작을 꾸짖었다.

"전하라고 불러야지. 무엄하네!"

"죄, 죄송합니다."

아까 대성당에서는 파넬 공작을 믿고 대거리질을 해대더니, 이제는 또 벌벌 긴다. 그 모습이 우습기는커녕, 오히려 더 불쾌했다.

이안은 턱을 꼿꼿하게 들고 차가운 눈빛으로 그를 쏘아보며 물었다.

"그래, 여긴 무슨 일로?"

"그, 그게……."

플로렌스 자작은 눈을 마주치지 못하면서도 자신이 할 말은 내뱉었다.

"저의 집을 판 돈을 받으러 왔습니다."

너무나 뻔뻔한 요구에, 도리어 이안의 머리가 인지 부조화를 일으킬 지경이었다. 그는 턱을 문지르며 물었다.

"집? 플로렌스 저택 말인가."

"예."

기가 막혀서. 이안은 팔짱을 끼고 시큰둥하게 대답했다.

"그걸 왜 여기서 찾지? 그걸 판매한 건 그대의 큰아들일 텐데."

"그, 그게."

이안이 사실 정황을 모를 줄 알고 얼렁뚱땅 돈을 받아내려 했던 플로렌스 자작은 당혹스러운 표정으로 굳어졌다.

식은땀을 흘리는 플로렌스 자작의 얼굴을 내려다보며 이안은 코끝으로 한숨을 내쉬었다.

'문전박대당했나 보군.'

저 같은 아들을 낳았을 테니 당연한 결과였다.

'그래서 여길 찾아오다니.'

어지간히 배알도 없고 뻔뻔한 작자였다.

플로렌스 자작은 이미 버린 이미지, 더 버릴 것도 없다고 생각한 건지 오히려 어깨를 펴고 당당히 말했다.

"올리비아는 제 장녀가 아닙니까. 부모를 부양할 의무가 있습니다."

"부모가 아니지 않은가."

"네?"

"올리비아는 친아버지를 찾았어. 그런데도 장녀라 칭한다고?"

"아, 아무리 핏줄이 연결되어 있지 않아도 키워준 정을 무시할 수는 없는 노릇입니다!"

여러모로 기가 차는 말이었다. 하지만 이런 작자들은 자기 자신조차도 속일 수 있는 이들이었다. 이안은 친권에 대해 짚는 대신, 선을 그었다.

"그건 마이엔 공이 치르기로 했지. 타이론과는 관계가 없다."

키워준 값을 받고 싶다면 친부모를 찾아가면 그만이다. 이안의 칼 같은 거절에 자작의 얼굴이 희게 질렸다.

"그, 그렇다면……."

아직도 할 말이 있단 말인가. 이안이 심드렁한 표정으로 그를 응시했을 때였다.

플로렌스 자작은 진지한 표정으로 또박또박 말했다.

"제 막내딸의 값을 치르십시오."

또 개소리였다.

"……막내딸?"

이안은 귀를 의심했다.

'미친 사람과 마주하고 있어서 내 귀도 미쳤는가.'

플로렌스 자작은 친절하게 이런 이안의 의심을 풀어주었다.

"전하께서 제 딸 애니를 데리고 계시지 않습니까. 사랑스러운 아이인 데다가 언니와도 잘 지내니 후처로 들이기 딱 맞습니다."

진심으로 막내딸의 값어치를 운운한 것이다.

'와, 쓰레기.'

상상도 못 할 그의 발언에 케닌은 입을 딱 벌리고 감탄했다.

이안의 눈빛은 케닌보다 더 심했다. 차가움을 넘어서 이제는 벌레를 보는 것 같았다. 이안은 얼굴을 찌푸리며 물었다.

"그래서 값을 치르라고?"

"예."

"처제가 노예인가? 자신에 대한 권리는 스스로 가지고 있는데 어찌 그대가 함부로 사고 팔고 하지?"

이 쓰레기는 마땅히 받을 질문에도 당당했다.

"자식이라면 당연히 부모가 권리를 가지는 것이지요. 그럼 자식을 왜 키웁니까?"

진심으로 자식을 재물의 한 종류로 생각하는 것이 분명했다. 그를 마주하고 있으니, 이안의 머릿속에는 자연히 한 사람이 떠올랐다.

'올리비아.'

친아버지를 만나서 정신을 잃도록 울던 모습.

'바로 이 사람 때문에 그토록 슬퍼했던 것이군.'

이런 부모 밑에 있을 바에는 차라리 부모 없이 사는 편이 나을 지경이었다.

"나는 그대에게 많은 걸 베풀었네. 그저 수도에만 얼굴을 비추지 않는다면, 호화로운 저택과 생활비를 보증해주기로 했지."

"제가 노예입니까? 아무리 전하라고 하셔도 부당한 명령이십니다."

아직도 제가 올리비아의 아버지라고 생각하는 건지, 이안 앞에서 발끈하는 태도가 퍽 건방졌다. 이안은 입꼬리를 비틀었다.

"그래서 파넬 공작의 손을 잡았나."

이안의 반문에 자작이 움찔 몸을 떨었다.

"그리고 또다시 내 앞에 얼굴을 내밀고?"

이안의 계속되는 지적에 자작은 고개를 돌리고 딴청을 부렸다.

'끔찍한 인간이군.'

이런 사람이 평생 벌레처럼 붙는다고 생각하니 소름이 돋았다. 동시에 이걸 감내하고 있었을 올리비아에 대한 안타까움도 샘처럼 퐁퐁 솟아났다.

'가만둘 수 없어. 수도 밖으로 쫓는 것만으로도 안 돼.'

결국 이안은 결심했다. 눈을 감았다가 뜬 그는 엄한 목소리로 케닌에게 명했다.

"케닌, 이자를 나의 영토, 롤렌스 공국으로 이송하거라."

"예, 전하."

케닌이 손짓하자, 만일의 사태에 대비해서 구석에 서 있던 경비병들이 자작을 붙들러 다가왔다.

제대로 저항도 하지 못하고 자작은 꽤액 소리를 질렀다.

"네? 그게 무슨 말씀입니까, 전하. 제가 왜 공국으로 가야 합니까?"

이안은 뒤도 돌아보지 않고 나갔다. 자작은 무의미한 발버둥을 치며 끌려나갔다.

"어리석은 사람 같으니."

케닌은 혀를 찼다.

제국의 법은 귀족이 귀족을 사사로이 치죄할 수 없었다.

하지만 예외가 있었으니, 그것이 바로 공국.

공국은 제국의 법과 달리 자율적으로 돌아간다. 공국의 주인인 대공은 공국 내에서는 절대적인 권위를 가진다.

즉, 공국 국경을 넘는 순간 저 남자의 처우는 모두 이안의 손아귀에 들어 있다는 뜻이었다.

'평생 콩밥 먹으면서 반성하길.'

과연 반성이나 할지 모르겠지만.

케닌은 제 운명도 모르는 버러지의 등 뒤에서 성호를 그었다.

4

진정한
가족

눈처럼 흰 강아지가 내 가슴에 얼굴을 비볐다.

나는 개를 좋아하지 않는데도, 어째서인지 환하게 웃으며 강아지를 끌어안았다.

"오야, 오야. 배가 고프다고?"

그렇게 강아지를 달래고 어르는 순간 나는 눈을 반짝 떴다.

'꿈······?'

품 안에 강아지는 없었다. 이불 속에 완전히 들어가서 잠든 남자만 있을 뿐.

'이안.'

살짝 몸을 일으키려던 나는 몸이 나른해서 결국 다시 자리에 누워버렸다.

'이 사람은 왜 이렇게 불편하게 자고 있담. 안 답답한가? 베개라도 베지.'

베개 아래로 내려와서 머리끝까지 이불 안에 들어와 있는 모습이 영 불편해 보였다.

나는 손을 들어서 가슴팍을 간질이는 이안의 머리카락을 만지작거렸다. 사락사락 손가락에 얽히는 촉감이 부드러웠다.

'이 머리카락 때문에 그런 꿈을 꾼 건가.'

개를 좋아하지도 않는데 꿈에 개가 나오다니.

'그래도 그 강아지는 조금 귀여웠어.'

품에 넣고 있으니 따뜻하고 몽글몽글했다. 개를 한 번도 안아본 적이 없는데, 그 강아지는 귀도 문지르고 목도 얼러주었다.

'사람은 변하는 거니까.'

그래. 싫었던 개가 좋아질 수도 있지. 지금의 나처럼.

'침대에 다른 사람이 있는 거, 정말 싫었는데.'

이안이 없으면 언제부턴가 아침이 허전했다. 체온이 나보다 높은지, 안겨 있으면 따끈따끈하니 좋았다.

'이게 익숙해지는 건가.'

그런 생각을 하며 그의 머리카락을 쓸어넘겼을 때였다. 그의 눈꺼풀이 파르르 떨리는 것 같더니, 흐릿한 푸른 눈이 나를 향했다. 나는 다정한 목소리로 물었다.

"잘 잤어요?"

"네에……."

목소리가 여전히 잠에 취해 있었다. 그 모습이 너무나 어린애 같아서 저절로 웃음이 나왔다.

"풋."

나는 손바닥으로 그의 등을 토닥였다.

"더 자요. 더 자."

내 말에 그가 내 가슴팍에 고개를 문지르며 허리를 강하게 끌어안았다. 둘 다 입고 있는 게 없던지라, 바로 체온이 전해졌다.

"따뜻해."

내가 할 말이었는데. 이안이 먼저 그리 중얼거렸다.

뺨을 몇 번 비비던 그가 내 허리를 꽉 쥐었다. 다시 나를 올려다보는 눈에는 잠기운이 싹 달아나 있었다.

"당신은 어떻게 이렇게 보들보들해요? 여자는 다 이런가?"

내가 보들보들한 편인가. 나도 다른 여자가 어떤 느낌인지 알 수 없는 노릇이라, 대답할 수 없었다. 대신 나는 입술을 비틀어 웃으며 대답했다.

"궁금해도 소용없어요. 당신은 평생 내 살결밖에 모를 테니까."

"푸흐흐."

내 말에 이안이 바람 빠진 풍선 같은 소리로 웃었다. 그리고는 나를 더 꽉 끌어안으며 칭얼거렸다.

"집착 좋아요. 더 해줘요."

"아이고."

이 어리광쟁이가 귀여워 보이니 나도 중증이었다.

우리는 잠시 서로의 체온을 나누며 침대에서 아무것도 하지 않고 누워 있었다.

갑자기 내 배에서 흘러나온 꼬르륵 소리만 아니었다면 몇 시간이고 이렇게 뭉개고 있었을지도 모른다.

"배가 고프네요."

나는 살짝 뺨을 붉혔다. 하필 이 시간에 꼬르륵 소리가 날 건 뭐란 말인가. 내 말에 이안은 웃으며 몸을 일으켰다.

"어제 저녁도 안 먹었으니까요. 얼른 식사부터 하죠."

아, 저녁도 안 먹고 잠자리에 들었던가. 나는 고개를 끄덕이며 이안의 손을 붙들고 일어났다.

❖ ❖ ❖

밖에 나가기도 귀찮아서 식사를 침실로 받았다. 가운만 걸치고 테이블에 앉아서 포크를 깨작거리는데, 이안이 나를 응시했다.

"올리비아."

"네."

꼬르륵 소리가 난 것에 비해 입맛이 없었다. 그냥 샐러드인데도 묘하게 비린 것 같았다. 내가 입술을 삐죽이고 있을 때였다.

"저 잠깐만 롤렌스 공국에 다녀와야 할 것 같아요."

"아."

그 말에 나는 눈을 동그랗게 떴다.

'롤렌스 공국.'

대공으로 선포된 지 벌써 시간이 꽤 흘렀다. 공국이란 말 그대로 제국 안에 있되, 제국과 궤를 달리하는 작은 자치 왕국.

'체제를 정비하러 가 있긴 해야지. 오히려 지금도 늦었어.'

빨리 가야 했는데, 제임스가 속을 썩이는 바람에 이렇게 늦어 져버렸다. 나는 포크를 내려놓았다.

"얼마나요?"

"한 2주? 조금 더 길어지면 한 달 정도 걸릴 것 같군요. 아무래 도 처리해야 하는 일들이 있으니까."

"그럼 저도 준비해야겠네요."

대공이 처리해야 하는 일만큼이나 대공비가 처리해야 하는 일 들도 있었다.

'잘은 모르겠지만, 역시 내정에 관한 거겠지? 대공저도 정비해 야 할 테고.'

하지만 당연히 가자고 할 줄 알았던 이안은 뜻밖에 고개를 저 었다.

"함께 가지 않는 편이 나을 것 같습니다. 백화점 일도 처리해야 하고 처제도 살펴줘야 하는데."

"그건……."

생각도 못 하고 있던 지적에 나는 말문이 막혔다.

'애니야 혼자서도 괜찮겠지만.'

엄밀히 말해서 애니에게 타이론 저택은 아무 연고 없는 남의 집이다. 이제 나와 플로렌스 자작은 남이 되었으니까.

'애니에게도 그 사실을 설명해야 하는데.'

그러고 보니 어제 울면서 집에 와서 잠이 든지라, 애니에게 어떤 일이 있었는지도 설명하지 못했다. 나는 입술을 꾹 깨물었다.

'이 상황에서 애니만 두고 내가 가버리면 애니도 오해하게 될지도 몰라.'

생각이 깊은 애니이니, 내 상황을 듣고 나면 자신의 거취도 고민하게 될 것이다.

이안은 고심에 빠진 내 손을 토닥였다.

"그리고 아버지도 드디어 만나게 되었는데. 함께 단란한 시간을 보내야죠."

그렇다. 공국으로 내려가 버리면 내 아버지, 마이엔 공과는 이야기를 나눌 시간이 없을 것이다.

'사절단으로 온 것이니 얼마나 더 제국에 머물지도 모르고.'

전생과 달리, 그는 이제 제국에 백화점을 짓지 않을 것이다. 그러니 얼마나 더 제국에 머물지도 알 수가 없었다.

하지만 나는 고개를 내저었다.

"그렇다고 하더라도 당신이 혼자 가는 건 마음에 걸려요. 꼭 지금 가야 하는 건가요?"

내 말에 이안이 눈을 동그랗게 떴다가, 이내 사르르 접으며 웃었다.

"네. 저도 아쉽군요. 우리 신혼여행도 못 다녀왔잖아."

신혼여행이라.

'사실 그때는 이렇게 달달한 부부가 될 거라고는 생각도 못 했는데.'

신혼여행이 웬 말인가. 나는 그냥 이안과 데면데면한 부부가 될 생각이었다. 그래서 예물도, 신혼여행도 생각하지 않고 있었다.

'하지만 미래는 바뀌었어.'

나는 눈을 들어 이안을 바라보았다. 이안도 나와 비슷한 생각이었는지, 손을 뻗어서 내 손을 꽉 잡았다.

"굵직한 일이 다 처리되면 우리 같이 여행 갑시다. 저 아래 바다로."

"바다."

나는 눈을 동그랗게 떴다. 언젠가 로메오와도 비슷한 약속을 했었다. 결국 지키지는 못했지만 말이다.

'그런데 이안과 가게 된다.'

상상만 해도 마음이 설렜다. 나는 배시시 웃었다.

"바다 좋네요."

내 대답이 마음에 드는 듯, 이안도 싱긋 예쁘게 웃었다.

그는 다시 포크를 들었다. 배가 많이 고팠는지, 그는 평소보다 부지런히 먹었다. 나도 분위기를 맞추기 위해 포크를 들었다.

"그럼 언제 가나요?"

"오늘 장인 어르신은 뵙고 가야지요."

이안의 말에 나는 오늘 타이론 저택으로 방문한다던 마이엔 공을 떠올렸다.

'아버지라.'

어쩐지 알 듯 말 듯 복잡한 마음이었다. 이안은 고개를 기울였다.

"무슨 이야기를 할지는 정했어요?"

나는 어깨를 으쓱했다.

"그냥 어머니에 대해서 여쭈려고요. 저도 어머니를 전혀 모르니까요."

"어머니가 그립습니까?"

"글쎄요."

나는 어색하게 웃었다. 솔직히 말하면 어머니에 대한 이미지는 모두 내 이모인 플로렌스 자작부인이었다.

나는 그녀와 플로렌스 자작을 부모로 의지하고 자랐다. 그러니 어머니가 있다고 할 수도, 없다고 할 수도 없었다.

"잘 모르겠어요. 가족에 관한 건 나이를 몇 살을 먹어도 설명하기가 어렵네요."

플로렌스 자작은 내게 나쁜 추억만을 주었다. 하지만 그 남자가 있어서 외롭게 크지 않은 것도 사실이기에, 내 마음은 무 자르듯 깔끔하지 못했다.

'그리고 어쨌든 내게는 애니가 있었으니까.'

사랑하는 동생, 애니. 그 아이를 동생으로 받아들이려면, 플로렌스 가문을 완전히 무시할 수도 없었다.

나의 복잡한 심기가 고스란히 얼굴에 나타났던 모양이다. 이안은 차분한 목소리로 말했다.

"당신은 애썼어요. 처제도 잘 챙기고 있잖아요. 플로렌스 자작이 스스로 복을 걷어찬 겁니다."

애니. 애니의 문제에 관해서는 나는 할 말이 없었다. 나는 이안에게 진심을 담아 말했다.

"모두 당신 덕분이에요, 이안. 얼마나 감사하고 있는지 몰라요.

저는 애니와 함께 살 수 있을 거라고는 조금도 상상하지 못했어요."

내가 남편에게 바랐던 것은 내 용돈으로 애니를 기숙학원에 보내는 걸 눈감아주는 정도였다. 하지만 이안은 내 기대보다 훨씬 더 많은 것을 주었다.

처제를 집에서 함께 살게 해주고, 기숙학원보다 더 좋은 학교를 알아봐주었다. 나 없이도 종종 애니와 대화를 나눈다는 사실 또한 하녀장에게 듣고 있어 알고 있었다.

'정말 이안을 만난 건 행운이었어.'

운이 좋았다고밖에 말할 수 없었다. 나는 그저 내가 할 수 있는 유일한 말만 반복했다.

"고마워요, 이안."

내 말에 이안이 가볍게 팔을 테이블에 기대며 몸을 내 쪽으로 내밀었다. 묘하게 뜨거운 푸른 눈동자가 나를 곧게 마주 보았다. 부드럽게 휘어진 살구색 입술이 야살스럽게 열렸다.

"더 부탁하고, 더 이용해요, 나를. 내가 필요하다고 말해주십시오."

심장이 조여드는 기분이었다. 당황한 내가 온몸에 힘을 주어 굳었을 때였다.

그가 손을 뻗어서 내 얼굴에 가져다 대었다. 뭘 하나 했더니 삐져나온 머리카락을 귓가에 꽂아준다. 그리고 빙긋 웃었다.

"내가 말했잖습니까. 당신이 내게 의지하면 할수록 기뻐요. 난 애정결핍이거든요."

"……못 말려, 진짜."

가만 보니 애정결핍이라는 핑계를 대면서 이것저것 퉁 치고 넘어가는 것 같은데.

이상하게도 그게 나쁘지 않았다. 오히려 즐거웠다.

이안이 포크를 내려놓았다. 그리고 천천히 자리에서 일어났다.

"장인 어르신이 오시려면 시간이 좀 더 남았는데……."

그의 눈가가 붉었다. 몹시 야한 빛깔이었다. 반듯한 손이 내게
내밀어졌다.

"같이 씻을래요?"

나는 대답 대신 그의 입술에 내 입술을 도장처럼 꾹 눌렀다.

❖ ❖ ❖

아버지를 만나면 무슨 말을 할까.

이것저것 생각한 것이 무색하게, 마이엔 공을 보는 순간 내 눈
에서는 눈물이 후드득 떨어져 내렸다.

"흑."

"이런."

마이엔 공은 눈을 마주치자마자 울어버리는 나를 보며 난처한
표정을 지었다. 그리고 품에서 연한 베이지색 손수건을 꺼내어
내밀었다.

"닦아요. 이러다가 눈가가 짓무르겠어요."

"죄, 죄송……."

"아닙니다."

흰 장갑을 낀 손이 무척 정중했다. 손수건을 받아 들던 나는 다

시 왈칵 눈물을 흘리고 말았다.

"흑."

지난 생에서는 이 손수건을 받지 않았던 일이 생각난 탓이었다.

'그때도 우리는 만났었는데.'

진상들이 부끄럽다고 구박하는 것이 뭐라고 나는 하나뿐인 유품을 그렇게 깊숙이 박아놨던 걸까.

'그 바람에 아버지도 만나지 못하고.'

가엾은 건 마이옌 공도 마찬가지였다. 그는 결국 자식을 찾지 못한 채 제국에 고슈 백화점만 두고 쓸쓸히 오르세 왕국으로 돌아갔으니까.

내가 계속 우느라고 말을 못 하니, 이안이 먼저 내 어깨를 감싸 안으며 말문을 떼었다.

"제 아내가 눈물이 많은 편이 아닌데. 아무래도 아버지를 많이 그리워해서 그런 것 같습니다."

"그렇군요."

마이옌 공이 안타까운 눈빛으로 나를 응시했다. 마음은 흐르는데, 아직 어색한 데다가 내 눈치가 보여서 선뜻 손을 내밀지 못하는 기색이 역력했다.

이안이 그에게 먼저 악수를 청했다.

"만나 뵙게 되어서 반갑습니다, 이안 타이론입니다. 따님과는 올해 혼인하였습니다."

"오르세 왕국의 샤를입니다. 국왕께서 과분하게도 마이옌 공작으로 임명하여 주셨지요."

"위명은 많이 전해 들었습니다."

두 사람의 분위기는 판이하게 달랐지만, 호의적으로 서로를 바라보는 시선이 느껴졌다. 나는 손수건을 꽉 쥐고 더듬더듬 입술을 열었다.

"저, 저는⋯⋯."

눈물샘이 고장 난 것처럼 지금 이 순간에도 줄줄줄 흘렀다. 나는 목을 가다듬어, 애써 또박또박 말했다.

"제 이름은 올리비아예요."

"올리비아."

내 이름을 들은 마이엔 공의 눈가가 인자하게 접혔다.

"예쁜 이름이군요."

나는 입술을 꽉 깨물었다. 나는 내 이름을 누가 지었는지조차 몰랐기 때문에 이름에 대해서도 할 말이 없었다.

"앉아서 이야기하도록 하지요."

내가 우느라 정신없는 와중에도 이안은 훌륭하게 호스트 역할을 해냈다. 그는 내가 묻고 싶었던 것들도 나를 대신해서 물어봐 주었다.

"어쩌다가 부인과는 헤어지게 되셨습니까?"

내가 묻기에는 예민한 질문들까지, 그가 하니 별로 어색하지 않았다. 어머니의 이야기가 나오자 마이엔 공의 얼굴이 흐려졌다.

"멜리사를 잃은 것은 전적으로 제 어리석음 때문이었습니다. 제가 진정 원하는 것이 무엇인지 모르고 갈팡질팡했기 때문에⋯⋯."

아버지의 이야기는 이랬다.

어머니는 호기심이 많았던 아가씨로, 넓은 세상을 보고 싶다는 욕심으로 멋대로 가출을 해서 오르세 왕국까지 넘어갔다고 한다. 하지만 세상 물정 모르는 아가씨가 여행하기에, 타국은 너무나도 위험한 곳이었고, 모든 돈을 도둑맞고 길에서 울고 있었다.

그리고 그때 아버지를 만나게 되었다.

"저는 그녀에게 한눈에 반하고 말았지요."

왕국 밖을 꿈꾸고 있었지만, 넘어갈 수 없는 처지였던 아버지에게, 가출을 해서라도 여행을 나온 어머니는 자유의 상징처럼 보였다고 한다.

"반대할 거라고는 생각했습니다."

상대는 왕위계승권을 가지고 있는 왕족, 그러나 여자는 신분 증명도 할 수 없는 빈털터리 여행자.

반대가 없는 게 이상했다. 그냥 정부나 첩으로 들이라는 의견도 많았다.

"하지만 제 가족들이 멜리사를 몰래 빼내어 다른 곳으로 보낼 정도로 반대할 줄은 몰랐습니다."

마이엔 공의 얼굴이 슬픔으로 젖어 들었다. 나는 그가 왕위계승권을 포기하고 부인과 아이를 찾아 나서는 데까지도 상당한 고난이 있었을 거라고 어렵지 않게 추측할 수 있었다.

하지만 그는 과거의 후회나, 슬픔을 토로하는 대신 나를 보고 웃었다.

"이제라도 딸을 만날 수 있어서 얼마나 기쁜지 모를 겁니다."

"저도요."

나는 치맛자락을 꽉 쥐었다. 눈물이 아무리 나와도, 이 말은 꼭 전해야 했다.

"저도 기뻐요, 아버지."

❖ ❖ ❖

마이엔 공은 차를 한 잔 비운 뒤에는 깔끔하게 일어섰다.

"한 달은 제국에 머물 예정입니다. 찬찬히 서로를 알아가는 시간을 가지도록 하죠."

내가 자식이고, 그가 부모인데도 그는 내게 꼬박꼬박 존댓말을 써주었다. 나를 대할 때마다 조심하는 것이 느껴져서 감사함과 서운함이 동시에 느껴졌다.

마이엔 공을 배웅하고 난 뒤, 이안은 나를 침실에 데려다주고 물러났다.

"저는 그럼 이제 내일 공국으로 가는 행렬을 정비해야겠군요."

"제가 당신 짐을 싸야 하는데……."

"이미 지난번에 한 차례 싸두었잖아요. 잊어버렸습니까?"

"아."

스타티스 황태자가 북방으로 가는 말을 했을 때, 이안의 짐을 쌌지.

'그걸 내가 안 풀었던가.'

제임스의 뒷바라지 10년. 내가 생각해도 이제 나는 숙련된 짐챙김이었다.

"당신 안색이 안 좋아요. 어서 누워 있어요."

"……네."

아닌 게 아니라 심력을 쏟은 탓인지, 몸이 무거웠다.

"그럼 다녀와요."

나는 이안을 내보내고 침대에 누웠다. 잠이 안 올 것 같았는데, 막상 누우니 누가 잡아당기는 것처럼 잠이 들었다.

그렇게 얼마나 시간이 흘렀을까.

'몸이 무거워.'

이마가 뜨끈뜨끈했다. 열이 나는 것 같았다.

'너무 울어서 그런가.'

어릴 때도 울다가 열이 올라서 머리가 아팠던 적이 있었다.

'하지만 그건 아이 때잖아.'

어린아이 때와 성인일 때가 같을 수가 있나.

하지만 이내 나는 깨달았다. 철이 든 뒤로 이렇게 울어본 적이 없다는 사실을.

'이모가 돌아가신 뒤로 울어도 달래줄 사람이 없었으니까.'

파넬에서도 마찬가지였다. 진상들에게 온갖 모욕을 듣고, 아랫것들에게 무시를 당해도 누구 하나 내게 다정한 손길을 내밀지 않았다.

그래서 어느 순간, 나는 자연스럽게 강해졌다. 내게 들으란 듯이 쏟아지는 나쁜 말들은 무시할 수 있었고, 나를 모욕하는 이들을 똑바로 바라볼 수 있었다.

'하지만 그게 과연 괜찮았던 걸까.'

겉보기야 의연해 보였겠지만, 과연 내 속은 괜찮았을까?

'그래도 창피해.'

그때는 흘리지 않았던 눈물이 왜 이제야 후드득 쏟아지는 걸까. 나는 너무 울어서 따끔거리는 눈을 살살 눌렀다.

바로 그때였다.

"언니."

문을 빼꼼 열고, 풍성한 갈색 머리카락을 포니테일로 묶은 소녀가 얼굴을 내밀었다. 나는 환하게 웃었다.

"애니. 내 동생."

내가 침대에서 몸을 일으키자, 애니는 조심스럽게 문을 닫고 종종걸음으로 내 곁으로 다가왔다. 우리는 서로 뺨에 입을 맞추고 인사를 했다.

"학교는 잘 다녀왔니?"

"응."

"재미있었고?"

"늘 똑같아."

"그랬구나."

애니가 기분이 나빠 보이지는 않았다. 나는 침대 끝을 두드렸다. 애니는 사뿐히 모서리에 앉았다.

'어차피 어디로든 듣고 올 거야. 이미 듣고 왔을 수도 있고.'

타이론 대공비에 대한 세간의 관심이 워낙 지대한지라, 출생의 비밀 같은 자극적인 소재를 쉬쉬할 리가 없었다.

'그러니까 차라리 내가 먼저 말하는 게 나아.'

나는 큼큼 목을 가다듬었다. 그리고 부드러운 어조로 입을 열었다.

"애니, 언니가 네게 할 말이 있어. 네가 어떻게 생각할지 모르지만…… 우리는 사실 자매가 아니라 사촌이야."

나는 애니에게 나긋나긋한 어조로 나의 출생이 어떠했는지 설명했다. 어머니의 죽음, 아버지와의 이별, 그리고 나를 거두어준 플로렌스 자작부인에 대해서.

그리고 마지막으로 덧붙였다.

"하지만 언니는 여전히 애니가 내 친동생이라고 생각해."

"언니……."

내 말에 애니가 눈물을 글썽였다. 나는 그런 애니의 머리를 쓰다듬었다. 잠시 입술을 깨물고 있던 애니가 울먹이며 물었다.

"나는 그러면 큰 오빠네 집으로 가는 거야? 아니면 아버지랑 다시 같이 살아?"

"그게 무슨 소리니, 애니. 너는 여전히 언니랑 같이 살 거야."

"하지만 언니가 날 책임질 이유는 하나도 없잖아."

"왜 없어? 우리는 가족이잖아."

나는 거짓으로 서운한 표정을 지어내며 물었다.

"설마 너는 나를 가족이라고 생각하지 않는 거야?"

"그럴 리가 없잖아."

애니가 붕붕 고개를 흔들었다. 나는 키득키득 웃었다. 애니는 홀긋 나를 흘겨보다가 입술을 삐죽 내밀었다.

"언니에게 너무나 많은 것을 받아서 어떻게 보답해야 할지 모르겠어."

역시 이런 생각을 하고 있었나. 생각이 깊은 애니다웠다. 나는 애니의 머리를 쓸어넘겼다. 그리고 언제나처럼 말했다.

"보답이 뭐 필요하니. 꼭 너는 행복하게 살아야 해. 알았지?"

"언니는?"

"응?"

그런데 오늘은 애니가 눈을 동그랗게 뜨고 제법 예리하게 반문했다.

"언니는 행복하지 않아?"

순간 말문을 막히게 하는 질문이었다. 나는 느릿하게 눈을 깜빡였다.

'나는 행복하지 않냐고?'

하루하루에 쫓겨 행복이 무엇인지 생각지도 못했던 나에게 신선한 질문이었다. 나는 천천히 입술을 열었다.

행복이라는 게, 아무 걱정 없이 오늘 이 순간으로 충만한 감정이라면.

"언니는 지금 제일 행복해."

나는 지금 이 순간 더 바랄 것이 없었다.

'이안이 있고, 애니가 있고. 이제는 아버지까지 찾았는걸.'

나는 만족스럽게 눈을 감았다. 애니가 그런 내 얼굴을 빤히 쳐다보다가 뜬금없는 소리를 내뱉었다.

"언니, 빨리 조카 낳아줘."

"뭐?"

이게 무슨 소리람. 나는 순간적으로 굳어져서 애니를 바라보았다. 애니는 개구쟁이처럼 키득키득 웃으며 말했다.

"내가 도울 일이 뭐가 있겠어. 언니가 조카를 낳으면 내가 다 키워줄게!"

"뭐라고?"

세상에 어떻게 저런 생각을. 나는 당황스러움도 잊고 큰 소리로 웃음을 터뜨리고 말았다. 나는 동생의 머리를 열심히 쓰다듬었다.

"말만이라도 고마워, 애니."

내 말에 애니는 볼을 빵빵하게 부풀리며 투덜거렸다.

"말만 하는 게 아니야. 조카의 이름도 내가 정해줘야지. 뭐가 좋을까. 카트린느?"

"그건 너무 부담스럽구나."

반짝반짝 빛나는 애니의 얼굴이 눈부셔서, 나는 그저 흐뭇하게 웃고 말았다.

'아기라.'

나와 이안 사이에 절대로 가질 리 없는 것.

'없어도 난 괜찮아.'

아이들을 원래 좋아하지도 않는걸.

그리 생각하면서도 나도 모르게 내 배를 문지르고 있었다.

❖ ❖ ❖

스타티스는 이안을 싫어한다.

거기에는 이안 자체에 대한 개인적인 호불호도 있었지만, 두 사람의 관계에서 오는 갈등도 있었다.

'진절머리가 나.'

굳이 꼽는다면 바로 이런 때.

스타티스는 눈을 들어서 맞은편을 바라보았다. 그녀의 앞에는 붉은 망토를 담요처럼 덮고 있는 풍채 좋은 남자가 앉아 있었다.

제국의 황제, 글라디우스 2세.

늘 인자한 미소만 짓고 있던 황제의 얼굴이 석고처럼 굳어져 있었다.

"짐이 지나치게 서둘렀나 싶구나."

스타티스는 무표정한 얼굴로 찻잔을 들었다. 긍정도 부정도 하고 싶지 않으니 자연스럽게 대화의 턴을 돌리려면 차를 마시는 수밖에 없었다.

붉은색 홍차 파문을 바라보고 있으니 초조함으로 가득 물든 목소리가 들려왔다.

"설마하니 플로렌스 영애가 친부가 오르세 왕족일 줄이야. 이 래서야 혈통적으로도 완벽하지 않으냐."

"황실의 경사이지요."

스타티스가 보기에 황제는 참 이것도 저것도 아닌 사람이었다. 황실의 적통이 아니라는 이유로 일생 무시를 당한 터라, 날 때부터 적통인 이안에게 콤플렉스가 있다. 그렇다면 모질게 내치면 될 텐데, 마음이 약해서 죄책감을 느끼고 만다.

'마음에 안 들면 멀리 보내면 그만일 것을.'

또 불안해서 멀리 밀어내지는 못한다.

'이안만 재수 없게 걸렸지.'

그가 적통으로 태어나고 싶어서 태어난 것이든가. 적통으로 태어난 탓에 부모의 얼굴도 모른 채 자라지 않았나.

스타티스는 고개를 들어, 한없이 불안함을 감추지 못하는 황제를 바라보았다. 황제는 크게 노하여 꾸짖었다.

"무슨 소리냐. 그러다 두 사람 사이에 아들이라도 태어나면 무슨 소리가 나올 줄 알고!"

"무슨 소리가 나오겠습니까?"

스타티스는 여상스러운 어조로 말했다. 이럴 때 격하게 반응해봐야 황제의 불안증만 심해진다는 사실을 그녀는 경험적으로 알고 있었다.

"이미 아바마마의 치세이옵니다. 모두가 충성스러운 신하이온데, 무엇이 그리 걱정되십니까."

하지만 올리비아의 아버지가 오르세의 마이엔 공이라는 사실이 황제에게는 무척 위협적으로 느껴졌던 모양이다.

이만큼 말하면 납득하던 황제가, 오늘만큼은 손톱을 깨물며 불안에 떨었다.

"너는 모른다. 내가 그 아이에게서 황위를 빼앗았듯, 그 아이도 네게서 빼앗을 수 있어."

아니요, 라고 말하고 싶은 것이 목 끝까지 차올랐다. 그가 황위를 받기로 하였을 때, 이안은 고작 100일도 지나지 않은 아기였다. 그 아기가 아무리 제대로 탄생이 알려진들, 어찌 황위에 올랐겠는가.

황제는 간절한 눈으로 스타티스를 바라보며 말했다.

"이 모든 것이 너를 위한 것임을 왜 모르느냐, 스타티스."

'지긋지긋해.'

스타티스는 입술을 씰룩였다. 그녀가 가장 사는 것이 지긋지긋할 때가 바로 이런 순간이었다. 그의 불안감, 콤플렉스를 모두 그녀를 위한 것이라고 포장될 때.

'내가 이안보다 그렇게 많이 모자란가?'

황제가 저리 행동할 때마다, 스타티스는 자신이 부족한 사람이라고 확인받는 것만 같았다.

'하여간 마음에 안 들어.'

스타티스는 그리 생각하며 다시 차를 호로록 마셨다.

'어차피 얼마 안 남았어.'

조금만 더 기다리면 그녀의 차례였다.

'곧 국혼과 동시에 즉위식을 가질 예정이니까.'

스타티스의 푸른 눈이 예리하게 테이블 언저리를 스쳤다.

'저 소리를 들어주는 것도 얼마 남지 않았어.'

정말 위험한 자를 제 앞에 두었다는 사실도 모른 채, 황제는 자신의 속내를 주절주절 늘어놓았다. 스타티스는 지루한 소리를 심각한 표정으로 들어주었다.

정말 얼마 남지 않았다.

❖ ❖ ❖

애니는 최근 하루하루가 꼭 꿈속을 사는 것만 같았다.

'정말 행복해.'

등굣길, 마차에 올라서 애니는 들고 온 책가방을 꼭 끌어안았다. 가방 안에는 그녀가 가장 좋아하는 약초학 책이 들어 있었다.

'마음껏 책도 볼 수 있고.'

올리비아가 아카데미까지 진학할 수 있었던 것은 그녀가 친자식이 아니라 관심이 없었던 덕분도 있었다.

플로렌스 자작은 여자에게 많은 공부는 필요 없다고 생각하는 남자였기 때문이다.

"여자가 무슨 책이냐! 건방진 것 같으니. 깡그리 다 태워버려!"

애니가 책을 읽는다는 이유로 집안의 모든 책을 다 태워버린 것이 그녀의 나이 열두 살 때.

당연히 깊은 상처로 남아 있었다.

'타이론 저택은 좋아. 희귀한 책도 많고, 마음껏 읽을 수 있고.'

그에 비하면 타이론 저택은 애니에게 천국이었다. 맛있는 음식, 늘 깨끗한 침구, 손만 뻗으면 얼마든지 읽을 수 있는 책, 얼마든지 주어지는 종이와 잉크.

무엇보다도 좋은 건 바로 큰언니 올리비아와 함께 살 수 있다는 점이었다.

'언니가 좋은 남자를 만나서 다행이야.'

처음에 언니가 파넬 공작 몰래 바람을 피우고 있다는 소문이 돈다고 할 때는 세상이 노래지는 줄 알았다. 하지만 막상 한 쌍의 잉꼬처럼 잘 지내는 두 사람을 보니 저절로 안심이 되었다.

'앞으로도 오래오래 이렇게 지낼 수 있었으면.'

애니는 작게 기도했다.

그사이 마차는 학교에 도착했고, 가방을 챙긴 애니는 폴짝 마차에서 뛰어내렸다. 학교에서 친해진 친구, 리타가 애니에게 다가왔다.

"좋은 아침이야, 애니."

반갑게 인사를 하고 소녀들은 나란히 걷기 시작했다. 그런데 오늘따라 리타가 영 이상했다. 은근슬쩍 애니의 눈치를 살피는 것이다.

"저어, 그런데 괜찮아?"

"뭐가?"

전혀 나쁠 일이 없는 애니는 고개를 갸웃했다. 리타의 말은 더더욱 이해하기 어려웠다.

"그, 그게…… 네 언니 때문에 말이야. 아니, 이제 언니가 아니라고 해야 하나?"

"그게 무슨 말이야?"

"어머, 너 모르니?"

도대체 뭘 모른다는 걸까. 그 대답은 금방 들을 수 있었다.

"네 언니가 사실은 친언니가 아니라면서. 플로렌스 자작님이 어제 파넬 공작의 투머로우 수여식에서 길길이 날뛰다가 망신만 당했다던데. 아무 말도 못 들은 거야?"

그 말이 너무나 직설적이어서 도리어 알아들을 수가 없었다.

'언니가 내 친언니가 아니라고?'

이게 무슨 소리람.

'그리고 아버지는 고향에 계실 텐데.'

어느 것 하나 와닿지 않는 설명이었다. 애니는 떨떠름한 표정으로 학교에 들어섰다.

하루를 보내는 동안, 그녀는 어제 있었던 소란을 모두 이해했다. 파넬 공작의 수여식에 있었던 일이 하루 종일 화제였기 때문이다.

"세상에! 알고 보니 오르세 왕족이었다니."

"솔직히 왕족은 아니지. 제대로 결혼식을 올리고 태어난 것도 아니잖아."

"하지만 오르세의 마이옌 공이 잃어버린 정인과 그 자식을 찾아 헤맨 건 유명하잖아. 심지어 아직까지 결혼도 안 하셨을걸."

"그럼 마이옌 공의 막대한 재산이 모두 타이론 대공비의 것이란 뜻이야?"

수군거림을 들으며 애니는 입술을 꾹 다물었다.

'난 아무것도 몰라.'

하지만 올리비아에게 더 잘되었다는 사실만큼은 알겠다. 애니는 시무룩하게 고개를 숙였다.

하루가 어떻게 흘렀는지도 모르겠다. 하교한 뒤, 애니는 집에 들어가서 올리비아를 만날 용기가 나지 않아서 덤불 속에 웅크리고 있었다.

그때였다. 낯선 목소리가 들린 것은.

"아가씨?"

"아."

애니는 고개를 들었다. 가무잡잡한 얼굴에 까만 머리카락을 가진 소년이 목검을 메고 서 있었다.

기본 이목구비는 잘생긴 얼굴이었지만, 얼굴에 주근깨처럼 여러 개의 흉터가 흩어져 있어서 조금 흉했다.

애니는 소년의 이름을 금방 떠올렸다. 그녀가 타이론 저택에서 소개받은 몇 명 되지 않는 사람들 중 하나였다.

"에릭이라고 했지?"

"마, 맞습니다."

소년의 얼굴이 새빨갛게 달아올랐다. 애니가 그저 이름을 부른 것만으로도 어쩔 줄 몰라 하는 모습이 퍽 귀여웠다.

에릭은 애니와 눈을 마주치지 못하면서 더듬더듬 물었다.

"어째서 그렇게 계세요? 바닥이 차갑습니다."

"괜찮아."

"깔고 앉으실 거라도."

막 훈련을 마치고 온 소년의 손에 뭐가 있겠는가. 이리저리 주변을 둘러보던 에릭은 자신이 입고 있던 셔츠를 벗으려고 했다.

갑자기 눈앞에 홀렁 나타나는 탄탄한 복근에, 애니가 눈을 가리며 소리를 질렀다.

"무, 무슨 짓이야!"

"죄, 죄송."

에릭은 다시 얼른 말아 올렸던 셔츠를 내렸다. 에릭의 얼굴이 이제는 터질 듯이 빨개졌다. 자신이 생각해도 자신의 행동이 우스웠던 탓이다.

그 모습을 보고 결국 애니는 피식피식 웃음을 터뜨리고 말았다. 애니는 손을 내저으며 말했다.

"당신이 죄송할 게 뭐가 있어. 놀라서 그랬어. 소리 질러서 미안해."

"……."

에릭의 까만 눈동자가 애니의 눈치를 살폈다. 그리고 애니의 얼굴 어디에도 불쾌감이 없다는 사실을 눈치채고 슬쩍 가까이 다가섰다.

"그런데 왜 여기 이렇게 계세요?"

"심란한 소리를 들어서."

애니는 무릎을 세우고 팔에 얼굴을 묻었다. 올리비아 앞에서는 늘 어른스러운 척했지만, 아직 그녀도 사춘기 소녀였다.

"나는 우리 언니밖에 없는데, 알고 보니 우리 언니가 내 친언니가 아니라고 하더라고."

고민이 스르륵 너무나 가볍게 입술 밖으로 흘러나왔다.

"그래서 어떻게 해야 할까 고민하고 있었어. 이 집을 나가야 할까. 생판 남이니 더 이상 부담 주지 말아야겠지?"

애니의 고민을 진지하게 듣고 있던 에릭은 고개를 흔들었다.

"대공비께서는 개의치 않아 하실 것 같은데요."

올리비아와 말 몇 마디도 섞지 않았지만, 에릭은 올리비아가 시원시원한 성격의 소유자라는 걸 눈치챘다. 그리고 애니를 무척 사랑하고 있다는 것도. 그리고 올리비아를 사랑하는 건 애니도 마찬가지였다. 애니는 힘없이 미소 지었다.

"그래서 더더욱 그런 거야. 언니는 괜찮다고 할 테니까. 그러니까 내가 제 발로 나가야지."

그 아버지 밑에서 꺼내어 학교를 보내준 것만으로도 올리비아는 최선을 다해주었다. 애니는 올리비아에게 더 이상 짐이 되고 싶지 않았다.

하지만 동시에, 애니는 올리비아와 남이 되고 싶지 않았다.

"그런데 나가고 싶지 않아. 언니랑 평생 함께 살고 싶은걸."

이율배반적인 마음을 어떻게 해야 한단 말인가. 애니가 침울하게 눈을 비볐을 때였다. 진중하게 듣고 있던 에릭이 가벼운 목소리로 말했다.

"그 고민을 그대로 다 토로하고 오세요."

"응?"

애니는 고개를 번쩍 들었다. 에릭은 잔잔한 미소를 지었다.

"제가 보기에 두 분은 진정한 가족인걸요. 답답한 점이 있다면 있는 그대로 모두 말하세요. 가족은 그래도 되잖아요."

"아."

애니는 눈을 동그랗게 떴다. 에릭의 말이 옳았다.

'무엇을 하든 마음을 전해야 하니까.'

애니는 활짝 웃으면서 자리에서 일어났다. 그리고 해바라기처럼 활짝 웃었다.

"고마워, 에릭."

"천만에요."

에릭은 쑥스러운 듯 머리를 긁적였다.

"저기, 답례라고 하기는 뭐한데."

당장이라도 본관으로 뛰어가려던 애니는 걸음을 멈추고 에릭을 돌아보았다.

"견습이라서 손수건 만들어줄 사람이 없지? 내가 만들어줘도 될까?"

애니의 말에 에릭의 얼굴이 다시 새빨갛게 달아올랐다. 에릭은 허리를 꾸벅 숙이면서 큰 소리로 인사했다.

"여, 영광입니다!"

"뭐, 영광까지야."

애니는 어깨를 으쓱했다. 그리고 에릭에게 살랑살랑 손을 흔들었다.

"그럼 다음에 또 만나."

그리고 애니는 한결 가벼운 걸음으로 타이론 저택을 향해 뛰어갔다. 에릭은 그녀의 머리카락 끝까지 모두 사라질 때까지 멍하니 바라보았다.

애니와, 에릭 두 사람의 이야기도 천천히 진행 중이었다.

5

이안이 없는
날들

이안이 소수정예를 목표로 삼은 덕분에, 공국으로 가는 일행은 금방 꾸려졌다. 정말 최소한의 기사, 야영에 익숙한 시종들이 따라붙었다.

하지만 나는 침실에서 그를 배웅해야 했다. 밤새 열이 났기 때문이다.

'으으, 하필 이런 날 아프다니.'

남편이 먼 길을 가는데 이렇게 앓아눕다니 마음이 불편했다. 침실에서 끙끙 물수건을 얹고 있으니, 단단한 부츠에 무채색 망토를 두른 이안이 문을 열고 들어왔다.

"괜찮습니까, 올리비아?"

나는 콜록콜록 기침을 하면서 손을 내저었다.

"가까이 오지 말아요. 당신에게 옮을지도 몰라요."

"올리비아."

그가 다가오려고 하길래, 나는 이불을 획 끌어 올려서 얼굴까지 덮었다.

'먼 길 가는데 아프기까지 하면 절대로 안 되지.'

행여나 길에서 열이 나면 어떻게 되겠는가. 나는 멈칫한 이안에게 어설프게 웃어 보였다.

"제가 걱정되면 빨리 다 해결하고 돌아오도록 해요."

미룰 수 있는 일이면 미뤘을 텐데. 이안이 불편한 표정으로 서 있다가 이내 고개를 끄덕였다.

"최대한 빨리 돌아오겠습니다."

나는 배시시 웃었다. 이안은 내 미소를 보고도 발길이 떨어지질 않는지, 머뭇거렸다. 그러자 이안의 뒤를 따라 들어왔던 애니가 자신의 가슴을 탕탕 때리며 나섰다.

"언니는 걱정하지 마세요, 형부. 제가 언니를 말끔히 간호할 테니까요!"

얘가 지금 뭐래니. 나는 시큰둥한 표정으로 대꾸했다.

"너도 나가야 한단다, 애니."

"왜에?"

"너도 옮으면 안 되잖니. 당연한 거 아니니?"

"하, 하지만 나는 약초학 전공생인걸!"

"약초학이 의학은 아니란다. 조용히 하고 어린이는 나가세요."

"피이."

내 말에 애니는 입술을 삐죽였다. 통통 부은 뺨이 귀엽기는 했지만, 그렇다고 그 아이의 떼를 다 들어줄 수는 없었다.

'열이 너무 높으면 위험하다고.'

애니와 같은 미성년자가 질병에 더 약한 것은 당연하다. 나는 몸을 웅크리고 쿨럭쿨럭 기침을 했다.

'진짜 기력이 다 빠졌나 봐.'

그만큼 최근 힘든 일이 많기는 했지.

'아니면 몸이 젊더라도 영혼의 영향을 받는 것일지도.'

어느 쪽이건 달갑지 않은 이유였다.

나를 바라보고 있던 이안이 조심스럽게 애니의 어깨를 감싸서 방 밖으로 안내했다.

"이리 와요, 처제. 언니 말이 맞아요."

애니는 차마 형부의 말에 토를 달 수 없었는지, 결국 입술을 삐죽이며 방 밖으로 나갔다. 펄럭이는 망토에 대고 나는 작별 인사를 건넸다.

"조심히 잘 다녀와요, 이안. 얌전히 당신을 기다리고 있을게요."

이안은 빙긋이 웃었다.

❖ ❖ ❖

이안이 떠나고도 한 사흘 정도 열이 펄펄 끓었던 것 같다.

내가 정신을 못 차리는 동안 간간이 마이엔 공이 방문했다. 그는 내 곁에 앉아서는 내 손을 꽉 잡아주었다.

"이렇게 누워 있는 모습을 보니 무척 가슴이 아픕니다."

옳으니까 어서 나가시라고, 낫는 대로 부르겠다고 말을 해야 하는데, 정신이 혼미해서 말도 잘 나오지 않았다.

"대공비 마마에 관한 일은 저와 상의하시면 됩니다."

"생제르망 상회와 오르세에 가지고 있는 내 개인 자산에 관한 이야기를 해야 하는데……."

케닌과 마이옌 공은 길게 무슨 이야기를 나누었다. 아픈 나를 배려해서 나가서 이야기했기 때문에 구체적으로 무슨 이야기를 나누었는지는 모른다.

'나는 아무것도 필요 없는데.'

내가 가지고 싶은 것은 모두 내 손에 있었다.

'그냥 아버지와 이야기만 더 하고 싶어…….'

그런 생각을 하고 있다가 눈을 감으면 밤이 되어 있었고, 눈을 뜨면 낮이 되어 있었다.

그렇게 꼬박 사흘을 앓고 나니, 거짓말처럼 나흘째 아침에는 열이 뚝 떨어졌다.

나는 몸을 일으켜 앉았다. 누워만 있었던 몸에서는 이리저리 삐걱삐걱 소리가 났다. 비척비척 일어나서 몸을 이리저리 풀고 있으니 문이 열렸다. 물수건을 갈아주려고 온 건지, 대야와 수건을 들고 오던 애니였다.

"세상에, 언니!!"

댕그랑!

물이 가득 든 대야가 큰 소리를 내며 바닥에 떨어졌다. 치마가 젖는 것도 모르고 애니는 내게 달려와서 나를 꽉 끌어안았다.

"언니가 얼마나 죽은 듯이 잠만 잔 줄 알아? 이제 괜찮아? 일어날 수 있어?"

"당연하지. 그냥 몸살이었단다."

"그냥 몸살은 무슨! 이러다가 큰일 날까 봐 얼마나 걱정했는지 알아?"

"그랬니, 우리 애니."

눈물을 글썽이는 애니를 보고 있으니 나도 코끝이 찡해졌다. 나는 애니를 마주 안아주었다.

열린 문틈으로 소란을 들은 하녀장이 일어나 있는 나를 보고 서둘러 들어왔다.

"일어나셨군요! 다행입니다, 마마. 전하께도 얼른 서신을 띄워야겠어요. 무척 안심하실 것입니다."

"이런. 내가 걱정을 끼쳐버렸군."

나는 머리를 긁적였다. 아무래도 공국으로 향하면서도 이안은 계속 내 안위를 물었던 모양이다.

'보고 싶다.'

헤어진 지 얼마 되지도 않았는데, 벌써 언제 돌아올까 궁금했다. 이안의 모습을 떠올리던 나는 고개를 흔들었다. 그리고 하녀장에게 물었다.

"마이엔 공께서는?"

잠결에 눈을 뜨면 항상 그가 내 곁에 있었던 것이 기억났다.

내 질문에 하녀장은 안타까운 표정을 지었다.

"매일매일 오셨는데, 오늘은 대외 행사가 있어서 오실 수 없다고 하셨습니다. 마이엔 공께도 서신을 보낼까요?"

"응. 걱정하실 테니까."

왕국 사절단으로 온 것이니 여러 행사에 참여하셔야 할 터였다. 나는 고개를 끄덕였다.

그리고 아직도 내 허리에 달랑달랑 매달려서 훌쩍이고 있는 애니의 머리카락을 쓰다듬었다.

"애니, 언니에게 밀크티를 만들어주겠니? 이제 막 일어나서 부드러운 게 마시고 싶구나."

내 부탁에 애니의 얼굴이 순식간에 환해졌다.

"응! 내가 약초학의 진수를 보여주지!"

"하하."

밀크티 끓이는 데 약초학까지 필요할까. 저런 이야기를 하는 동생이 마냥 귀엽기만 했다.

애니가 나가고, 하녀장은 내게 카디건을 걸쳐주었다. 흘어진 머릿결을 정돈하는 동안 나는 하녀장에게 집안일을 물었다.

"내가 누워 있는 사이 별일은 없었나?"

"저택에는 별일이 없었습니다. 하지만 보좌관님께서는 하실 말씀이 있으실 것 같군요."

백화점도 곧 개장이라 신경 쓸 것이 많았다. 오픈 행사부터, 어떻게 점포를 배치하고 어떻게 직원을 배치할지 등등. 나는 고개를 끄덕였다.

"그럼 케닌을 불러다줘."

하지만 내게 한적하게 집안일을 처리할 시간은 없는 듯했다.

솜씨 좋게 내 머리를 땋아 내린 하녀장이 고개를 숙이며 말했다.

"그전에 알키저스 영식께서 방문 요청을 하셨습니다. 먼저 알키저스 영식을 뵙는 게 나으실 것 같습니다."

"로메오가?"

도대체 내 친구가 날 만날 일이 뭐가 있단 말인가. 나는 고개를 끄덕였다.

❖ ❖ ❖

로메오는 내 단장이 끝나기 무섭게 들이닥쳤다. 내가 언제 일어나나 감시하고 있는 게 아닌가 싶을 정도로 적절한 타이밍이었다. 로메오는 한 아름 과일바구니를 안고 와서는 싱글싱글 웃으며 나를 약 올렸다.

"세상에, 여름 감기라니."

"감기가 아니고 몸살이거든."

"그게 그거지."

하녀장이 차를 내왔지만, 나는 내 잔은 받지 않았다. 애니가 내려준 밀크티를 마신 지 얼마 되지 않았기 때문이다. 참고로 애니는 정말 찻잎으로 약을 제조한 것인지, 무척 쓰고 진득했다.

로메오가 턱을 괴고 말했다.

"많이 아프다고 해서 걱정했어. 네가 내 결혼식 증인 해줘야 하는데 말이야."

결혼식. 로메오의 약혼자는 황태자 스타티스. 두 사람의 결혼은 쉽게 입에 올릴 수 있는 주제가 아니었다.

'날짜가 거의 확정되었나 보군.'

결혼 날짜가 나온다는 것은 황제가 바뀔 날도 다가오고 있다는 뜻이었다. 스타티스 황태자가 여자라는 이유로 황제는 빨리 황위를 선위하고 상황제로서 오래오래 국정을 좌지우지하기 때문이다.

로메오는 장난스럽게 씩 웃으며 말했다.

"이미 대주교에게 증인은 너라고 말해놨어. 거절은 거절한다."

"내가 수락하지 않으면 어쩔 건데? 로메오, 너는 친구가 나밖에 없잖아."

"뭐래, 진짜."

내 말에 로메오는 입술을 삐죽거렸다. 나는 키득키득 웃었다. 그런 나를 물끄러미 바라보고 있던 로메오가 벌떡 자리에서 일어섰다.

"난 간다. 몸도 아프니까 얼른 쉬어. 얼굴이 반쪽이 되었어."

"응? 벌써 가? 왜 이야기를 다 안 하고?"

"이야기 다 했어."

나는 눈을 가늘게 떴다. 나와 대화하는 내내 로메오는 손톱으로 테이블을 딱딱 두드렸다. 딴생각에 잠겨 있을 때 나타나는 버릇이었다.

"거짓말. 너 지금 망설였잖아. 빨리 말해봐."

"눈치만 빨라가지고."

로메오는 나를 살짝 흘겨보았다. 그리고는 어깨를 으쓱했다.

"어차피 낼모레 대회의에 대공 대리인으로 참석하면 듣게 될 거야. 오늘은 그냥 쉬어."

"흠."

대회의라.

'대회의에 타이론이 주제가 될 것이 뭐가 있지?'

거기까지 생각한 나는 손가락으로 턱을 문질렀다. 나올 만한 이야기가 많았다.

'마이엔 공과 나의 관계라든지, 백화점 상권에 대한 거라든지.'

이안이 없는 지금이 타이론을 싫어하는 자들에게는 기회일 터였다. 나는 시큰둥하게 웃었다.

'누가 자기들이 몰아가는 대로 몰릴 줄 알고?'

나는 스무 살의 세상 물정 모르는 올리비아 파넬이 아니라, 한 집안의 자산을 운영하며 온갖 사업을 벌인 올리비아 타이론이었다.

'내가 파넬 공작 대리로 대회의에 참석한 것이 몇 번인데.'

대회의 따위 무섭지도 않았다.

"아 참, 로메오."

하지만 그 사실을 미리 경고하려고 찾아온 친구에게는 고마운 마음이 피어올랐다. 나는 로메오에게 해사하게 웃으며 말했다.

"병문안 고마워. 결혼도 축하해. 행복하게 살아야 한다."

"……참나."

내 말에 로메오는 팔짱을 끼며 코웃음을 쳤다. 나를 흘겨보는 그의 시선에는 따뜻함이 가득했다.

"너나 행복하게 살아, 올리. 꼭이야."

내 친구가 공교롭게도 지난 생에도 했던 말을 다시 했다.

시간을 거슬러와도, 언제나 변함없는 내 친구에, 내 마음도 따뜻해졌다.

하지만 애니와 로메오를 만날 때까지가 내게 허락된 여유였던 모양이다.

"이, 이게 뭐죠?"

"선물입니다, 전하!"

케닌은 그야말로 기절초풍할 서류를 들고 왔으니까.

❖ ❖ ❖

로메오를 배웅한 뒤, 나는 하녀장의 만류에도 집무실로 향했다. 사흘 동안 누워 있었다는 말은 백화점 개장을 준비할 시간이 사흘 줄어들었다는 말과도 같았다.

"케닌을 어서 불러주세요."

줄어든 시간만큼 더 열심히 일해야 했다. 나는 의욕적으로 자리에 앉았다. 의욕에 불타는 것은 케닌도 마찬가지였던 모양이다. 내가 부르기 무섭게 바람처럼 달려온 그는, 어째서인지 얼굴이 활짝 펴 있었다.

"일어나셨습니까, 비전하!"

"반가워요, 케닌. 오랜만에 보니 얼굴이 더 잘생겨진 것 같네."

"하하하."

아니, 표정만 편 것이 아니었다. 허리에 손을 올리고 큰 소리로 웃기까지 하는 것 아닌가.

"왜 이렇게 기분이 좋아요?"

나는 신기해서 눈을 깜빡거렸다. 내 질문을 기다렸다는 듯이 케넌이 가슴을 내밀고 뿌듯해했다.

"전하께 보여드릴 생각을 하니 가슴이 떨려서요."

"뭔데요?"

내가 없을 때 무슨 금맥이라도 캤나.

케넌은 씩씩하게 낯익은 서류철을 내밀었다.

"여기 타이론 대공가의 재산 목록입니다. 이 중에서 이 부분이 대공비 전하께서 관리하셔야 하는 부분이고요."

"……네."

이미 한번 받아본 적이 있는 자료여서 나는 고개를 갸웃했다. 그리고 그 옆으로 그가 적색 파일을 내려놓았다.

"그리고 이게 대공비 전하의 개인 재산목록."

"갑자기 이걸 왜……."

내가 정신을 잃은 사흘 동안 재산에 무슨 변화가 생겼나.

그냥 무심코 서류철을 열었던 나는 얼어붙고 말았다.

"……이게 무슨 일이에요?"

맨 윗장, 이제 막 작성된 빳빳한 종이에는 난생처음 보는 재산이 적혀 있었다.

생제르망 상회 – 제국지부

오르세의 수도 아르망디 45-3번 지구

숨이 턱 막히는 것 같았다. 나는 멍하니 서류만 내려다보았다. 케닌은 으쓱으쓱거리면서 말을 이었다.

"아직 정식 승계된 것은 아닙니다. 마마께서 계속 아프셨으니까요. 하지만 이제 일어나셨으니 정식 승계 절차를 밟아야 합니다. 전하께서는 여기 서명만 하면 되시죠!"

"하."

나는 케닌이 왜 이렇게 으쓱거리는지 이제야 이해했다. 보통 재산 승계는 복잡한 과정을 거친다. 세금도 어마어마하게 물고.

'특히나 나 같은 경우는 국경을 넘으니까.'

오르세의 세법과 제국의 세법이 다른데 이 승계를 어느 세율을 적용해서 어떻게 할 것인가.

그 과정을 케닌은 사흘 동안 서류 한 장으로 정리했다는 뜻이었다.

'대단한 능력이네.'

하지만 이게 단순히 우쭐댈 문제야?

'내가 받아도 돼?'

존재도 몰랐던 친아버지를 찾은 것도 과분한 복인데, 이제 그 친아버지가 나를 거부로 만들려고 하고 있었다.

'나는 아버지에게 해드린 것이 하나도 없는데.'

심지어 마이엔 공은 내 이름조차도 부르지 못하고 있었다.

내 침묵을 어떻게 해석한 것인지, 케닌은 고개를 갸웃하더니 더더욱 경악할 이야기를 내뱉었다.

"사실 이게 전체 재산은 아니에요. 아무래도 생제르망 상회 전체를 인수받는 건 오르세 왕국에 가야만 처리가 가능해서 말이죠. 연말 정도에 방문하는 걸로 스케줄을 짜면 어떨까요?"

"생제르망 상회 전체? 그걸 다 제가 받는다고요?!"

깜짝 놀라서 펄떡 뛰는 나를 보며 케닌은 오히려 의아한 어조로 되물었다.

"비전하가 아니면 누가 받습니까. 그분의 유일한 따님이신데."

"⋯⋯."

숨이 턱 막히는 것만 같았다. 나는 멍하니 서류를 바라보았다.

'아버지.'

말로 설명하기 어려운 감정이, 어지럽게 소용돌이쳤다.

'이게 기쁨인가, 슬픔인가.'

꽤 오랜 시간을 살았는데도 최근 맛보는 감정들은 너무나 그 결이 다양해서 생경하기만 했다.

예전에는 몰랐다. 이렇게 기쁘면서 슬프고, 또 울고 싶지만 행복한 기분을.

잔뜩 일그러진 내 얼굴을 본 케닌이 조곤조곤한 말로 나를 달랬다.

"마이엔 공께서 첫째 날 들고 오신 것이 바로 이 승계 서류였습니다. 부담 없이 서명하시면 됩니다."

나는 고개를 들어 케닌을 마주 보았다. 케닌은 어색한 표정으로 웃었다.

"그동안 보살펴주지 못해서 미안하다는 말도 전해달라고 하셨습니다."

"케닌."

그의 말을 듣고 나서야 나는 나의 혼란한 마음의 정체를 깨달았다.

바로 불안.

"내가 이런 걸 받아도 될까요?"

평생 살아 있는지도 몰랐던 친부를 찾았더니, 그 친부가 어마어마하게 부자인 데다가 날 계속 찾고 있었다니.

지나치게 내게 좋은 이야기 아닌가.

'혹시 모두 꿈인 것 아닐까.'

다시 자고 일어나면, 나는 마흔 살 생일을 앞둔 올리비아 파넬이 되어 눈을 뜰지도 몰라.

그런 내게, 케닌은 고개를 기울이며 산뜻한 어조로 대답했다.

"그럼요, 원래 전하의 것인걸요."

❖ ❖ ❖

한 무리 사내들이 말을 타고 산길을 내달렸다. 바로 공국으로 향하는 이안의 일행이었다.

수도에서 공국까지는 말을 타고 쉬지 않고 달려야 나흘. 보통 사람이라면 엄두도 내지 못하는 강행이었으나, 워낙 승마에 숙련된 말과 사람들인지라 비교도 안 될 만큼 빠른 속도로 이동하고 있었다.

"휴식!"

이제 조금만 있으면 공국 초입이었다. 입성을 앞두고 무리가 잠시 멈췄을 때였다.

쉬이익. 바람을 가르는 기묘한 소리와 함께 커다란 매가 창공을 빙빙 돌았다. 바로 전선매였다.

이안이 품에 있던 피리를 픽 불자, 전선매는 빠르게 날아와서 이안의 팔에 앉았다. 간이 되지 않은 육포를 꺼내 물리고, 이안은 매의 다리에 매여 있는 편지를 열었다.

심각한 표정으로 읽고 있으니 기사단장이 곁에 다가와서는 물었다.

"뭐라고 적혀 있습니까?"

이안은 무뚝뚝하게 대답했다.

"별거 없다. 아내가 쾌차했다는군."

헌데, 기사단장이 그 대답에 싱긋 미소 짓는 것 아닌가.

"다행이군요. 많이 걱정하셨지 않습니까."

'내가 그렇게 많이 얼굴에 드러냈던가.'

담담하게 있었다고 생각했는데. 이안은 반사적으로 자신의 턱을 문질렀다.

'좋지 않아.'

아직 세상에는 그의 적이 많았다. 올리비아를 사랑하는 마음에 들떠, 지나치게 그녀에 대한 마음을 드러낸 것인가 늦은 후회가 찾아왔다.

예를 들자면, 수도에서 가장 높은 자리에 앉아계신 분처럼.

"아낌없이 불안해하고 계시겠군."

이안은 입술을 비틀어 웃었다. 지금쯤 잠도 제대로 자지 못하고 안절부절못할 모습이 눈에 선했다.

'직접 내린 왕관을 거둘 수도 없고, 갈팡질팡하고 계시겠지.'

자리가 사람을 만드는가, 원래 그런 사람이 자리에 가면 본색이 드러나는 것인가. 황제에 대한 이안의 단상은 딱 거기까지였다. 말을 풀어 물을 먹이고 있으니, 기사단장이 살갑게 말을 붙였다.

"조금 기다렸다가 비전하와 함께 가시죠. 왜 이렇게 급하게 가십니까?"

이 시국에 함께 간다고 하면 황제는 공국으로 도망치는가 싶어 안절부절못할 것이다.

'차라리 내 곁에서 지키는 게 나았을까.'

물론 수도에 아내를 두고 가는 이안의 마음도 바싹바싹 말랐다. 하지만 신중해야 했다.

"대비는 상대보다 빨리해야 하는 거니까."

언제까지 수동적으로 상황에 대응할 건가. 이제는 슬슬 한 방 먹일 때도 되었다.

슬슬 다시 출발하려 할 때쯤 한 마리 매가 또 날아왔다. 이안은 익숙하게 그 매도 제 팔에 받았다.

매의 다리에 적힌 편지는, 타이론가에서 온 것보다도 더 간결했다.

─동의.

　일이 시작된다는 뜻이었다.

❖ ❖ ❖

　대회의 날이 밝았다.

　나는 베개에 얼굴을 파묻고 밀려 들어오는 햇빛을 피하려 했다. 하지만 당연히 빛을 피할 수는 없었다.

　"어서 일어나세요."

　하녀장이 촤악, 하고 경쾌한 소리를 내며 커튼을 걷었다. 흐릿했던 햇빛이 이제는 선명했다. 나는 오만상을 다 쓰며 부스스 자리에서 일어났다.

　"눈이 따가워……."

　꼭 울다가 일어난 것처럼 눈이 뻑뻑했다. 손바닥으로 두 눈을 꾹 누르고 있으니, 하녀장이 혀를 찼다.

　"또 늦게 주무셨군요."

　"일찍 잘 수가 없었는걸."

　나는 입술을 삐죽거렸다.

　최근 나는 정말로, 잠을 잘 시간도 없이 바빴다.

　'세상에. 생제르망 상회가 그렇게 큰지 처음 알았어.'

　전생에도 그냥 막연히 거대한 상회라는 것은 알았다. 제국의 한복판에 백화점을 세울 정도니까.

'우리 아버지가 그렇게 수완이 좋은 사람일 줄이야.'

어머니를 잃은 슬픔을 모두 상회에다가 쏟아부었는지, 상회는 범인이 혼자 해냈다고 볼 수 없을 만큼 컸다.

내게 그것들을 하나하나 넘겨주며 아버지는 흐뭇하게 웃었다.

"회계학을 전공했다고요? 숫자에 친숙한 건 나를 닮았군요."

그 인자한 얼굴에, 차마 평생 독신으로 살 줄 알고 회계학을 공부했다는 말은 할 수가 없었다.

어쨌든 백화점 일에, 생제르망 상회까지 겹쳐지면서 요 며칠 동안 나와 케닌은 꼴딱 밤을 새우고 있었다.

세수가 끝난 얼굴을 살짝살짝 만져보며 하녀장이 난처한 어조로 중얼거렸다.

"오늘은 화장을 조금 두껍게 해야겠어요."

"그 정도야?"

"네네. 아주 너구리 같으세요."

"……."

내 나이 스무 살. '젊은데 밤 좀 새웠다고 너구리가 될 리가 있어?'라고 반문하고 싶었으나, 내 근처에 놓인 거울을 보고 얌전히 입을 다물었다.

'몸이 아픈 데다가 며칠 무리해서 그래.'

내 눈에도 다크서클이 무척 진하게 보였다.

옷을 갈아입고 나니 본격적인 치장이 시작되었다. 머리카락을 굵은 빗으로 빗으며 하녀장이 말했다.

"처음 대회의에 참석하시는 거잖아요. 최대한 화사해 보여야 해요."

"그래, 그래."

나도 대회의가 얼마나 중요한지 알고 있었다. 사람들이 얼마나 외양에 많이 영향을 받는지도.

'젊어서 그런가 화장이 잘 먹네.'

이렇게 저렇게 톡톡 건드리니 마법처럼 다크서클은 사라졌다. 머리카락은 하나로 굵게 땋아 내리기로 했다. 아무래도 대회의인지라, 지나치게 화려한 원색은 자제했다. 눈화장이 끝나니, 다른 하녀가 미리 골라온 보석들을 내밀었다.

"이 다이아몬드 세트는 어떠세요?"

이안의 안목은 훌륭해서, 그가 선물한 보석들은 하나같이 다 아름다웠다.

'하지만.'

나는 조심스러운 어조로 물었다.

"······아버지가 주신 건?"

어차피 이안은 지금 수도에 없잖아.

'아버지를 만나게 될지도 모르는데 아버지가 선물한 걸 걸고 싶어.'

"그중에서 골라올까요?"

나는 부끄럽게 고개를 끄덕였다. 하녀장은 흐뭇하게 웃으며 보석을 가지러 떠났다.

그녀가 돌아오길 기다리며 나는 조금 설렜다.

'아버지도 오시려나. 황궁에 머물고 계실 테니, 그때 인사를 해도 되겠지.'

나는 눈을 감고 기도했다.

하느님, 우연이라도 좋으니 마주치게 해주세요.

❖ ❖ ❖

나는 왜 몰랐을까. 우연이란 놈이 나에게 좋게 발현될 때보다는 나쁘게 발현될 때가 많다는 걸.

'하필.'

마차에서 내린 나는 공교롭게도 동시에 마차에서 내린 그와 맞닥뜨리고 말았다.

"부인."

바로 제임스 파넬이었다.

❖ ❖ ❖

함께 수도에 있는 한, 마주치지 않을 수는 없다고 생각했다.

'하지만 굳이 이렇게 딱 만날 건 없잖아.'

이게 인생의 아이러니일까. 나는 삐뚜름한 표정을 지으며 매정하게 대꾸했다.

"당신 부인이 아니라고 말했을 텐데."

"아, 실례."

제임스는 딱히 아쉽지 않은 표정으로 담담하게 대답했다. 원래 저런 사람이라는 걸 아니까 그 대답에 화가 나지도 않았다.

"그럼 뭐라고 부르지? 당신 이름?"

"타이론 대공비라고 부르세요. 제대로 존칭을 쓰고요."

"입에 붙어서 그만."

"……."

나는 입술을 꾹 깨물었다. 대회의장으로 향하는 방향이 같았기에, 어쩔 수 없이 우리는 나란히 걷는 꼴이 되었다. 나는 슬쩍 제임스를 쳐다보았다.

'옷차림은 여전하네.'

그냥 옷을 예쁘게 입을 줄 몰라서 대충 색만 맞추는 기색이 역력했다.

'물론, 멋을 부릴 필요는 없는 사람이지만.'

아무리 허름하게 입어도 제임스는 기본적인 체구가 큰지라, 다른 사람과는 느낌이 달랐다. 게다가 무인인지라 지나치게 멋을 부리는 것이 도리어 안 어울리기도 했다.

'그래도 공식적인 자리에서 격식은 살펴야지.'

생각이 너무 깊었던 모양이다. 나는 나도 모르게 제임스에게 훈수를 두고 말았다.

"크라바트가 삐뚤어졌어요. 고치세요."

"아."

내 말에 제임스는 눈을 동그랗게 떴다. 투박한 손이 자신의 목에 엉성하게 걸려 있던 크라바트를 그냥 잡아당겼다. 그가 담담하게 어깨를 으쓱했다.

"서툴러서. 이것만큼은 익숙해지지 않는군."

"혼자서 못하겠으면 집사나 어머니에게 부탁하면 되잖아요."

"글쎄."

지난 생에서 제임스의 크라바트를 내내 매주던 것은 나의 일이었다.

'내가 없으면 다른 사람을 시키면 되지.'

제임스는 풀어낸 크라바트를 그냥 자신의 바지 주머니에 쑤셔 박았다. 순간 내 입 밖으로 이런 말이 튀어 나갈 뻔했다.

'내가 매줄 테니까 내놔요. 대회의에 어떻게 크라바트도 안 매고 참석한다는 거예요?'

다행히 입술을 몇 번 달싹인 것으로, 그 말은 튀어나오지 못했다. 나는 고개를 획 돌렸다.

'좋지 않아.'

지난 수여식 때 사건으로 정이 뚝 떨어졌다고 생각했는데, 막상 또 얼굴을 마주하니 좋지도 싫지도 않았다.

'무섭다, 미운 정. 무섭다, 습관.'

수년의 세월을 같이 보냈다는 건 이렇게나 무서운 것이었다. 상대를 나도 모르게 이해하게 되니 말이다.

'다신 얽히지 말아야지. 눈길도 주지 말아야지.'

다짐 또 다짐을 하며 기계적으로 발걸음을 옮기고 있을 때였다. 나와 함께 걷고 있었을 제임스가 보이지 않았다.

나는 순간적으로 당황해서 걸음을 멈추고 두리번거렸다.

제임스는 언제 걸음을 멈춘 건지, 나와 서너 걸음 떨어진 곳에서 나를 바라보고 있었다.

뒤돌아본 나와, 깊게 가라앉은 제임스의 시선이 마주쳤다. 제임스는 희미하게 입꼬리를 끌어당겨 웃었다.

"아름답습니다."

뭐래, 진짜.

순간적으로 소름이 돋았다. 나는 내 팔을 문지르며 퉁명스러운 어조로 대꾸했다.

"칭찬도 필요 없으니 떨어져 주시죠."

내 말에 제임스는 싫은 기색도 없이 담담히 고개를 끄덕였다.

"그러죠."

"……."

하여간 할 말 없게 만드는 건 똑같군. 나는 휙 돌아섰다.

두근두근.

심장이 다른 의미로 쿵쾅쿵쾅 뛰었다.

'이상해.'

제임스를 10년을 데리고 살았지만 저런 칭찬을 들은 건 처음이었다. 그가 내게 존댓말을 쓰는 것도 처음이었다.

'왜 이제 와서…….'

이제는 돌이킬 수 없는 많은 날들이 떠올랐다. 순간 눈가가 뜨거워졌지만 나는 주먹을 꽉 쥐고 참았다.

'울면 안 돼. 울면 화장 지워져.'

한 번 터지기 시작한 눈물샘은 무슨 계기만 있으면 고장 난 것처럼 열리려고 했다.

'그냥 먼저 가는 게 낫겠어.'

제임스와 함께 있으면 어쩔 수 없이 과거가 떠올랐다. 나는 발에 힘을 주었다. 또각또각 소리가 어지럽게 복도를 울렸다.

다행이라고 해야 할까. 제임스는 굳이 속도를 높인 내 뒤를 따라붙지 않았다.

❖ ❖ ❖

대회의장에는 이미 많은 귀족들이 앉아 있었다. 내가 입장하니 이목이 쏠리는 게 느껴졌다. 그 시선의 온도 차이도.

'지난번에는 대국민 고자도 녹여낸 마성의 여인 취급하더니만.'

마이엔 공의 딸이라는 게 그렇게나 큰 사건인가. 나를 바라보는 시선에는 내 호감을 사고 싶어 하는 열망들이 느껴졌다.

자리에 앉으니 내 옆자리가 지정석인 롤랑 후작이 살가운 미소를 지으며 먼저 말을 걸었다.

"반갑습니다, 대공비 전하."

요 콧대 높은 양반이 웬일이래. 나는 상냥한 미소를 지으며 대답했다.

"오랜만에 뵈어요, 롤랑 후작님."

나의 인사에 그는 조금 놀란 표정을 지었다.

"결혼식 때 한 번 뵈었을 텐데, 저를 기억하고 계셨습니까?"

"당연하지요."

정확히는 지난 생에서 당신을 만나서 기억하고 있었답니다.

롤랑 후작부인은 인품이 훌륭한 분으로, 자수 모임을 주도하는 사교계의 핵심 인물이기도 했다. 롤랑 후작도 교육기관에 많은 투자를 하는 괜찮은 사람이고.

'친해져서 나쁠 게 없지.'

내 대답에 그는 조금 놀란 듯 허허 웃었다.

"보통 결혼식 때에는 정신이 없어서 그날 하루가 기억을 못 하던데, 대공비 전하께서는 무척 담이 크신 모양입니다."

"남편이 믿음직스러운 덕분이지요."

이안을 높이는 대답이 마음에 들었는지, 그가 흡족한 미소를 지었다.

롤랑 후작이 운을 떼니 여기저기서 대화를 붙여왔다. 이런저런 의례적인 인사말을 나누는데 이색적인 모습이 눈에 들어왔다.

'로메오?'

원래 로메오는 백작 영식으로, 가주들만 참석할 수 있는 대회의에는 참석할 수가 없었다. 하지만 곧 황후가 되기 때문인지, 알키저스 백작의 뒷자리에 미리 착석해 있었다.

'이제 정말 너도 결혼을 하는구나.'

나는 다 큰 자식을 보듯 흐뭇한 표정으로 로메오를 바라보았다. 그때였다. 회의장 맨 앞에 선 서기관이 큰 소리로 말했다.

"정숙!"

서기관이 정숙하라고 외치는 것은 황족이 입장한다는 뜻이다.

이런저런 이야기를 나누던 귀족들은 모두 일제히 자리에서 일어났다.

가장 높은 자리의 문이 열리고, 근엄한 제복을 차려입은 황제와 황태자 스타티스가 들어왔다. 스타티스가 착석하자, 황제가 엄숙한 어조로 개회사를 읊었다.

"제4차 대회의를 개최한다."

땅땅땅! 의사봉 소리가 경쾌했다. 나는 조금 신기한 눈으로 황제를 바라보았다.

'만날 채신머리없는 모습만 보았는데, 이렇게 엄숙하실 수도 있구나.'

내가 파넬 공작부인으로 자리를 잡았을 때 이미 황제는 스타티스였기 때문에, 사실 지금의 황제에 대해서는 모르는 것이 훨씬 많았다.

'어?'

그런데 내 착각일까. 나를 스치는 황제의 시선이 좀 이상했다.

'좀 쎄한데.'

이안과 혼인한 이후, 이렇게 전체가 모이는 자리에서는 꼭 사달이 났다. 나는 마음을 단단히 먹었다.

상석에 앉은 황제가 느릿한 어조로 운을 뗐다.

"대회의 첫 번째 안건은……."

모두가 황제를 응시했다. 그의 입술에서 흘러나온 것은 온갖 주요 안건 – 동부의 가뭄, 올해의 세율, 구휼미 비축량 등등 – 이 아니었다.

"파넬 공작이 귀환하면서 생겨난 북부 전선의 공백에 관한 것이다."

사람들의 시선이 자연히 팔짱을 끼고 앉아 있는 파넬 공작을 향했다.

제임스는 무엇을 생각하는 건지 모를 돌덩이 같은 표정만 짓고 있었다.

황제가 낮은 목소리로 물었다.

"파넬 공작, 할 말이 있나?"

이미 여러 번 생각했지만, 나는 이 남자를 잘 안다고 생각했으나 사실 몰랐던 모양이다.

나는 당연히 제임스가 다시 북부로 간다고 할 줄 알았다. 그곳에서 동고동락했던 부하들을 생각해서라도 말이다.

그러나 이 자리에서 제임스는 명백하게 선을 그었다.

"폐하, 저는 이미 북부에서 5년의 세월을 보냈습니다. 이만하면 황가를 향한 저의 충정은 충분히 보여주었다고 생각합니다."

"돌아가지 않겠다?"

"그렇습니다."

그의 대답에 대회의장이 크게 술렁였다.

"얼마 전에 넘버즈를 수여 받았지 않소?"

"그런데도 저리 맹랑하게 대답하다니."

"누구의 입김이 들어간 것 아니겠습니까?"

온갖 억측이 난무했다. 개중에는 제임스 대신 북방으로 가고 싶은 모 가문에서 파넬 공작과 거래를 한 게 아니냐는 이야기도 오갔다.

사실상 전쟁터가 아니면 별로 특기가 없는 제임스가 왜 굳이 출정을 거부하겠냐는 분석이 깔린 이야기였다. 그 소란을 견디지 못하고 황제가 의사봉을 연신 땅땅 두드렸다.

"정숙!"

대회의장은 순식간에 조용해졌다. 팔걸이에 턱을 괸 채로, 황제가 날카로운 질문을 던졌다.

"그 이유는 역시 그대의 파혼으로 인한 앙금 때문인가?"

자연히 내 얼굴로 쏠리는 시선이 느껴졌다. 나는 일부러 정면을 바라보며 그쪽으로 시선을 주지 않았다. 굳이 그들에게 빌미를 주고 싶지 않았다.

제임스는 모범적인 답변을 내뱉었다.

"발언하지 않겠습니다."

다소 황제에게 하기에는 무례한 대답이었지만, 무슨 대답을 한들 마이너스일 상황에서는 훌륭한 대답이었다.

제임스가 대답하기 무섭게 대회의장에서 자리를 박차고 일어나는 이들이 있었다.

"폐하, 이 건은 저희 라르크에게 맡겨주십시오!"

"폐하, 이번에야말로 대대로 변경백이었던 저희 유리우스 가문에!"

바로 정통성이 무예에 있는 가문들이었다. 오랫동안 공을 세울 기회만을 노리고 있던 이들에게, 이번 북방행은 절대로 놓칠 수 없는 찬스였다.

황제는 턱을 괸 채로 회의장의 소란을 관조했다. 할 말을 다 쏟아낸 이들이 떨떠름한 표정으로 다시 자리에 앉자, 비로소 황제의 입술이 열렸다.

"짐도 이 건을 두고 꽤 오래 고민했네. 그리고 결국 이런 결론을 내렸지."

결론이 무엇인가. 모두의 이목이 황제의 입술로 쏠렸다. 그가 바라본 것은 다름 아닌 나였다.

"타이론 대공비."

"예, 폐하."

설마 이 상황에서 내게 칼끝이 향할지 몰랐던 나는 고개를 숙였다. 황제는 무슨 생각인지 모를 가라앉은 눈빛으로 날 바라보며 말했다.

"타이론으로 인해 생겨난 문제이니, 타이론에서 해결해야 하지 않겠는가."

그의 말은 뜻이 명확했다.

'타이론이 출정하라.'

이미 스타티스 황태자에게 한 번 들은 적이 있는 권고였다. 나는 허리를 숙이며 정중하게 답했다.

"가문의 영광입니다."

하지만 내가 수긍한다고 해서 끝나는 것이 아니었다. 일단 출정 당사자인 이안이 이 자리에 없다는 점부터가 걸렸다. 대회의장이 여러 가지 반론으로 막 시끄러워지려던 참이었다.

말쑥한 얼굴의 청년이 손을 번쩍 들었다.

"폐하, 발언 기회를 주십시오."

그쪽을 발라본 나는 눈을 동그랗게 떴다. 황제도 의외라는 기색이 역력했다.

"무슨 일이지, 내 사위여?"

손을 든 것은 다름 아닌, 내 친구 로메오였다.

동글동글한 눈에, 입술을 꽉 깨문 로메오는 답지 않게 결연해 보였다. 자리에서 일어난 그는 또랑또랑한 목소리로 말했다.

"항간에 저, 로메오 알키저스를 두고 아무 능력도 없는데, 운이 좋아서 황태자의 약혼자가 되었다는 이야기가 돌고 있습니다."

지금 상황과 맥락적으로 맞지 않는 말에 모두 고개를 갸웃했을 때였다.

로메오는 아무도 상상하지 못한 대답을 씩씩하게 내뱉었다.

"그래서 이번 북방 원정을 통해, 제 능력을 증명해 보이고 싶습니다. 저를 보내주십시오!"

대회의의 결과는 순식간에 황제가 말릴 새도 없이 로메오가 제임스를 대신하여 출정하는 것으로 결정 났다. 여기에는 무척 음습한 이유가 있었다.

'알키저스 영식은 검 한 번 잡아본 적 없는 샌님이지.'

'이참에 출정해서 죽어버리면.'

'황후 자리는 비는 게 아닌가.'

단순한 북방출정보다도 더 많은 이권이 얽혀 있는 자리가 바로 로메오의 자리였다. 순식간에 그 계산을 끝낸 귀족들은 만장일치로 이 안을 통과시켰다.

"찬성합니다."

"알키저스 백작 영식의 용기에 찬사를 보냅니다."

"북방행이 결정되었으니, 황태자 전하의 국혼을 당겨야겠군요."

그 이야기의 흐름은 내가 가로막을 수도, 멈추게 할 수도 없었다. 회의가 끝나고, 황태자와 이야기를 나누려는 건지, 로메오는 저쪽으로 걸어갔다. 나는 사람들을 헤치고 로메오의 뒤를 쫓아갔다.

"로메오!!"

스타티스와 로메오가 동시에 나를 돌아보았다. 나는 로메오의 팔을 꽉 붙들고 흔들었다.

"미쳤어? 너는 전쟁을 전혀 모르잖아! 어떻게 하겠다는 거야?"

내 고함에 로메오는 실없이 웃었다.

"그건 타이론 대공도 마찬가지잖아, 올리."

"하, 하지만……."

로메오의 말은 맞았다. 이안도 제임스 같은 훈련은 받지 않았으니까.

하지만.

나는 목이 졸리는 것처럼 작은 목소리로 웅얼거렸다.

"바보야, 죽을 수도 있다고."

"네 남편은 죽어도 되고?"

"그게 아니지! 우릴 위해 네가 희생하는 게 싫은 거야."

"하하하."

내 말에 로메오는 너털웃음을 터뜨렸다. 그리고는 내 어깨를 두드렸다.

"정말 내 입지를 생각해서 결정한 거야. 희생이라고 생각하지 마, 올리."

"로메오."

말은 저렇게 했지만 나를 위해서라는 것을 어떻게 모르겠는가. 그렇게 떠나기 전에 내 행복 운운하면서 밑밥을 깔아대었는데.

'하여간 이 녀석도 손해만 본다니까.'

나는 내 친구를 일그러진 얼굴로 올려보았다. 바로 그때였다. 흥미롭다는 듯이 스타티스가 턱을 문지르며 중얼거렸다.

"……이게 그대의 선택인가?"

로메오에게 신경 쓰느라 스타티스 전하가 함께 있다는 사실을 잊어버리고 말았다. 나는 서둘러서 허리를 숙이며 예를 표했다.

"황태자 전하를 뵙습니다."

그녀는 내 인사를 받는 둥 마는 둥 고개를 까딱이더니 다시 로메오를 쳐다보며 물었다.

"그렇게 믿을 만한가, 타이론 대공비가? 익숙하지도 않은 전장에 기꺼이 나가겠다고 자원할 정도로?"

스타티스의 반문에 로메오는 곧게 몸을 세우고 또랑또랑한 어조로 대답했다.

"그녀는 제 유일한 친구입니다."

역시 친구가 나밖에 없었구나……가 아니고!

"로메오."

나는 감격한 표정으로 로메오를 바라보았다. 로메오가 살짝 뺨을 붉히며 웃어 보였다. 우리 두 사람을 보며 스타티스가 눈을 가늘게 떴다.

"친구? 연정이 아니고?"

"연정이라고 하기엔……."

로메오는 얼굴을 와락 찡그렸다. 그런데 공교롭게도 나도 그런 표정을 지었던 모양이다.

스타티스 황태자는 재미있다는 듯이 웃었다.

"그대들은 정말 특이하군."

나는 그냥 딴청을 부렸다. 다른 사람의 눈에 보통 사이가 아닌 것처럼 보일 수 있다는 건 이해했다.

'하지만 로메오를 정말 이성으로 인식해본 적이 없는걸.'

그리고 그건 로메오도 마찬가지였다. 우리는 서로 괴롭히는 걸 좋아하는 남매에 가까운 사이였다.

우리 두 사람의 명백한 의지 표명(?)에 스타티스 황태자는 팔짱을 끼고 여유로운 미소를 지었다.

"그럼 타이론 대공비, 그대는 그대의 친구의 배우자인 나를 믿을 수 있겠는가?"

그건 조금 이상한 질문이었다. 뒤집어 말하면 이런 뜻이 되기 때문이다.

"그 말씀은 전하께서도 이안을 믿는다는 뜻이에요?"

"농담도."

내 말에 스타티스 황태자는 얼굴을 와락 찡그렸다. 나는 풋 하고 웃음을 터뜨리고 말았다.

지난번 가족 모임 때에도 느꼈지만, 이안과 황태자의 관계는 나와 로메오의 관계와 비슷하게 느껴졌다. 이성은 아니지만, 믿을 수 있는 관계.

나는 시원스레 웃으며 대답했다.

"네. 저는 전하를 믿을래요."

"내 무얼 보고?"

"전하는 믿을 만한 분이세요."

나는 황제가 된 스타티스가 어떤 모습인지 알고 있었다.

'상벌이 분명하고 현명하신 분이었지.'

상황제의 도움이라고 치부하기에는 스타티스의 능력이 눈부셨다.

'로메오도 칭찬했었고.'

나는 스타티스를 곧은 눈으로 응시하며 다시 한번 대답했다.

"네. 전 전하를 믿습니다."

"진짜 알면 알수록 재미있는 사람이야, 대공비는."

스타티스 황태자는 키득키득 웃었다. 그리고는 주변을 둘러보았다. 그녀의 수족들을 제외한 다른 이들이 없다는 걸 확인한 그녀가 나직한 어조로 말했다.

"지금 폐하께서는 그대를 무척 경계하고 있다네."

"네?"

전혀 생각도 안 한 말이었다. 나는 눈을 휘둥그레 떴다. 그리고 큰 소리로 반문했다.

"어째서 저를요?"

'내 혈통 때문에?'

최근 내 일신에 일어난 변화는 그것뿐이지 않은가. 하지만 그것도 충분한 이유가 되질 못했다.

'동생의 아내가 더 고귀한 혈통이라면 좋은 것 아닌가? 왜 그것이 경계의 이유가 되지?'

내가 도통 이해가 가지 않아서 미간을 찌푸렸을 때였다. 스타티스는 이맛살을 찌푸렸다.

"폐하께서는 일평생 혈통으로 고통받았기 때문에 타이론 대공에게 양가감정을 가지고 있어. 어린 아기에게서 어미를 빼앗았다는 죄책감과 내 자리를 위협할 거대한 라이벌에 대한 경계심이지."

그 말에 나는 입술을 벌렸다. 이안에게도 그 이야기는 전해 들었다. 심지어 지난 생에서 그가 황제의 동생이라는 사실은 영영 밝혀지지 않았지.

'하지만 두 사람의 나이 차이가 지나치게 심하잖아.'

심지어 이안이 태어났을 때 상대는 이미 황위 계승을 한 상태였다.

'아무리 혈통적 우위라고 해도 그 상황을 뒤집는 게 가능한가.'

나는 이맛살을 찌푸리며 물었다.

"라이벌 관계가 성립하나요?"

"내 생각도 그렇지만, 사람의 감정은 무 자르듯 떨어지지 않으니까."

말은 온화했지만, 스타티스 황태자의 얼굴에는 지긋지긋함이 묻어났다. 비슷한 화제로 이미 여러 번 이야기가 오갔음을 눈치챌 수 있었다.

그녀는 시니컬한 미소를 지으며 중얼거렸다.

"자식인 나라고 신뢰하실 것 같은가. 후궁의 자식들과 끝없이 경쟁시켜 마지막까지 저울질한 분이 그분이시다."

"……."

그 말에 나는 입을 다물었다. 황태자의 말이 맞았다. 지금 황제에게는 많은 후궁이 있고, 후궁들에게서는 많은 자식이 있었다. 특히 서장자가 아들이었던 탓에 적장녀인 스타티스는 오랜 힘겨루기를 했다.

'그게 저울질이었다?'

그렇다면 저울이 이쪽으로 기울 때, 능력보다도 황제에 대한 충성심이 저울추를 올렸을 것이 안 봐도 훤했다.

내가 이해했다는 걸 눈치챈 스타티스는 팔짱을 끼며 말했다.

"그런 분이, 이안의 아내가 왕가 혈통인 것을 어떻게 생각할 것 같은가. 지금 폐하께서 무슨 생각을 하고 있을지 내가 맞춰볼까?"

그건 나도 쉽게 예상할 수 있었다. 나는 딱딱하게 굳어졌다.

"차라리 파넬에게 줄 것을."

"정답."

맞췄지만 조금도 기쁘지 않았다.

"북방을 저울로 올린 것도 같은 맥락이야. 만약 북부로 떠난다면 다시 수도로 돌아오기 어려울 테지."

그저 마땅히 보낼 사람이 없어서 권하는 줄 알았더니, 그런 배경이 있을 줄이야. 이야기의 전말을 듣고 나니 온몸에 소름이 돋았다.

나는 로메오를 돌아보았다.

"그럼 로메오의 북방행은……?"

황제의 의중이 그렇다면, 로메오가 그 자리에서 자신이 출정하겠다고 나서는 것은 미운털이 박힐 짓 아닌가.

내 질문에 스타티스는 어깨를 으쓱했다.

"내가 미리 물었네. 이런 상황이 있는데, 먼저 친구에게 귀띔을 해줄 것인가 아니면 방관할 것인가."

"네가 내 입장이라도 그렇게 행동했을 거야, 올리."

"세상에."

쿨한 두 사람의 대답에 나는 두 손바닥으로 내 입을 가렸다.

"로메오, 이 은혜는 어떻게 갚지?"

"올리."

내 친구가 그렇게까지 나를 생각해줄 줄은 몰랐다. 감격한 나머지 말문이 막혔다.

하지만 감정에 젖어 있을 시간은 없었다. 스타티스가 내게 물었기 때문이다.

"북부로 가지 못하게 되었으니 폐하께서 이제 어떻게 행동할 것 같은가."

또 다른 방법으로 나와 이안을, 되도록 중앙에서 밀어내려고 할 것이다. 나는 고개를 끄덕였다.

"폐하를 안심시킬 만한 충성의 대가가 필요하겠군요."

내 말에 스타티스 황태자는 눈을 동그랗게 떴다. 그리고는 살짝 눈살을 찌푸리며 물었다.

"대공비, 진심으로 내 후궁으로 들어올 생각이 없나? 이안에게는 너무 아까워."

"하하하."

나는 큰 소리로 웃음을 터뜨리고 말았다. 그리고 씩씩한 표정으로 그녀를 마주했다.

"말씀해주십시오, 전하. 무엇이든 전하의 말씀대로 하겠습니다."

내 대답에 스타티스 황태자는 흡족한 표정으로 고개를 끄덕였다. 그리고 천천히 내가 무엇을 해야 하는가 말해주었다.

정말 그녀를 신뢰하지 않으면 하기 어려운 일이었다.

❖ ❖ ❖

릴리아나 화이트폴 후작 영애는 자신의 방 침대에 엎어져 있었다. 타이론 대공가에서 이안에게 축객령을 들은 뒤로, 그녀는 매일매일 이 상태였다.

그녀의 아름다운 얼굴은 눈물로 흠뻑 젖어 있었다.

"어떻게 이럴 수가 있지."

이안이 자신의 앞에서 그 여자 편을 들다니. 세상이 무너지는 것만 같았다. 릴리아나는 자신의 이불을 쥐어뜯었다.

"이안의 신부는 나였어. 10년 전부터 나였단 말이야."

처음 이안을 만났던 날이 그녀의 기억에 선했다.

백마 탄 왕자처럼 반짝반짝 빛나던 금빛 머리카락, 발그레한 뺨, 어쩐지 어두워 보이는 눈동자.

첫눈에 그녀의 남자임을 알았다.

"그런데 어떻게 나에게 이렇게 대할 수가 있지."

릴리아나는 이안 또한 자신을 좋아하고 있다고 믿었다.

대국민 고자라는 소문 때문에 그 착각은 한층 더 심해졌다. 자신을 밀어내는 이안의 행동에 이런 서사를 부여한 것이다.

'나를 사랑하지만, 발기부전으로 날 슬프게 할까 봐 나를 밀어낸 거야.'

그렇게 생각하면 이안이 자신의 침실에 들어온 그녀를 비명을 지르면서 내쫓은 것도 이해가 갔다.

'자신도 얼마나 안타까웠을까.'

그래도 그런 남자와는 혼인할 수 없는 노릇 아닌가. 그렇게 잠시 마음을 접어두었는데 이런 소식이 들려왔다.

"타이론 공작이 올리비아 파넬 공작부인과 그렇고 그런 사이라더라!"

처음 그 소문을 들었을 때, 릴리아나는 코웃음을 쳤다.

'서지도 않는다는데 그렇고 그런 사이는 무슨.'

하지만 상황은 그녀가 비웃은 것처럼 흘러가지 않았다. 순식간에 파넬 공작가와 혼인무효가 이루어지더니, 이안 타이론과 황제의 전폭적인 지지 아래 바로 혼인까지 한 것이다.

릴리아나는 입술을 꽉 깨물었다. 눈에서 활활 불길이 이는 것만 같았다.

"그 마녀가 이안을 홀린 게 분명해."

그러지 않고서야 그녀를 지극히 사랑하는 이안이 자신을 그리 내칠 리가 없었다.

'다시 한번 이안을 만나봐야겠어. 정신을 똑바로 차리라고 말해줘야지.'

그리고.

'나를 질투하게 만들 셈이었다면 충분히 목적을 이뤘으니까 이제 그만두라고도 알려줘야겠어.'

혼인무효를 하려면 혼인으로부터 6개월 이내에 신청해야 한다. 릴리아나는 아직 이 혼인을 이안의 질투심 유발 작전의 한 종류로 생각하고 있었다.

'당장 오늘이라도 찾아가 볼까?'

그녀가 분한 표정으로 자리에서 일어났을 때였다. 노크 소리가 울렸다.

"들어와!"

하녀가 온 줄 알았더니, 뜻밖에 문을 열고 들어선 것은 릴리아나의 친어머니인 화이트폴 후작부인이었다.

"애야, 나와보렴. 할 이야기가 있단다."

어머니가 직접 찾아오는 일이 드문지라, 릴리아나는 고개를 갸웃했다. 그리고 서둘러서 후작부인의 뒤를 따랐다.

그녀가 향한 곳은 서재였다. 시중드는 사람도 하나도 없는 모습이 어색해서 릴리아나가 떨떠름한 표정으로 자리에 앉았다.

"무슨 일인가요, 아버지, 어머니."

부부는 서로 눈빛을 교환했다. 먼저 말을 꺼낸 것은 후작부인이었다. 후작부인의 얼굴에는 그린 것 같은 미소가 떠올라 있었다.

"다름이 아니라 아버지께서 궁에 다녀오셨단다."

"네, 대회의 때문이셨죠."

대회의 참석을 이미 알고 있었던지라, 릴리아나는 시큰둥한 표정을 지었다. 그러자 입을 다물고 있던 화이트폴 후작이 천천히 말했다.

"그 뒤에 따로 폐하를 뵈었단다."

그 말에 릴리아나는 눈을 동그랗게 떴다.

화이트폴 후작은 근심 어린 표정을 지었다.

'정말 딸아이에게 이야기를 해도 되는가.'

하지만 이대로 속으로 끙끙 가지고 있어도 해결이 되지 않는 건 마찬가지인지라, 결국 후작은 천천히 입을 열었다.

"폴카와 제국이 이번에 동맹을 맺게 되었는데, 그 상징으로 정략결혼을 하기로 했단다. 폴카의 왕비 자리를 두고 말이다."

"폴카의 왕비요?"

왕비라는 말에 릴리아나는 눈을 동그랗게 떴다.

"하지만 너도 알고 있잖니. 황실의 황녀들은 모두 어릴 적 약혼을 했다는 걸. 공작가에는 딸이 없고."

후작은 마른세수를 하며 말을 이었다.

"그래서 네가 폴카로 시집을 가면 어떨까 하는데."

"폴카의 왕비……."

릴리아나의 눈이 몽롱해졌다. 한 나라에서 가장 추앙받는 레이디가 되어 사는 것은 릴리아나의 오랜 꿈이었다. 화이트폴 후작 부부는 웃는 얼굴로 릴리아나에게 은근히 권했다.

"좋은 자리 아니니. 너는 어릴 적부터 성에 살고 싶다고 했잖아."

어릴 때는 제국의 황후가 되겠다고 입버릇처럼 말하던 아이가 바로 릴리아나였다. 그때 그 착각을 정정해주지 않고 웃어넘겼던 것이 후작 부부의 가장 뼈아픈 실책이었다.

'하지만 황태자 전하는 여자이니까.'

어떻게 해도 황후는 될 수 없지 않은가.

'일국의 왕비 자리가 흔한 것도 아니고.'

오히려 과분할 정도였다. 황제가 화이트폴에 마음의 부채가 있는 것이 아니라면 감히 허락하지 않았을 일이었다. 하지만 바로 반색할 줄 알았던 릴리아나는 뜻밖의 대답을 했다.

"폐하를 뵙고 싶어요."

"뭐?"

화이트폴 후작은 고개를 들었다. 릴리아나는 또박또박 다시 말했다.

"폐하를 뵙고, 이야기를 나누고 싶어요."

집에 돌아온 나는 나가기 전과 달리 해파리처럼 너덜너덜했다. 마차에서 내리는 나를 보고 마중을 나왔던 하녀장이 입을 떡 벌렸다.

　　"어머나!"

　　"……다녀왔어."

　　어째 마차 문이 안 열린다 했더니 내가 힘을 제대로 주지 못하는 탓이었던 모양이다. 하녀장이 열어준 문으로 비틀비틀 내리니, 하녀장이 울상을 지었다.

　　"당분간 나가시지 말아야겠어요. 외출만 하고 오시면 얼굴이 반쪽이 되시네요."

　　"그 정도야?"

　　"네. 완전 얼굴이 깜깜해요."

　　"……."

　　피곤하다고 생각은 했는데 그 정도인 줄은 몰랐다. 나는 머쓱한 표정을 지으며 계단을 올랐다.

　　"일단 자야겠어. 대충 치장만 정리해줘."

　　"네."

　　씻는 것도 귀찮았다. 대충 얼굴만 씻고 침대에서 한숨 붙여야겠다. 장갑과 손가방을 건네던 나는 걸음을 잠시 멈추고 집사를 바라보았다.

　　"아, 그리고 케닌에게 말해줘. 아직 소유권 이전 등기 치지 말라고."

"네. 현재 출타 중이시라 돌아오시면 전해드리겠습니다."

"좋아."

집사는 고개를 숙였다. 나는 고개를 끄덕였다. 이안의 보좌관들이 모두 이 저택 안에서만 일하는 것이 아니다. 때때로 사업장에 가기도 하고 타이론 영지로 내려가기도 한다.

"바로 잠옷으로 갈아입으시겠어요?"

"응."

보석을 풀어서 정리하고 나니 목이 개운했다. 생각보다 귀걸이랑 머리핀 등이 묵직했던 모양이다. 하녀들을 내보내고 빗으로 머리카락을 빗고 있으니, 자연스럽게 이안이 떠올랐다.

'이안이 있었다면 어떻게 했을까?'

나는 반짝이는 은빛 머리카락을 내려다보았다. 대회의장에서 황제가 했던 말이 떠올랐다.

"타이론이 책임져야 하지 않겠는가?"

거기에 나는 뭐라고 대답했던가.

"가문의 영광입니다."

워낙 황제가 평소에 이안과 나를 살가워했기 때문에, 설마 그런 마음으로 북방행을 권했을 거라고는 상상도 하지 못했다.

'만약 그때 로메오가 나서지 않았더라면…….'

아무것도 모른 채 나는 이안을 사지로 떠밀 뻔하지 않았던가. 그 사실을 떠올리니 소름이 돋았다.

나는 빗을 내려놓고 두 손바닥으로 얼굴을 감쌌다.

'나도 모르게 들떠 있었나 봐.'

세상에 믿을 사람이 하나도 없다는 당연한 사실을 잊고 있었다. 지금 생활에 마음을 완전히 놓고 있었던 탓이다.

'차라리 공국으로 들어가버리는 것이 나을까.'

나는 침대에 누웠다. 머리가 복잡했다.

'이안은 알고 있었을까? 몰랐으니까 나를 두고 간 걸까. 아니면 알면서도 나를 배려한 걸까.'

천장을 보고 있으니 그의 푸른 눈동자와 금빛 머리카락이 아른아른거렸다. 평소에는 무뚝뚝하다가도 나를 향할 때면 헤퍼지는 그 웃음도.

'이안.'

나는 느릿하게 눈을 감았다. 얼마나 시간이 지났을까.

익숙한 손길이 귓가에 느껴졌다. 굵은 손가락이 내 머리카락을 걷어다가 내 귓가에 꽂아주었다. 나는 고개를 돌렸다.

'이안.'

잘생긴 얼굴이 나를 보며 그윽한 미소를 짓고 있었다. 곱게 접힌 눈가가 그렇게 사랑스러울 수가 없었다.

'언제 왔어요?'

그가 여기 있을 리가 없는데도. 의지하고 싶은 마음이 커서인지, 그걸 묻기보다 그를 끌어안고 싶은 마음만이 가득했다.

'보고 싶었어요.'

내 말에 그는 환하게 웃으면서 나를 마주 안았다.

"엄마."

"헉!"

눈이 번쩍 떠졌다. 어스름하게 어둠이 깔리다 만 방에는 나 혼자뿐이었다. 꿈이었다.

'이게 또 무슨 꿈이야.'

이안이 나를 엄마라고 부르는 꿈이라니.

'개꿈인가 봐.'

하지만 개꿈이라고 하기엔 너무나 선명했다. 그 목소리 톤까지 기억해낼 수 있을 정도였다.

'너무 보고 싶어 했나 봐.'

나는 침대에 걸터앉았다. 창밖을 보니 어스름한 하늘에 별이 하나둘 떠오르고 있었다.

타이론에 있어도 바라보는 하늘은 같은 하늘이겠지.

"그러니까 얼른 돌아와요, 이안."

나는 작게 중얼거렸다.

그렇게 잠시나마 평안한 날이 흘러갔다. 나는 아버지와 시간을 많이 보냈다.

아버지는 여전히 내가 어색한지 존댓말을 사용했다.

"이제 다음 주면 오르세로 돌아가야 합니다. 그다음에 국왕 전하께 정식 허가를 받고 제국으로 넘어오려고 합니다."

"오르세는 어때요? 궁금해요."

"언제든지 방문하도록 해요. 그렇게 부탁하려고 저택을 드린 거랍니다."

아버지가 내게 상속해준 재산목록 중에는 오르세의 수도에 있는 저택이 한 채 포함되어 있었다. 막연히 아버지가 살고 계신 저택인 줄 알았는데, 내 오르세 방문용 저택이란다.

"그럼 아버지는 다른 곳에서 지내세요?"

그는 약간 수줍은 듯 얼굴을 붉히며 웃었다.

"수도에만 14채의 저택을 가지고 있답니다."

너무나 어마어마한 재산이라서 감이 오질 않았다.

놀라서 말문이 막힌 내 침묵을 어떻게 해석한 것인지, 아버지는 차를 마시며 대답했다.

"물론, 외국인의 상속법 문제가 해결되면 모두 드릴 거랍니다. 외국인에게 아직 이 정도 규모의 상속사례가 없어서 허가가 나고 있지 않지만요."

"괘, 괜찮을 거 같아요, 아버지. 제게 너무 많아요."

내 말에 늘 온화하고 차분하시던 아버지는 드물게 얼굴을 굳히며 말했다.

"재물은 다다익선이니 절대로 거절하시면 안 되는 겁니다."

"……네."

순둥순둥한 왕족 청년이 어떻게 거부로 성장했나 했더니, 또 금전 감각은 남다른 모양이었다. 그렇게 상속 이야기가 조금 오가다가, 아버지는 조금 난처한 표정을 지었다.

"사실 조금 더 편안한 방법이 있긴 한데……."

"뭔데요? 아버지께서 편안해야 좋지요."

"오르세의 국적도 획득하는 겁니다. 정식으로 오르세에 제 딸로 등록하고요. 그러면 외국인이 아니니 상속법이 조금 더 쉬워집니다."

"아."

생각하지도 못한 말에 나는 눈을 깜빡거렸다. 그는 아무렇지도 않게 이런 말도 덧붙였다.

"이중국적을 가지고 있으면 여러모로 편리한 점이 많죠. 재산을 이리저리 복잡하게 오고 가면서 세금을 줄일 수도 있고, 자금세탁도 할 수 있고."

자금세탁이라.

"그건 못 들은 걸로 할게요."

내가 올곧아서가 아니라 심장이 떨려서였다.

'과도한 국부유출은 제재 대상이라고.'

지난 생에서 그 비슷한 짓을 해본 적이 없어서 정확히는 모르지만, 생각보다 엄하게 국가에서 단속했던 기억이 난다. 어쨌든 아버지는 짧은 시간에 내게 자신이 아는 것, 그리고 가진 것을 주려고 노력했다. 그런 아버지를 보며 나는 속으로 이렇게 생각했다.

'이안이 돌아오면 뭐라고 말할까.'

낯선 아버지와 점점 친근해질수록 멀리 있는 그가 그리웠다.

'아내가 부자가 되어서 좋다고 말할까? 그 사람이라면 넉살 좋게 대답할 것 같아.'

이제 평생 놀고먹어도 되겠네요, 같은 말을 하면서 말이다.

'그것도 귀여울지도.'

방구석에 있는 남자는 써먹을 곳이 없다는 게 내 지론이었는데, 희한하게도 이안은 그 꼬라지를 해도 귀여울 것 같았다.

'빨리 왔으면.'

그런 생각을 하며 내가 후후후, 웃고 있을 때였다. 집사장이 무척 긴장한 표정으로 나와 아버지의 티테이블로 다가왔다.

"비전하, 잠시 나와보셔야 할 것 같습니다."

"음?"

보통 일이 있어도 아버지가 와 있는 동안은 방해하지 않았는데. 나는 굳은 얼굴로 물었다.

"무슨 일이죠?"

집사장은 연신 아버지의 눈치를 살피며 내게 작은 목소리로 속삭였다.

"릴리아나 화이트폴 영애께서 방문하셨습니다."

6

사라진
올리비아

굳이 아버지가 계신데도 화이트폴 영애의 방문을 알린다는 것
은 이유가 단 하나뿐이었다.

"……제지하기 어려울 지경인가 보군요."

"예."

지난번에도 상당히 막무가내처럼 집에 들어와서 현관에 죽치
고 있더니.

'정말 이상한 사람일지도.'

하여간 친아버지에게 그 모습을 보여드릴 생각은 추호도 없었
기에, 나는 자리에서 일어났다. 그리고 부드러운 목소리로 권했다.

"아버지, 저희 정원에 온실이 무척 아름다워요. 먼저 가서 둘러
보지 않으시겠어요?"

"그러죠."

아버지는 점잖은 태도로 아무것도 묻지 않았다. 범상치 않은 일이라는 걸 이미 눈치챈 것 같았다. 나는 안심하라는 뜻에서 생긋 웃어 보였다.

"금방 따라갈게요."

"저를 따라오시죠."

눈치 빠른 집사가 아버지를 정원으로 안내했다. 충분히 멀어졌다는 확신이 든 뒤, 나는 우아하게 현관으로 걸어 나갔다.

그곳에는 화려한 보닛을 쓴 릴리아나 영애가 서 있었다.

'멀리서 봐도 한눈에 보이겠네.'

화려한 붉은 머리칼이 눈에 확 들어왔다.

"오랜만이에요."

막무가내로 들어온 주제에 먼저 건네는 인사도 말이 짧았다. 나는 보란 듯이 여유로운 미소를 지으며 대꾸했다.

"그러게요, 화이트폴 영애. 지난번에도 그랬지만 참 많이 무례하군요."

"저는 그냥 방문했을 뿐인걸요."

"허가하지 않았는데도 막무가내로 들어오는 걸 방문이라고 하나요? 어휘력이 부족하신가 봐요. 보통은 침입이라고 한답니다."

"비꼬는 건 그만두세요. 이미 기분이 많이 상했으니까요."

사교계에서 이렇게 단도직입적으로 말하는 사람은 처음인지라 신기하기까지 했다.

'조금 어린 걸지도.'

나이 어린 영애가 이안에게 꽂혀서 막무가내로 떼를 부리는 쪽에 가깝다는 결론을 내렸다. 그렇게 시선을 바꾸니 조금 귀여워 보이기까지 했다.

'나는 저 나이 때 어땠더라.'

굳이 회상할 필요도 없었다. 진상들에게 구박받으면서 냉골에서 딱딱한 빵을 갉아먹던 기억은 잊으려야 잊히지 않았으니까.

'운이 좋은 거지.'

훌륭한 부모의 보호 속에서 다소 철이 늦게 들어도 되는 환경에서 자라나는 것은 순전히 그 사람의 운이었다.

반대로 내가 그런 부모를 만나지 못한 것 또한 순전히 운이었기에, 나는 굳이 그것을 비꼬거나 부러워하지 않기로 했다.

하지만 상대방은 그렇게 넓은 마음을 가지지 못한 모양이다. 화이트폴 영애는 입술을 삐죽이며 투덜거렸다.

"요즘 좋으시겠어요. 훌륭한 아버지까지 만방에 알리셨으니."

"축하는 고마워요."

"제가 무슨 축하를!"

버럭하던 그녀가 갑자기 입을 꾹 다물었다. 그리고 누군가를 찾는 것처럼 고개를 두리번거렸다.

"흠, 그런 것치고 지금 같이 계시지도 않잖아요. 그다지 돈독한 편이 아니신가 보죠?"

내 눈썹이 위로 쑥 올라갔다. 명백히 내 아버지를 찾는 모습이었기에, 곱게 보이지 않았다.

"할 말이 그것뿐이시라면 돌아가 주시죠. 저는 오늘 화이트폴 후작가로 배상명령서를 보낼 거예요."

내 냉담한 말에 릴리아나는 펄쩍 뛰었다.

"제, 제가 뭘 했다고 배상을 해요?"

그걸 몰라서 묻나. 나는 손가락을 하나하나 꼽으며 친절하게 알려주었다.

"첫째, 가택침입에 따른 손해배상. 둘째, 대공비의 업무시간 침해 손해배상."

"그, 그런 걸 배상하는 사람이 어디 있어요?"

부들부들거리는 릴리아나를 바라보며 나는 턱을 치켜들었다.

"제 시간이 꽤 비싸서요. 그리고 이미 5분 지났네요."

"정확히 6분 5초입니다. 아니, 6초."

눈치 빠른 하녀장이 바로 뒤에서 첨언해주었다.

"그깟 시간이 비싸봤자잖아요! 그런 걸로 저를 겁줘봤자……."

"17, 18초……."

"알았어요! 알았어! 가면 되잖아요!"

원래 등 뒤에서 누군가가 카운트다운을 하면 빨라지기 마련이다. 마치 패배하여 도망치는 악당처럼 릴리아나 영애는 빠르게 돌아섰다. 물론 마지막 으름장을 놓는 것도 잊지 않았다.

"이안을 어떻게 속였는지 모르지만, 그는 금방 자신의 감정을 깨달을 거예요. 그는 날 사랑한다고요!"

마냥 귀엽게 봤는데, 또 저런 말을 들으니 기분이 영하로 내려갔다. 나는 팔짱을 끼고 시큰둥하게 대답했다.

"어서 폴카로 시집갈 준비나 하세요."

"당신이 그걸 어떻게?!"

어떻게 알기는. 미래를 알고 있어서 안다.

'이안에게도 황족이라는 걸 알고 나니 감정의 색이 달라졌다고 했지.'

나는 차가운 눈으로 그녀를 응시했다.

'지난 생에서는 이안을 버리고 폴카의 왕비가 되었으면서 지금 이렇게 다른 모습을 보인다는 건 이유가 하나뿐이잖아.'

이안이 다른 사람의 것이 될 것 같으니까.

욕심은 많고, 세상 모든 것이 당연히 자신의 것이라고 생각하는 오만함.

그저 어리다, 사랑을 많이 받고 커서 그런다 곱게 봐주려고 해도 이 부분에서는 저절로 쓴소리가 나왔다.

"온갖 경우의 수를 깔아두고 계산하는 주제에 사랑 운운이라니 개소리도 참신하셔라. 배웅은 이걸로 끝내죠. 다음에는 정말 못 들어오실 줄 아세요. 아시다시피 이안은 지금 저택에 없거든요."

릴리아나 영애가 뭐라고 소리를 지르는 것 같았지만, 문이 쾅하고 닫혔기 때문에 들리지도 않았다.

내가 획 하고 몸을 돌리니 하녀장이 고개를 숙이며 물었다.

"배상명령서를 정말 보내실 건가요?"

"케넌에게 맡겨."

아버지가 계신 곳을 향해 걸으며 나는 담담하게 대답했다.

"다음 주에 오픈하는 백화점 매출로 시간의 가치를 계산해서 청구하라고 하면 알아서 잘할 거야."

"알겠습니다."

저런 타입들은 그렇게 경고하면 주변에서만 맴돌지, 이렇게 다짜고짜 찾아오지 못한다.

'진작 이렇게 했어야지.'

복도를 막 돌아서는데, 온실로 간 줄 알았던 아버지가 귀퉁이에 서 있었다.

"이게 무슨 일인가요, 올리비아?"

"아버지."

릴리아나의 이야기를 모두 들었는지, 아버지의 온화한 얼굴이 살짝 경직되어 있었다. 나는 두 손을 마주 잡고 공손하게 운을 떼었다.

"아버지께도 부탁드리고 싶은 일이 있어요."

기왕 이렇게 된 것, 지금이 기회인 듯싶었다.

❖ ❖ ❖

화이트폴 저택에 돌아온 릴리아나는 다시 침대에 엎어졌다. 이번에는 밥도 먹지 않았다.

"릴리! 도대체 무슨 일이니?"

후작부인이 애타는 목소리로 물었지만, 릴리아나는 베개에 얼굴을 파묻고 대답하지 못했다. 그녀의 머릿속에는 온통 이 생각뿐이었다.

'제대로 해내지 못했어.'

그녀는 눈을 감았다. 당당하다 못해, 여유롭던 올리비아의 모습이 떠올랐다.

'그 마녀가 너무 못돼서 그래.'

보통 남편의 옛 여자 친구가 찾아오면 쫄아들 만도 한데, 그 마녀는 쫄기는커녕 오히려 매섭게 그녀를 내쫓았다.

'이안도 그렇게 핍박하고 있는 게 틀림없어.'

착하고 순한 이안을 그 마녀가 릴리아나에게 했던 것처럼 겁을 주어 붙들고 있는 것이 분명했다.

'이안을 구해줘야 하는데.'

하지만 오늘 그녀가 했던 말들을 떠올리면 다시 타이론 대공가에 찾아갈 용기가 나질 않았다.

'마이엔 공 앞에서 깽판을 부려야 했는데.'

분명 마이엔 공이 타이론에 방문했다는 소식을 듣고 방문한 것이었는데. 이 마녀는 어떻게 알았는지 제 아버지까지 용의주도하게 빼돌려서 보여주지 않았다.

릴리아나는 손톱을 깨물었다. 얼굴이 저절로 울상이 되었다.

"폐하께서 화를 내실 텐데 어쩌면 좋담."

그녀는 얼마 전, 황제와의 만남을 떠올렸다.

아버지, 어머니의 걱정과 달리, 황제는 흔쾌히 그녀를 만나주었다.

"어쩐 일로 만나자고 했지, 화이트폴 영애?"

인자하게 웃는 얼굴이 이웃집 할아버지처럼 친근했다. 그래서

일까. 릴리아나는 자신의 속마음을 가감 없이 털어놓았다.

"제게 폴카의 왕과 결혼할 수 있는 기회를 주신다고 들었어요.
하지만 저는 아직 이안을 사랑하고 있어요."

"아아, 그랬군. 하지만 타이론 대공은 이미 혼인하지 않았나."

"이안은 지금 저를 약 올리려고 결혼한 것뿐이에요! 그 사람도
저를 사랑한다고요!"

"그래도 두 사람의 혼인이 지속되고 있는 한, 아가씨가 끼어들
자리는 없지 않겠는가. 설마 타이론 대공의 후처가 되겠다는 건
아닐 테고."

"후처라니요!!"

황제의 말에 릴리아나는 감정을 숨기지 못하고 질색했다. 황
제는 그런 릴리아나를 딱한 눈으로 내려다보았다.

"내가 아가씨를 알았다면 절대 타이론 대공의 혼인을 허락하
지 않았을 텐데. 이제는 이혼밖에 남은 것이 없지 않나."

"하지만 이안은 그 마녀가 무서워서 이혼하려고 하지 않아요."

"이혼에는 두 사람의 의견만 필요한 것이 아니지."

황제는 몹시 슬프다는 표정으로 이렇게 말했다.

"마이엔 공이 타이론 대공에게 사실 정혼자가 있다는 사실을

안다면 과연 두고 볼까?"

'그 말에 일부러 마이옌 공이 있는 시간에 방문한 건데!'

그런데 마이옌 공의 그림자도 못 보고 올리비아에게 된통 당하기만 하고 나오다니.

억울해서 릴리아나는 다시 베개에 얼굴을 묻고 훌쩍거렸다. 바로 그때였다.

"아가씨! 이 신문 좀 보세요!"

그녀가 자매처럼 여기는 하녀가 서둘러서 그녀의 방으로 들어왔다. 릴리아나는 퉁퉁 부은 눈으로 몸을 일으켜 앉았다.

"뭔데 그래?"

"대박 사건! 대박 사건이에요!"

"응?"

릴리아나가 신문을 볼 때는 이안에 대한 뉴스뿐.

그러니 하녀가 방방 뛴다는 것은 이안과 관련된 뉴스가 실렸다는 뜻이었다. 그것도 릴리아나가 좋아할 만한.

"빨리 줘봐."

릴리아나는 신문을 빠르게 낚아챘다. 그리고 빠른 눈으로 기사를 훑었다.

— 마이옌 공, 극대노! 본국으로 귀환. 딸에 대한 실망 때문인가?

'이게 무슨 뉴스야?'

순간적으로 뉴스 내용이 이해가 가질 않았다. 릴리아나는 서둘러서 다음 장으로 넘겼다.

– 최근 타이론 대공비의 아버지로 알려진 오르세의 마이옌 공이 곧장 귀국길에 올라 화제이다. 믿을 만한 제보에 따르면 마이옌 공은 딸의 혼인에 얽힌 비화를 이제야 듣고 매우 크게 실망한 것으로…….

"어라?"

릴리아나의 시선이 '혼인에 얽힌 비화'에 꽂혔다.

그 내용이 무엇이겠는가. 바로 파넬 공작과 처음에 혼인했지만, 타이론 대공과 바람이 나서 파혼당한 그 사건 아니겠는가.

'그걸 왜 갑자기 마이옌 공이 알아봤겠어?'

그녀가 생각해낼 수 있는 이유는 단 하나뿐이었다.

그녀의 방문.

"내, 내가 해낸 건가?"

릴리아나가 얼떨떨한 표정으로 눈을 깜빡였다.

그리고 정확히 닷새 뒤,

수도는 이 뉴스로 다시금 한바탕 시끌벅적해졌다.

– 자취를 감춘 타이론 대공비, 그녀는 어디 있는가?

올리비아 타이론 대공비가 잠적해버린 것이다.

조용했던 타이론 대공가에 갑자기 투박한 발소리가 울렸다.

저벅. 저벅. 저벅.

그냥 생활화에서는 절대로 날 리가 없는 거친 발소리였다. 그 발소리의 주인을 확인한 대공가 식솔들의 얼굴이 희게 질렸다.

"저, 전하."

그들의 시선 끝에는 후드를 깊게 덮어쓴 큰 키의 사내가 서 있었다. 바로 이안 타이론 대공이었다.

"도, 돌아오셨습니까."

"그래."

"예정보다 일찍 오셨군요."

"조금 무리했지."

대공이 귀환한다는 소식이 대공저로 전해지지 않은 탓에, 누구도 그를 마중 나가지 못했다. 사실 마중 같은 것은 상관없었기 때문에 이안은 거침없이 안으로 들어섰다.

사용인들이 놀란 표정을 지나치면서 이안은 성큼성큼 계단을 올랐다. 그가 향한 곳은 당연히 한 곳이었다.

'올리비아.'

그녀의 방이었다.

그가 급박하게 공국으로 내려간 이유는 사실 황제가 언제 그를 경계하여 내칠지 모르니, 그 대비를 하기 위해서였다. 그녀를 데리고 가도 되었지만, 굳이 놓고 간 이유도 분명 있었다.

'플로렌스 자작을 처벌하기 위해.'

올리비아는 자신이 대단히 당차고 차가운 여자라고 믿고 있지만, 사실 정이 많았다.

아무리 플로렌스 자작이 그녀에게 해를 끼쳤다고 해도, 막상 그를 처벌한다고 하면 마음 아파할 것이 뻔했다.

'마지막까지 반성도 안 하더군. 올리비아 모르게 처리하길 잘 했어.'

조금이라도 양심이 있었다면 그래도 아내를 키워준 공로를 참작했을 텐데. 참으로 끝까지 변함없는 자였다.

'내가 없는 사이, 올리비아는 잘 지냈겠지? 마이엔 공과도 돈 독해졌을 테고.'

그가 많은 재산을 상속해주기로 했다는 소식은 이미 전선매로 받아서 알고 있었다. 대회의에서 있었던 일도.

그런 이야기들을 전해 듣는 내내 그의 마음에 피어오른 생각은 단 하나뿐이었다.

'그녀가 보고 싶어.'

설마 이렇게까지 자신의 마음을 빼앗는 사람이 생길 줄은 꿈에도 몰랐다.

'참 사람이라는 게 무서워.'

분명 혼자서도 괜찮았는데. 다른 사람의 온기 따위 필요하지 않았는데.

어느 순간, 그의 곁에 훅 들어온 그녀는 그를 온통 중독시켜버렸다. 이제는 그녀 없는 나날은 상상하지 못할 정도였다.

문고리를 돌리며 이안은 마른 입술을 핥았다.

'이제 한 일주일은 침대 밖으로 나오지 않을 거야.'

그동안 그녀가 부족했던 만큼 모두 채울 때까지 그녀를 물고 빨며 시간을 보내리라.

무척 불손한 생각을 하며 올리비아의 방문을 열었을 때였다.

"……!"

방에는 아무도 없었다.

"……올리비아?"

"저, 전하."

하녀장이 뒤에서 작은 목소리로 이안을 불렀다. 이안은 휙 돌아섰다. 얼굴에 웃음기가 사라지자, 잘생긴 얼굴은 동상처럼 생기를 잃었다.

"뭐지? 내 아내가 어디 있나?"

"그, 그것이."

"외출을 한 건가? 아니면 집무실? 서재?"

"모, 모두 아닙니다."

하녀장은 고개를 푹 숙였다. 이런 상황을 생각하며 여러 번 마음의 준비를 했건만, 막상 입술이 떨어지질 않았다.

그녀는 목이 메는 목소리로 천천히 말했다.

"비전하께서 사라지셨습니다."

그 말에 이안은 돌처럼 굳어지고 말았다.

❖ ❖ ❖

"방법은 두 가지가 있지."

스타티스 황태자는 경쾌한 어조로 손가락을 두 개 펴보였다.

"첫 번째, 그대가 상속하게 될 생제르망 상회를 황실에 바치는 것."

"저, 전하, 그건 좀……."

스타티스의 말에 로메오가 난색을 표했다. 생제르망 상회가 보통 재산이 아닌데, 그걸 통째로 바치라는 말은 당혹스러울 수밖에 없었다.

로메오의 간섭에 스타티스 황태자는 고개를 흔들었다.

"물론 가짜야. 내 명의로 상속하였다가 내가 황위를 계승하는 즉시 그대에게 돌려주지."

설령 그렇다고 하더라도 스타티스를 완전히 믿지 않으면 할 수 없는 어려운 일이었다.

로메오가 당혹스러운 얼굴로 나를 돌아보았다. 나는 차분히 황태자를 마주 보며 물었다.

"그리고 두 번째는요?"

스타티스 황태자는 어깨를 으쓱했다. 두 번째 방법은 첫 번째보다 훨씬 쉬웠다.

"간단해. 그대가 사라지면 되는 거야."

"네?"

나는 고개를 갸웃했다. 스타티스 황태자는 턱을 문지르며 말했다.

"수도에서 여러 가지 소문이 도는 건 그대도 알고 있을 거야."

그러면서 바다처럼 푸른 눈이 슬쩍 내 눈치를 살폈다. 나는 고개를 끄덕였다.

"네. 알고 있습니다."

사실 수도에 도는 나에 관한 소문은 대부분이 무척 자극적이었다.

— 대국민 고자도 고치는 마성의 여자

— 한 나라의 두 공작을 모두 자빠뜨린 매력녀

'그래 봐야 소문인데 신경 쓸 필요가 뭐가 있어?'

내 뒤로 수군거려지는 말들이었다. 뭔들 면상에서 쏟아내는 욕설에 비하겠는가.

'나중에 내 이름으로 발기부전치료제나 내야 하나 봐. 엄청나게 잘 팔릴 듯.'

나는 시큰둥하게 그렇게 생각했다. 그런 나를 보는 스타티스의 눈이 부드럽게 휘어졌다.

"나는 대공비의 이런 대찬 점이 참 좋아. 이안도 그렇겠지. 우리는 빌어먹게도 취향이 똑같거든."

"험하게 자라서 그래요."

"뭔데? 무슨 소문인데 그래?"

이 자리에서 유일하게 내 소문을 잘 모르는 로메오가 고개를 갸웃거리며 대화에 끼어들었다. 나는 대표적인 것 하나만 알려주었다.

"내 치마폭에 들어오면 어떤 고자도 불끈이가 된대."

"헐."

로메오의 얼굴이 새빨개졌다.

충격으로 할 말을 잃은 그를 내버려 두고 스타티스는 대화를 이어갔다.

"그 소문들에 상처를 입은 대공비가 어디론가 도망친다고 해도 다들 그러려니 하지 않겠는가."

그 말은 무척 달콤하게 들렸다.

❖ ❖ ❖

'그래서 오늘, 저는 오르세 왕국으로 향하는 마차 안에 있습니다.'

나는 창문을 살짝 열고 얼굴을 스치는 바람을 맞았다. 이름 모를 들풀의 냄새가 물씬 풍겼다.

'살다 살다 장거리 마차에도 타게 될 줄이야.'

파넬 공작부인으로 지내면서, 나는 20년 동안 한 번도 수도를 떠나본 적이 없었다.

남편이 북부로, 또 때때로 파넬 영지로 내려가니 나는 수도 저택을 지키고 있어야 했다.

'사실 수도를 떠날 수 있다는 생각 자체를 못 했어.'

그때는 무엇이 나를 그렇게 움직였는지 모르겠다. 진상들과 다투는 것도, 익숙하지도 않은 집안 관리에 밤잠을 설치며 달려들었던 것도.

정말 숨 한 번 제대로 돌린 적이 없었다.

'이렇게 쉬운 것을.'

그저 문만 열고 나오면 집을 떠날 수 있다는 것을, 그때는 몰랐다.

'아니, 실제로도 그때는 나올 수 없었을 거야. 옳다구나 진상들이 내 짐을 밖으로 내던졌을 테지.'

나는 한숨을 내쉬었다. 일단 진상들에게서 오는 스트레스가 없다는 것만으로도 이번 생은 성공했다 싶었다.

그렇게 과거를 반추하고 있자니, 자연스럽게 그리운 얼굴이 떠올랐다.

'이안.'

다정하고 조금 능글맞은, 나의 두 번째 남편.

'케닌과 애니가 잘 전달해줬겠지?'

급히 나오면서 이안이 돌아올 때까지 기다릴 수가 없어서, 나는 케닌과 애니에게 내가 왜 잠시 자리를 비우는지 전해달라고 부탁했다.

'많이 걱정하지 않아야 할 텐데.'

이안이라면 이유를 다 알고 있어도 내 걱정을 할 것 같았다.

'아버지랑 함께 있으니 걱정하지 않아도 돼요. 당신은 잘 먹고 잘 지내고 있어요.'

내가 없는 동안 그가 잘 지내고 있기를 조용히 기원하고 있을 때였다.

맞은편에 앉아 있던 아버지가 정중한 어조로 내게 말했다.

"잠시 쉬었다 갈까요?"

"괜찮아요."

나는 고개를 흔들었다. 잠시 입술을 다물고 있던 아버지가 조심스러운 어조로 물었다.

"지루하진 않나요?"

"네. 장거리 여행은 처음이거든요."

내 대답에 아버지는 다시 말문이 막힌 듯했다. 나를 걱정하고 의식하는 것이 느껴져서 나는 수줍게 웃어 보였다. 마음이 따뜻해지는 기분이었다.

"저어, 그런데 아버지."

"예?"

"언제까지 제게 높임말을 쓰실 거예요. 편하게 말씀하셔도 되어요."

"하하. 아, 그렇군요. 이상하게 느껴질 수도 있겠네요."

내 질문에 아버지는 흥미롭다는 듯이 웃었다.

"오르세에는 높임말이라는 게 없답니다."

"네?"

뜻밖의 말에 나는 눈을 동그랗게 떴다.

"외국인이라서 자연스럽게 높임말을 배우는 게 아니고요?"

"네. 아예 높임말이라는 개념이 없어요. 그렇다 보니 제국어에는 익숙해지기 어렵군요."

"아아."

우리가 외국어를 배울 때는 기본적으로 존댓말을 배우지 않나. 그래서 나는 오르세에는 낮춤말과 존댓말의 구분이 없다는 사실을 몰랐다.

'정말 외국이구나.'

내가 신기해서 고개를 끄덕일 때였다. 아버지가 조심스럽게 내 눈치를 살피며 물었다.

"제가 존댓말을 써서 불편한가요?"

"아니요. 엄청나게 잘 어울리셔요."

워낙 우아하고 점잖은 인상이신지라 낮춤말을 사용하는 모습이 오히려 상상이 되지 않았다. 나는 어깨를 으쓱했다.

"아버지처럼 점잖은 사람이 되고 싶어요."

내 말에 아버지는 온화한 미소를 지으며 대답했다.

"생기발랄한 지금이 딱 좋답니다. 저는 멜리사의 그런 모습에 반했죠."

"연애 이야기 더 해주세요. 두 분이 어떻게 만나셨는지 너무 궁금해요."

"별로 재미가 없을 텐데."

사양하는 것 같더니, 아버지는 술술 어머니의 이야기를 늘어놓았다. 처음 만난 이야기, 처음 싸웠던 일, 그리고 화해했던 일, 서로 미래를 약속했던 일들까지.

흥미진진한 이야기에 시간이 어떻게 가는 줄도 모를 지경이었다. 나는 바깥을 내다보는 것도 잊고 아버지의 이야기에 귀를 기울였다.

바로 그때였다.

덜커덩!

"꺄!"

한참 이야기 중인데 마차가 크게 휘청였다. 두근두근거리는 심장을 가라앉히고 있으니 조심스럽게 문이 열렸다.

"실례합니다."

"무슨 일이죠?"

"마차 바퀴가 진창에 빠졌습니다."

여행을 다녀본 적 없는 나는 이 상황이 심각한지, 흔한 건지 알 수가 없었다.

"이런."

아버지가 턱을 짚고 고심하는 표정을 지었을 때였다.

"다행히 근처에 도시가 있다고 합니다. 도움을 요청하러 떠났으니, 곧 사람들이 올 것입니다. 조금만 기다려주시죠."

"그럼 다행이군."

그렇게까지 심각한 상황은 아닌 모양이다. 나는 아버지를 따라 밖에 나왔다.

아버지가 마차를 살펴보는 사이, 나는 숲을 돌아보았다. 시종이 말한 대로 사람이 많이 오가는 곳인지, 길도 반듯하고 나무도 잘린 흔적들이 보였다.

'이렇게 포장이 되지 않은 도로라서 덜컹덜컹거렸구나.'

바람에 흔들리는 들풀도 내게는 신기하기만 했다. 여기저기 둘러보고 있으니, 심심해 보였던지 아버지의 비서가 내게 가까이 다가왔다. 내가 물었다.

"여긴 어딘가요?"

"아직 제국령이랍니다. 제국의 수도에서 오르세의 수도까지는 텔레포트 존을 이용한다고 해도 꼬박 한 달이 걸리죠."

"그렇군요."

아직 제국령이라는 말에 조금 놀랐던 나는 이내 고개를 끄덕였다.

"하긴, 맞아요. 제국을 가로지르는 데도 상당히 오랜 시간이 걸리니까요."

그저 내가 체감하지 못하고 있을 뿐.

조금 있으니 시끄러운 소리가 들렸다. 우리를 도와주러 온 사람들인 모양이었다. 무심코 그쪽을 돌아본 나는 얼어붙고 말았다.

나는 비서를 불러 질문했다.

"저기요."

"예?"

"여기가 혹시 파넬령인가요?"

내 질문에 비서는 무척 놀랍다는 듯이 안경을 검지로 밀어 올렸다.

"맞습니다. 어떻게 아셨나요?"

"허허허."

인생이란 왜 이런 것이람.

나는 허탈하게 웃으며 말에서 내리는 흑단처럼 검은 머리카락의 청년을 바라보았다.

제임스였다.

'내 인생 왜 이따위야.'

소문을 피해서 도망쳤더니 산 넘어 산이었다. 나는 뭐 씹은 표정으로 말에서 뛰어내리는 청년을 바라보았다.

청년은 굵직굵직한 선으로 이루어진 남자였다. 전반적으로 다 굵었다. 허리도 굵고, 팔도 굵고, 목도 굵고.

'저것도 참 싫었는데 말이야.'

나는 그저 담담하게 그를 바라보았다. 그저 덩치가 나보다 훨씬 크고, 말수가 적다는 것만으로도 그에게 압박감을 느끼던 시절이 있었다.

'제임스 파넬.'

내 첫 번째 남편.

무뚝뚝한 표정으로 말에서 내린 그는 길에 서 있는 나를 보더니 살짝 눈살을 찌푸렸다.

나는 고양이가 털을 세우듯, 반사적으로 긴장하여 그의 입술을 바라보았다.

그가 낮지만 또렷한 목소리로 나를 불렀다.

"올리비아."

내 이름이 이렇게 낯설게 들리기는 처음이었다.

'내 이름을 불러준 적이 있긴 했나?'

그가 나를 지칭하는 말은 죄 그런 것들. 부인, 여보.

'내 이름도 모르는 줄 알았더니.'

지난 생의 남자와 지금 내 앞에 서 있는 남자가 다르다는 걸 아는데도 저절로 마음이 삐딱해졌다. 나는 입술을 삐죽이며 물었다.

"또 만났네요, 파넬 공작. 도대체 왜 여기 계신 거죠?"

대회의가 끝나고 며칠 되지도 않았는데, 이렇게 만날 거라고는 상상도 못 했다.

그는 자신이 이끌고 온 사람들에게 마차로 가보라는 손짓을 하고는 정중하게 내게 대답했다.

"영지를 관리하러 온 겁니다. 저는 영주이니까요."

"이 시기에요?"

"그동안 한 번도 영지에 와본 적이 없으니까요."

"흠."

영주가 영지에 온다는데 뭐라고 하겠는가. 나는 입을 다물었다.

'사실 지난 생에서는 이 부분이 큰 문제였지.'

전대 공작이 서거한 뒤로 아무도 영지를 내려가지 않고 수도에서만 지냈다. 그래서 수십 년이라는 긴 세월 동안 영지관리인이 파넬 공작 영지를 다스리고, 영주는 서류만 받아보았다.

'우아한 진상은 내정관리는 잘했을지 몰라도 장부 맞출 줄은 몰랐지.'

내가 실권을 잡고 장부의 빈 자리를 발견하기 전까지, 오랜 시간 동안 파넬 영지에서는 관성적인 횡령이 이루어지고 있었다.

'그래도 이번 생에는 영주가 직접 왔다니 다행이네.'

실상을 알고 보면 말수 적은 벽돌일지라도, 제임스는 기본적으로 외모만 보아도 위압감을 주는 남자였다. 영지관리인도 잔뜩 긴장했을 것이 틀림없었다.

나는 슬그머니 그를 흘긋대었다.

'그래도 북부로 안 간다고 해서 고깝게 보았는데, 영지로 오다니 기특하네.'

뭔 아이를 평가하듯 기특하다고 생각한 나는 이내 고개를 흔들었다.

'정신 차려, 정신! 저 남자는 지긋지긋한 전 남편이라고.'

역시 만나지 않는 편이 나을 뻔했다.

제임스와 말을 섞고 싶지 않아서 나는 조금 떨어진 곳의, 편편한 바위 위에 앉았다.

사내들이 말을 마차에 매어 진창에서 마차를 꺼내려고 애를 썼다.

'쉽지 않구나.'

말이 애를 쓰는데도 슉 빠져나갈 줄 알았던 마차는 걸릴 듯 말듯 덜컹거리기만 했다.

'비가 온 것 같지도 않은데 하필 저쪽에만 진창이 생겼네.'

턱을 괴고 그런 생각을 하고 있을 때였다. 아버지가 내 곁으로 왔다.

"지루하진 않나요? 이렇게 지체되어 속상하군요. 차라도 끓이라고 할까요?"

"전혀 아니에요."

내가 어린애도 아닌데 남들이 다 고생하고 있는데 철없이 차나 홀짝거릴 수 있겠는가. 나는 고개를 흔들었다.

그런 나를 아버지가 기특한 눈으로 바라보았다. 익숙지 않은 시선에 내가 뺨을 발갛게 붉혔다.

"두 분이서 사이가 좋으시군요."

묵직한 목소리가 우리 사이에 끼어들었다. 내 눈꼬리가 저절로 다시 뾰족해졌다.

'제임스.'

말도 섞기 싫은데 왜 자꾸 저쪽에서는 또 다가온단 말인가.

따끔하게 참견하지 말아 달라고 한마디 하려고 했더니, 아버지가 더 빨랐다.

"누구시죠?"

"아버지."

나는 아버지의 팔을 붙들었다.

'아버지가 정말 저 남자를 모를까?'

제임스의 외양은 인상이 깊어서 한 번 본 사람들은 대체도 그를 잊어버리지 못하는 편이었다.

'심지어 수여식 때 그 난리가 났었잖아. 분명 조사하셨을 텐데.'

그런데 어째서 이 남자에게 말을 거시는 걸까. 호기심 때문이라면 그냥 상대하지 않는 편이 제일 낫다고 말씀드리고 싶었다.

제임스는 아버지에게 정중하게 자신을 소개했다.

"안녕하십니까, 제임스 파넬입니다."

"오르세의 마이엔 공입니다."

두 사람이 악수하는 모습조차도 내게는 불안하게만 보였다. 나는 조마조마한 표정으로 두 사람의 손을 쳐다보았다. 그리고 나를 바라보는 제임스와 시선이 딱 부딪치고 말았다.

'헉.'

날 살펴보고 있었던 걸까. 내 마음이 들킨 것 같아서 꺼림칙했다. 나는 슬쩍 아버지 뒤로 한 걸음 숨었다.

"그런데 여긴 어쩐 일로?"

"딸아이와 나들이 중이었습니다."

"그런데 이곳에 빠지게 된 거군요."

바퀴가 빠지지 않았다면 우리는 절대로 파넬에서 멈추지 않았을 것이다. 누구에게 쫓기는 것이 아니니까 서두를 필요는 없지만, 하필 파넬에서 쉴 이유는 없지 않은가.

'그런데 파넬에서 사고가 나다니! 나도 참 운이 안 좋아.'

이쯤 되니 내가 문제가 아닌가, 하는 심각한 고민이 생겼다.

'불운의 신 같은 것이 등에 붙어 다니는 거 아니야?'

그럴듯했다.

'돌아가면 신전에 헌금이라도 왕창 해야지.'

행운 적립이라고 알랑가 몰라.

의례적인 인사가 두 사람 사이를 오갔다.

그리고 제임스가 무뚝뚝한 어조로 물었다.

"파넬 성에서 쉬어가시는 건 어떻습니까?"

거절하기 애매한, 영주라면 당연히 할 법한 권유였다.

하지만 이런 상황에 익숙한 아버지는 능숙하게 그의 권유를 밀어냈다.

"저는 제 딸의 의사가 제일 중요합니다."

아버지와 제임스는 한 집안의 가주이니 한마디를 내뱉어도 그 발언의 파장을 생각해야 했다.

하지만 딸인 나는 좀 다르지 않나. 지금 나는 타이론 대공비가 아니라 마이엔 공의 스무 살 난 딸이었다.

나는 딱 잘라서 거절했다.

"전 싫어요."

파넬이라니 미쳤나. 저 사람 성에서 머무는 것만으로도 얼마나 큰 입방아에 휘말릴지, 상상만 해도 끔찍했다.

진저리를 치는 나를 제임스가 감정 없는 시선으로 바라보았다. 그리고는 뭐가 문제냐는 듯 여상스레 대꾸했다.

"가명을 쓰시면 되지 않습니까."

"네?"

"이 시골에서 당신이 누구인지 알아보는 사람은 아무도 없습니다. 걱정하지 말고 쉬다 가시죠."

"그건……."

아무리 귀가 어두워도 은빛 머리카락에 붉은 눈을 가진 타이론 대공비를 모를 수가 있나.

'모를 수도 있지.'

말도 안 된다고 생각했다가 이내 나는 생각을 고쳐먹었다.

'아냐. 파넬 사람들은 모를 수도 있어.'

영주를 꼭 닮아서, 타 영지와는 교류하지 않고 자기들끼리만 지내는 바위 같은 영지가 바로 파넬이었다.

'그래도 굳이 파넬 성에 머물기는…….'

내가 갈팡질팡하고 있을 때였다.

굉장히 불길한 소리가 크게 울렸다.

우지끈.

"히이이잉!!"

무언가 부서지는 소리, 그리고 말이 우는 소리.

조금 있으니 시종들이 사색이 되어서 달려왔다.

"바, 바퀴가 부서졌습니다. 아무래도 고치려면 시간이 필요할 것 같습니다."

"……."

나는 어이가 없어서 입을 다물고 말았다.

'왜 하필 지금 타이밍에서 부서지는 건데?'

오르세 왕국까지 가야 하는데 마차는 부서지고 말았다. 이제 내가 선택할 수 있는 것은 시종들이 타고 있는 말에 오르거나 짐마차에 타는 것뿐.

보통의 귀족 영애라면 여기서 말에 오르겠지만 내게는 치명적인 이유가 있었다.

'나는 승마에 자신이 없어.'

귀족의 교양이 바로 승마였다. 하지만 말은 가격도 비싸고, 관리유지에도 돈이 꾸준히 들어간다. 플로렌스 자작이 그런 고급 교양을 내게 가르쳤을 리가 있겠는가.

'어떻게 하지? 짐마차에라도 올라야 하는가.'

내가 이리저리 흔들리는 눈으로 고민에 잠겼을 때였다. 제임스가 팔짱을 끼고는 시큰둥하게 대꾸했다.

"아니면 그냥 영지 밖으로 나가시든가."

이렇게 얄미울 수가. 평소에는 눈치라고는 약에 쓰려고 해도 없더니, 이럴 때는 여우 같았다. 나는 입술을 삐죽였다.

"……당신 굉장히 쪼잔한 거 알아요?"

"영광입니다."

그 비꼬는 말조차 담담해서, 괜히 열불이 났다.

신경질적으로 머리카락을 쓸어넘긴 나는 한숨을 내쉬었다. 결국 대답은 처음부터 하나였던 모양이다.

"좋아요. 맘대로 해요."

우리는 가장 가까운 파넬 영지로 향했다.

❖ ❖ ❖

파넬은 아주 가까웠다.

포장되지 않은 길을 조금 따라가니 농가가 나왔고, 숨은그림 찾기를 하듯 들판에 흩어진 농가의 개수를 세고 있으니 성벽이 등장했다.

'여기가 파넬.'

전반적으로 딱딱하고 삭막한 느낌이 드는 곳이었다. 드문드문 길에서 마주하는 사람들의 얼굴에는 생기가 없었다.

내 눈에만 그렇게 보인 것이 아닌지, 아버지가 무거운 목소리로 말했다.

"가난한 영지군요."

자칫 자존심이 상할 수 있는 말인데도, 제임스는 담담하기만 했다.

"오랫동안 방치되다 보니 그렇게 되었습니다."

"저런. 어쩌다가?"

"아버지가 일찍 돌아가셨습니다."

"애도를 표합니다."

아버지는 제임스에게도 정중하게 행동했다. 나는 입술을 삐죽이며 속으로 이렇게 생각했다.

'그 애도 표하지 않으셔도 되어요.'

나는 얼굴도 본 적 없는 전대 공작을 개인적으로 무척 싫어하고 있었다.

'아이를 못 낳는다고 연달아 후처를 들이는 건 뭔데. 이혼이라도 하고 재혼을 하든지.'

그리고 그의 행동은 훗날 나에게 세 명의 시어머니라는 빅엿이 되어 날아왔다.

'좋아하려야 좋아할 수가 없지.'

진상들에게 전해 들은 바로는 꽤 오래 투병을 하다가 숨을 거둔 모양이었는데, 그 부분도 내게는 마이너스였다.

'죽을 줄 알았으면, 남게 될 어린 아들을 위해 이것저것 안배해야 했던 것 아니야?'

그 사람이 아무것도 안 한 덕분에 제임스는 어릴 때부터 전쟁터로 나갈 준비를 하게 되었다. 남편으로도 그렇지만, 아버지로도 별로였던 셈이다.

잠시 입술을 굳게 다물고 있던 제임스가 느릿한 어조로 중얼거렸다.

"그래서 바로 잡으려고 하는 겁니다. 이것, 저것, 모두."

마지막에 '모두'를 지칭하는데 어둠침침한 회청색 눈동자가

292

나를 응시했다.

나는 떨떠름한 표정을 지었다.

'나는 잘살게 내버려 두면 안 되겠니.'

아무래도 아직 나에게 미련이 좀 남은 모양이었다.

이제 나와 제임스는 아무 연관이 없는 사이가 되었고, 그에 대해서도 수차례 선을 그었다.

하지만 그럼에도 나는 여전히 제임스를 볼 때 마음이 복잡해졌고, 그건 저쪽도 마찬가지인 것 같았다.

'이래서 결혼이 무서운 거야.'

헤어지면 남이라지만 헤어진 뒤 다시 만나는 부부들도 세상에는 얼마나 많은가.

'분명 징글징글해서 헤어졌을 텐데.'

그리 생각하며 나는 입술을 비틀었다. 어차피 이제 저쪽은 나를 모르고, 우리의 과거는 없던 일이 되었다.

가본 적 없는 미래에까지 구질거림을 들고 갈 이유가 뭐가 있겠는가.

나는 가벼운 어조로 화제를 돌렸다.

"그래서 영지에 오신 목적은 이루셨나요?"

"네."

의외로 똑 부러진 대답에 나는 고개를 갸웃거렸다.

'회계장부 볼 줄도 모르더니 별일이네. 이제는 관심을 가지기로 했나?'

지난 생에, 내가 회계장부의 구멍을 찾아낼 때까지 제임스는 그 사실을 몰랐다. 회계에 대해 배울 생각도 없었고.

'하긴, 나도 변했는데 이 벽돌도 변할 수 있는 거지.'

여상스럽게 그리 생각했을 때였다.

제임스는 내가 생각한 것보다도 훨씬 직관적으로 문제를 해결했던 모양이다.

"아니, 웬 사람들이?"

"무슨 일이지?"

"도대체 왜?"

성벽에 가까워질수록, 집이 늘어날수록 묘한 웅성거림이 느껴졌다. 일행들도 나와 비슷한 당혹스러움을 느끼고 고개를 두리번거렸다.

그리고 발견한 '그것'을 보고 모두 헛바람을 삼키고 말았다.

"헉."

그것은 시체였다. 나무에 대롱대롱 매달린 시체.

'세상에.'

수도에서도 처형식은 무슨 여가 생활처럼 소비되는 경향이 있었지만, 이건 조금 기묘했다.

영주민들은 환호한다기보다 당혹스러워하는 것 같았다. 어쩌다 제임스를 향하는 시선에는 두려움이 어려 있었다.

제임스는 담담한 어조로 우리에게 말했다.

"보시진 않는 편이 좋을 것 같습니다."

"……."

나는 할 말이 없어서 입을 꾹 다물었다.

그러니까 저건 아마도.

'영주관리인을 처형한 건가?'

하지만 제대로 증거를 잡아서 정당한 과정을 거쳤다면 저런 당혹스러움이 번지고 있을 리가 없다.

'설마 즉결심판?'

제국법은 지엄해서 살인이 아니고서는 즉결심판하는 일이 드물었다. 아무리 영주라고 해도 영주민을 함부로 사형시킬 수 없었다.

'그 사실을 모를 리도 없을 텐데.'

나는 나보다 앞서서 말을 타고 가는 제임스의 뒷모습을 물끄러미 바라보았다.

수도 없이 보았다고 생각한 그 뒷모습이 처음으로 생경하게 느껴졌다.

❖ ❖ ❖

"편히 쉬다 가십시오."

우리가 안내받은 파넬 성은 공작가의 위명에 걸맞게 고풍스럽고 웅장했다.

하지만 오랫동안 관리를 하지 않았는지, 사람이 들어갈 수 없는 구역도 많았고 일하는 인원도 적어 보였다.

'여기가 파넬 성이구나.'

나는 새삼스러운 표정으로 성을 돌아보았다. 파넬 공작부인으로 20년이나 시간을 보냈음에도 파넬 본성에 들어오는 것은 처음이었다.

'아까워라. 조금 신경 쓴다면 멋진 성이 될 텐데.'

그래도 관리할 수 없는 물건들에 흰 천을 덮어둔 건 다행이었다. 먼지를 걷어내는 것부터 하려면 보통 일이 아닐 테니.

"여기 머무르시면 됩니다, 아가씨."

뭐라고 나를 설명했는지, 사용인들은 나를 아가씨라고 불렀다. 제임스의 말대로 정말 나를 못 알아보는 것 같았다. 그편이 훨씬 나았기 때문에 나도 굳이 그 호칭을 정정하지 않았다.

"아버지는요?"

"바로 옆방입니다."

식사는 방으로 제공되었고, 나는 아버지 방에서 저녁을 들었다. 수도와 달리 한적한 영지라 그런지 어둠이 빠르게 몰려왔다. 딱히 할 일도 없고, 구경할 것도 없어서 나는 일찌감치 잠자리에 들었다.

하지만 마음이 술렁였던 걸까. 결국 달이 환하게 하늘 중앙을 밝히고 있는 늦은 밤, 나는 반짝 눈을 뜨고 말았다.

"이런."

다시 자려고 누웠지만 잠이 오질 않았다. 손바닥을 가슴에 올려두니 심장이 두근두근거렸다.

'미련도 아쉬움도 아무것도 없는데.'

왜 파넬 성에 들어왔다는 것만으로도 이렇게 마음이 두근거리는 건지.

'나도 모르는 새 미련 같은 게 있었던 걸까.'

꼭 기묘한 힘이 내 마음을 느릿하게 휘젓는 것만 같았다. 나는 슬리퍼에 발을 끼우고 창가에 섰다.

정원에서 반딧불이 같은 반짝반짝 빛이 났다.

'뭘까?'

저 빛이 꼭 나를 부르는 것만 같았다. 테이블에 있는 기름등을 들고, 나는 천천히 밖으로 걸어 나갔다.

휘이잉.

이놈의 영지는 바람마저도 삭막하기 그지없었다. 나는 잠옷을 마구 들치는 심술궂은 바람을 마주 보고 어깨를 움츠렸다.

얼마나 걸었을까.

둥글게 다듬어진 정원수를 몇 개 지나치자, 잔디만 깔려 있는 공터가 드러났다. 달빛이 비처럼 쏟아지는 그곳에, 제임스가 동상처럼 맨바닥에 앉아 있었다. 그리고 그의 품에서 반짝이는 금빛 기다란 막대기 같은 것은······.

'투머로우?'

황제가 이번에 제임스에게 하사한 국가의 보검, 넘버즈 중의 하나인 투머로우였다.

'저것이 내 창가까지 그런 빛을 뿌린 건가.'

무가의 안주인이었던 것에 반해, 나는 무기에는 큰 관심이 없었다. 그건 제임스의 영역이라고 선을 긋고 있었기 때문이다.

하지만 검술에 문외한인 내 눈에도 제임스가 검술훈련을 하는 것이 아니라는 것은 알 수 있었다.

'도대체 무얼 하는 거지?'

자리에 앉은 제임스는 흰 검날을 드러낸 검을 마주 보고 있었다. 마치 검과 눈싸움을 하는 것만 같았다.

휘이잉.

시간조차 멈춘 것 같은 그 순간을, 거친 바람이 한바탕 흔들고 지나갔다. 그 바람에도 제임스는 눈도 깜짝하지 않고 검을 노려보았다.

그렇게 얼마나 시간이 지났을까. 제임스는 한숨을 내쉬며 검을 검집에 느릿하게 꽂았다. 그리고 나를 향해 말했다.

"……나오십시오."

나는 움찔했다. 시치미를 떼고 몰래 사라질까 했지만, 어두움에 잠겨 검게 보이는 음울한 눈동자가 똑바로 나를 향했다.

나는 멋쩍음을 느끼며 툴툴거렸다.

"아, 엿보려던 건 아니에요. 잠자리가 바뀌어서 그런가, 잠이 오질 않아서요."

"예민하시군요."

"그러는 당신은 왜 일어나 있어요? 하나도 예민하지 않으시잖아요."

제임스가 천천히 자리에서 일어났다. 달빛을 등지고 있는지라 어떤 표정인지는 보이지 않았다.

그가 담담한 목소리로 내게 말했다.

"오늘 처형을 제가 직접 했습니다. 그놈의 목에 밧줄을 걸고 힘껏 당겼지요. 그래서 그런지 잠이 오질 않는군요."

그의 말을 들은 나는 이맛살을 찌푸렸다.

'농담인가? 아니면 진담?'

너무 담담해서 어떤 의미인지 도통 알 수가 없었다. 나는 입술을 삐죽이며 몸을 돌렸다. 그때였다.

'이건 무슨 꽃이지?'

노란 꽃잎에 가운데에 갈색 무늬가 있는 키가 작은 꽃이 눈에 들어왔다.

'어디서 본 것 같은데.'

기억이 날 듯 말 듯 했다. 내가 눈을 가늘게 떴을 때였다. 제임스가 엄한 목소리로 말했다.

"그 꽃에는 가까이 가지 마십시오."

"네? 왜요?"

"파넬에서만 나는 특수약초로, 체질에 따라 독초가 됩니다."

"그렇군요."

나는 고개를 끄덕이며 다시 꽃을 바라보았다.

'성안의 정원에 왜 독초를 키운담.'

하지만 막상 꽃을 보니 납득이 되었다. 꽃은 화려하고 아름다웠다. 꺾어다 방을 장식하면 무척 화사할 것 같았다.

체질에 따라서 독초가 된다는 건 대다수의 사람들에게는 위험하지 않다는 뜻이기도 하니, 정원을 장식하기 위해 심는 것도 이해가 갔다.

'어디서 본 것 같기도 하고.'

그런데 묘하게 눈에 잔상이 남았다. 내가 도대체 저 꽃을 어디서 보았나 기억을 더듬기 위해 눈을 가늘게 떴을 때였다.

제임스가 담담한 목소리로 이야기를 이었다.

"사람을 죽이는 건 참 어려운 일입니다."

밤이라서 소름 끼치는 이야기를 하고 싶은 걸까. 나는 제임스를 돌아보았다. 언제 걸어온 건지, 제임스가 성큼 나와 가까운 곳에 서 있었다.

그가 커다란 손바닥으로 자신의 목을 그어 보였다.

"죽기 전에 꽤 거칠게 버둥거리거든요. 그러다가 다른 사람에게 상처를 내기도 하죠."

나는 눈을 가늘게 떴다. 옛날의 나라면 조금 심장이 서늘해졌겠지만, 지금은 그냥 시큰둥하기만 했다.

"이럴 때는 말이 많으시네요."

"실례. 겁주려던 건 아닙니다."

다른 놈이라면 괜한 이야기로 허세를 부린다고 생각했겠지만, 제임스는 그냥 있었던 일을 말하는 것뿐이다.

나는 시큰둥하게 대답했다.

"구구절절 설명할 필요 없어요. 당신이 이유 없이 나섰을 리 없다는 건 아니까요."

"……."

내 대답에 제임스가 말문이 막힌 것처럼 우뚝 멈춰 섰다. 아차, 싶어진 내가 새초롬한 어조로 덧붙였다.

"당신을 감싸주려고 말하는 건 아니니까 허튼 마음도 품지 말아요. 객관적으로 그렇다는 거예요."

"압니다."

'알긴 뭘 알아. 돌덩이 주제에.'

그렇게 대꾸하고 싶은 걸 꾹 참았다. 지금의 제임스는 내가 진절머리나게 싫어하던 그와는 다른 사람이었다. 내게 높임말을 쓰는 것만 봐도 그렇지 않은가.

'괜한 사람에게 화풀이를 할 수는 없지.'

얼굴만 봐도 신경질이 나려는 걸, 나는 이성으로 내리눌렀다. 바로 그때였다. 조용히 나를 바라보고 있던 제임스가 천천히 입을 열었다.

"지난번부터 묻고 싶은 것이 하나 있습니다."

"뭐죠?"

나는 그를 마주 보았다. 바로 그때였다. 달빛이 마법처럼 제임스의 얼굴을 환하게 비췄다.

"정말로 제게 미련이 하나도 없으십니까?"

그의 눈빛은 명확한 슬픔으로 빛나고 있었다.

❖ ❖ ❖

"미련이요?"

그 질문의 의도를 이해하기 어려웠다. 나는 이맛살을 찌푸렸다. 제임스는 무뚝뚝한 얼굴로 말을 이었다.

"아니면 여운이라고 해도 좋습니다. 우린 부부였지만, 한 번도 부부답게 지내지 못했지 않습니까."

그 질문은 전제부터 틀렸다. 나는 고개를 기울이며 반문했다.

"그걸 부부라고 할 수 있을까요?"

얼굴도 모르고, 본인들의 의사와도 상관없이 치러진 결혼.

그걸 부부라고 할 수 있을까?

'그래서 혼인무효가 성립한 거잖아. 얼굴 한 번 본 적이 없어서.'

내가 그리 생각하며 입술을 삐쭉 내밀었을 때였다. 눈을 내리깐 제임스가 천천히 입술을 벌렸다.

"적어도 제게는."

그의 목소리는 낮게 잠겨 있었다. 목을 큼큼 가다듬은 그가 천천히 말을 이었다.

"제게는 그것이 전장을 버티는 유일한 이유였습니다."

나는 눈을 동그랗게 뜨고 그를 바라보았다. 그는 한 걸음 나를 향해 성큼 다가왔다.

"아내가 보고 싶다."

또 성큼.

"이번 일만 끝나면 그녀와 조용히 살 수 있다."

또 성큼.

고개만 숙이면 내 얼굴에 입술이 닿을 듯 가까이 선 그가 음울한 얼굴로 나를 내려다보았다.

"그런데 날아온 것이 혼인무효 소장이라니. 그 비통함을 말로 설명할 수 없더군요."

그 말이, 내게는 조금도 와닿지 않았다. 나는 들을 들지 않은 손을 뻗어 그의 가슴팍을 밀어내었다. 그는 순순히 두 걸음 물러났다.

"저는 당신에게 이미 한 번 기회를 주었어요."

비단 지난 생까지 들추지 않아도, 이번 생에도 나는 파넬에 대단히 유감이 많았다.

그리고 나는 이미 그것을 제임스에게 서신으로 전달했다.

"내가 어떤 대접을 받으면서 파넬에서 있었는지 아나요? 아마 세탁실의 하녀도 나보다는 좋은 환경에서 지냈을 거예요."

권한은 아무것도 주어지지 않는 허울뿐인 공작부인. 장작도 때 주지 않는 차가운 냉골방. 식사도 빨래도 내가 챙기지 않으면 챙겨주는 사람도 없었다.

'그런 삶에서 나를 구해달라고, 내게 권한을 달라는 내 부탁에 당신은 뭐라고 대답했지?'

나는 할 말이 있으면 해보라는 뜻으로 턱을 치켜들고 그를 응시했다. 제임스는 조금 곤혹스러워 보였다. 내가 이렇게 따박따박 따지고 들 줄 몰랐던 모양이다.

"하지만 올리비아. 그분들은 제 어머니이고, 사람들은 누구나 처음부터 잘 맞을 수 없습니다. 조율하는 과정이 필요하고요."

그걸 말이라고 하나. 나는 픽 웃고 말았다.

"그 조율이, 내게 정말 필요한가요?"

"!"

내 말에 제임스의 눈이 조금 커졌다. 나는 십 년 동안 하고 싶어서 가슴이 썩어들어갔던 말을, 이제야 내뱉었다.

"당신이 애지중지하는 어머니들은 당신의 어머니이지, 내 어머니가 아니잖아요?"

그리고 사람도 사람 나름이지. 가지가지 고루고루 진상 셋의 비위를 조율할 수 있는 사람은 이 세상에 존재하지 않으리라. 나는 확신할 수 있었다.

조금 난처한 듯 눈을 내리깔았던 제임스가 애써 대답을 쥐어짰다.

"결혼이라는 건 그런 배경을 포함한 여러 가지 요소가 중첩되는⋯⋯."

"제법 어려운 말도 하실 줄 아셨네요. 결론만 말하면 저는 싫어요. 그래서 혼인 자체를 무효로 돌린 거고요."

어, 그래 맞아.

네 말대로 결혼은 1:1의 관계가 아니고 집안과 집안이 얽히는 문제이지.

그래서 나는 결혼 자체를 없던 일로 했단다.

'할 말이 더 있어?'

그가 왜 내게 자꾸 미련을 보이는지는 대충 이해했다. 하지만 그 이유로 내가 저 남자의 모든 것을 이해하고 감내해야 하는 것은 아니지 않나.

아까 말한 대로, 내가 원해서 한 결혼도 아닌데.

"저는⋯⋯."

내 말에 제임스의 시선이 엉망으로 흔들렸다. 그가 괴로운 듯 얼굴을 일그러뜨리며 중얼거린 말은 내가 전혀 상상도 못 한 말이었다.

"저는 당신이 잘 지낸다고 생각했습니다."

❖ ❖ ❖

짹짹.

창밖으로 새소리가 울렸다. 나는 눈을 퀭하게 뜨고 창밖을 내다보았다.

'파넬에서도 참새는 짹짹 우는구나.'

그러려고 한 것이 아니었는데, 기가 막힌 소리를 듣는 바람에 밤을 꼴딱 새우고 말았다.

'내가 잘 지내는 줄 알았다니.'

나는 신경질적으로 머리카락을 쓸어넘겼다.

물론, 어제 그 말을 듣고 나는 가만히 있지 않았다.

"아니, 얼마나 아내에게 관심이 없으면 내가 잘 지내고 있다고 생각할 수가 있죠! 눈이 발바닥에 달렸나요!!"

나의 고함에 제임스의 얼굴은 어둠 속에서도 희게 질렸다.

어쨌든 간밤에 바락바락 소리를 지르고 나니 짙은 허탈함이 밀려왔다.

나는 한숨을 내쉬었다.

'그러고 보면 나는 한 번도 내 남편에게 제대로 내 상황을 설명

하지 않았던 것 같아.'

정확히는 설명할 만한 친근함이 없었다. 얼굴도 못 보고 결혼한 남편이었으니까.

'지난 생에는 감히 제임스에게 편지를 보낼 수 있다는 생각도 못 했어.'

겨우 스무 살. 공작가의 안주인이 될 거라고는 한 번도 상상해본 적 없는 인생. 갑자기 공작부인이 된 어린 아가씨를 진상들은 제각각 제 성격대로 들들 볶았다.

"네가 얼마나 팔자가 좋은 줄 알아? 내 아들은 지금 사지에서 어떤 고생을 하고 있는데."

제임스의 친어머니인 무식한 진상은 늘 그렇게 날 갈궈대었고.

"네가 몸이 아프니, 나이가 많니. 나는 목이 따가워서 약도 삼키지 못하는데…… 콜록콜록."

매사 우울한 징징거리는 진상은 나의 가엾은 처지조차도 별것 아닌 걸로 치부하곤 했다.

그리고 나에게 가장 큰 스트레스를 안겨준 우아한 진상.

"귀족 집안의 부인이란 자고로 한 집안의 가주를 대리할 수 있는 중요한 자리인데. 쯧쯧, 뭘 배우고 온 것이 있어야지. 보고 배운 것이 없으니 기본도 되어 있지 않구나."

매일매일 그렇게 갈굼을 당하고 있으니 제임스에게 내 신세를 알릴 생각은 당연히 못 했다.

'그저 완벽한 공작부인이 되는 것에만 정신이 팔린 상태였었어.'

그래. 제임스가 없는 상황, 그건 그렇다고 칠 수 있다. 전장에 나가 있는데 얼굴도 모르는 부인의 안위를 파악하긴 쉽지 않으니까.

'하지만 제임스가 돌아온 뒤에도 그런 상황들은 변하지 않았잖아!'

제임스가 돌아온 뒤에도 내 생활은 조금도 달라지지 않았다. 시어머니들의 다소 과한 간섭에도 제임스는 늘 이렇게 대응했기 때문이다.

"어머니가 사실 날이 앞으로 짧아야 10년, 길어야 20년 아니오. 젊은 당신이 참는 게 맞소."

'아오오오오!!'

지금 다시 떠올려도 욕이 나와서 나는 주먹으로 베개를 퍽퍽 후려쳤다.

그렇게 해도 분이 풀리질 않았다. 어젯밤 제임스가 한 말이 내 머릿속을 빙글빙글 되풀이되었다.

"저는 당신이 잘 지낸다고 생각했습니다."

'역시 답이 없는 사람이야. 그 편지를 받고도 태평스럽게 그렇게 생각을 하고 있었다니.'

나는 머리를 헝클었다. 생각하면 생각할수록 덮어두었던 화만 치밀었다.

'잊어버리자. 역시 다신 얽히지 않는 것만이 답이야.'

나는 한시라도 빨리 파넬령을 떠나기로 마음먹었다.

아침 식사도 아버지 방에서 이루어졌다. 단장을 마치고 옆방으로 건너가니 아버지가 얼굴을 와락 구기셨다.

"어젯밤에 잠을 설쳤습니까?"

아니, 아버지도 한눈에 알아보시다니. 이제야 처음 알았는데, 아무래도 나는 잠을 못 자면 티가 많이 나는 유형인가 보다.

나는 거뭇거뭇한 눈가를 문지르며 어색하게 웃었다.

"네. 익숙하지 않은 잠자리여서 그랬나 봐요."

"얼른 오르세에 도착해야 할 텐데. 괜히 힘든 여정이 된 것은 아닌가 걱정입니다."

"괜찮아요. 저는 아주 건강한 편이고요."

그렇게 대답하면서 나는 살짝 고개를 갸웃했다.

'요즘 들어 유난히 피곤해.'

사실 잠이 그렇게 많은 편이 아닌데, 요즘은 잠이 막 쏟아졌다. 잠을 못 자면 급히 피로해지는 것도 그 탓인 것 같았다.

'설령 그렇다고 해도 오르세까지 가야 하니까. 최대한 참는 수

밖에.'

아무래도 길 위에서는 참는 것 외에는 방법이 없었다. 아버지는 그런 나의 어깨를 두드렸다.

"파넬을 벗어나면 바로 텔레포트 존이니까요. 금방 갈 수 있을 겁니다."

"네."

일단 오르세 국경만 넘으면 그렇게 급하게 움직일 필요도 없었다. 나는 고개를 끄덕였다.

아침 식사를 들고 조금 방에서 쉬고 있으니, 마차 바퀴가 다 고쳐졌다는 기쁜 소식이 전해졌다.

"바로 출발합시다."

애초에 짐을 풀지 않았으니, 다시 출발할 채비를 갖추는 것은 금방이었다. 마차에 올라탈 준비를 하고 우리는 제임스를 찾았다.

"파넬 공작님은 어디 있습니까?"

파넬 성의 가솔들도 모르는 건 마찬가지인지, 난처한 표정으로 자기들끼리 시선만 주고받았다. 아버지는 난처한 표정을 지었다.

"떠나기 전에 인사해야 할 텐데."

바로 그때였다. 저벅저벅 군용부츠 특유의 묵직한 소리가 울렸다. 나는 고개를 돌렸다.

허름한 망토를 걸친 제임스가 작은 가방을 짊어지고 걸어 나오고 있었다.

"인사는 필요 없습니다. 저도 함께 갈 거니까요."

"뭐라고요?"

나는 내 귀를 의심했다. 그리고 담담한 제임스의 얼굴을 보고 와락 얼굴을 구겼다.

"제정신이에요?"

"제정신이 아닐 이유가 있습니까?"

제임스는 무덤덤한 어조로 말했다.

"보아하니 호위가 부족한 것 같군요. 제가 도움이 될 겁니다."

오르세 왕국의 다른 사절단들은 모든 일정을 다 마치고 오기 때문에, 자연스럽게 아버지를 따라온 호위는 몇 명 없긴 했다.

'제임스의 실력이야 나도 익히 알고 있고.'

아무리 귀를 닫아도 제임스의 뛰어난 공적은 못 들을 수가 없었다.

"무력 면에서야 그럴지 몰라도 정신적으로는 손해예요. 당신과 붙어 있는 게 싫다고요."

하지만 아무리 그래도 전남편은 아니잖아!

나의 반박에도 제임스는 끄떡도 하지 않았다.

"당신은 합리적이지 않습니까. 당신이 싫다고 아버지까지 위험에 빠뜨릴 분도 아니고요."

그리고 내가 뭘 경계하는지 아는 듯, 시큰둥하게 덧붙였다.

"어차피 오르세에서는 저를 아는 사람도 없을 텐데."

"국경을 넘는 과정에서는 다 알게 되거든요."

"부관의 신분증을 챙겼습니다."

"……"

언제 부관의 신분증도 챙겼담. 보통 용의주도한 사람이 아니었다.

'마냥 벽돌인 줄만 알았더니 이런 융통성도 있었나!'

어째 알면 알수록 낯선 사람을 보는 것 같다. 나는 기가 막혀서 눈을 치켜뜨고 그를 돌아보았다. 그는 담담하게 대답했다.

"그럼 이렇게 하죠. 저도 오르세에 볼일이 있습니다. 같은 길이니 동행하시죠."

"억지 부리지 말아요!"

"당신에게 손해를 끼친 것에 대한 보상이라고 생각하십시오."

"……."

그래도 자기가 나를 곤란하게 만들었다는 건 깨달은 모양이다. 뭐라고 반박하려고 입술을 우물거리던 나는 결국 한숨을 토하며 휙 돌아서고 말았다.

"마음대로 해요."

어째 계속 그에게 휘둘리는 기분이었다.

❖ ❖ ❖

애니는 숨을 죽이고 눈망울만 데구루루 굴렸다.

'숨도 못 쉬겠어.'

그만큼 분위기가 무거웠다. 애니는 조심스럽게 눈을 들어 자신의 앞에 앉은 남자를 바라보았다.

찬란한 금빛 머리카락에 햇살이 산산이 부서졌다. 애니는 저 남자를 처음 만났을 때 받은 느낌을 지금도 고스란히 기억하고 있었다.

'그때는 정말 천사가 내려온 것 같다고 생각했는데.'

어떻게 그렇게 생각할 수 있었을까. 완전히 오산이었다. 그저 앞에 서 있는 것만으로도 피부가 따끔따끔해지는 것 같았다.

'그간 언니가 있어서 그가 유해 보였을 뿐이야.'

이안 타이론. 이 나라의 하나뿐인 대공. 애니의 형부. 그림처럼 잘생긴 얼굴이 스산한 미소를 지으며 정중히 대답했다.

"……그래요. 전해줘서 고마워요, 처제."

느릿한 목소리에서 직감적으로 알 수 있었다. 그나마 그녀가 올리비아의 동생이라서 지금, 이 순간 이만큼 정중할 수 있다는 걸.

더는 마주할 자신이 없었다. 애니는 서둘러 고개를 숙였다.

"저, 저는 이만 물러갈게요."

"그래요. 쉬어요."

애니는 얼른 문을 열고 도망치듯 밖으로 나갔다. 케닌이 울상을 짓고 애니를 향해 손을 내밀었다.

'미안해요, 보좌관님!'

애니는 케닌의 손짓을 못 본 척 문을 닫았다.

쾅!

문이 닫히는 소리가 이렇게 지옥의 문이 열리는 소리처럼 들리기도 쉽지 않으리라. 케닌은 울상을 지었다.

'아가씨, 어떻게 내게 이럴 수가 있어요!'

위기의 순간 10대 소녀에게 기대는 모자란 어른의 모습이었다. 하지만 절박할 수밖에 없었다.

문이 닫히기 무섭게, 웃음기가 완전히 사라진 이안이 그를 불렀기 때문이다.

"케닌."

"히익!!"

저도 모르게 비명을 지른 케닌은 서둘러 두 손바닥으로 자신의 입을 막았다. 괜한 소리로 이안을 자극할까 두려웠기 때문이다. 이안은 자신의 턱을 톡톡 두드리며 말했다.

"다른 사람은 몰라도 네가 이 얼토당토않은 계획을 그냥 물끄러미 바라보고 있었나."

'아씨, 내가 바라보지 그럼 무엇을 할 수 있다고!'

케닌은 억울했다. 그때의 상황은 설령 이안이 있었더라도 말릴 수가 없는 흐름이었다.

'하지만 그렇게 말하면 화내겠지? 개 같은 성질머리가 많이 죽었다 했다, 내가!'

그게 어쩔 수 없는 부하의 숙명 아니겠는가. 케닌은 속으로는 온갖 쌍욕을 읊으면서 겉으로는 몹시 공손하게 대답했다.

"화, 황태자 전하께서 직접 권하신 것이라서요. 그리고 비전하의 의지도 강하셨습니다."

"하하."

케닌의 대답에 이안은 헛웃음을 터뜨렸다. 그의 다른 손에는 커다란 벨벳 상자가 들려 있었다.

공국의 오래된 성에서 챙겨온, 고풍스러운 목걸이였다. 이안은 입술을 비틀었다.

"내가 이걸, 내 아내의 목에 걸어줄 생각이었는데."

곧 있으면 성대하게 치러질 백화점의 오픈 행사. 그때 그녀의 목에 이 목걸이를 걸어줄 생각이었다.

이제 친아버지도 찾았으니, 더 이상 유품은 걸지 않아도 된다. 내가 당신의 진정한 가족이 되고 싶다, 라고 고백하며 말이다.

"그런데 내 아내는 이제 어디 있는지도 모른다……."

화가 치밀어, 상자를 쥐고 있는 손가락이 부들부들 떨렸다.

케닌은 이안을 달랜답시고 조심스럽게 말을 꺼냈다.

"마이엔 공께서 함께 가셨지 않습니까. 전혀 걱정하실 필요가 없다고 생각합니다."

"네 생각이 중요한가?"

"……시정하겠습니다."

물론 순식간에 말이 쏙 들어갔지만 말이다.

이안은 뻐근한 눈을 꾹꾹 눌렀다.

'무슨 상황인지는 알아. 훌륭한 판단이지.'

황제가 왜 저리 변덕을 부리는지도 이안은 이해했다. 그 얄팍함이 밉지도 않았다. 오히려 평생 저렇게 바들바들 떨면서 사는 것이 조금 불쌍하게 느껴지기도 했다.

'……하지만 함께 떠난다는 선택지도 있잖아.'

올리비아와 함께라면 수도의 화려함을 평생 뒤로해도 좋았다. 벌이고 있는 사업, 친구들도 모두 사라져도 상관없었다.

'그런데 왜.'

그녀의 마음이 이해가 가서 이안은 조금 더 괴로웠다. 입장을 바꿔서 자신이라고 하더라도 그녀에게 모든 것을 포기하라고 말하기 어려울 테니까.

그리고 이런 복잡한 마음들은 결국 밖을 향했다.

'이게 결국 다 내 선에서 해결하지 못한 탓이다.'

소중한 사람을 가지려면, 소중히 할 수 있는 환경을 미리 만들어야 했는데.

이안은 천천히 자리에서 일어났다. 순간 케닌은 어깨를 움츠리고 움찔 떨었다. 그런 그의 앞을 휙 지나가며 이안이 날카로운 목소리로 말했다.

"황태자 전하께 알현을 신청해라."

"네? 네네."

이안은 무섭게 가라앉은 표정으로 걸어 나갔다.

❖ ❖ ❖

미치고 환장하겠다고 쓰고 올리비아 타이론이라고 읽는다.

'진짜 미치겠네.'

나는 마차 창밖을 바라보았다. 굳이 찾아보려고 하지 않아도 제임스의 옆얼굴이 보였다. 못 보려야 볼 수 없는 존재감이었다.

'왜 안 하던 짓을 하는 거야.'

눈이 마주칠까 봐 나는 다시 휙 시선을 돌렸다. 심장이 조마조마했다.

'더 이상 얽히기 싫은데.'

신경을 쓰지 않는 게 제일이라는 걸 알아도 자꾸 창밖에 보이는데 무시하기가 쉽지 않았다.

내가 안절부절못하는 티를 너무 낸 모양이다. 맞은편에 앉아서 나를 물끄러미 바라보고 있던 아버지가 물었다.

"역시 많이 불편한가요?"

"네?"

역시라니, 아버지는 제임스가 누군지 알고 있었던 거야.

"내 딸이 불편하다면 다소 무례하더라도 동행을 거절해야 하나 해서요."

"……."

나는 잠시 입을 다물었다. 적절한 단어를 고르는 시간이 필요했기 때문이다.

"전남편이니까 아무래도 불편하긴 하죠. 혼인이 무효로 돌아갔으니 전남편이라는 호칭도 적절하지 않지만요. 물론, 얼마 전까지 얼굴도 모르던 사이였지만……."

말을 하면 할수록 꼬이는 기분이었다. 내가 입술을 꼭 깨물고 있으니, 아버지가 침착하게 물었다.

"혼인무효까지 하게 된 이유는 뭔가요? 얼굴도 몰랐다고 하니 남편 때문은 아니었겠군요."

"네. 시어머니가 세 분이셨는데 저를 많이 괴롭히셨어요."

"그래서 그렇군요."

"뭐가요?"

나는 고개를 갸웃거렸다. 아버지는 두 손을 마주 깍지끼며 대답했다.

"두 사람의 문제로 헤어진 게 아니니까 미련이 남는 것이죠."

❖ ❖ ❖

아버지의 지적은 나에게 또 새로운 고민을 주었다.

'미련이 남아?'

파넬 영지를 벗어나서 이제 곧 텔레포트 존이었다. 지금은 국가 간의 텔레포트 존 이동을 위해 신분검사 및 짐을 검사하는 중이었다.

절차가 끝나길 기다리면서 나는 턱을 괴고 생각에 잠겼다.

'내가 아직도 제임스에게 미련이 있나?'

나는 아주 잠시 지난 결혼생활을 반추했다. 그리고 곧장 고개를 흔들었다.

'으으, 절대 아니야. 절대 아니라고.'

아무리 시어머니들이 원인임을 감안해도, 제임스에게는 어떤 방어권도 없었다. 그는 늘 남의 편이었으니까.

'하지만 왜 이렇게 찜찜한 걸까.'

나는 이맛살을 찌푸리고 입술을 삐죽거렸다. 그러고 있으니 저절로 시선은 제임스를 따라갔다.

'새삼 다시 봐도 덩치 정말 크네.'

사람이 아니라 곰이 움직이는 것 같았다.

'저 덩치로 내 편 좀 들어주지. 그랬으면 나도 조금은 덜 괴로

왔을 텐데.'

그런 생각을 하고 있으니, 저 커다란 덩치조차도 고깝게만 보였다. 내가 새초롬한 눈으로 그를 쏘아보았을 때였다. 제임스가 나를 돌아보았다.

"무슨 할 말이 있습니까?"

"아니에요."

나는 콧방귀를 끼며 고개를 돌렸다. 제임스는 물끄러미 나를 돌아보다가 다시 원래 자세로 돌아갔다. 나는 그 까만 머리통을 쏘아보았다.

'죄송하다고 납작 엎드려도 모자랄 판에 탄신제에서도, 수여식에서도 나를 곤란하게만 하고.'

그가 저지른 일들을 떠올리면 지금도 피가 바싹바싹 마르는 것 같았다. 나는 한숨을 내쉬었다.

'차라리 빨리 다른 여자랑 결혼해버리지.'

이 상황이 되니, 제임스가 알콩달콩 사는 모습을 봐야 속이 편안할 것 같았다.

'맞아. 이게 다 저 사람이 구겨진 셔츠나 입고 알짱거리니까 미련인지 뭔지 남는 거 아니겠어? 수도에 가면 괜찮은 영애를 찾아봐야겠어.'

기왕이면 진상들이 무시 못 할, 괜찮은 집안의 아가씨로 말이다. 내가 굳은 다짐을 했을 때였다. 아버지가 손짓으로 나를 불렀다.

"이제 준비가 되었습니다."

"네!"

나는 자리에서 일어나 서둘러 아버지의 곁에 섰다.

엄격한 사람들이 지키는 관문을 지나 열린 문으로 들어서니 하늘을 향해 높이 뻗은 에메랄드 빛깔의 투명한 빛의 기둥이 보였다.

'저게 텔레포트 존.'

마법과는 전혀 거리가 먼 나로서는 텔레포트 존이라는 거대한 마도시대의 유물이 신기하기만 했다.

'도대체 무슨 원리로 움직이는 걸까.'

설명을 들어도 모르겠지만, 하여간 궁금했다.

빛의 기둥 앞에서 서서 기다리고 있으니, 까만 후드를 뒤집어쓴 마법사가 친절하게 설명해주었다.

"이미 좌표를 작성하였으니 기둥 안에 들어가셔서 가만히 계시기만 하면 됩니다. 때때로 마력에 예민한 체질이신 분들께서는 헛구역질을 하거나 어지러움을 느끼실 수도 있습니다."

저것을 이용하기 위해서 내가 할 일은 없는 모양이었다. 나는 아버지의 등 뒤를 따라 기둥 안으로 들어섰다. 보이는 것처럼 빛으로 이루어져 있는지, 들어갈 때도 아무 느낌이 나지 않았다.

"그럼 마법 발동합니다."

조금 빛이 진해졌다고 느꼈을 때였다.

두근!

심장이 크게 펑 하고 뛰었다. 나는 눈을 크게 떴다. 그것은 그저 시작이었다.

"으아!"

"올리비아!!"

내가 비명을 지르자, 아버지가 나의 어깨를 붙들었다. 하지만 그 소리조차도 순식간에 어디론가 빨려 들어가는 것처럼 사라져 버렸다. 나는 두 손으로 내 몸을 끌어안았다.

'아파! 아파!!'

심장이 엉망으로 뛰었다. 나는 눈을 질끈 감았다. 머리카락이 한 가닥 한 가닥 곤두서고, 발가락 끝부터 손끝까지 아프지 않은 곳이 없었다.

'꼭 몸이 흩어지는 것 같아!!'

생전 한 번도 경험해본 적 없는 아픔이었다. 주머니에 포도를 넣고 쥐어짜면 이런 아픔일까. 나는 울리지 않는 비명을 질렀다.

이질적인 소리가 귓가를 울린 것은 바로 그때였다.

―……정말 귀찮은 인간이군.

'어?'

아주 투박하고, 굵고, 거친.

누가 들어도 인간의 것이 아닌 음성.

그것은 누군가를 향해 감정 고저 없는 목소리를 내었다.

―시간을 되돌리는 대가는 그대의 수명, 감당할 수 있겠는가?

'시간을 되돌려?'

텔레포트 존은 공간을 이동하는 마법이지, 시간과는 상관이 없었다. 이해할 수 없는 음성에 내가 눈을 깜빡였을 때였다.

이번에 들려온 목소리는, 내가 익숙하게 알고 있는 것이었다.

-내 아내가 없는데 그깟 수명이 무슨 소용이 있지?

'아!'

너무나 귀에 익어서, 굳이 누구인지 고민할 필요도 없는 목소리. 그건 바로.

"⋯⋯인!"

눈부신 빛이 내 눈을 찔렀다. 일순간 환해지는 시야에 나는 멍청히 눈만 깜빡였다. 모든 것이 잔상처럼 일렁였다.

"아?"

빙글빙글 도는 빛무리들이 신비로웠다. 동시에 따뜻하고 포근했다. 할 수만 있다면, 이대로 잠들고 싶을 정도로.

'이게 뭘까.'

내가 가물가물 눈을 감으려던 찰나였다.

두꺼운 손가락이 억세게 나의 팔을 붙들었다. 굵고 묵직한 목소리가 나의 귀를 울렸다.

"⋯⋯부인!!"

어떻게 이 목소리를 잊을 수 있을까.

나는 찬물이라도 맞은 사람처럼 반짝 정신을 차렸다. 그리고 멍청하게 나를 붙든 사람의 이름을 중얼거렸다.

"제임스?"

"부인……."

그가 떨리는 목소리로 나를 불렀다. 내가 반사적으로 '부인이라고 부르지 말라고 했죠!'라고 소리치려 할 때였다.

결국, 뾰족한 소리는 튀어나오지 못했다.

"다행이군, 다행이야, 여보……."

"제임스."

그가 와락 두 팔로 나를 끌어안았다. 잘게 떨리는 팔이 너무나 생경해서 나는 그를 밀어내는 것도 잊었다. 그의 얼굴이 내 어깨에 비벼졌다. 그리고 곧 뜨겁게 어깨가 젖어 들기 시작했다.

그가 울고 있었다.

"제임스……."

그는 왜 나를 붙들고 우는 걸까.

도대체 지금 내게 일어난 일은 무엇이었을까?

'그리고 그 목소리는 무슨 뜻이지?'

물은들 답은 돌아오지 않았다. 나는 나를 부서져라, 꽉 끌어안고 있는 그의 팔만 멍하니 쳐다보았다.

❖ ❖ ❖

타이론 대공의 알현 신청은 순식간에 수락되었다. 하지만 그는 바로 스타티스를 만날 수 없었다. 그가 입궁하기 무섭게 그를 찾아 나선 인물이 있었기 때문이다.

"이안!!"

이 넓은 황궁에서 그의 이름을 함부로 부를 수 있는 사람은 두 명뿐이다. 이안은 굳어진 얼굴로 뒤를 돌았다.

아니나 다를까. 풍성한 풍채를 자랑하며 황제가 그를 향해 달려왔다.

"소식은 들었다. 마음고생 했겠구나!"

"폐하."

황제는 살갑게 두 손으로 그의 얼굴을 문질렀다. 이안은 입술을 깨물었다.

황제를 대하는 건 참 어려운 일이었다. 그를 생각하는 마음이 완전한 거짓은 아니었기에.

황제가 얼굴을 일그러뜨리고는 다정한 말들을 쏟아냈다.

"너무 걱정은 하지 말렴. 제수씨가 잠시 마음이 산란해서 그런 것 아니겠니. 하지만 널 정말 사랑하니 곧 돌아올 거란다."

그 사람은 당신 때문에 나간 거라고 소리치고 싶은 마음을 꾹 누르고, 이안은 오늘 입궁한 본론을 꺼내 들었다.

"……대회의에서 있었던 일은 들었습니다."

"대회의? 아, 북방의 일을 말하니?"

이안의 말에 황제가 능청스럽게 되물었다. 이미 그가 타이론이 떠나도록 권했다는 사실을 알고 있는 이안이었으나, 그는 모른 척했다.

"네. 알키저스 영식이 가기로 했다면서요?"

"아, 그건…….."

황제는 난처한 표정을 지었다. 이안이 무슨 의도로 대회의를 꺼내 들었는가 고민하는 표정이 스쳐 지나갔다.

그는 이안에게 작은 목소리로 속삭였다.

"여기서 말하긴 어렵지만, 그 또한 네가 걱정하지 않아도 된단다. 여론이 그러하니 알키저스 영식이 일시적으로 출정은 할 테지만 곧 돌아올 것이거든."

로메오가 올리비아의 절친한 친구라서 묻는 것이라 생각한 모양이다. 이안은 눈살을 찌푸리며 물었다.

"대신 내보낼 만한 사람이 있습니까?"

황제의 입에서 흘러나온 이름은 무척 뜻밖이었다.

"화이트폴 후작이 기꺼이 나가겠다고 하더구나."

"예?"

이안과 릴리아나 사이의 불쾌한 사건으로, 화이트폴은 황제에게 사죄를 하고 정계에서 모든 손을 뗀 참이었다. 그런데 그 이후 첫 번째 정치적 행보로 북방행을 택하겠다는 뜻이었다.

황제는 무척 만족스러운 듯 고개를 끄덕이며 대답했다.

"그 딸아이를 폴카의 왕비 후보로 보내는 대신 북방으로 출정하기로 했단다. 참으로 충성스러운 사람 아니냐."

"화이트폴 영애가 그것을 바라던가요?"

"음, 그것이."

황제는 대답을 선뜻 내뱉지 못했다. 릴리아나가 직접 찾아와서 말한 것이 있으니 말이다.

"저는 이안을 사랑해요."

그런 황제를 바라보는 이안의 눈빛은 짙게 가라앉아 있었다.

'저택 사용인들은 릴리아나 때문에 올리비아가 여행을 떠났다고 믿고 있었어.'

사정을 모든 사람에게 말할 수 없으니, 올리비아는 애니와 케닌에게만 말을 하고 떠났다. 하지만 저택 사람들은 세간에서 떠들 듯 소문을 원인으로 생각하지 않고 릴리아나를 지목했다.

릴리아나가 저택에 찾아와서 또 한바탕한 것이 이유였다.

'그 한바탕에 이 사람이 정말 관여되어 있지 않을까?'

이안은 눈을 가늘게 떴다. 그사이 황제는 어물어물 이유를 늘어놓았다.

"귀족의 결혼에 영애의 마음이 사실 큰 비중을 차지하진 않잖니. 폴카의 왕비라면 과하게 좋은 자리이기도 하고."

"영애가 거절할 리 없지요."

"내 생각도 그렇단다."

이안은 에헴거리는 황제에게 공손한 어조로 운을 떼었다.

"하지만 국혼인 만큼 일찍 처리될 리는 만무. 화이트폴 후작의 출정은 적어도 1년은 걸릴 것으로 예상하옵니다만."

"그렇지! 내 생각도 그래!"

걸려들었다. 이안은 덤덤한 얼굴로 자신이 원하는 결론으로 상대를 끌어들였다.

"그렇다면 폐하, 알키저스 영식과 황태자 전하의 국혼을 더 앞당겨야 하는 것 아닙니까?"

스타티스의 국혼은 스타티스 황제의 즉위식이기도 했다.

'이제는 더 참지 않을 거야. 높은 자리에 앉았다는 이유로 날 뜻대로 휘두르겠다면 내려 보내드리지.'

그렇게 결심한 이안의 푸른 눈동자가 서늘하게 빛났다.

❖ ❖ ❖

오르세 왕국 쪽의 텔레포트 존은 한순간 난리가 벌어졌다.

내가 텔레포트 마법에 휘말린 뒤 경기를 일으켰기 때문이다.

"정말 깜짝 놀랐습니다."

어찌어찌 사태가 해결되자 마법사는 한숨을 내쉬었다.

"하하하."

나는 어색한 웃음을 흘렸다. 아버지는 이마에 맺힌 식은땀을 손수건으로 문질러 닦으며 말했다.

"내 딸이 그렇게 마력에 예민한 체질이라니……."

"저도 몰랐어요."

평생을 수도에서만 지낸 내가 마법에 노출될 일이 뭐가 있겠는가.

'아니, 마력에 거부감을 가져봐야 어지럼증이나 헛구역질 정도라더니.'

그 정도로 말하기에는 지독한 아픔이었다. 몸 전체를 산산조각내는 것 같은 아픔.

갑자기 혼절한 나를 살펴야 했던 마법사는 아직도 창백한 얼굴로 내게 말했다.

"돌아갈 때는 오래 걸린다고 해도 텔레포트 존을 이용하기 어렵겠습니다."

"네."

나도 그런 고통을 다시 한번 겪는 것은 사양이었다.

"괜찮습니까?"

"네. 괜찮아요."

내 눈치를 살피는 아버지에게, 나는 웃으며 고개를 끄덕여 보였다. 솔직히 지금도 기운이 없었지만, 아버지를 안심시키기 위한 억지웃음이었다.

그렇게 여러 사람을 안심시키고 나니, 내 시야에 제임스가 밟혔다.

그는 언제 그렇게 나를 끌어안았냐는 듯이, 멀리 떨어진 곳에서 무뚝뚝한 표정으로 서 있었다. 나는 그런 그를 물끄러미 바라보았다.

'분명히 울었지?'

"다행이군, 다행이야, 여보……."

두려운 듯 바들바들 떨리던 통나무같이 두꺼운 팔과 내 어깨를 적시던 뜨거운 눈물.

솔직히 지금뿐만 아니라 지난 생에서도 그는 내가 사라져도 전혀 슬퍼하지 않으리라 생각했다. 그래서 오늘 그의 모습이 무척 의외였다.

'왜 그렇게까지 나를?'

당신은 타인에게 별로 관심이 없잖아. 일찍 남편을 잃어버린 시어머니들의 이야기에나 그나마 귀를 귀울였을 뿐.

'사실은 내게도 관심이 있었어? 내가 사라지면 울 거야?'

그럼 지난 생의, 갑자기 마흔 살이 되어 사라진 나를 위해 조금은 울었을까?

상상하기 어려운 모습이었다. 그리고 그 생각에 더 잠겨 있을 수도 없었다. 아직 우리의 여행은 끝이 아니었기 때문이다.

몸을 추스르고 마차에 오르니, 아버지가 상냥한 목소리로 내게 설명해주었다.

"여기에서부터 오르세 왕국입니다. 오르세에 온 것을 환영합니다."

그 뒤로 이어진 것은 지루한 마차 여행이었다. 거의 하루 내내 달린 덕분에, 우리는 국경에서 가까운 도시들 중 가장 큰 리옹에 도착했다.

"와."

어둠이 몰려오는 어스름한 시간이었지만, 도시는 반짝반짝 빛나고 있었다.

남녀노소 흰 셔츠에 빨간 치마나 바지를 입은 모습이 발랄해 보였다. 나는 입을 벌리고 감탄하며 중얼거렸다.

"문화가 조금 다르네요."

"수도로 가면 더 느껴질 거예요."

아버지의 설명에 따르면 국경에서 가까운 지역이라 다른 나라의 문화가 섞여 있다고 한다.

"마침 축제 중인 것 같군요. 있다가 구경을 나올까요?"

"좋아요."

반짝거리는 거리가 신기하다 했더니, 축제 기간이라 특별히 많은 마력등을 켠 것이라고.

잘 정돈된 대로를 지나니 리옹의 가장 중심지에 위치한 성, 루미에르가 등장했다. 마차에서 내리자마자, 리옹 영주가 친히 나와 손을 내밀었다.

"만나 뵙게 되어 영광입니다, 레이디."

오르세어였다. 나는 미리 알고 있는 오르세 예법으로 인사를 올리며 대답했다.

"저도 영광이에요. 마이엔 공의 딸, 올리비아입니다."

"······오르세 말을 하실 줄 아시는군요!"

내 대답에 리옹 영주는 물론이고, 그 자리에 있는 모든 사람이 놀란 표정으로 나를 응시했다. 나는 수줍은 미소를 지으며 대답했다.

"네. 언젠가 아버지를 찾아올 생각이었기 때문에."

"올리비아."

"감동적인 이야기군요."

아버지는 내가 당신을 찾으려고 오르세어까지 공부했다는 말에 눈시울을 붉혔다.

내가 오르세 말을 하는 것에 깊은 감명을 받아서인지, 리옹 영주는 무척 살갑게 우리를 대접했다. 나는 오랜만에 하녀들의 시중을 받으며 따뜻한 물에 목욕을 할 수 있었다.

그리고 아까 길에서 본 흰 셔츠에 붉은 치마를 차려입으니 방문이 똑똑 울렸다.

"지금 나갈까요?"

문을 여니 나와 비슷한 복장을 한 아버지가 웃고 있었다. 내가 거리 구경을 하고 싶다는 말을 잊지 않은 것이다. 나는 기쁜 미소를 지으며 아버지의 팔에 매달렸다.

"좋아요!"

우리 두 사람은 다정하게 팔짱을 끼고 1층으로 내려왔다. 그런데 여전히 검은 옷 일색인 제임스가 그런 우리의 뒤에 따라붙었다.

"제가 호위를 서겠습니다."

나는 눈을 깜빡이며 제임스를 바라보았다. 제임스는 무뚝뚝한 표정으로 바위처럼 서 있었다. 딱 이 사람이 고집을 부릴 때의 표정이었다.

'호위는 필요 없다고 말해도 들어먹질 않겠구먼.'

오랜만에 보는 벽돌(?) 모습에 내가 한숨을 내쉬었을 때였다.

"아, 마이엔 공!"

길을 떠나려는데 리옹 영주가 달려 나왔다. 그리고는 약간 붉어진 얼굴로 아버지에게 말했다.

"다름이 아니라, 시간 좀 있으신지요? 리옹에 생제르망 상회의 투자를 부탁드리고 싶습니다. 아무래도 내일이면 떠나실 것 같아서."

"아, 하지만……."

아버지가 떨떠름한 표정으로 우리를 돌아보았다. 리옹 영주는 지금 우리가 무슨 관계인지도 모르고 허허로이 웃었다.

"제 영지라서 하는 말이 아니라, 리옹이 치안이 무척 좋답니다. 축제 기간이라고 해도 호위 한 사람만 있으면 안전하니 걱정하지 마시고, 저와 회의를 하시죠!"

"그, 그건."

"어서 이쪽으로요!"

아니, 우리 둘이 붙어 다니게 놔두지 말아요!

그렇게 외치고 싶었으나, 아버지를 채어가는 리옹 영주의 행동이 날쌨다. 저 멀리 멀어지는 아버지를 향해 나는 허망하게 손을 뻗었다.

"아."

아버지 대신 이 남자라니.

나는 질린 표정으로 제임스를 바라보았다. 제임스는 표정 변화 없이 어깨만 으쓱했다.

"가실까요?"

"……."

나는 한숨을 내쉬었다.

제임스와 함께 반짝이는 거리를 걸으며 나는 몇 번째인지 모를 한숨을 내쉬었다.

'계속 난처한 상황에 처하게 되네.'

나는 입술을 통통 내밀고 내 옆을 따라 걷는 제임스를 흘긋 바라보았다. 앞을 곧게 바라보는 그의 얼굴은 딱딱하기만 했다.

내 눈에만 무서워 보이는 것이 아닌지, 우리 앞길은 저절로 열렸다. 사람들이 제임스를 보며 피하는 탓이었다.

'이런 점은 좀 편할지도? 어차피 타국이니 우리를 알아보는 사람도 없을 테고.'

제임스가 무서워서라도 나한테 사기 치려는 사람은 없을 것 같았다. 나는 마음 편하게 생각하기로 했다.

그렇게 마음을 먹고 저벅저벅 걷고 있으니 저절로 아까 텔레포트 존에서의 일이 떠올랐다. 나는 작은 목소리로 말했다.

"고마워요."

나의 말에 제임스가 의외라는 표정으로 나를 돌아보았다.

나는 어깨를 으쓱했다. 사람은 미워해도, 선행까지 나쁜 것으로 치부할 수는 없는 법. 고마운 일은 고마운 일이었다.

"마력 거부반응이 일어나는 순간 당신 목소리가 들렸어요. 당신이 아니었으면 돌아오지 못했을 거예요."

온몸이 갈기갈기 찢어지는 것 같은 고통이 끝나고 빛무리가 나를 감싼 순간, 차라리 정신을 놓고 가루가 되어 흩어지고 싶었다. 그리고 그런 나를 현실로 끌어당긴 것은 다름 아닌 제임스의 목소리였다.

"……부인!"

'화가 치밀어서 정신이 번쩍 든 것일지도.'

그리 생각하며 나는 입술을 삐죽였다. 그러자 내 곁을 걷던 제임스가 어색한 목소리로 대답했다.

"천만에요."

나는 다시 제임스를 쳐다보았다. 장소가 오르세의 소도시라서 그런 걸까. 내 마음의 웅어리진 부분도 어딘가 풀어진 모양이다.

"말도 그냥 놓아요. 당신의 존댓말을 듣고 있으니 소름 돋네요."

"……."

내 말에 제임스는 대답하지 않았다. 원래 말수가 적은 사람이기 때문에 나는 신경을 쓰지 않았다.

인파를 따라 조금 걷다 보니 본격적으로 벌어진 노점상들과 광장에서 춤을 추는 사람들, 그리고 거리의 악사들이 보였다.

춤에 별로 흥미도 없고, 제임스도 관심이 없을 것이 분명했기에 곧장 노점상으로 향했다.

'확실히 다른 나라구나.'

노점상에서 판매하는 것들은 말린 과일, 자잘한 수공예품, 예쁘장한 액세서리 등이었는데 모두 눈에 익지 않았다.

신기하게 둘러보던 내 시선을 반짝이는 붉은 무늬가 빙글빙글 도는 기다란 막대가 사로잡았다.

나는 조심스럽게 만지작거리며 노점상 주인인 할머니에게 물었다.

"이게 뭐지요?"

"유리 비녀랍니다, 예쁜 아가씨."

"유리 비녀."

대답을 들었는데도 무엇인지 확 와닿지를 않았다. 고개를 갸웃거리고 있으니, 할머니가 내게 손짓을 했다.

"이렇게 착용하는 거예요. 이렇게 머리채를 휘감아서."

"아아."

할머니가 머리를 돌돌 말아서 끼우니 마법처럼 머리가 막대기 하나로 고정이 되었다.

"와, 신기하네요."

내가 거울을 보며 눈을 깜빡이자, 할머니는 입술을 오므리며 홀홀 웃었다.

"듬직한 애인에게 사달라고 해요."

듬직한 애인?

할머니의 시선을 따라가니 팔짱을 끼고 무뚝뚝하게 서 있는 제임스였다. 나는 입술을 삐죽였다.

"애인 같은 거 아니에요."

"밀고 당기기 중인가요?"

"아니, 그런 말도 아세요?"

"젊은 애들은 자기들만 불꽃 같은 사랑을 하는 줄 안다니까. 이할머니도 다 해봤어요, 홀홀."

"하여간 전혀 아니에요."

제임스가 오르세 말을 할 줄 몰라서 다행이었다.

334

딱 잘라 대답한 뒤, 나는 가판 위에 놓인 다른 물건들도 세세하게 쳐다보았다.

'이런 건 우리 백화점에서도 잘 팔릴 것 같아.'

반짝거리는 무늬가 신비롭고 또 영롱했다.

'비녀는 익숙하지 않지만, 머리핀이나 브로치로 바꾼다면…….'

하지만 재질이 유리이니 착용하다가 깨지면 위험할 텐데. 그랬다가는 클레임이 들어오고, 백화점 자체의 신용도가 하락하기 때문에 신중, 또 신중해야 했다.

그렇게 몇 가지를 할머니에게서 구입한 뒤, 나는 비슷한 좌판을 몇 군데 더 살펴보았다.

보닛과 비슷하지만, 훨씬 얇은 귀도리라는 뜨개물을 들고 막 돌아섰을 때였다. 제임스가 묘한 표정으로 고개를 기울였다.

"장신구에 관심이 많은가?"

말 놓으라고 했더니 귀신같이 놓는다. 자신도 좀 어색하긴 했던 모양이다.

나는 어깨를 으쓱했다.

"글쎄요. 평균이라고 생각하는데."

"유심히 보기에."

"아, 그건 제국에 가서 팔아볼까 하고요."

"팔아?"

내 대답에 그는 아주 생소한 대답을 듣는다는 듯, 얼굴을 일그러뜨렸다. 나는 귀도리를 들고 있던 종이봉투 안에 넣으며 대답했다.

"요즘 새로 사업을 시작했거든요."

사업도 보통 사업이 아니다. 수도 한복판에 올라가고 있는 건물이 바로 내 것이니까.

'오늘 정도 오픈했을 텐데.'

준비는 다 끝내고 나온 것이지만, 걱정이 되었다. 케닌이 잘 정리했을까? 호응은 어땠을까?

'직접 참석하고 싶었는데 결국 이렇게 되어버렸네.'

아쉬움이 밀려왔지만, 나는 내 마음을 다독였다.

괜찮다. 내가 다시 제국으로 돌아가서 살피면 되니까 말이다.

'그리고 이안이 어련히 잘했으려고.'

이안은 사업수완이 좋은 사람이었다. 백화점 안에 마담 바네사를 비롯한 고가의 사치품으로 프리미엄관을 만들자는 의견도 그의 입에서 나왔다.

'빨리 귀국하고 싶어.'

그를 떠올리니 마음이 두근두근거렸다. 이제 막 오르세 왕국에 발을 디뎠는데도, 다시 제국으로 돌아가고 싶었다.

'수도에 도착하면 이안에게 편지를 보내야지.'

어떤 말을 적어 보낼까. 머릿속으로 문장을 고르고 있을 때였다. 좀 허전하다 했더니, 내 곁을 졸졸 따라오던 제임스가 없었다. 나는 고개를 두리번거렸다.

그는 내 등 뒤에 멈춰 서 있었다.

'뭐야?'

왜 저러고 있단 말인가. 내가 눈살을 찌푸렸을 때였다.

제임스가 무거운 목소리로 중얼거렸다.

"······나는 당신을 잘 몰랐던 것 같아."

도대체 뭐라고 말을 하려나 기다렸더니, 흘러나온 말이 고작 저거였다. 나는 피식 웃고 말았다.

"알 만한 시간도 없지 않았나요?"

"그건······."

그는 또다시 입을 꾹 다물었다. 나는 그의 말을 기다리지 않고 다시 걸음을 옮겼다.

저벅저벅 익숙한 걸음 소리가 등 뒤를 울렸다. 나도 모르게 나를 따라오는 발소리에 안심한 뒤, 그런 감정이 어이가 없어서 피식 웃고 말았다.

'언제부터 저 사람이 내 뒤를 따라왔다고.'

저 사람의 등을 좇던 사람은 나였다. 내가 집안을 훌륭하게 건사하고, 사업을 번창시켜도 한 번 돌아보지도 않는 야속한 남자의 등을, 10년이나 좇았다.

'인제 와서 저렇게 내 뒤를 졸졸 쫓아다니다니 우스운 일이지.'

오래 걸은 탓인지 배가 출출했다. 마침 근처의 노점상에서 얇게 구운 반죽에 연유와 초콜릿을 발라서 돌돌 만 크레이프를 팔고 있었다.

나는 두 개를 사서 하나는 제임스에게 내밀었다.

"이거 받아요. 맛있을 거 같아요."

제임스는 속을 알 수 없는 표정으로 그것을 받아 들었다. 한 입 베어 물은 그가 낮게 중얼거렸다.

"……달군."

"그러게요."

아닌 게 아니라 혀가 얼얼할 정도로 달았다. 나는 속으로 중얼거렸다.

'하지만 당신은 단것을 좋아하잖아.'

곰처럼 생겨서는 어울리지 않는 것만 좋아한다고 생각했지. 뭘 먹어도 '그냥 그렇다. 괜찮다. 가리지 않는다.'라고 대답해서 식성을 파악하는데도 힘들었다.

'아.'

거기까지 과거를 떠올리던 나는 왜 내가 그를 미워하려야 미워할 수 없는지를 깨달았다.

'계속 과거와 현재를 비교하고 있기 때문이야.'

시간이 거꾸로 돌아가는 기적을 통해서, 나는 내가 모르는 제임스를 마주하고 있었다.

지금 이 시각이 내가 이미 흘려보낸 시간과 다르다는 걸 알면서도 끊임없이 나는 계속 과거와 비교를 하며 이렇게 생각하는 것이다.

그때 내가 이렇게 행동했더라면 조금은 달라졌을까, 하고.

'말도 안 되는 소리.'

내가 변했다면 그건 이안 덕분이었다. 그로 인해 제임스와의 과거를 바꿀 수 있을 턱이 없었다.

'결국, 나는 현재를 사는 것 같았지만 과거를 살고 있었어.'

입맛이 썼다. 뜻하지 않은 깨달음에 내가 눈살을 찌푸렸을 때였다.

언제 다 먹은 건지, 빈 포장지를 와락 구기며 제임스가 물었다.

"아버지가 오르세 사람이라는 걸 원래 알고 있었나?"

계속 마이엔 공에 대해 궁금했던 모양이다. 나는 수여식 때 마이엔 공의 말을 듣고 놀란 표정을 짓던 그를 기억하고 있었다. 나는 어깨를 으쓱했다.

"그냥 이모 얘기를 듣고 추측했을 뿐이에요. 실제로 만날 거라고는 기대도 안 했어요."

"오르세어를 공부하면서?"

그 질문은 퍽 나를 우습게 했다. 나는 신랄한 어조로 되물었다.

"공부하면 뭐 하나요? 오르세를 방문할 기회도 없었던 것을."

"……"

아카데미를 졸업할 무렵, 정확히는 졸업장만 받으면 되는 시기에 나는 납치라도 당한 것처럼 서둘러 파넬 공작과 혼인하게 되었다.

거기에는 정말 내 의지가 하나도 들어 있지 않았다. 황제의 여상스러운 말과 플로렌스 집안의 빚이 오갔을 뿐.

그런 상황에서 어떻게 오르세로 올 수 있었겠는가. 그것도 정확하지 않은 친부를 찾으러.

하지만 나는 지금 아버지를 찾았고, 오르세 왕국에서 한가로이 크레이프를 먹고 있었다. 그 사실 만으로도 가슴이 빵빵하게 부풀었다.

'정말 미래가 바뀌었구나.'

그런 마음을 담아, 내가 중얼거렸을 때였다.

"그런데 오르세에 오다니, 정말 꿈 같아요."

—한심한 인생이군.

거칠고 무거운 목소리가 나의 감탄에 대꾸했다. 나는 눈을 치켜뜨고 제임스를 돌아보았다.

"뭐라고요?"

"뭐?"

그런데 제임스도 나를 마주 보고 고개를 기울이는 것 아닌가. 나는 미간에 힘을 주어 그를 노려보았다.

"지금 방금 제게 뭐라고 말씀하셨잖아요."

"전혀 아니다."

"?"

분명히 내 귀에 들렸는데, 이게 무슨 소리란 말인가.

'영문을 모르겠네.'

내가 의심을 풀지 않고 수상쩍은 눈으로 제임스를 이리저리 살펴보았을 때였다.

예의 그 목소리가 또다시 울렸다.

—내 목소리가 들리나, 인간.

"!!"

이번에는 확실했다. 제임스는 입도 벙긋하지 않았으니까.

'그럼 도대체 어디서 목소리가 들리는 거야?'

-여기다. 하여간 무심해서.

'여기?'

나는 제임스의 망토를 들쳤다. 제임스가 새빨갛게 얼굴을 붉히며 한 발 뒤로 물러났다.

"무, 무슨 짓인가?"

"조용히 좀 해봐요."

분명히 소리가 좀 더 아래쪽에서 들렸는데, 그러니까.

-여기, 여기라고.

"!!"

목소리를 따라 제임스의 몸을 더듬거리던 나는 얼음처럼 굳어지고 말았다.

"세상에."

제임스가 차고 있는 검이 말을 하고 있었다.

검이 말을 하다니, 역시 세상은 오래 살고 볼 일이다.

'하하, 진짜. 시간을 거슬러오지 않았다면 내가 미쳤다고 생각했을 거야.'

우리는 일단 축제 광장을 벗어나, 인적이 드문 공원으로 갔다. 그리고 검과 삼자대면을 시도했다.

검은 생긴 것과 달리 수다쟁이인지, 나의 생각 하나하나에 대답을 해주었다.

-넌 미치지 않았다, 인간.

'대답 고오맙다!'

-천만의 말씀!

진짜 고맙다는 뜻이 아니거든!

나는 눈에 힘을 주고 내 눈앞에 있는 검을 노려보았다. 어두운 밤에서도 황금빛으로 번쩍번쩍 빛나는 아름다운 검.

바로 황제가 하사한 넘버즈, '투머로우'였다.

제임스는 검과 눈싸움을 벌이는 나를 대단히 곤혹스러운 표정으로 응시하며 물었다.

"이 검이 말을 한다는 건가? 정말로?"

"……."

내가 들어도 미친 소리 같기는 했다. 나는 머리카락을 쓸어넘겼다.

"네. 심지어 대단히 수다쟁이네요."

"그래?"

나는 나를 의아한 표정으로 바라보고 있는 제임스와 눈이 마주쳤다. 나는 고개를 기울였다.

"정말로 이 검이 떠드는 게 안 들려요?"

"무슨 소리지?"

제임스는 팔짱을 끼고 눈살을 찌푸렸다. 나는 입술을 삐죽였다.

"지난번에 이 검하고 이야기하고 있었잖아요. 파넬 정원에서."

나는 똑똑히 기억하고 있었다. 그 밤에, 달빛을 온몸에 맞으며 검을 노려보고 있던 그의 모습을.

그때는 그냥 이상한 모습이라고 생각했는데, 검이 떠드는 모습을 보니 확신이 들었다.

대화를 하고 있었구나, 하고.

하지만 나의 질문에 제임스는 눈썹만 꿈틀거릴 뿐이었다.

"대화를 한 게 아니다."

대화를 한 게 아니면 도대체 뭘 한 건데? 나는 눈을 찌푸렸다.

"그럼 눈싸움?"

"……."

제임스의 표정에서 이렇게 선명하게 감정이 전해진 적이 있을까. 명백하게 나를 한심스러워하는 표정에, 나는 마음에 상처를 입고 말았다.

"전혀 아니야. 지껄일 줄 알았으면 부숴버렸을걸?"

"흐음."

나는 턱을 괴고 다시 투머로우를 바라보았다. 검이 바들바들 떨고 있는 것처럼 느껴진다면 내 착각인가.

-저, 저 인간이 날 부술까 봐 말을 안 하는 게 절대 아니다. 저 인간은 벽돌처럼 둔해서 내가 말해도 알아듣질 못한다고.

그건 그렇지.

나는 고개를 끄덕였다. 제임스가 눈살을 찌푸렸다.

"지금도 뭐라고 말하나?"

"당신이 벽돌처럼 둔하다고 하네요."

"……."

제임스는 입술을 꽉 다물었다. 제임스가 벽돌이라는 사실을 아는 것 보니, 확실히 그의 검이었다. 나는 턱을 문질렀다.

"그런데 나는 어떻게 네 말을 듣는 거지?"

모른다고 버럭거릴 줄 알았던 투머로우는 뜻밖에 대답을 내놓았다.

-대규모 마법을 두 번이나 겪었기 때문이다. 그래서 마력 충돌이 일어나는 것이고.

"대규모 마법?"

-그래. 더 이상은 계약에 따라 말을 할 수가 없다.

요놈 좀 보게?

'제임스는 무서워하면서 나한테는 무게 잡네.'

"제임스."

내 부름에 제임스가 고개를 들었다. 나는 화사하게 웃으며 물었다.

"당신 검, 열 번만 패대기쳐도 되나요?"

말을 안 들으면 맞아야지. 상대가 인간도 아니니 양심에 거리낄 것도 없었다.

그러니까, 투머로우는 무척 물리적 충격에 약한 검이었다.

제임스는 내 부탁대로 투머로우를 바닥에 열 번 정도 내리쳐 주었다.

투머로우는 아이처럼 서럽게 울었다.

－너무한다. 너무해. 너 같은 인간은 처음이야.

투머로우는 나를 천하의 나쁘고 무식한 인간으로 매도했다. 나는 나대로 어이가 없어서 입술을 삐죽였다.

"흠집도 안 났구먼, 무슨 말이야."

제임스가 있는 힘껏 바위에 내려쳤지만, 과연 명검. 그렇게 해도 유리처럼 매끄럽고 투명한 날에는 어떤 흠집도 나지 않았다.

－흑흑. 야만인, 인간도 아니다.

다소 시끄러워진 것만 빼면 말이다.

'새파랗게 빛나는 것이 멀쩡하기만 한데.'

내가 시큰둥한 표정을 짓고 있으니, 검은 삐져서 툴툴거렸다.

–기분상의 문제다.

아, 예. 표정도 하나도 보이지 않는 물건인데 기분이 전해지는 것이 신기했다.

'거 참 예민하고 까다로운 검이네. 말도 많고 말이야. 그동안 말할 사람이 없어서 얼마나 답답했을꼬.'

나는 검과 눈을 맞추고 – 어디까지나 눈이 있을 때 이야기지만 – 물었다.

"넌 언제부터 말을 하게 된 거니?"

–시간의 개념에는 두 가지가 있는데 하나는 크로노스의 시간, 또 다른⋯⋯.

역시 수다쟁이. 내가 묻기 무섭게 근엄한 척 주절거린다. 나는 손가락으로 검신을 톡 때렸다.

"안 물어봤고, 안 궁금하거든?"

내 시큰둥한 질문에 검은 화가 난 것처럼 몸을 부르르 떨더니 통명스러운 목소리로 대답했다.

-나에게는 시간이 의미가 없다. 흐르지 않으니까.

"더 쉽게 말해봐."

-모른다.

'더 때려주고 싶네.'

근엄한 목소리로 이렇게 얄밉게 이야기하는 것도 재주였다.

이대로라면 이야기는 조금도 진척되지 않고 검만 두들기고 있을 것 같아서 나는 욱하는 마음을 누르고 다른 것을 물었다.

"나에게 광역마법 두 개가 걸려 있다는 말은 무슨 뜻이야?"

-그건 계약위반이라 말할 수가 없다.

이게 보자 보자 하니까. 나는 결연하게 검을 들어 올렸다.

"아직 매를 덜 맞았구나."

내가 재차 자신을 패대기칠까 두려웠는지, 투머로우는 빠른 어조로 소리쳤다.

-저, 정말이다! 내가 무생물이라고 해서 세상의 법칙에서 완전히 자유롭지 않다. 오히려 오랜 세월 존재하기에 얽매이는 법칙이 많다고.

"흠."

그럴듯한 말이었다. 나는 일단 내게 걸린 마법이 뭔지 검이 대답할 수 없는 게 사실이라고 가정했다.

그렇다면 이 변화는 얼마나 지속될 것인가?

"그럼 나는 이제 계속 네 목소리를 들을 수 있는 거야?"

-텔레포트 마법으로 인한 간섭현상으로 잠시 일어난 오류인 것 같다. 체내 마력이 안정된다면 다시 들리지 않을 것이다.

"그렇구나."

계속 지속되는 상황은 아닌 모양이다. 나는 고개를 끄덕였다.

'어차피 얻을 수 있는 정보가 없다면 조용한 편이 나으니까.'

마법에 관한 건 따로 마법사를 만나서 물어보는 게 낫겠다. 그렇게 결론을 내리며 눈을 드니 제임스가 나를 물끄러미 바라보고 있었다. 나는 어색하게 웃었다.

"살다 살다 검이 말을 하는 것도 듣게 되네요. 오래 살고 볼 일이에요."

그냥 할 말이 없어서 한 말이었는데, 제임스는 뜻밖의 반문을 했다.

"오래 사는 게 좋은가?"

"좋은 거 아닐까요? 덕분에 아버지도 만나게 되었잖아요. 이렇게 오르세 왕국에도 와 있고."

만약 지난 생으로 숨이 끊어졌다면 영영 이루지 못했을 일들이었다.

'시간이 돌아와서 다행이야.'

돌아온 시간을 허투루 쓰지 않은 것 같아 뿌듯했다.

제임스는 무심한 어조로 대답했다.

"나는 잘 모르겠다."

나는 눈을 동그랗게 뜨고 제임스를 바라보았다. 내가 기억하는 얼굴보다 훨씬 앳된 청년이 멍하니 허공을 바라보고 있었다.

'그러고 보면 이 무렵의 제임스를 만나는 건 처음이구나.'

제임스가 전쟁을 끝내고 돌아온 것은 내 나이 서른 때.

시간이 돌아와 생긴 기적은 지금 내 앞에 있는 이 남자에게도 마찬가지였다. 나는 지금 본 적 없는 그의 젊은 시절을 마주하고 있었다.

'황제 폐하께서 분명 확실히 보복하려 하시겠지. 북방행을 거절했으니.'

하지만 그의 인생 전반으로 두고 보면 나쁘지 않은 선택이었다. 아무리 황제의 눈 밖에 나더라도, 인생에 한 번뿐인 젊은 날을 전쟁터에서 보내는 것보다 낫지 않은가.

'여러모로 지난 생과는 다른 인생을 살게 되겠지. 새콤달콤한 연애도 하고, 차여보기도 하고.'

평범한 20대 청년이 보낼 법한 나날을 제임스에게 대입해 보았지만, 도통 떠오르질 않았다.

하지만 그건 내가 상상하지 못하는 것일 뿐, 제임스의 인생은 지금도 지난 생과는 전혀 다른 방향으로 흘러가고 있다.

"살다 보면 알게 되지 않을까요. 일단 당신은 나보다 아주아주 오래 살 테고."

그런 마음을 담아, 나는 조곤조곤 몇 마디 미래에 관한 이야기를 내밀었다.

내가 해줄 수 있는 건, 그에게도 허투루 흘리는 시간이 되지 않기를 기도하는 것뿐.

"사랑하는 여자도 만나게 될 테죠. 가정도 꾸리게 될 거고요. 그렇게 살다 보면 오래 살아서 좋다고 생각하는 날도 올 거예요."

나처럼.

눈치껏 마지막 말은 입안으로 삼켰다. 이렇게 인생에 대해 이야기하고 있으니 이안에 대한 그리움이 점점 더 커졌다.

'잘 지내고 있을까? 이제는 수도로 돌아왔겠지?'

내 안의 이안은 온실 속에서 화려하게 자란 장미 같은 남자라, 어디 다친 곳은 없나 걱정이 되었다.

'공국에는 쇼핑할 곳도 없었을 텐데. 심심해서 죽겠다고 투덜거리고 있었을 거야.'

그 사람이 내게 주고, 또 내가 그에게 주었던 많은 시간들이 떠올랐다. 아련한 마음으로 그 모습을 그리고 있던 나는 문득 깨달았다.

'이런 것이 그리움이구나.'

지난 생에는 그저 앞으로 달음질치느라 깨닫지도 못했던 감정이었다.

그리고 내가 참을 수 없이 그를 그리워한다는 사실을 깨닫는 순간, 이런 결심이 들었다.

'다시 돌아가야겠어. 이안을 만나러.'

아버지도 만났고, 꿈에 그리던 오르세 땅도 밟았지만, 그 기쁨보다 이안이 내 곁에 없다는 상실감이 더 컸다.

나는 입술을 꽉 깨물었다.

'얼른 아버지와 상의를 해서 돌아갈 일정을 조율해야…….'

나는 원래 추진력이 좋은 성격이라, 한번 마음을 먹으니 해야 할 일들이 우르르 떠올랐다. 바쁜 마음에 자리에서 벌떡 일어나 두어 걸음 걸었을 때였다.

"이제 그만 들어갈까요?"

"사랑하는 여자라."

제임스가 묘한 어조로 나의 말을 잘라먹었다. 나는 뒤를 돌아보았다. 어둡게 가라앉은 얼굴이, 나를 음울한 눈으로 바라보고 있었다.

"그게 그대라면 뭐라고 대답할 건가?"

"네?"

이 사람이 지금 뭐라는 거야?

나는 와락 눈살을 찌푸려 귀라도 후벼파고 싶은 표정을 지었다. 그런데 잘못 들은 것이 아닌 모양이다.

저벅, 저벅.

나를 향해 걸어오는 그의 발소리가 무겁기만 했다. 커다란 손가락이 내 뺨에 닿지 못하고 간질간질하게 스쳤다.

"내가 사랑하는 여자가 당신이라면."

그의 회청색 눈동자는 밀려온 어둠 때문인지 검은색에 물든 것처럼 보였다. 나는 눈도 깜빡하지 못하고 그를 마주 바라보았다. 제임스는 무표정한 얼굴로 내게 물었다.

"그럼 다시 내 아내가 되어줄 텐가?"

"제임스."

이런 순간에조차 아무 표정을 짓지 않는 그가 참 독하게만 느껴졌다. 나는 주먹을 꽉 쥐었다.

"나는 그동안 내가 당신의 부인이 된 것이 황제 폐하의 즉흥적인 결정이라고 알고 있었어요. 그런데 얼마 전 황제 폐하께서는 전혀 다른 말씀을 하시더군요."

회귀한 뒤, 줄곧 궁금했던 것.

나는 떨리는 목소리로 그에게 물었다.

"나를 알고 있었어요, 당신?"

"……."

제임스의 입술이 굳게 닫혔다. 마주 보고 선 우리 두 사람 사이로 차가운 바람이 한차례 지나갔다.

'도대체 어느 것이 진실일까.'

황제에게서 저 말을 들은 뒤로 나는 계속 혼란스러웠다.

'내가 지난 생에 잘못 알고 있었던 것인가. 아니면 이번 생이 달라진 것인가.'

만약 이번 생이 달라진 것이라면.

마음은 떨렸으나, 겉은 평온했다. 나는 목에 힘을 주고 꼿꼿한 자세로 그를 응시했다. 내 혼란스러움을 그에게 보여주고 싶지 않았다.

그런 나를 꼼꼼히 뜯어보듯 바라보고 있던 제임스가, 천천히 입을 열었다.

"나는 아카데미에서 당신을 처음 만났어. 당신이 먼저 내게 신입생 입학식장이 어디냐고 물었지."

"네?"

예상하지 못한 대답에 나는 눈을 동그랗게 떴다.

'아카데미?'

내가 입학할 때, 그는 졸업 학년으로 실전투입에 앞선 훈련 중이었다.

'그런데 만난 적이 있다고? 심지어 내가 먼저 말을 걸었어?'

하고 많은 사람을 놔두고 이렇게 곰처럼 커다란 남자에게 길을 물었단 말인가?

'……기억나지 않아.'

나는 혼란스러운 눈으로 그를 응시했다. 제임스는 아주 오래된 것을 보는 눈으로 나를 응시했다. 멍한 눈빛이 내가 아닌 다른 사람을 보는 것 같기도 했다.

"진부한 이야기지만 나는 첫눈에 당신에게 반했어."

당신이 그런 말도 할 줄 아는 사람이었던가.

저 입에서 흘러나오는 모든 말들이 내게 낯설기만 했다.

"저는…….""

나는 입술을 달싹거렸다. 막상 대답을 하려니 말문이 막혔다. 도대체 뭐라고 대답한단 말인가.

'좋아해 줘서 고맙다고? 그런 사정이 있는 줄도 몰랐다고?'

떠오르는 말 하나하나가 가시처럼 목에 걸렸다.

'좋아하는 사람이 시어머니들에게 그렇게 당하고 있는 걸 지켜보기만 했어?'

누군가가 나를 좋아한다는 말을 들었으면 마음이 따뜻해져야 정상일 텐데. 뾰족한 생각들이 아프게 내 마음을 찔렀다.

'입은 뒀다 뭐해? 그때부터 좋아했다, 그 말을 20년 동안 안 하고 이제야 한다고…….'

제임스의 말을 곱씹으면 곱씹을수록 내 마음은 우울하게 가라앉기만 했다.

그것이 그와 내가 보낸 시간이었다.

그리고 공교롭게도 제임스도 나와 같은 생각을 한 모양이었다. 제임스는 쓴웃음을 지었다.

"이렇게 말하면 무엇인가 달라지나?"

나는 굳어진 얼굴로 그를 응시했다. 그는 허탈한 표정이었다.

"내가 당신을 사랑한다고 해도 달라지는 것은 없을 거야. 그렇지?"

"그건……."

그에게 따뜻한 말이라도 한마디 건네고 싶었지만, 목이 꽉 막힌 듯 나오지 않았다.

제임스는 그런 나를 물끄러미 바라보다가 나지막한 한숨을 내쉬었다.

"그래도 나는 운이 좋아."

그의 커다란 손가락이 내 눈가를 스쳤다. 그의 체온은 미지근했고, 손끝은 딱딱한 데다가 갈라져 있어서 스치는 것이 아팠다.

"그러니 그런 표정 짓지 마."

그제야 나는 내가 울고 있다는 걸 깨달았다.

제임스와 올리비아의 외출은 그렇게 끝이 났다. 나갈 때보다 더 어색하게 보이는 두 사람을 보며 마이엔 공은 아무 말도 하지 않았다.

올리비아는 피곤하다며 일찌감치 잠자리에 들었다.

제임스도 자신이 배정받은 손님방으로 들어섰다. 문을 닫기 무섭게 투머로우가 웅웅대었다.

– 왜 사실대로 말하지 않지?

수다쟁이라고 툴툴거렸던 올리비아의 말이 떠올라서, 제임스는 피식 웃고 말았다.

'그런 말도 하는 여자였나.'

제 기억 속의 올리비아는 마냥 차분하고 근엄한 공작부인이었기에, 재잘재잘 이야기하는 올리비아가 낯설기만 했다.

'지금이 훨씬 편안해 보여.'

참 이상한 일이었다. 처음에는 그녀가 미웠다. 계속 다시 돌아오라고 말해도 타이론 대공이 좋다고 대답하는 그녀가 야속했다.

'그렇게 포기가 되질 않았는데…….'

그녀의 편안한 모습을 보니, 그 미련한 집착이 우습도록 쉽게 사라져버렸다.

이제는 인정할 수밖에 없었다. 자신은 그녀에 대해 아무것도 몰랐다는 것을.

'이제야 마음이 가라앉았어.'

이번 여행은 이별 여행이었다. 이 여행을 마지막으로 제임스는 올리비아와 완전히 멀어진 인생을 살리라 다짐했다. 그게 그녀를 위한 일이었다.

조용히 자신의 다짐만 되새기고 있는 제임스가 답답해서, 투머로우는 재차 윙윙거렸다.

-왜 말을 안 하냐고 물었지 않나!

"무얼?"

제임스는 무뚝뚝한 어조로 되물었다. 꿈쩍도 하지 않는 모습에 무생물인 투머로우의 심장이 터질 지경이었다. 투머로우는 시끄럽게 투덜거렸다.

-왜 내 목소리를 듣지 못한다고 말하나? 게다가 왜 계약 내용도 말하지 못하게 해? 엄밀히 말하면 그녀 자신도 알 자격이 있지 않은가.

투머로우의 투정에 제임스는 그냥 고개만 획 돌렸다. 무심한 목소리는 이제 바람처럼 가볍게만 들렸다.

"말하면 무슨 의미가 있나."

-의미가 왜 없지?

상대방이 저리 무심하니 말하는 쪽이 화가 날 수밖에 없었다. 투머로우는 뾰족한 어조로 말했다.

-그녀는 네가 뭘 희생했는지 모르지 않나.

희생.
오랜 세월을 보낸 특별한 검은 세상 모든 사람이 검의 마법을 발동시킬 수 없다는 것을 알았다. 그리고 마법의 대가가 절대로 가볍지 않다는 것도.
'대부분의 인간들은 대가를 알게 되면 포기했으니까.'
하지만 제임스는 그 모든 것을 군이 그 여자에게 알릴 필요가 없다고 말하고 있었다. 따지고 보면 모두 그 여자 때문에 일어난 일인데도 말이다.
억울하지도 않은지, 제임스는 시큰둥한 태도로 투머로우의 검신만 톡 건드렸다.
"입을 조심해라."
제임스는 입술을 꾹 다물었다. 조금 전 올리비아와 나누었던 대화가 선명하게 떠올랐다.

"일단 당신은 나보다 아주아주 오래 살 테고."

그녀가 아무렇지도 않게 웃으면서 했던 그 말이, 얼마나 내 속을 찔렀는지 당신은 알까.

'알지. 아주 잘 알고 있어.'

나는 당신보다 오래 산다. 그건 내가 아무리 거부하려 해도 어쩔 수 없는 운명과도 같았다.

'할 수만 있다면 나도 당신보다 일찍 죽고 싶었는걸.'

하지만 그건 늘 그의 뜻대로 되지 않았다.

"그렇게 살다 보면 오래 살아서 좋다고 생각하는 날도 올 거예요."

하지만 당신은 모르니까 그런 말을 할 수 있는 거야. 당신이 없는 세상은 캄캄한 어둠과도 같아서 조금도 행복하지 않았으니까.

당신은 이미 나를 두 번이나 스쳐 지나갔다.

❖ ❖ ❖

올리비아도, 제임스도 쉽사리 눈을 붙이지 못하고 기나긴 밤이 지나갔다.

다음 날, 마이엔 공은 웃으며 두 사람에게 말했다.

"그럼 바로 출발할까요?"

"네, 좋아요."

"알겠습니다."

마차에 오른 올리비아는 피곤했는지, 눈을 감고 잠이 들었다. 마이엔 공은 굳이 그녀를 깨워 무슨 말을 했는지 묻지 않았다.

'여러 가지 사연이 있겠지.'

세상에 수많은 사람들 중에 두 사람이 만나, 가족이 되는 것이 결혼이다. 그런데도 결혼 무효소송까지 벌이며 헤어졌을 때는 당사자들이 설명하기 어려운 많은 사건이 있었을 것이 분명했다.

'하지만 아직 저 남자는 우리 딸아이를 사랑하는 것 같은데.'

마이엔 공은 창밖으로 저벅저벅 말을 타고 걷고 있는 제임스를 흘긋 보았다.

'어느 쪽이든 간에 잘 해결되었으면.'

그렇게 조용히 오전이 지났다. 아직 도시가 나오지 않았지만, 마차는 멈춰 섰다. 점심시간이었기 때문이다.

마차가 멈추어도 올리비아는 깨질 않았다.

"올리비아?"

몇 번 그녀를 흔들어 깨우려고 했던 마이엔 공은 그냥 한숨을 내쉬며 먼저 마차에서 내려섰다.

마차 앞에 서 있던 제임스가 물었다.

"올리비아는요?"

"잠이 깊게 들어서 일단 두고 내렸습니다. 식사 준비가 다 되면 깨우려고요."

"그렇군요."

제임스는 고개를 끄덕였다. 어제 헤어졌을 당시의 분위기를 생각하면 올리비아도 잠을 설쳤을 것이 뻔했기 때문이다.

무뚝뚝한 표정으로 입만 다물고 있는 제임스를 물끄러미 바라보던 마이엔 공이 말했다.

"잠시만 마차를 지켜주고 계십시오. 저는 준비가 어떻게 되고 있나 보고 오겠습니다."

"알겠습니다."

제임스는 팔짱을 끼고 마차에 기대섰다. 바위처럼 보이는 그를 한 번 돌아보고, 마이엔 공은 자신의 비서를 향해 걸어갔다.

제임스는 눈을 감았다. 사실 한숨도 자지 못한 것은 그도 마찬가지였다. 눈을 감고 있으니 눈알이 욱신욱신거렸다.

'이 몸은 분명 20대일진대.'

이상하게 몸이 무거웠다. 시간을 거슬러 온 부작용일지도 모른다.

-원래 그런 거다. 육신은 다시 돌아왔다고 해도 정신에는 피로가 누적되니까.

이 기회를 놓치지 않고 곁에 매달린 투머로우가 시끄럽게 웅웅거렸다.

제임스는 신경질적으로 생각했다.

'이번 생에는 이 검을 만나고 싶지 않았는데.'

이 검과 자신 또한 지독한 악연임이 분명했다. 그렇지 않고서야 이렇게 떼어놓고 떼어놓아도 다시 또 만나게 되는 걸 설명할 수가 없었다.

　-매정하긴. 내 덕분에 오늘의 그대가 있는 것 아닌가.

　제임스는 시큰둥하게 아무 대꾸도 하지 않았다. 약이 오른 투머로우가 악마처럼 속삭였다.

　-이대로 이 여자를 데리고 도망치면 어떤가? 차라리 그게 편할 텐데.

　제임스의 시선이 투머로우를 향했다. 드디어 관심을 끌었다는 걸 깨달은 검이 신이 나서 웅웅거렸다.

　-이대로 보내기는 억울하잖나. 지금이 마지막 기회다. 이대로 외국에서 살면 누가 쫓아오겠나.

　너무나 달콤해서 속이 뒤집어질 것 같은 말이었다. 이 말에 솔깃하는 자신이 싫었다.
　제임스는 다시 눈을 감으며 매서운 목소리로 대꾸했다.
　"헛소리 그만해."
　바로 그때였다.
　들려서는 안 될 목소리가 그의 뒤에서 들렸다.
　"역시 거짓말이었군요."

제임스는 눈을 크게 떴다. 천천히 뒤를 돌아보니 잠들어 있어야 하는 올리비아가 눈을 뜨고 그를 창밖으로 내다보고 있었다.

희고 고운 얼굴에는 핏기가 없었다. 꽉 깨물어진 입술이 피가 날 것만 같았다.

그녀가 떨리는 목소리로 제임스에게 물었다.

"당신도 시간을 거슬러 온 거예요. 맞죠?"

확신에 찬 붉은 눈동자를 보니 더 이상 모른 척할 수가 없었다. 제임스는 마른침을 삼켰다. 급격한 피로가 몰려왔다.

손가락으로 턱을 문지르던 제임스가 결국 갈라진 목소리로 물었다.

"설마 했지만, 예전 생의 기억을 가지고 있었군."

"그래요! 그런 당신도 나와 마찬가지니까 거짓말을 한 거죠?"

"……어떻게 알았지?"

그녀의 예상이 맞다는 뜻이었다.

그의 대답이 들리기 무섭게 올리비아는 막힌 숨을 몰아 내쉬듯 내쉬며 의자에 몸을 깊게 묻었다.

'설마설마했는데.'

그 가정이 맞을 줄이야.

맞췄다는 후련함보다 허탈함이 더 컸다. 올리비아는 머리카락을 쓸어 넘기며 대답했다.

"당신은 거짓말을 할 때면 이쪽 눈썹을 찌푸리니까요."

바로 어제 밤.

투머로우의 소리를 듣지 못한다고 말하는 그의 굵은 눈썹이 꿈틀거렸다. 그래서 올리비아는 확신했다.

그가 자신에게 감추는 것이 있는 게 확실하다고.

올리비아는 마차 문을 열고 내려섰다. 그리고 진지한 표정으로 제임스에게 물었다.

"말해줘요. 나에게 무슨 일이 일어난 건지."

제임스는 한숨을 내쉬었다.

"이야기가 길 텐데."

"그래도 상관없어요. 그러니 하나도 빠짐없이 이야기해요, 제임스."

과거의 일이라고 덮어놓고 지나가기엔, 그녀 자신의 일이었다. 올리비아는 제임스와 똑바로 시선을 맞췄다. 머뭇거리던 제임스는 천천히 입술을 열었다.

흘러나온 것은 지독하게 오래전 이야기였다.

❖ ❖ ❖

제임스 파넬은 감정이 없는 사람이었다.

좋음도 싫음도 얼굴에 드러내지 않았다. 돼지 여물도 아무 표정 없이 삼킬 수 있는 사람이 그였다.

하지만 그도 처음부터 그랬던 것은 아니다.

"웩!"

제임스는 바닥에 엎드려서 정신없이 토사물을 게워냈다. 그의 등 뒤로 조롱이 쏟아졌다.

"어휴, 저런 게 총사령관이라니."

"도대체 뭘 믿고 싸울 수 있는 거야?"

"중앙에서 이 북부를 신경 쓰는 게 맞아?"

부하가 상관에게 하는 말이라고 하기에는 무척 무례한 말들이었다. 하지만 제임스는 한마디도 반박할 수 없었다.

북부의 사령관으로서 한심한 모습인 것은 맞았으니까.

'언제가 되어야 익숙해질 수 있는 거지? 익숙해질 수는 있는 건가?'

그는 아주 오래전부터 이 자리에 파견되기 위해서 훈련을 받아왔었다.

하지만 막상 실전은 훈련과 완전히 달랐다. 검이 사람의 뼈를 부수고 살을 베는 감각은 손바닥에 자꾸만 진득하게 들러붙는 것만 같았다.

'끔찍해.'

얼굴로 튀었던 살점과 피를 떠올리니 다시 속이 울렁거렸다. 제임스는 필사적으로 흘러나오려는 눈물만큼은 참았다.

'지독해.'

가장 끔찍한 것은 언제까지 그가 이 자리를 지켜야 하는지 아무도 모른다는 점이었다.

'끝나기는 하는 건지, 아니면 죽을 때까지 이곳에서 이런 풍경들을 바라보아야 하는 것인지.'

음울함에 제임스의 시선이 어두워졌을 때였다. 등 뒤에서 한 기사가 중얼거렸다.

"도대체 집에는 언제나 돌아갈 수 있을지……."

그 말에 기껏 참았던 눈물이 쏟아질 뻔했다.

'나도 돌아가고 싶어.'

제임스는 주먹을 꽉 쥐었다.

'살아서 돌아갈 수는 있을까?'

이렇게 극한의 상황에 내몰리니, 우습게도 머릿속에 떠오른 것은 아카데미 도서관이었다.

사락. 사락.

은빛 머리카락을 질끈 묶고 무심한 얼굴로 책장을 넘기고 있던 소녀.

올리비아 플로렌스.

'말이라도 한마디 걸어보는 거였는데.'

그때는 몰랐다. 다시 만날 수 없을지도 모른다는 걸.

'난 바보야.'

그렇게 비참한 하루하루가 지나갔다.

그사이 제임스는 많이 변했다.

원래도 과묵했지만, 이제는 하루에 한마디도 안 하는 날들이 이어졌다. 평생 익숙할 것 같지 않던 칼질도 손에 익었다.

이제는 자신이 베어 넘기는 게 사람인지 인형인지 모를 지경이었다.

'이젠 아무래도 상관없어.'

한 통의 편지가 날아온 것은 그가 모든 것을 체념했을 때였다.

– 믿음직한 파넬의 기둥에게.

오랜만이구나.

다름이 아니라 오래 전장에 있는 너를 배려하여 폐하께서 신부를 결정

하셨단다.

플로렌스 자작가의 올리비아라고 한다.

편지를 읽은 제임스는 잠시 자신의 눈을 의심했다.

'올리비아?'

편지에 적혀 있는 단어 중 그에게 익숙한 것이 하나도 없었다.

아내. 배려. 올리비아 플로렌스.

몇 번이나 편지를 다시 읽고 나서야 제임스는 편지 내용을 제

대로 이해했다.

'그녀가 내 아내가 된다고?'

이게 꿈인가 싶었다. 그렇지 않고서야 우연히 이런 일이 일어

날 수 있을 리가 없었다.

수많은 사람 중에서 그녀라니!

'신이시여, 감사합니다!'

제임스는 난생처음 신을 찾았다. 신이 아니고서야 있을 수 없

는 일이었다.

'돌아가고 싶어.'

죽은 사람처럼 가라앉아 있던 제임스의 눈빛에 다시 생기가

돌았다. 목적 없는 삶에 한 가지 목적이 생겼다.

그는 어떻게든 살아서 돌아갈 것이다. 그래서 올리비아를 만날 것이다.

❖ ❖ ❖

그렇게 흐른 시간이 10년이었다.

떠날 때 앳된 청년이었던 제임스는 완연한 남자가 되어서 돌아왔다.

그를 오랫동안 북방으로 내쫓은 장본인인 태황제는 돌아온 그를 반겼다.

"파넬 공작! 그대가 해낼 줄 알았네!"

수십 년간 제국의 국경을 괴롭히던 이민족을 완전히 소탕한 것이다. 그저 말 한마디로 치하할 수 있는 업적이 아니었다.

그런 대단한 일을 했으면서도 제임스는 담담하기 그지없었다.

"당연히 해야 할 일을 했을 뿐입니다."

그 모습이 태황제의 눈에 무척 기껍게 보인 것은 당연했다. 그는 무척 인색한 남자였으나, 이번만큼은 달랐다. 그는 그를 위해 황실보고를 열었다.

"자네에게 하사하기 위해 꺼낸 검일세. 넘버즈 중 하나인 투머로우지."

그런 것 따위 딱히 받고 싶지 않았으나, 태황제의 내미는 손을 부끄럽게 할 수도 없었다. 제임스는 공손하게 시종장이 내미는 투머로우를 받았다.

서둘러서 검을 허리에 매는데, 낡은 허리띠가 툭 하고 끊어졌다. 그 모습을 본 황제가 눈살을 찌푸렸다.

"단장도 하지 않고 수도로 달려온 것인가? 가족들을 만나지 않고?"

"물론입니다."

"허허허, 역시 훌륭한 충성심이로다."

태황제는 곧장 황궁으로 찾아온 충성스러운 공작을 보며 흡족한 미소를 지었다. 그리고 제임스의 단단한 어깨를 두드렸다.

"어서 집으로 돌아가 보게. 아내와 어머니가 기다리고 있겠군."

아내.

그 말만큼 제임스의 심장을 설레게 하는 것이 있었을까.

황제의 허락을 받은 제임스는 속도를 내어 수도 파넬 저택으로 돌아왔다. 그가 떠난 시간 동안 바뀐 수도의 모습도, 사람들의 옷차림도 눈에 들어오지 않았다.

'드디어 만날 수 있어.'

그녀에게 이민족에게 패하여 돌아온 무능력한 남편이 되고 싶지 않아서, 이를 악물고 싸운 10년이었다.

'그녀도 나를 자랑스러워하겠지.'

그런 생각을 하며 제임스는 파넬 저택의 문을 밟았다.

가장 먼저 그를 반긴 것은 어머니였다.

"제임스! 내 아들!!"

"어머니."

"세상에! 이렇게 자라다니. 네가 정말 자랑스럽구나, 아들아."

눈물을 흘리며 그를 마중하는 어머니의 주름진 얼굴을 보는데도 전쟁터에서 메마른 감정은 움직여지질 않았다.

제임스는 그저 자신을 전쟁터에서 버티게 했던 유일한 존재를 찾았다.

"그런데 제 아내는……?"

남편이 오랜만에 귀환하였으니 아내는 마땅히 나와서 반겨주어야 하는 것 아닌가. 그리 생각한 제임스가 낯선 얼굴을 찾아 주변을 돌아보았다.

그러자 제임스의 어머니는 입술을 삐죽이며 못마땅한 티를 내었다.

"그 게으름뱅이가 남편이 온 줄도 모르는 모양이구나. 혼쭐을 내줘야지."

'게으름뱅이? 혼쭐?'

그녀가 하는 말들이 다 가시처럼 뾰족했다.

두 사람의 사이가 좋지 않다는 표시였으나, 제임스는 그냥 여상스럽게 그 말들을 흘려들었다.

'어머니는 원래도 말이 거친 편이셨으니.'

이런 부분이 제임스의 단순한 면이었다. 그는 자신이 사랑하는 두 사람이 사이가 나쁠 거라고 상상도 하지 못했다.

'아직 방에 있는 것인가?'

제임스는 빠른 걸음으로 성큼성큼 2층으로 올라갔다.

"내 아내의 방은 어디지?"

"네? 네? 그, 그게……."

하녀들은 곰 같은 제임스에게 깜짝 놀라면서도 올리비아의 방을 손가락으로 알려주었다. 등 뒤로 어머니의 새된 목소리가 울렸다.

"그 게으름뱅이를 뭐하러 직접 만나러 가니? 사람을 시켜 부르면 되지!"

제임스는 그 목소리도 등 뒤로 흘렸다. 지금 이 순간, 그는 올리비아를 만나고 싶은 마음만이 풍선처럼 부풀어 있었다.

방 앞에 서니 심장이 떨렸다. 제임스는 잠시 심호흡을 하고 문을 두드렸다.

"부인? 들어가도 됩니까?"

안쪽에서는 어떤 소리도 들어오지 않았지만, 급한 마음이 먼저 문고리부터 돌렸다.

끼이이익.

문이 열리는 소리가 을씨년스러웠다. 문을 열어젖힌 제임스는 바위처럼 굳어지고 말았다.

"……"

제임스의 뒤를 따라온 어머니가 방 안으로 들어서지 않는 제임스를 의아한 눈으로 쳐다보다가 먼저 올리비아의 방 안으로 발을 들여놓았다.

"너는 해가 중천인데 아직도 방 밖으로 나오질 않고……."

그리고 방 안의 풍경을 보고 새된 비명을 지르고 말았다.

"이, 이게 뭐야!!"

올리비아의 방 안은 처참하기 그지없었다. 자다가 변을 당한 듯, 저항한 흔적도 없이 침대에 누운 여자가 침대 밖으로 팔을 늘어뜨리고 있었다.

툭.

그녀의 손가락을 타고 붉은 핏방울이 떨어졌다. 제임스는 붉어진 눈으로 그 끝을 바라보다가 고개를 들었다.

벽면에는 피로 이런 글이 적혀 있었다.

– 우리는 원수를 잊지 않는다.

그가 짓밟은 북부 이민족들의 짓이었다.

그들 또한 제임스에게 복수를 했던 것이다.

❖ ❖ ❖

제임스의 이야기를 들은 나는 눈을 깜빡였다. 상상도 못 한 이야기라 와 닿지 않았다.

'내가 죽었다고? 제임스를 만나지도 못하고?'

그가 들려준 이야기는 나의 기억 속에는 없는 과거였다.

'기껏해야 내가 생각한 건 마흔 살 생일날 회귀하게 된 이야기 정도였는데.'

내가 서른에 이미 한 번 죽었다니?

그것도 이민족들에게 복수 당해서?

'말이 안 되잖아. 그 무렵 나는 멀쩡하게 앉아서 제임스를 맞이

했는걸. 제임스가 쳐들어왔던 것은 늦은 밤이었고.'

나는 천천히 내 기억을 되짚었다. 내가 지난 생에서 제임스를 처음 조우했을 때를 말이다.

그날은 내 첫 번째 시어머니의 장례식 마지막 날이었다.

수많은 손님을 치르고, 관을 땅에 묻고, 이제 막 집에서 쉬려는 데 소란이 일었다.

"꺄악!"

"이, 이러시면 곤란합니다!"

"피! 피다⋯⋯!"

끔찍한 것을 본 듯한 비명, 그리고 쿵쾅거리는 낯선 발걸음.

그 바람에 피곤한 몸을 소파에 묻고 있던 내가 억지로 몸을 일으켰을 때였다.

벌컥.

문이 갑자기 열리고, 곰처럼 커다란 덩치의 사내가 들어섰다. 머리끝부터 발끝까지 피가 말라붙어 있어서 머리카락 색이 무엇인지도 알 수 없는데, 두 눈만 도깨비불처럼 새파랗게 빛났더란다.

"당신⋯⋯."

그게 바로 내 남편 제임스와의 첫 만남이었다.

멍하니 내 기억과 그의 말에서 다른 점을 찾고 있던 나는 눈을 깜빡였다.

"그래서⋯⋯."

제임스의 음울한 눈이 열리는 내 입술을 물끄러미 바라보았다. 나는 가늘게 떨리는 손에 힘을 주었다.

이제야 이해가 되었다. 첫 번째 진상의 장례식에도 찾아오지 않을 정도로 충성심 깊은 그가, 왜 피투성이가 되어서 황궁이 아닌 파넬 저택을 먼저 찾아왔는지.

"그래서 나를 처음 찾아올 때 당신이 피투성이였던 거군요."

그는 이미 알고 있었던 것이다. 파넬 저택에서 처참하게 살해당할 나의 미래를.

제임스는 작게 고개를 끄덕이는 것으로 나의 예측을 확인시켜 주었다.

"그래."

예상은 했지만, 막상 긍정의 답이 돌아오니 심장에 얼음을 붓는 것 같았다.

'그런데 나는 살아 있잖아. 그런 일은 겪지도 않았어.'

그 말이 의미하는 바는 단 하나뿐이었다.

나는 심호흡을 했다. 그리고 내가 기억하는 나의 마지막 기억을 내뱉었다.

"나는 마흔 살 생일을 앞두고 있었어요. 막 생일파티에 나서려는데 눈을 떠보니 스무 살이 되어 있었죠."

제임스의 말이 사실이고, 나의 기억 또한 온전하다는 가정하에 내릴 수 있는 결론은 하나뿐이었다.

"나는 그럼 그때 한 번 또 죽었던 건가요?"

적어도, 내가 두 번 이상 죽었다는 것.

그리고 제임스는 이번에도 묵묵히 고개를 끄덕였다.

"그래."

"하."

저절로 쓴웃음이 나왔다. 너무 기분이 가라앉으면 웃음이 나온다는 걸 이렇게 알게 될 줄이야.

'다른 사람은 한 번 사는 인생을 나는 세 번이나 살다니.'

믿을 수도 없고, 믿기도 어려운 상황이었다. 나는 신경질적으로 머리카락을 쓸어 넘겼다.

"이번엔 또 누구였는데요? 누가 감히 파넬 공작부인을 죽일 수 있죠?"

아무리 생각해도 어이가 없는 상황이었다. 한 나라의 공작부인이 방에서 살해를 당해? 그것도 두 번이나?

'아니, 첫 번째야 그렇다고 쳐도, 마흔 살 때는 아니잖아. 그때 나는 명실상부한 공작부인이었다고.'

그리 생각하며 내가 입술을 비틀었을 때였다.

제임스의 입에서 흘러나온 범인의 정체는 그야말로 상상도 못 한 사람이었다.

"우리 어머니."

"네?"

이게 무슨 소리야. 나는 내 귀를 의심했다. 제임스는 이 상황에서도 무표정했다. 그는 담담한 어조로 대답했다.

"범인은 우리 어머니였다."

세 번째 진상은 내 안에서 사실 별로 큰 비중을 차지하지 않았다. 워낙 첫 번째 진상이 나를 지능적으로 괴롭혔기 때문이다.

'그냥 못 배워서 무식하고 아들만 아는 여편네라고 생각했었는데.'

나를 살해할 생각도 할 줄 아는 여자였단 말인가!

이제 그녀와 얽힐 일이 없다고 생각해서 그런지, 그냥 웃음이 나왔다.

나는 허탈하게 웃었다.

"도대체 뭐로 죽였는데요?"

"그때 그 독초."

"독초? 아."

파넬 저택에서 본 노란 꽃잎에 무늬가 있던 예쁜 꽃이 생각났다. 제임스가 예쁘다고 함부로 다가가지 말라고 했던 것도.

"그래서 이번에는 시간을 더 멀리 돌렸던 거다. 두 사람 사이에 오해가 있다고 생각했으니까."

"……."

"그런데 당신이 미처 예전 생의 기억을 갖고 있을 줄은 몰랐다."

제임스는 한숨을 내쉬었다. 그가 내뱉지 않은 뒷말이 들리는 것 같았다.

'그로 인해 아내를 잃게 될 줄이야.'

결국 내가 잘 지내고 있는 줄 알았다고 말한 것 또한 진실이었던 셈이다.

'답답한 남자 같으니.'

나는 물끄러미 그를 바라보았다.

'자기 마음을 전하지도 못하고, 그렇다고 부인과 상의도 하지 못하고.'

그는 과연 시간을 돌린 것을 후회할까, 아니면 그래도 잘했다고 생각하고 있을까.

나는 현명하게 묻지 않았다. 자괴감에 빠지는 건 나 한 사람이면 족했으니까.

7

오르세에서
생긴 일

우리의 대화는 식사 준비가 끝났다는 알림에 더 이상 이어지지 않았다. 나이스 타이밍이었다. 우리의 대화는 이 정도면 충분했으니까.

그리고 그렇게 생각한 건 제임스도 마찬가지였던 모양이다.

점심 식사가 끝나고 다시 출발하기 위해 마차에 오르는데, 제임스가 예의 바르게 아버지에게 인사했다.

"오르세의 수도까지 함께할 생각이었지만, 아무래도 저는 돌아가 봐야 할 것 같습니다."

"파넬 공작."

갑작스러운 제임스의 말에 아버지가 당혹스러운 표정을 지었다. 나를 흘긋 돌아보는 것이, 나와 제임스 사이에 언쟁이 오갔나 생각하시는 것 같았다.

"아직 영지가 불안한데 너무나 즉흥적으로 비운 것 같아서요."

"하지만 여기까지 오셨는데……."

아버지의 만류에 제임스는 깔끔한 어조로 대답했다.

"멀리 갈수록 돌아가는 길이 멀어질 뿐이지요."

여러모로 여운이 남는 대답이었다. 제임스는 홀가분한 어조로 인사했다.

"감사했습니다, 마이옌 공. 덕분에 외국도 구경하는군요."

"아닙니다. 제가 오히려 대접하지 못해서 죄송하군요. 통역인이라도 붙여드릴까요?"

"어디 가서 무시당하는 사람이 아니니 걱정하지 않으셔도 됩니다."

하긴, 누가 제임스를 보고 말을 못 한다고 등쳐먹으려 들겠는가. 나도 그런 쪽으로는 고민하지 않아도 된다고 생각했다.

내가 조금 복잡한 표정으로 제임스를 보고 있을 때였다.

"올리비아."

제임스가 낮은 목소리로 나를 불렀다. 나는 아버지에게 고개를 숙였다.

"잠시만 배웅하고 올게요. 오래는 걸리지 않아요."

"그래요."

우리는 조금 떨어진 곳까지 걸었다. 우리의 대화가 다른 사람에게 들리기를 원하지 않았으니까.

적당한 거리까지 왔다고 생각한 나는 팔짱을 끼고 말했다.

"어서 하고 싶은 말을 다 해봐요. 지금이라면 얌전히 들어드릴 테니까요."

참 신기하지. 그저 몰랐던 사실을 알게 된 것만으로도 지금 내 앞의 제임스가 다른 사람이 된 것만 같았다.

제임스는 조금 머뭇거리다가 천천히 입을 벌렸다.

"요즘 사람들은 혼인을 유지하면서 따로 살기도 한다더군."

그런데 흘러나온 말이 대단히 할아버지 같았다. 잔뜩 긴장하고 있던 나는 푸후후 실없이 웃고 말았다.

"새삼 당신이 나이가 많다는 게 체감되네요."

내 말에 제임스는 뚱한 표정을 지었다.

"어쩔 수 없지. 당신에게 일일이 말하지는 않았지만, 시간이란 게 쉽게 돌아오는 건 아니야. 당신이 생각하는 것보다 나는 나이가 많아."

"아, 네."

시간을 돌리는 마법이 쉬웠을 리가 없지. 나는 선선히 고개를 흔들었다.

그러자 제임스의 검이 시끄럽게 고함을 질렀다.

─어이, 인간! 그렇게 대답하면 끝이야? 그걸로 넘어가는 거냐고.

'아, 그래. 네가 있었지.'

이 수다쟁이가 어떻게 조용하다 했다. 나는 투머로우에게 웃으며 말했다.

"내 이름은 인간이 아니라, 올리비아야. 그리고 앞으로도 제임스를 잘 지켜주어야 한다."

-그거야 내 알 바가 아니고! 아니, 말 돌리지 말라니까. 나이가 많다는 말에 몇 살이냐고는 물어야 하는 거 아닌가?

"시끄러. 자꾸 떠들면 저 멀리 풀어놓을 거다."

-왜 나한테만 뭐라고 하는 건가?!

시끄러운 투머로우는 결국 우리와 멀리 떨어진 곳에 세워두는 것으로 결론이 났다. 검을 저 멀리 두고 온 제임스는 다시 헛기침을 하고 끊어졌던 말을 이었다.

"하여간 나는 잠시 우리가 혼인 관계를 쉬고, 서로의 인생을 돌아보는 시간을 가진 거라 생각하고 있어. 이대로 영원한 안녕은 아니라고 말이야."

"제임스."

내가 제임스에게 내 회귀 이야기를 듣고 난 뒤, 더 이상의 대화가 우리 사이에 필요 없다고 결론을 지은 것은 그런 중요한 이야기를 들었음에도 나의 마음에 어떤 미동도 일지 않았기 때문이다.

'어쨌든 나는 제임스 때문에 두 번이나 죽었다는 거잖아. 물론 그의 본의는 아니었다고 해도.'

아무리 이유가 타당하다고 해도 내가 겪었던 일들이 모두 사라지는 것은 아니다.

'세 번째의 나는 어쩌면 제임스 곁을 반드시 떠나고 싶어서 기억을 가지고 돌아온 것인지도 몰라.'

그리고 나의 이런 심경은 이야기를 털어놓은 제임스 본인에게도 고스란히 전해졌을 것이다. 그렇기에 그 또한 나와 동행을 멈추기로 결심한 것이겠지.

'그런데 여지를 남겨놓는 게 옳은 일일까.'

잠시 그런 생각도 하지 말라고 딱 잘라 말할까 고민이 들었다. 하지만 이내 나는 입을 다물었다.

'저게 저 사람의 결론이잖아.'

그의 마음은 그의 것이었다. 그가 어떤 결론을 내리든 나는 거기 간섭할 권리가 없었다.

제임스는 부드러운 어조로 내게 마지막 인사를 했다.

"오랜 시간 고마웠다. 당신과 결혼할 수 있어서 나는 행복한 남자였어."

"!"

설마 제임스에게서 이렇게 길고 다정한 말을 들을 날이 올 줄이야. 나는 조금 커다란 눈으로 그를 바라보았다. 멀리서 투머로우의 괴성이 들렸다.

-야, 인간! 야!!

저 검이 마법을 일으키는 매체였을까.

'시간을 돌리는 마법.'

제임스 때문에 죽긴 했지만, 그는 나를 위해 그 마법을 두 번이나 써주었다. 어떤 방식으로, 어떻게 발동되는 마법인지는 모르지만 분명 쉽지 않았을 것이다.

'그만큼 당신에게 내가 의미 있는 타인이었다는 뜻일까요?'

많은 일들이 있었지만, 적어도 그에게 내가 나쁘지 않은 반려자였다는 것만큼은 내게도 의미가 있었다.

나는 두 손을 가지런히 모아 잡았다.

"제임스, 나는 정말로 당신의 행복을 바라고 있어요."

애정이라기보다는 미운 정일까. 나는 진심으로 웃었다.

"결혼도 하고 애도 낳아요. 그래서 날 약 올려주세요. 알았죠?"

"……노력해보지."

무뚝뚝하게 대꾸한 뒤, 제임스는 천천히 돌아섰다. 풀어놓았던 검을 다시 들고, 문밖으로 걸어 나가는 제임스의 커다란 등을 나는 서서 바라보았다.

'우리가 솔직하게 서로 이야기를 털어놓았다면 미래는 달라졌을까.'

의미 없는 질문을, 나는 아마 평생 반복하게 되리라.

❖ ❖ ❖

그 뒤로도 지루한 마차 여행이 계속되었다. 드문드문 도시에 들르기도 하면서 우리는 오르세의 수도를 향해 갔다.

'일단 오르세에 온 이유는 다 해결해야 하니까.'

얼른 이안을 만나고 싶어 마음이 들떴지만, 내가 오르세에서 해야 하는 일들도 있었다. 오르세 시민권을 얻는 일과, 아버지의 재산목록을 정리하는 것.

'그리고 지금쯤 제국으로 돌아가면 되는지 잘 모르겠어.'

애초에 내가 오르세로 온 것은 황제의 견제 때문이지 않은가.

'혹시 이안에게 해코지 중인 건 아니겠지.'

그렇진 않을 거로 생각했지만, 아무렇지도 않게 북방행을 운운했던 사람이니 안심하기도 어려웠다.

'만약 이안이 혼자 그 괴롭힘을 감당하고 있다면……'

그런 생각을 하니 또 당장 제국으로 돌아가야 하나 싶었다. 내가 이 생각 저 생각을 하고 있을 때였다.

맞은편에 앉아서 책을 읽고 있던 아버지가 빙그레 미소를 지으며 물었다.

"오늘은 졸리지 않나요?"

그 질문에 나는 얼굴을 붉혔다. 빈말이 아니라, 하루 내내 마차에서 잠든 적도 많았다.

"제가 너무 많이 잤죠. 부끄럽네요."

"나무라는 건 아닙니다. 저도 제 딸을 잘 모르니 하나하나 묻는 것뿐이지요."

아버지의 다정한 말이 더더욱 나를 부끄럽게 했다. 나는 변명조로 웅얼거렸다.

"제가 원래 이렇게 잠이 많은 편이 아닌데……"

그러고 보니 좀 이상했다.

'내가 이렇게 잠이 많았던가?'

나는 기본적으로 잠이 많지 않았다. 지난 생의 마지막, 마흔 살 때도 하루 6시간 이상 잠든 적이 없었으니까.

'큰아이 임신했을 때 빼고는 별로……'

거기까지 생각했을 때였다.

덜컹. 마차가 갑자기 멈춰 섰다. 몸이 확 쏠린 나는 얼떨결에 아버지의 품에 쏟아지듯 안겼다. 아버지는 내가 다치지 않았나 여기저기 살펴보시고는 마차의 열린 덧창에 대고 물었다.

"무슨 일이죠?"

갑자기 마차가 멈추게 된 이유를 기다렸으나 돌아온 대답은 생뚱맞았다.

"저어, 나와 보셔야 할 것 같습니다."

"응?"

도대체 무슨 일이길래 직접 내리라고 한단 말인가.

'설마 또 마차 바퀴가 고장 나기라도 한 건가.'

이미 한 번 그런 적이 있는지라, 불안했다. 아버지가 먼저 마차 밖으로 내렸고, 그다음 내가 아버지의 손을 잡고 내렸다.

마차 밖에는 수십 명의 병사가 늘어서 있었다. 그리고 그 중앙에 선 남자가 환하게 웃으며 우리를 반겼다.

"반갑습니다, 형님! 그리고 조카님!"

그 남자의 말에 아버지는 매우 놀라서 큰 소리로 그를 불렀다.

"아니, 국왕 전하!"

'국왕?'

아버지가 왕족이라는 건 알았지만, 설마 이렇게 한 나라의 국왕이 몸소 마중을 나올 줄이야.

'아버지랑 느낌이 좀 다르네.'

오르세 국왕은 은빛 머리카락을 빼고는 아버지랑 닮은 점이 별로 없었다. 서글서글 웃었지만, 굉장히 마른 편이라 온화하다기보다는 어쩐지 유약한 인상을 풍겼다.

나는 치맛자락을 붙들고 나붓하게 인사를 올렸다.

"안녕하세요."

인사말이 길어지지 못한 것은 내가 나를 누구라고 소개해야 하는지 일순간 혼란스러웠기 때문이다.

'타이론 대공비라고 해야 하나, 아니면 마이엔 공의 딸이라고 해야 하나.'

상대방이 나에 대해서 얼마나 알고 있는지 모르다 보니, 저절로 인사말을 고를 수밖에 없었다.

다행히 국왕은 호탕하게 웃으며 짧은 내 인사말에도 친근하게 반응해주었다.

"외국인이라 들었는데, 오르세어를 할 줄 아는군요?"

그의 말에 아버지는 고개를 살짝 숙이며 대답했다.

"이 아이도 못난 아비를 찾고 있었답니다."

"허허. 감동적인 이야기군요."

그저 말 한마디를 익혔을 뿐인데 다들 이렇게 호의적으로 반응해주니, 내가 쑥스러웠다.

그는 여기까지 오느라 고생했다, 둘이 정말 닮았다 등의 의례적인 인사말을 몇 마디 늘어놓은 뒤, 주름진 눈을 휘며 웃었다.

"그렇게 조카를 찾아 헤매시더니. 정말 잘된 일 아닙니까."

"……."

지난 생에도 그가 얼마나 애타게 딸을 찾아다녔는지 알고 있는 나였기에, 그 말에는 숙연해질 수밖에 없었다.

오르세 국왕은 내 손을 붙들고 흔들며 쾌활하게 인사했다.

"오르세에 오신 걸 환영합니다. 이제 당신의 나라이기도 하니, 느긋하게 둘러보시길 권합니다."

"환대에 감사합니다."

그가 마중 나온 곳은 수도로 입성하는 길목의 지척이었다. 조금 산길을 넘으니 언제 산이었냐는 듯이 번화한 도시가 나타났다. 나는 신기한 어조로 아버지에게 말했다.

"여기가 오르세의 수도로군요."

"제국과 비교해도 지지 않지요?"

"정말이에요. 아름다워요."

"후후후."

내가 자신의 모국에 대해 칭찬을 하니, 아버지는 진심으로 기쁜지 소리 내어 웃었다.

제국과 달리 오르세에는 2층 이상의 건물이 보이지 않았다. 비슷한 듯 조금씩 다른 거리 전경을 바라보며 내가 입을 벌렸을 때였다. 다정한 우리 부녀의 모습을 지켜보던 국왕이 손뼉을 치며 말했다.

"우리 조카님도 찾았으니 환영회를 열어야겠습니다. 형님의 경사는 이 오르세의 경사이니까요."

환영회라니. 나라의 경사라고까지 언급했는데, 작은 가족 행사로 끝날 것 같지가 않았다. 나는 조금 당황하여 입술을 벌렸다.

"그, 그건."

하지만 거절의 말은 나오기도 전에 막혔다.

"부디 사양하지 말아요. 이건 조카에게 해줄 수 있는 제 권리이기도 하니까요."

이렇게까지 말하는데 무슨 말을 하겠는가. 나는 얌전히 고개를 끄덕였다.

그사이 마차가 멈춰 섰다. 마차에서 내린 아버지는 눈웃음을 지으며 말했다.

"여기가 당신의 저택입니다."

드디어 오르세의 내 집에 도착했다.

'보고로 들어 알고 있기는 했지만…….'

아버지가 오르세에 올 때마다 편안하게 있으라며 내게 일찌감치 승계해준 저택이 눈앞에 있었다.

'대단한 규모네.'

타이론 저택만큼 화려하지는 않았지만, 연한 녹색 대리석으로 지어진 저택은 시원한 느낌을 물씬 풍겼다. 질 좋은 크리스털의 산지답게, 계단 난간 등 여기저기에 크리스털이 보였다.

내가 조심스럽게 현관에 걸음을 내딛자, 미리 대기하고 있던 사용인들이 일제히 고개를 숙였다.

"아가씨, 환영합니다."

"어머나."

그들의 인사는 제국어였다.

'일부러 나를 위해 연습했구나.'

아가씨라는 호칭이 낯간지럽게 들렸다.

복도를 걸으며 내가 주로 이용할 방들을 알려준 뒤, 아버지는 다정한 손길로 내 어깨를 두드렸다.

"이제 당신 소유의 집이니 편하게 지내도록 해요."

"감사해요, 아버지."

내가 고개를 숙여 인사하자, 마이엔 공의 얼굴은 뜻밖에 흐려졌다. 그는 잠시 망설이다가 천천히 입을 열었다.

"감사하다고는 말하지 않아도 되어요. 나의 어리석음 때문에 마땅히 당신이 가져야 했던 것들을 이제야 전하는 것이니까요."

기묘하게도 그 말을 듣는 순간, 내 머릿속에는 내가 보냈던 과거의 시간들이 떠올랐다.

플로렌스 자작을 똑 닮아서 망나니 같았던 큰 오빠, 말아먹은 사업, 빚쟁이들, 어머니도 없이 자란 가엾은 애니.

'내가 만일 오르세에서 자랐다면 어땠을까.'

나는 예쁘고 우아하게 꾸며진 대리석 복도를 쳐다보았다.

리본을 묶고 예쁘게 옷을 차려입은 여자아이가 내 곁을 스쳐서 달려갔다. 환상이었다.

"아."

388

돌이킬 수 없는 과거였다. 나와 비슷한 상상을 하고 있었던 마이옌 공은 쓴웃음을 지었다. 나는 충동적으로 물었다.

"……만약 시간을 돌릴 수 있는 마법이 있다면 어떻게 하시겠어요?"

"예?"

"만약, 정말 만약이에요. 갑자기 궁금해져서요."

내게 그것은 그저 가정이 아니었다. 실제로 나는 시간을 넘어 여기 존재하고 있었으니까.

내 질문을 받은 아버지는 턱을 문지르다가 가볍게 어깨를 으쓱했다.

"시간을 돌릴 수 있다면 멜리사와 헤어졌던 그때로 돌아가고 싶군요. 다시는 헤어지지 않을 겁니다."

역시 그런가. 내가 바뀐 미래를 떠올려보았을 때였다.

아버지는 뜻밖의 말을 덧붙였다.

"하지만, 올리비아. 저는 겁쟁이라 결국 시간을 돌리지 못할 것 같군요."

"왜요?"

누구나 살면서 돌이키고 싶은 순간은 있지 않은가.

하지만 아버지는 완강하게 고개를 저었다.

"나는 이미 오랜 세월을 살았습니다. 내 마음속에 있는 멜리사가 내가 사랑하던 그녀와 같지 않을 만큼 오래요."

허탈한 듯 웃는 얼굴이 내 뇌리에 박혔다.

"저는 제 딸의 어릴 때 모습을 보지 못해 서운해하고 있지만,

막상 나는 나쁜 아버지일지도 모릅니다. 그러니 시간을 돌리고 싶지 않습니다."

현명한 대답이었다. 나는 입술을 꼭 깨물었다. 왜 시간을 돌렸을 때 내가 파넬을 뛰쳐나왔는지도 알 것 같았다. 나는 그 고통을 견뎌내던 올리비아와는 또 다른 사람인 것이다.

"아참."

손을 꼭 잡고 생각에 잠겨 있자니, 아버지가 생각났다는 듯이 덧붙여 말했다.

"제국으로 편지가 전해지는 데 한 달이 조금 넘게 걸린답니다. 보내고 싶은 말이 있다면 어서 보내는 게 좋을 것 같아요."

"아."

오르세로 가는 것도 큰일이었지만, 그 일정에 제임스까지 끼는 바람에 편지에는 신경을 못 쓰고 있었다.

'걱정하고 있을 텐데. 내가 생각이 짧았네.'

나는 서둘러 방에 들어가서 책상에 앉았다. 내가 편지를 쓸 거라는 걸 알고 있었는지, 이미 책상 위에는 펜과 종이가 가지런히 정리되어 있었다. 나는 편지지 앞에 앉아서 심호흡을 했다.

'누구에게 편지를 보내지?'

아무것도 쓰여 있지 않은 편지지를 앞에 두니 마음이 정갈해지는 기분이었다. 나는 펜촉에 잉크를 듬뿍 묻혔다.

'일단 애니.'

고민하던 것이 무색하게, 펜을 드니 글은 술술 써졌다.

– 애니에게.

언니는 잘 지내고 있어.

삿된 소문들 때문에 네가 많이 힘들까 걱정된단다. 남들이 뭐라고 하
든 그것은 사실이 아니니까 상처받지 말고, 언니를 믿고 기다려주렴.

사랑한다.

편지지를 정갈하게 접으니 자연히 다음 사람도 떠올랐다.

'그리고 로메오.'

로메오의 결혼식은 어떻게 되었을까. 내가 증인이 되어주기로
했는데.

로메오에게도 이런저런 미안한 일들이 많이 있었다. 나는 간
결하게 내 마음을 담았다.

– 나의 친구 로메오에게.

너의 북방행이 어떻게 진행 중인지 모르기에 이렇게 편지를 쓰는 게
뻔뻔한 짓은 아닌가 고민이 돼.

너를 만나게 되어서 얼마나 행운이라고 생각하는지 몰라.

다시 만날 때까지 건강해.

그렇게 로메오에게 보내는 편지까지 정리하고 나니 이제 딱
한 사람만 남아 있었다.

‘그리고 이안.’

두 사람에게 보내는 편지를 술술 써 내려간 것과 달리, 이안에게 보내는 편지는 망설여졌다.

나는 한참 동안 빈 종이를 쳐다만 보고 있었다. 꽤 오랜 시간이 흐른 뒤, 나는 펜을 들어서 간신히 한 문장을 적었다.

— 보고 싶어요.

그에게 털어놓고 싶은 많은 이야기들이 거짓말처럼 가라앉았다.

나는 그저 이안이 보고 싶었다.

❖ ❖ ❖

내 예감대로 오르세 국왕이 말하는 환영회는 그냥 작은 가족 모임이 아니었다.

“왕궁에서 제일 큰 무도홀을 여실 거라고 해요.”

“사흘이나 계속 무도회를 열 거라고 하셔서 모두 기대를 하고 있답니다.”

하녀들이 재잘재잘 전해주는 말들은 내가 웃으면서 듣기에는 하나같이 부담되는 것들이었다.

‘사흘이나? 내가 주인공인 무도회가 열린다고?’

나는 어색하게 웃으며 중얼거렸다.

"제가 주인공이니까 빠지면 안 되는 거겠죠……?"

"농담도 잘하셔."

농담 아닌데. 하녀들은 세상 웃긴 이야기를 들었다는 듯이 까르르 웃음을 터뜨렸다.

"공주님이 아닌 무도회의 주인공은 아가씨가 처음이세요. 그만큼 국왕 전하께서도 축하하고 싶으신 거죠."

"하하하."

이제 그만 이야기해주세요. 이미 충분히 부담감을 가지고 있으니까요.

'하긴, 무리도 아니지만.'

내 아버지, 마이엔 공은 유력한 왕위계승권자였고, 오로지 사랑을 이유로 그것을 포기했다. 하지만 결국 아내도 아이도 찾지 못했다.

원래 사람들은 비극적인 이야기에 열광하는 법. 특히 높은 분의 이루지 못한 절절한 사랑이니 얼마나 많은 사람들의 입에 오르내렸겠는가.

'따라올 때 어느 정도 각오는 했잖아.'

나도 무도회를 막 꺼리고 그런 건 아니었다. 그냥 아직도 아버지란 존재와 내가 모르는 혈육들이 세상에 존재한다는 사실이 익숙하지 않을 뿐이다.

'시간이 해결해줄 문제겠지.'

나는 그렇게 내 마음을 정리했다. 사실 팔자 좋게 내 마음을 들여다볼 시간이 없기도 했다.

"무도회가 결정되었으니 얼른 옷을 맞춰야겠어요!"

"마이엔 공의 따님에게 드레스를 헌정하고 싶다고 의사를 표현한 디자이너가 잔뜩 있답니다."

"저는 개인적으로 이분을 추천하는데…….'"

보통 외국의 무도회에 참석할 때는 자국의 드레스를 입는 것이 관례이다.

하지만 나는 엄밀히 말해서 제국의 타이론 대공비로 방문한 것이 아닌 데다가, 드레스를 협찬하고 싶어 하는 디자이너들이 잔뜩 있어서 새로 맞춰야 했다.

하녀들과 응접실로 내려가면서 나는 고개를 갸웃했다.

"이렇게 촉박하게도 드레스를 맞출 수가 있나요?"

그러자 하녀들은 무슨 소리냐는 듯이 대답했다.

"밤을 새워서라도 만들어야지요! 마이엔 공의 따님인걸요!!"

……아무래도 예상보다 훨씬 내 존재가 유명한 모양이었다.

내 곁을 뱅글뱅글 돌며 참새처럼 지저귀는 하녀들을 이끌고 응접실에 내려와 보니 다섯 명 정도의 디자이너가 저마다 자신 있는 드레스를 가지고 와있었다.

"이 중에서 세 벌을 택하셔야 해요. 무도회는 3일이니까요."

하녀들이 친절하게 속삭여주었다.

내가 드레스 앞에 서자, 디자이너들은 저마다 자신이 지은 드레스의 콘셉트는 무엇이고 어떤 점이 특별한지 설명했다. 귀 기울여 들은 뒤 나는 간단한 결론을 내렸다.

"입어보고 결정하죠."

"좋은 생각이세요."

상징이 뭔지, 의미가 뭔지 절절하더라도 내게 어울리지 않으면 끝이었다. 응접실에 바로 파티션을 치고 간의 탈의실을 만들었다. 하지만 첫 드레스를 걸치자마자 나는 난처해지고 말았다.

"이게 요즘 오르세에서 유행하는 드레스랍니다."

"이런."

오르세는 제국보다 기후가 더웠다. 그래서 그런지 몰라도 재질 자체가 잠자리 날개처럼 얇았다.

'속살이 비치겠어.'

하지만 비치는 것을 걱정할 처지가 아니었다. 어깨가 드러나는 것은 당연하고 가슴도 깊게 파여서 앙가슴까지 모두 드러났기 때문이다.

'너무 야한 것 아니야?'

내가 어색한 표정으로 거울을 돌아보고 있으니, 하녀들이 까르르 웃었다.

"제국 스타일보다 노출이 조금 심하죠? 허리를 꽉 조이고요."

"많이 다르네요."

이렇게 속살이 드러난 적이 처음이라, 예쁘고 안 예쁘고를 떠나 어색하기만 했다. 이리저리 몸을 돌려가며 거울을 확인하던 나는 고개를 갸웃했다.

'이안이 보면 좋아하려나?'

나는 거울 속의 나를 들여다보았다.

'이렇게 차려입은 나를 보면 이안은 어떻게 할까?'

나는 잠시 내 등 뒤로 이안이 선 상상을 했다. 커다란 손가락이 내 어깨를 문지르고 드러난 흰 어깨를 잘근잘근 씹을 것이다.

내가 무도회에 나가야 하니 저리 떨어지라고 말하면 이렇게 대답하며 여우처럼 웃겠지.

'아예 무도회 못 나가게 만들어볼까.'

그리고 이미 드러나 있는 뽀얀 살을 송곳니로 깨물며……

'아이고, 내가 무슨 망측한 생각을!!'

나는 서둘러서 고개를 흔들어서 생각을 털어버렸다.

'으으, 너무 얼굴을 보지 않은 기간이 길었나 봐.'

스르륵 솟아난 음란한 생각에 얼굴이 후끈거렸다. 하녀 중 하나가 눈을 동그랗게 뜨고 내 이마를 짚었다.

"왜 그러세요, 아가씨? 얼굴이 빨개지셨어요."

"아, 아무것도 아니에요."

"열이 나시는 것 같은데. 오신 지 얼마 되지 않았는데, 무리한 일정이었을까요?"

어떻게 저리 걱정하는 사람 앞에서 남편 생각을 해서 달아올랐다고 대답하겠는가.

"……."

나는 입술을 꾹 다물었다. 얼굴은 점점 더 후끈후끈해지기만 했다.

한편 제국은 평화로웠다. 사람들은 모이면 때때로 이런 이야기를 했다.

"타이론 대공비 전하께서 아직도 돌아오지 않으셨다며?"

"혹시 이대로 타이론 대공이 버려지는 건 아닐까?"

"버려질 이유가 뭐가 있겠어?"

"왜 없어? 바로 얼마 전까지만 해도 그 남자는 유명했잖아."

대국민 고자로.

고위 귀족 남녀가 평범하게 헤어져도 센세이션일 판이었는데, 타이론 대공에게는 치명적인 소문이 따라붙어 있었다.

타이론 대공비의 부재와 더불어 재미난 소문이 생겨나는 것은 당연한 인과였으리라.

"역시 정상이 아니었던 걸까."

"모르지. 잘생긴 얼굴과 달리 부실한지도."

"그러니까 남자는 얼굴이 다가 아니라니까."

"얼굴이라도 잘생기고 이야기해라."

당사자들에게는 속 터지는 이야기였으나, 다른 이들에게는 그냥 한번 웃고 끝나는 우스갯소리에 불과했다.

바지런하게 거리를 걷고 있던 케닌은 한숨을 내쉬었다.

'저런 소리는 조심해야 할 텐데.'

굳이 귀를 기울이지 않아도 들을 수 있었다. 그만큼이나 사람들은 타이론의 사정에 흥미를 가지고 있었으니까.

하지만 지금 타이론의 이야기를 하는 것은 무척 위험했다.

'우리 전하께서는 지금 터지기 직전이라고.'

바로, 타이론 대공 이안이 부글부글 끓고 있었기 때문이다.

그냥도 대공비와 인사 한번 하지 못하고 헤어진 것 때문에 화가 나 있는 대공이었다.

거기다가 대공비가 대공에게 질려서 그를 버렸다는 둥, 헤어졌다는 둥 말을 얹는 것은 불에 기름을 붓는 행위였다.

'아아, 빨리 돌아오셔서 대공 전하를 달래주세요. 저 대마왕을 감당하실 분은 비전하뿐이시라고요!'

케닌은 간절하게 허공을 향해 기도했다. 하지만 올리비아는 신이 아니고, 당연히 어떤 대답도 없었다.

케닌은 한숨을 내쉬며 머리를 벅벅 긁었다.

'……비전하께서는 왜 편지 한 통 안 보내시는 걸까.'

이럴 때 딱 당신을 좋아한다, 날 믿고 기다려달라 편지 한 통만 도착하면 이안도 조용해질 텐데 말이다.

하지만 편지는 오늘도 오지 않았고, 케닌은 보고를 하러 다시 타이론 대공저로 돌아가야 했다. 케닌은 한숨을 폭폭 쉬었다.

'아이고, 돌아가기 싫다. 그냥 이대로 사라지고 싶다.'

질질 끌려가는 것처럼 케닌은 죽상을 하고 이안의 집무실로 올라갔다. 그가 어떤 상황인지 알고 있는 대공가의 사용인들은 모두 안타까운 표정을 지었다.

"전하, 케닌입니다."

문을 두드리면서도 케닌은 간절하게 빌었다.

'나가라. 없어라. 황제 폐하를 뵈러 떠나라!'

하지만 그의 바람이 무색하게 안에서는 얼음처럼 차가운 목소리가 울렸다.

"들어와."

"……."

재수도 억수로 없지. 케닌은 조용히 문을 열었다.

이안은 책상 앞에 앉아 있었다. 딱딱하게 굳어진 얼굴은 꼭 동상처럼 보였다.

'분명 예전에는 저게 익숙한 얼굴이었는데.'

바보처럼 헤실거리던 얼굴에 언제 익숙해졌는지, 이제는 또 저 냉혹한 얼굴이 낯설었다. 케닌은 눈을 내리깔며 몹시 공손하게 서류를 책상 위에 올려놓았다.

"일단 지시하신 서류는 모두 처리했습니다. 허가도 모두 끝났고요."

이안은 심드렁한 얼굴로 서류를 획획 넘겼다. 케닌은 그 빠른 손길에 안심하지 않았다.

지금 이안은 무척 심기가 좋지 않았다. 귀신같이 서류의 허점을 찾아낼 수 있다는 뜻이다.

'실수한 건 없겠지? 없었던 것 같기는 한데.'

케닌이 조마조마함에 손가락을 구부렸다 폈다 하고 있을 때였다. 미간에 주름을 잡은 이안이 여상스러운 어조로 물었다.

"새로운 소식은 있나?"

"별것 없습니다."

"폐하께서는?"

"무척 안심하고 계신 것 같습니다."

대공비가 그렇게 사라지고, 타이론 대공의 명예는 바닥에 떨어진 참이었다. 황제는 배부른 곰처럼 무척 이 상황에 만족하고 있었다.

'제발 결혼하라고 매달릴 때는 언제고.'

이안은 입술을 비틀었다. 어떻게 참아보려고 해도 참아지지 않았다.

"졸렬한 인간 같으니."

"……."

케닌은 방 안에 두 사람만 있다는 사실을 알고 있음에도 뒤를 돌아보았다. 황제가 듣는다면 그냥 넘어갈 리가 없었기 때문이다.

'그런 성질머리 덕분에 제국이 평온한 건 사실이지.'

황제는 아무도 믿지 않았다. 누군가에게 전적인 지지를 보내지도 않았다. 그렇다 보니 자연스럽게 귀족들은 황제의 비위를 맞추려고 안달이었다.

'지금까지야 적당히 그 장단에 맞춰주었지만.'

이안 한 사람을 붙들고 흔들 때는 그런 졸렬함이 나쁘지 않았다. 이안은 그냥 적당하게 살고 싶었고, 황제의 치세 아래서 그는 절대로 중책을 맡을 수가 없었다.

'하지만 올리비아를 건드린다면 이야기가 다르지.'

하지만 그는 더 이상 혼자가 아니었다. 지켜야 할 사람이 있는 상황에서 그는 얌전히 당해줄 수가 없었다.

"공국의 정비는 끝났나?"

"예."

"타이론 사병은?"

"모두 대기하였습니다. 하지만 경험 있는 병사가 드물어⋯⋯."

"그 부분은 어쩔 수 없지."

아주 화끈하게 뒤통수를 쳐주리라. 그리 생각하며 이안이 입술을 깨물었을 때였다. 집사가 문을 두드렸다.

"전하, 손님이 찾아오셨습니다."

"누구지?"

최근 대공비가 없는 상황을 고려해서, 대공가에는 손님이 뚝 끊어진 상태였다.

눈살을 찌푸리고 고개를 들었던 이안은 찾아온 인물의 이름을 듣고 넘기고 있던 서류를 떨어뜨리고 말았다.

"제임스 파넬 공작님이십니다."

이 상황에서 제일 보고 싶지 않은 남자였다.

"⋯⋯돌려보내."

봤자 속만 긁을 것이 뻔했기에, 이안은 고개를 휙 돌렸다. 하지만 집사는 뜻밖에 우물쭈물하며 망설였다. 이안이 다시 고개를 들었다.

"왜?"

"그, 그게⋯⋯."

집사는 난처한 표정을 지었다.

"오르세에서 왔다고 하면 알아들으실 거라고."

"⋯⋯개자식이."

이안의 입술에서 결국 욕설이 튀어나왔다.

❖ ❖ ❖

　한편 이 소문에 신이 난 사람이 하나 더 있었다. 바로 화이트폴의 릴리아나였다.

　릴리아나는 자신의 방에 앉아서 가십지를 넘겼다. 타이론 대공비가 사라진 지 꽤 시간이 흘러서, 이제는 가십지에도 기사가 올라오지 않았다. 릴리아나는 입술을 삐죽였다.

　'흥. 그렇게 사라질 거면서 내 속을 긁었단 말이지?'

　그녀가 타이론 대공저에 다녀온 뒤, 실제로 화이트폴에는 배상신청서가 날아왔다. 금액으로는 크지 않았지만, 그 내역을 본 부모님에게 대차게 혼이 난 것은 당연했다.

　"릴리아나! 무단침입이라니, 그게 무슨 말이니!"
　"다시는 타이론 대공저에 얼씬도 하지 말거라!"

　'피, 부모님은 나만 뭐라고 해.'

　릴리아나는 입술을 삐죽거렸다. 자신은 그 마녀로부터 이안을 구하려는 것뿐인데, 부모님은 도통 이해해주지 않았다.

　'그래도 내 덕분에 마녀는 사라졌으니까. 이안도 지금 마음은 아프더라도 곧 회복할 거야.'

　그리고 알게 될 것이다.

　'자신을 진짜로 사랑하는 사람은 나뿐이라는 걸.'

　망상은 병이지만, 이미 어릴 때부터 망상에 빠져 지내던 릴리아나는 자신의 생각이 어딘가 이상하다는 자각조차 없었다.

'마녀는 사라졌고 이야기는 해피엔딩이 되는 거지.'

하지만 막상 상황이 이렇게 되니까 떨떠름해졌다. 이안을 영영 놓치는 것 같아서 계산하지 못했던 것들이 이제 하나둘 눈에 들어오는 것이다.

'하지만 결국 릴리가 후처가 되는 거잖아?'

어느 동화에서도 왕자가 기혼자였던 적은 없다. 현실에서 왕족들은 수많은 아내를 두고, 실제로 황제도 후궁이 여럿이지만, 적어도 동화 속에서는 그럴 리가 없다. 릴리아나도 자신이 후처가 될 거라는 상상은 해본 적도 없었다.

'릴리는 첫 결혼인데. 이건 내가 손해 보는 거잖아.'

한번 계산하기 시작하니까 여러 가지 것들이 떠올랐다.

'이안은 부모님도 안 계시잖아. 나는 멀쩡히 부모님이 건재하시고. 대공가라고 하지만, 화이트폴도 만만치 않단 말이지.'

하나하나 계산하다 보니까 자신이 이안과 결혼하는 것은 너무나 아까운 일로만 느껴졌다.

릴리아나가 손가락을 잘근잘근 깨물고 있을 때였다.

"아가씨, 타이론 공작님을 뵈러 안 가보세요?"

자매처럼 여기는 하녀가 가십지를 정리하면서 릴리아나에게 물었다.

'가긴 가야 하는데.'

상황상 지금이 적기이기는 했다. 하지만 저울이 자신에게로 기운다고 생각하니 발을 뗄 수가 없었다.

릴리아나는 팔짱을 끼고는 고개를 획 돌렸다.

"안 갈래!"

"네?"

당연히 꽃단장을 하고 나갈 줄 알았던 하녀는 황당한 표정을 지었다. 그러거나 말거나.

릴리아나는 입술을 씨근거렸다.

'괘씸해.'

생각해보니 무척 괘씸하지 않은가. 자신이 있는데 어떻게 다른 여자랑 먼저 결혼을 할 수가 있담.

그런 상황에서 버려졌으면 무릎 꿇고 빌면서 자신을 데리러 와야지, 자신이 먼저 가서 달래주는 건 수지에 맞지 않았다.

'나한테 빌러 올 때까지 안 갈 거야.'

릴리아나는 마음을 단단히 먹었다.

하녀는 자신이 모시는 아가씨가 또 이상한 핀트가 맞았다는 걸 깨닫고 살살 어르듯 말을 걸었다.

"아가씨, 지금이 딱 기회예요. 배신감에 몸부림치고 있을 때 아가씨께서 달래주셔야 마음이 녹아내리지요."

"안 갈 거야."

'이안은 조금 마음고생을 해도 돼.'

릴리아나는 그리 생각하며 획 돌아섰다. 이렇게 고집부릴 때의 릴리아나는 누구의 말도 듣지 않는다는 사실을 알고 있는 하녀는 그냥 고개를 끄덕였다.

잠시 이안이 오면 어떻게 해줄까 고민을 하고 있던 릴리아나는 창밖을 내다보았다.

"그런데 집 안은 왜 이렇게 소란스러워?"

창밖으로 부산스럽게 오가는 하인들이 보였다. 릴리아나의 방을 정리하며 하녀가 대답했다.

"오늘 콘웰에서 사람이 와서요. 다들 그쪽 접대를 하느라고 정신이 없는 거 같아요."

"콘웰에서 왜?"

콘웰은 화이트폴과는 먼 친척 관계였다. 말이 친척이지, 릴리아나는 콘웰 쪽 친족들의 얼굴도 몰랐다.

하녀는 그걸 정말 몰라서 묻냐는 투로 되물었다.

"모르셨어요? 이번에 후작님께서 콘웰의 셋째 도련님을 입양하기로 결정하셨잖아요."

"뭐라고?!"

그 이야기를 처음 듣는 릴리아나는 자리에서 벌떡 일어나고 말았다.

'아니, 누구 마음대로 입양을 해?'

릴리아나는 쿵쿵거리는 걸음으로 바쁘게 계단을 내려갔다.

귀족들이 입양을 하는 경우는 딱 두 가지였다.

사생아를 합법적으로 집안에 들이기 위해서, 혹은 집안을 이을 손이 없어서 결국 믿을 만한 친척 중에서 들이는 것.

콘웰에서 셋째 아들을 데려온다는 건 후자라는 이야기였다.

'아니, 화이트폴에는 내가 있잖아. 어떻게 콘웰에서 후계자를 데려올 수가 있어?'

릴리아나는 아버지의 결정에 억울해서 눈물이 나올 것만 같았다. 아예 자식이 없다면 모를까, 릴리아나라는 딸이 떡하니 있지 않은가.

'데릴사위도 아니고 입양이라니. 말도 안 돼. 정말 말도 안 돼!'

릴리아나는 잔뜩 화가 나서 응접실에 도착했다. 응접실에는 마침 콘웰 자작 부부와 이제는 화이트폴의 식구가 될 자작가 소년이 서 있었다.

"어머나, 릴리. 안 그래도 부르려고 했단다."

화이트폴 후작부인이 다정한 미소를 지으며 릴리아나를 환영했다. 릴리아나는 입술을 꽉 깨물었다.

'웃어?'

어떻게 어머니가 이 상황에서 자신을 보며 웃을 수 있는지가 이해가 되질 않았다. 릴리아나는 입술을 꽉 깨물었다.

"저 아이가 바로 제 딸 릴리아나랍니다."

"어머나, 역시 소문대로 아름다우시네요."

부인들끼리 의례적인 대화가 오갔다. 콘웰 자작부인이 자신의 아들의 등을 떠밀었다.

"바란, 너도 인사하렴."

소년은 또랑또랑한 눈망울을 가지고 있었다. 과연 화이트폴의 후계자로 낙점할 만했다.

수줍음도 별로 없는지, 소년은 릴리아나에게 살갑게 웃으며 인사를 붙였다.

"안녕하세요, 누님. 이번에 화이트폴에 오게 된······."

하지만 그 인사는 끝까지 이어지지도 못했다. 릴리아나가 사납게 대꾸했기 때문이다.

"누가 네 누나야?!"

"릴리!"

손님들이 모두 있는 자리에서 저게 무슨 행동이란 말인가.

화이트폴 후작부인은 서둘러 릴리아나에게로 다가와서 낮은 목소리로 꾸짖었다.

"도대체 그게 무슨 말버릇이니."

하지만 지금 릴리아나에게는 자신을 꾸짖는 어머니가 도리어 비합리적인 폭군으로 보였다. 릴리아나는 눈물이 가득 고인 눈을 매섭게 치떴다.

"어머니도 너무 하세요. 어떻게 입양 같은 커다란 문제를 마음대로 하실 수가 있어요? 저한테 상의도 안 하시고요!"

잘못을 반성하기는커녕 이 자리에서 소리를 더 높이는 딸을, 화이트폴 후작부인은 어이없는 표정으로 바라보았다. 그리고 한숨을 내쉬며 자신의 이마를 짚었다.

"……이따가 이야기하자."

"싫어요!"

다른 사람 앞에서 창피하다는 인식은 물론 릴리아나에게도 있었다. 하지만 그럼에도 릴리아나가 발끈한 이유는 하나뿐이었다.

'지금이 아니면 내가 언제 따질 수 있는데? 조금 있으면 돌이킬 수 없는 일이 될 것 아니야.'

화이트폴의 넓은 영토와 저택, 고성이 모두 저 얼굴도 몰랐던 소년의 주머니로 고스란히 들어간다고 생각하니 피가 거꾸로 솟는 기분이었다.

'그건 엄연히 내 것이라고! 화이트폴의 유일한 딸, 바로 나!'

그리 생각하며 릴리아나가 입술을 꽉 깨물었을 때였다. 결국 릴리아나의 무례함을 참지 못한 후작부인이 언성을 높였다.

"도대체 네가 무슨 상관이니? 곧 있으면 폴카로 시집을 갈 거면서! 화이트폴을 들고 타국으로 가겠다는 거야?"

"누가 제가 폴카로 갈 거라고 해요?"

릴리아나의 사나운 반문에, 화이트폴 후작부인은 도리어 어이가 없어서 되물었다.

"그럼 안 갈 거니?"

"그, 그건⋯⋯."

막상 어머니가 그 부분을 찌르고 들어오니 릴리아나는 선뜻 대답을 할 수가 없었다. 방금 방에서 그 저울질을 하고 있던 것이 사실이기 때문이다.

'타이론 대공비가 되고 싶긴 한데, 후처는 싫어. 한 나라의 왕비가 되는 게 나을 것 같기도 하고.'

무엇보다 이안이 아직 빌러 오지 않았다. 딱 잘라 결론을 내릴 수 없는 릴리아나는 입술을 삐죽였다.

"그건 확답할 수 없지만."

"뭐라고?"

그 대답에 후작부인의 눈꼬리가 매서워졌다. 한참 동안 말을 못 하고 딸을 노려보고 있던 후작부인이 한숨을 토해냈다.

"내가 정말 딸을 잘못 키웠구나."

"네?"

릴리아나는 자신의 귀를 의심했다. 그녀는 늘 집안에서 사랑받는 귀한 외동딸이었기 때문이다.

'지금 어머니께서 뭐라고 하신 거야? 날 혼내신 거야?'

그리고 잘못 들은 게 아니라는 듯, 후작부인은 재차 릴리아나를 야단쳤다.

"인정하고 싶지 않아서 계속 외면했는데 이제는 참을 수가 없구나. 내가 정말 딸을 잘못 키웠어!"

"어머니, 무슨 그런 심한 말씀을 하세요?!"

릴리아나는 발끈했다. 그녀는 스스로를 세상에서 가장 사랑받아 마땅한 딸이라고 믿으니 당연했다.

후작부인은 허리에 손을 올리고 릴리아나를 바라보며 새된 목소리로 물었다.

"네 아버지가 너를 폴카로 보내기 위해서 무슨 일을 하기로 하셨는지 아니? 그런데 철없이 뭐라고?"

"하, 할 게 뭐가 있나요! 내가 완벽해서 들어온 제안인 것을요."

"뭐라고?"

후작부인 입장에서는 기가 찰 노릇이었다.

"너는 일국의 왕비 자리가 무슨 뚝 하면 떨어지는 줄 아니?"

"……."

뚝 떨어지는 줄 알고 있었던 릴리아나는 입술만 꾹 다물었다. 그녀는 정신적으로 성장하지 못해서 여전히 유아기 때의 환상을 벗어나지 못했다.

그녀는 여전히 동화 속 주인공이었고, 주인공이 가장 좋은 것을 가져가는 건 당연한 일이었다. 거기에 개연성은 필요하지 않았다.

'나는 마땅히 한 나라의 왕비가 될 만한 사람인걸.'

하지만 그녀가 살고 있는 곳은 현실 아닌가. 후작부인은 그 부분을 날카롭게 지적했다.

"아버지는 너 때문에 전쟁터로 나가실 생각이야. 그래서 급하게 후계자까지 찾은 거라고!"

"!!"

현실에서 좋은 것을 가지기 위해서는 다른 것을 희생해야 했다. 누군가에게 그것은 시간이기도 했고, 물질이기도 했다.

하지만 릴리아나는 그 현실을 받아들일 수가 없었다.

"그럴, 그럴 리가 없어요."

현실을 부정하는 딸을, 후작부인은 한심한 눈으로 내려다보았다. 사실 진즉 이렇게 말을 해주었어야 했다.

'내가 물러서기만 할 것이 아니었어.'

현실을 알려주면 릴리아나가 순수함을 잃어버릴 거라고, 상처받을 거라고 한 번 두 번 미루던 것이 결국 눈덩이가 되어서 돌아왔다. 후작부인은 지끈거리는 이마를 꾹 눌렀다.

"이제 너도 성인이잖니. 그런데도 상황이 파악이 안 되니? 네무얼 보고 왕비로 삼으려 한단 말이냐?"

"그야 저는 예쁘고, 화이트폴 혈통인 데다, 마음씨가 곱고……."

자신의 장점을 늘어놓던 릴리아나의 몸이 우뚝 굳어졌다.

'이건 다 이안 때문에 생긴 일이잖아.'

그가 자신을 거절하지 않았다면 폴카의 왕비 자리를 운운하는 일도 없었을 것이다. 지금쯤 타이론 대공비의 티아라를 쓰고 우아하게 미소 짓고 있었겠지.

화이트폴을 다른 사람에게 넘겨야 할 필요도 없었다.

'그래. 이건 다 이안 때문이야. 이안이 갈팡질팡하는 바람에.'

그렇게 생각하니 결론은 하나뿐이었다. 릴리아나는 가벼운 걸음으로 돌아섰다.

"제가, 제가 해결하고 올게요!"

"릴리!"

또 무슨 사고를 치려고!

후작부인은 릴리아나를 붙들려고 했지만, 릴리아나는 쏜살같이 달려갔다.

'이안이 해결하는 것이 옳아.'

그녀의 머릿속에는 온통 그 생각뿐이었다.

❖ ❖ ❖

릴리아나는 금방 타이론 대공저에 도착했다. 릴리아나는 불안감에 연신 자신의 손톱을 깨물며 말했다.

"어서 이안에게 내가 방문했다고 알려줘."

"그건……."

릴리아나 때문에 대공비가 상처받고 떠났다고 알고 있는 대공가의 시중인들이었기에, 릴리아나를 대하는 태도가 영 떨떠름했다. 하지만 릴리아나의 눈에는 그런 모습들이 눈에 들어오질 않았다.

'어서 빨리 문제를 해결해야 해. 아버지가 나 때문에 전장에 서시다니.'

초조함에 릴리아나는 연신 손톱을 물어뜯었다. 철없이 구는 그녀였지만 전장이 무섭다는 것쯤은 알았다.

그녀가 앉지도 않고 현관에서 서성거리고 있을 때였다.

곰처럼 커다란 남자가 성큼 릴리아나 앞으로 다가왔다.

'뭐야, 이 남자는?'

릴리아나는 눈살을 찌푸렸다.

"어, 어딜 감히……."

호통을 칠 생각이었지만 커다란 덩치를 보니 저절로 쪼그라들었다. 릴리아나는 풀이 죽은 목소리로 물었다.

"쳐다보……시는 거예요?"

"……."

남자는 말 대신 손가락으로 릴리아나의 뒤를 가리켰다. 바로 현관문이었다.

'아, 비키라는 거구나.'

릴리아나는 얼굴을 붉히고는 슬쩍 물러났다. 그리고 그 덕분에 커다란 덩치에 가려서 보이지 않던 남자가 보였다.

"이안!"

아름다운 금빛 머리카락을 가진 남자가 계단을 내려오고 있었다. 사내는 이안에게 무뚝뚝한 목소리로 말했다.

"그럼 나는 가보겠다."

"그러시든가 말든가."

이안은 답지 않게 팔짱을 끼고 뚱한 목소리로 대답했다. 두 사람의 대화를 들은 릴리아나가 눈을 동그랗게 떴다.

'이안에게 하대?'

릴리아나는 자신의 옆을 스치는 남자를 다시 돌아보았다. 짧게 친 검은 머리카락에 그을린 얼굴이 험상궂게만 보였다.

'설마 친구인가?'

릴리아나의 생각에 하대를 할 만한 관계는 친구 말고는 없었다. 릴리아나는 새초롬한 표정을 지었다.

'이안이 저런 산적 같은 사람하고 친구일 리가 없어.'

친구가 아닌 것은 맞았지만, 그 마음을 소리 내어 말했다면 제임스도 이안도 모두 얼굴을 찡그렸을 것이다.

제임스가 문을 닫고 나갔다. 릴리아나는 처연한 표정을 지으며 이안에게 다가섰다.

"저, 저기 이안."

자신이 부르면 이안도 다정하게 그녀에게 다가설 줄 알았다.

하지만 이안은 다정하기는커녕 무척 차가운 표정으로 머리카락만 쓸어 넘겼다.

"제가 기분이 오늘 많이 불쾌해서 본론만 간단히 듣고 싶군요."

이안에게 들어본 적 없는 냉정한 목소리였다. 릴리아나는 눈물을 글썽이며 말했다.

"왜 그렇게 차갑게 말하는 거야? 전처럼 상냥하게 말해줘."

"……."

이안은 팔짱을 끼고 릴리아나를 바라보았다. 전혀 자신의 호소에 동요되지 않은 모습이었다. 릴리아나는 두 손으로 옷자락을 꽉 쥐었다.

"네가 해결해 줘야 하는 일이 있어. 아버지 일이야."

화이트폴 후작의 언급은 효과가 있었다. 이안은 고개를 돌려 릴리아나와 눈을 마주했다.

"뭡니까?"

그 모습에 릴리아나는 이렇게 생각했다.

'나에게는 아직 서운한 모양이구나. 하지만 마음을 닫은 것은 아니야.'

화이트폴 후작의 일에 반응하는 것이 그 증거였다. 릴리아나는 한층 더 처연한 표정을 지었다.

"아버지께서 너 때문에 북부 이민족 소탕에 출전하신대."

"나 때문에?"

이안은 고개를 갸웃거렸다. 그 모습이 천연덕스럽게만 보였다. 릴리아나는 저도 모르게 발끈해서는 큰 소리로 말했다.

"그래! 네가 괜히 내 질투심을 자극하려고 결혼 같은 걸 하는 바람에 이런 일이 생겼잖아."

"내가 널 자극하려고 결혼했다고?"

릴리아나의 말에 이안의 미간이 찌푸려졌다. 계속 모르겠다는 표정인지라, 릴리아나도 부아가 치밀었다. 그녀는 입술을 삐죽이며 툴툴거렸다.

"그래! 이제 충분하니까 그만둬. 빨리 나랑 결혼해. 그리고 아버지의 북방행을 막아달란 말이야."

"하."

이안은 머리카락을 쓸어 넘겼다. 눈빛이 겨울처럼 스산했다.

"그런 말을 제 아내에게도 했습니까?"

"사실인데 말 못 할 게 뭐가 있어?"

이안의 분위기에 조금 기가 눌렸지만, 릴리아나는 뻔뻔하게 대답했다. 대답하지 못할 게 없었다.

그녀의 마음 안에서는 이것이 진실이었으니까.

이안은 그런 릴리아나를 보며 실소했다. 왜 그동안 그녀를 보며 귀여운 여동생 같다고 생각했는지도 모르겠다.

이안의 입술이 천천히 벌어졌다.

"나는 그동안 화이트폴에 마음의 짐을 가지고 있었지. 그래서 그대에게 물렀던 것도 사실이야."

저벅.

그녀를 향해 이안이 한 걸음 내디뎠다. 묘한 압박감에, 릴리아나는 저도 모르게 한 걸음 뒤로 물러났다.

이안은 희게 질린 그녀를 보며 피식 웃었다.

눈빛이 차게 식어 있었기 때문에, 보고 싶은 대로 보는 릴리아나조차도 진짜 미소라고 착각할 수가 없었다.

"내 아내를 건드리고도 내가 참을 줄 알았나?"

이안의 말에 릴리아나의 얼굴에 혼란이 밀려왔다. 릴리아나의 머릿속에 자신을 좋아하지 않는 이안이란 존재하지 않았기 때문이다.

"그, 그게 무슨 소리야. 빨리 나한테 미안하다고 사과해야지. 너 때문에……."

어떻게 나에게 그가 이럴 수 있단 말인가. 저의 행동 때문에 얼마나 마음고생을 했는데.

횡설수설하는 릴리아나를 차가운 눈으로 노려보며 이안이 등 뒤에 선 케닌을 불렀다.

"케닌."

"예, 전하."

"그래서 올리비아가 저 헛소리를 듣고 어떻게 했지?"

헛소리라는 말에 릴리아나의 어깨가 움찔 떨렸다. 케닌은 하고 많은 날들 중에 이안이 가장 기분 나쁜 날 찾아온 영애를 짠한 눈으로 바라보며 대답했다.

"배상신청서를 보내셨습니다. 무단침입과 업무방해로요."

"올리비아는 너무 물러."

이안은 다시 한 걸음 릴리아나에게 성큼 다가갔다. 릴리아나가 겁에 질린 얼굴로 자신에게 가까이 다가오는 잘생긴 얼굴을 바라보았다.

"그런 헛소리를 들어주는 건 오늘뿐이야. 어서 돌아가도록 해. 그리고 폴카로 얼른 떠나는 게 좋을 거야."

이안은 낮게 으르렁거렸다.

"이젠 가만두지 않을 테니까."

과거의 인연을 생각해서 봐주는 것은 오늘까지다. 그렇게 선을 긋는 말이었다.

"으으……!!"

수치와 모멸감을 동시에 느낀 릴리아나의 얼굴이 새빨갛게 달아올랐다. 릴리아나는 눈물이 고여서는 이안에게 버럭 소리를 질렀다.

"이안, 너무해!"

그리고 왔을 때처럼 휘리릭 달려 나가버린다. 예의도 뭣도 없는 행동을 보며 이안은 한숨을 내쉬었다. 그러자 약 올리기라도 하듯 케닌이 슬그머니 말을 붙였다.

"무르신 건 전하시겠죠. 전하께서 화이트폴에 세게 나갈 수 없다는 걸 비전하께서는 눈치채셨을 테고요."

올리비아에게 정을 많이 줬던 케닌으로서는 말도 되지 않는 이유로 떼를 쓰는 릴리아나에게 차가워질 수밖에 없었다.

케닌의 말에 이안은 피식 웃었다.

"올리비아가 걸렸는데 사정을 봐줄 것 같아?"

이안은 저벅저벅 걸음을 옮기기 시작했다. 자신의 집무실로 돌아가기 위해서였다.

머릿속에는 순식간에 화이트폴에게 그가 할 수 있는 여러 가지 보복들이 떠올랐다.

'여차하면 폭로전을······.'

온갖 더러운 짓을 생각하던 이안이 갑자기 걸음을 멈추었다.

그리고 커다란 손바닥으로 자신의 얼굴을 덮었다.

"젠장."

가지런한 잇새로 거친 목소리가 새어 나왔다. 이놈이 또 무슨 미친 짓을 하려나, 하는 표정으로 케닌이 팔을 들었다. 무의식적인 방어 자세였다.

하지만 이안의 입술에서 흘러나온 것은 꺼질 듯 가느다란 목소리였다.

"올리비아는 언제 올까, 케닌."

"전하."

커다란 키의 사내가 이 순간 길 잃은 아이가 된 것 같았다. 이안은 여전히 제 손바닥에 얼굴을 묻은 채로 중얼거렸다.

"올리비아가 보고 싶어."

"그러시겠죠."

"다시 만나면 방문을 잠그고 한 걸음도 못 나가게 해야겠어."

"……못 들은 것으로 하겠습니다."

케닌은 눈을 가늘게 뜨고 이안을 바라보았다. 말은 저렇게 하지만, 어차피 올리비아가 따끔하게 한마디 하면 못할 것이 분명했기에 걱정은 되지 않았다.

그저 멀쩡하던 사람이 왜 저런 소리까지 중얼거리게 되었나 싶을 뿐.

'역시 결혼은 할 게 못 돼. 솔로가 최고인 것이다.'

그런 이유로 오늘도 케닌은 비혼의 의지를 다졌다.

나는 깜짝 놀라서 눈을 떴다.

자고 있다고 생각했는데, 화장대에 앉아 있었고, 커다란 손이 내 허리를 뒤에서 끌어안았다.

"이안?"

나는 살짝 고개를 돌렸다. 부드러운 금빛 머리카락이 뺨에 문질러졌다.

"언제 왔어요?"

대답 대신 남자는 혀를 내밀어 내 뺨을 핥았다. 나는 간지러워서 까르르 웃었다.

"뭐예요? 강아지처럼."

내 말에 남자가 눈을 가늘게 뜨고 웃었다. 그리고 살구색 반듯한 입술을 벌렸는데.

"엄마."

"헉!"

그 순간 내 눈이 반짝 떠졌다.

'뭐, 뭐야.'

여기가 어디인지, 지금 무슨 상황인지 파악이 되지 않아서 나는 한참 동안이나 눈만 깜빡였다.

천천히 시야가 또렷해지면서 낯선 천장에 눈에 들어왔다.

꿈이었다.

'이게 뭐야.'

나는 천천히 몸을 일으켜 앉았다. 얇은 이불이 스르륵 떨어졌다. 나는 머리카락을 쓸어 넘겼다.

이안이 나를 엄마라고 부르는 꿈이라니. 게다가 꼭 강아지 같은 느낌이었어.

'지난번에도 비슷한 꿈을 꿨는데.'

묘한 꿈이었다. 지난번에는 그냥 이안이 애정결핍 운운해서 그런다고 생각하고 넘어갔는데, 이번에는 영 찜찜했다.

'도대체 무슨 꿈일까.'

하지만 꿈을 고민한들 무슨 의미를 부여할 수 있겠는가. 나는 한숨을 내쉬었다.

'관두자. 꿈에 무슨 의미가 있겠어.'

자고 일어난 지 얼마 되지 않아서 그런가? 머리가 무거웠다. 나는 설렁줄을 당겼다.

"좋은 아침입니다, 아가씨."

얼마 지나지 않아서 하녀가 올라왔다. 내가 지금 제일 원하는 차가운 물도 함께였다. 그녀는 사근사근하게 웃으면서 말했다.

"딱 적절한 시간에 일어나셨네요. 드레스가 다 왔어요."

"어머, 벌써요?"

나는 눈을 깜빡깜빡했다.

'내가 아는 드레스는 수선하는 데도 굉장히 많은 시간이 필요했던 거 같은데.'

그런 나의 의문을 읽은 것처럼, 하녀는 상냥하게 웃으며 말했다.

"그럼요. 누가 입으실 것인데요."

어쩐지 숨이 턱 막히는 말이었다.

'타이론 대공비가 마이옌 공의 딸보다 낮은 지위는 아니지만.'

한 공국의 왕비의 지위가 어떻게 왕족의 딸에 비해 낮겠는가. 하지만 오르세에서 내게 해주는 것들은 대공비로 받던 대우와는 조금 결이 달랐다.

'어쩐지 마음이 불편해.'

원인을 알 수 없는 불편함이 묵직하게 마음을 채웠다. 내 이런 마음도 모르고 하녀는 발그레한 얼굴로 물었다.

"방으로 들이라고 할까요?"

당장 내게 드레스를 보여주고 싶어서 참을 수 없다는 기색이 완연했다.

그녀의 기대에 부응하기에는 내가 너무 가라앉아 있었다. 나는 어색하게 웃었다.

"세수 먼저 하고요."

"아, 그렇군요! 잠시만요."

세숫물도 금방 준비되었다. 머리카락까지 단정하게 정리하고 나니, 하녀들이 드레스를 세 벌 나란히 세워두었다. 하나같이 화려하고 너풀거리는 드레스였다.

드레스를 요모조모 뜯어보던 나는 고개를 갸웃했다.

'허리가 조금 굵어진 거 같은데?'

어제 입어볼 때는 몰랐는데 세워져 있는 드레스를 보니 조금 사이즈가 달라졌다는 걸 알 수가 있었다.

'아니다. 가슴이 조금 커졌나?'

내가 한참 동안 드레스를 쳐다보고 있으니, 하녀가 조금 불안해진 얼굴로 물었다.

"왜 그러세요?"

혹시 내가 마음에 들지 않는다고 할까 봐 걱정되는 모양이었다. 나는 상냥하게 미소 지었다.

"신기해서 쳐다보고 있었어요. 역시 익숙하지 않은 의상이라."

아닌 게 아니라 몸의 라인을 드러내지만 레이스를 덧대는 등 노출을 줄이는 제국과는 스타일이 완전히 달랐다.

내 대답에 하녀는 쿡쿡 웃으며 말했다.

"이제는 익숙해지실 거예요. 계속 오르세에 계실 거잖아요."

"아."

나는 그제야 그들의 친절이 왜 자꾸 내게 거북스럽게 다가오는지를 깨달았다.

그들은 나를 영영 오르세에서 살 사람처럼 대했기 때문이다.

'내가 언제까지 오르세에 있을까.'

아가씨라는 호칭도, 나를 향한 환대도 다 그런 맥락의 하나로 느껴졌다. 나는 입술을 깨물었다.

'빨리 돌아가고 싶은데.'

이제는 우리 집으로 돌아가고 싶었다.

아침 식사를 하고, 오르세의 예법에 대해서 공부하고 나니, 아버지가 나를 불렀다. 아버지의 서재로 가니 아버지는 몇 장의 서류를 내밀었다.

"이 서류가 바로 오르세 시민권에 관한 서류입니다."

오르세어를 공부했다고 해도, 이런 공적인 문서를 접하니 무슨 내용인지 이해하기가 쉽지 않았다.

'이게 무슨 내용이지?'

저절로 미간이 찌푸려졌다. 그런 나를 쿡쿡 소리를 내며 귀엽다는 듯이 바라보던 아버지가 서류의 중간 부분을 짚었다.

"여기 서명하면 되어요."

"네."

나는 유려한 필체로 서명했다.

– 올리비아 타이론

내 서명이 끝나자, 아버지는 환한 미소를 지었다.

"이제 제 딸이자, 명실상부한 오르세 국민이군요."

"저어, 아버지."

나는 입을 열었다. 하지만 아버지는 듣지 못하고 다른 서류를 내밀었다.

"그리고 이게 상속에 관한 서류입니다. 오늘은 그게 어떤 재산인지 함께 둘러보도록 하죠."

그냥 한눈에 보기에도 서류에 적힌 것이 많았다. 나는 한숨을 삼키며 재차 아버지를 불렀다.

"저기요, 아버지."

"네. 말해요."

흡족해하는 아버지를 보니 나도 기분은 좋았지만, 그래도 이 이야기를 꼭 해야 했다.

"시민권 문제가 해결되었으니 슬슬 제국으로 돌아가는 일정을 짜야 할 것 같아요."

내 말에 아버지의 눈동자가 크게 뜨였다. 아버지는 당혹스러운 어조로 물었다.

"벌써요?"

사실 아버지와 만난 지 얼마 되지 않았는데, 헤어지는 것이 나도 서운하긴 마찬가지였다. 나는 어색하게 웃으며 말했다.

"네. 돌아갈 때는 텔레포트 존을 사용할 수 없으니, 두 달 가까이 시간이 필요하니까요."

텔레포트 존을 이용하지 않으면 오르세에서 제국까지 넘어가는 데도 한 달이 꼬박 걸린다. 적게 잡아도 한 달 반은 걸리는 여정이었다.

텔레포트 존을 이용하고 아파하던 내 모습을 기억하는 아버지는 천천히 고개를 끄덕였다.

"그건 그렇지만……."

그렇다고 해도 딸과 헤어지기 싫다는 서운함이 뚝뚝 묻어났다. 나는 어깨를 움츠렸다.

"떠날 때 남편의 얼굴을 보지 못하고 온 거라서 걱정이 되어요.

슬슬 구설도 잠재워야 하고요."

"그렇지요. 맞아요. 당신의 입장도 있으니까요."

아버지는 내 말에 고개를 끄덕였다. 아버지 또한 왕족이라, 윗사람으로 행실이 얼마나 많은 말을 타는지 알고 있었다.

하지만 이성적으로 납득하는 것과 감정적인 것은 다른 문제. 아버지는 여전히 서운한 표정으로 눈을 내리깔고 있었다.

"너무 서운해하지 마세요, 아버지."

가슴이 찡해진 나는 아버지의 손을 꽉 붙들었다. 주름져 있지만 내 손보다는 훨씬 큰 손이 따뜻했다.

"이제 자유롭게 만날 수 있잖아요."

"……맞습니다."

내 말에 아버지도 천천히 고개를 끄덕였다. 그리고 평소처럼 점잖은 미소를 지었다.

"일단 환영회가 끝나고, 날짜를 잡도록 해요."

"네."

곧 만날 수 있겠구나.

서운한 마음과 별개로 설레는 마음이 들었다. 나는 이안의 얼굴을 그리며 눈을 감았다.

8

드디어
알게 되었다

한편 제국이 술렁였던 것처럼 오르세 왕국의 사교계 또한 술렁이고 있었다. 대부분의 사람들은 훈훈한 미담이라고 생각했지만, 날 선 이들도 있었다. 바로 왕족들이었다.

푸른 날개의 나비가 팔랑거리는 아름다운 정원에, 하나같이 우아하게 차려입은 여인들이 앉아 있었다. 하지만 흘러나오는 대화는 전혀 우아하지 않았다.

"그 소식 들으셨어요, 왕비님?"

그 말을 꺼낸 것은 국왕의 최근 가장 총애받는 후궁인 베르체 궁부인이었다.

보란 듯이 루비 티아라를 쓴 여인이 찻잔을 들며 되물었다.

"무슨 소식이죠? 혹시 마이엔 공의 소식을 말씀하시나요."

"네! 알고 계셨군요."

"지금 수도에서 그 소식을 모르는 사람이 있나요."

티를 내지 않으려고 했지만 어쩔 수 없이 목소리에 신경질적인 느낌이 묻어났다.

그러자 다른 후궁이 목소리를 높여서 말했다.

"진짜 딸인지 알게 뭡니까. 말이 그렇지, 제대로 얼굴도 모르지 않았습니까."

후궁의 말도 틀린 것은 아니었다. 그런데 이제 와서 무슨 근거로 자식임을 증명할 것인가?

하지만 마이엔 공에게는 가장 원초적인 증명 방법이 있었다. 왕비는 심기 불편한 얼굴로 대답했다.

"얼굴이 무척 닮았다고 하던데요."

고대로부터 가장 강력한 혈연 증명 방법.

바로 얼굴이 닮은 것이다.

그 이야기에 궁부인이 재빨리 끼어들었다.

"맞아요. 저도 들었어요. 부정하려야 부정할 수가 없을 정도로 닮았다고 하더군요."

"그럼 상당한 미인이겠군요. 마이엔 공은 미남이시잖아요."

"얼른 재가나 하시지, 그렇게 속을 썩이시더니."

말들은 그렇게 했지만, 사실 이 자리에 마이엔 공의 재가를 바라던 사람은 아무도 없었다. 그의 아이는 왕위계승권을 가지는데, 누가 라이벌을 원하겠는가.

잠시 동안 조용한 침묵이 흘렀다. 그 침묵을 깬 것은 왕비였다.

"외국인이라고 하던데."

그 말에 귀부인들의 눈썹이 다 찡그려졌다.

"그럼 그 많은 재산은 다 외국인에게 넘어가는 건가요?"

"그러게 말입니다."

"왜 외국인이라고 생각하세요? 저라면 그 재산 때문에라도 오르세에서 살 것 같은데요."

"오르세 말이나 할 줄 알겠어요?"

그들이 사실 올리비아의 존재에 발끈하는 이유는 단 하나였다. 바로 마이엔 공이 남길 막대한 유산.

'평생 독신으로 살다가 죽을 것 같아서 규제도 하지 않았는데.'

'이래서야 남 좋은 일만 시킨 꼴 아닌가.'

'역시 싫다고 해도 재혼을 시켜야 했어.'

저마다 이기적인 계산으로 마이엔 공의 경사를 바라보았다. 그냥 내버려 두면 마이엔 공의 재산은 왕실 재산으로 굴러들어오기 때문이다. 개중에서 가장 소심한 어린 후궁이 우물거리며 입술을 열었다.

"제국의…… 귀족이라는 말이 사실일까요?"

"아직 사절단이 돌아오지 않아서 공식적으로 확인된 바는 없다고 합니다. 전하께서도 말을 아끼고 계시고요."

"전하께서도 언제까지 마이엔 공에게 쩔쩔매실 건지."

귀부인들은 다시 혀를 찼다. 그녀들은 마이엔 공에게 큰 빚이라도 진 것처럼 설설 기는 국왕의 태도도 거슬렸다.

바로 그때였다. 아까 소리를 높였던 후궁이 미간을 문지르며 물었다.

"설마 재산 때문에 가짜 딸을 만든 건 아니겠죠?"

"……."

있을 수 있는 일에 모두들 일제히 입을 다물었다.

겉으로는 우아할지언정, 머릿속으로는 온갖 계산이 오갔다. 그녀들이 호호호 웃고 있을 때였다.

굵직한 목소리가 그들의 모임에 끼어들었다.

"무슨 이야기를 하고 계신가요?"

"왕자."

왕세자의 바로 아래 동생인, 니코 왕자였다.

니코 왕자는 갈색 머리카락에 갈색 눈을 가진, 미남은 아니었지만 다정하고 상냥해 보이는 외모의 소유자였다. 니코 왕자임을 확인한 왕비가 조금 풀어진 목소리로 대답했다.

"무슨 이야기를 하고 있겠습니까. 마이엔 공의 이야기를 하고 있지요."

왕비도 고압적인 왕세자보다 살갑고 애교가 많은 니코 왕자에게 더 많은 이야기를 하는 편이었다. 니코 왕자는 넉살 좋게 웃으며 대답했다.

"왕실의 경사 아닙니까. 저도 들었습니다. 마이엔 공을 꼭 닮은 아주 아름다운 아가씨라더군요."

니코 왕자의 말을 왕비는 날카로운 어조로 잘라냈다.

"의상실 마담들의 삿된 소리를 일일이 다 믿을 수가 있나요."

올리비아의 외모를 퍼트린 이들은 다름 아닌, 올리비아에게 드레스를 선물한 디자이너들이었다.

'그냥도 밀어내야 하는 판에 왕족의 입에서 닮았다는 말이 먼저 흘러나오면 안 돼.'

겉으로만 생글생글 웃을 뿐, 니코 왕자 또한 바보가 아니었다. 그는 예리하게 왕비를 비롯한 왕실 어른들의 반응을 눈치챘다.

'저렇게 어마마마께서 격앙되어 계신 걸 보니 더더욱 호기심이 생기는군.'

도대체 어떤 여인이기에 저리들 가시를 세운단 말인가.

적당히 부인들과 노닥거린 뒤 자리를 떠난 니코 왕자는 자신의 시종장에게 명령했다.

"마이엔 공께 연통을 넣어주세요."

"뭐라고 보낼까요?"

"음."

니코 왕자는 짓궂은 미소를 지었다.

"친애하는 사촌누이의 에스코트는 제가 하게 해달라고요."

❖ ❖ ❖

이상한 꿈은 그 뒤로 꾸지 않았다. 그 이후로 꿈도 꾸지 않고 푹 자는 나날들이 이어졌기에, 나는 그렇게 생각했다.

'역시 내가 지나치게 예민했던 거야.'

잠자리가 바뀐 것과, 낯선 환경에서 생활하게 된 것, 그리고 이안에 대한 그리움이 섞여서 그런 이상한 꿈으로 나타난 것이 분명했다.

'환영회만 끝나면 제국으로 돌아갈 거니까.'

곧 이안을 만날 생각에 다시금 몸이 가벼웠다. 나는 일찌감치 단장을 마치고 방 밖으로 나섰다. 아침 식사 전에 산책이 하고 싶었기 때문이다.

"안녕하세요, 아가씨."

"안녕하세요."

복도에서 마주치는 하녀들과 인사를 하며 걸어 나오니, 막 산책을 끝내고 들어오던 아버지와 딱 마주쳤다. 아버지는 온화한 미소를 지으며 말했다.

"일찍 일어났군요."

"네."

대답하고 나서 나는 얼굴을 빨갛게 붉혔다. 마차 안에서 내리 잠잤던 것이 생각났기 때문이다. 나는 조금 빠른 어조로 변명을 늘어놓았다.

"아무래도 피곤해서 그랬나 봐요. 저 정말로 잠이 많은 편이 아니거든요."

"힘든 일이 많았으니까요."

그리고 변명을 늘어놓은 것이 부끄럽도록, 아버지는 인자하게 대답했다. 나는 헤헤헤 웃으며 슬그머니 아버지의 팔에 팔짱을 꼈다.

"아버지 곁이라서 마음이 편해서 그런가 봐요."

"하하. 빈말이겠지만 나쁘지 않군요."

"진심이에요."

나와 아버지는 수줍게 서로 마주 보고 웃었다. 아버지는 팔짱을 낀 내 손을 단단하게 붙들고 나를 이끌었다.

"오늘은 같이 식사할까요?"

"좋아요!"

오르세에 있는 저택은 어디 하나 흠잡을 곳 없이 훌륭했다. 식당도 정갈하고 산뜻한 느낌이라 꼭 유명한 식당으로 외출한 것 같았다.

아버지는 내 의자를 당겨 빼주며 물었다.

"혹시 가리는 음식이 있나요?"

"아니에요! 다 잘 먹어요!"

빈말이 아니라 나는 가리는 게 없었다. 플로렌스 자작은 반찬 투정 같은 걸 받아주는 스타일이 아니었으니까.

"그럼 주방장에게 알아서 내오라고 하세요."

"예, 주인님."

아버지의 지시를 받은 하녀가 쪼르르 주방으로 내려갔다. 그동안 우리는 도란도란 제국의 이야기를 나누었다. 특히 이안에 대해 아버지는 많이 물었다.

"제국에 소문이 자자하던데. 둘이 어떻게 만나게 된 건가요?"

"아."

나는 살짝 굳어지고 말았다.

'분명 사실대로 말씀드리면 걱정하실 텐데.'

하지만 이미 저렇게 말씀하시는 시점에서 소문을 다 알고 있다는 뜻이기도 했다.

'모르기가 어려운 소문이니까.'

나는 쉽사리 입을 떼지 못했다.

거짓으로 살짝 미화하고 싶은 마음과 사실대로 털어놓아야 한다는 의무감이 어지럽게 섞였다.

무엇보다 이런 두려움이 컸다.

'아버지를 실망시키고 싶지 않은데…….'

어쨌든 내가 이안을 만난 시점에서 제임스의 아내였던 것은 사실이기에 부정적으로 볼 수밖에 없는 일이었다.

계속 우물쭈물하던 나는 조심스럽게 입을 열었다.

"죄송해요, 아버지. 제가 아직 생각이 정리되지 않았어요."

결국 내가 택한 것은 대답 보류였다.

"……."

그런 내 대답에, 아버지의 얼굴이 딱딱하게 굳어졌다. 나는 서둘러서 손을 흔들었다. 이 부분에서 오해를 주고 싶진 않았다.

"하지만 한 가지 만큼은 확실히 말할 수 있어요. 저는 정말 행복해요. 이안은 좋은 사람이고요."

"그렇습니까?"

내 말에 아버지가 조금 안심하신 듯 한숨을 내쉬었다. 나는 얼른 웃으며 덧붙였다.

"조금 더 시간이 지나서, 제 마음이 가라앉으면 아버지께 꼭 말씀드릴게요. 걱정하지 마세요."

"알겠습니다."

아버지는 고개를 끄덕였다. 나는 한숨을 내쉬었다.

'과정이야 어떻든 결과가 행복한 것은 사실이니 굳이 대답을 미룰 필요는 없지만.'

그저 행복하다는 말로 대신하기에는 우리에게도 복잡한 사정이 많이 있었다.

'아이를 가지지 않기로 합의한 점이라든가.'

아버지에게는 어떻게 말해도 이상하게 들릴 것이었다. 그래서 나는 그냥 입을 다물기로 했다.

하지만 예상할 수 없는 상황이 벌어진 것은, 바로 그 직후였다.

우리가 대화하는 사이 아침 식사가 준비되었다.

마이엔 공의 저택에서 하는 부녀간의 첫 아침 식사라는 점을 의식한 것인지, 주방장이 직접 카트를 밀고 들어왔다.

"오늘은 특별히 이 계절에만 먹을 수 있는 생선으로……."

그가 접시의 뚜껑을 여는 순간, 비릿한 냄새가 훅하고 밀려들어 왔다.

내 속이 뒤집힌 것은 바로 그 순간이었다.

"우웁!"

그 순간 참을 수가 없어서, 나는 몸을 굽히고 헛구역질을 했다.

"우욱!"

"아가씨?"

가리는 것 없다던 아가씨의 헛구역질에 주방장도, 아버지도 놀란 표정을 지었다. 나는 창백한 얼굴로 대답했다.

"죄, 죄송해요. 갑자기 역해서."

그 뒤로도 헛구역질은 가라앉지를 않았다. 주방장은 서둘러서 카트를 밖으로 내보냈다.

"죄송합니다! 제가 생각이 짧았군요. 제국에는 없는 생선이라 그러신 모양입니다."

"그냥 평소처럼 내오도록."

주방장이 다시 식사를 내오겠다며 나가고, 하녀들이 식당의 창문을 열었다. 생선 냄새가 사라지고 나니 역함이 서서히 가라앉았다.

아버지는 너털웃음을 지었다.

"비위가 약한 것은 멜리사를 닮았나 보군요. 멜리사도 못 먹는 음식이 많았지요."

하지만 아버지의 말에 나는 대답을 할 수가 없었다. 아버지가 의아한 듯 나를 불렀다.

"올리비아?"

나는 입술을 파르르 떨었다. 나는 생선을 잘 먹는다. 하지만 먹지 못했던 순간이 딱 두 번 있었다.

바로 아이를 가졌을 때.

'설마?'

내 얼굴이 희게 질렸다. 나는 주먹을 꾹 쥐었다.

'그럴 리가 없는데.'

우리는 피임을 철저하게 했다. 아이가 생길 만한 일은 단 한 번도…….

'아니, 잠깐만.'

생각해보니 피임을 하지 않았던 적이 딱 한 번 있었다.

"눈 감아요."
"자, 잠깐만요. 난 너무 좋은데, 아직 준비가…… 으앗!"
"괜찮아요, 하루쯤."

'설마 그때?'
눈앞이 캄캄해지는 것만 같았다.

❖ ❖ ❖

스타티스 황태자와 로메오 알키저스 영식의 국혼이 지척으로
다가왔다. 본래는 6개월 정도 이후에 있을 예정이었으니 훌쩍 다
가온 국혼이었다.

사실 당기는 과정이 쉽지는 않았다.

"그러다가 알키저스 영식이 전사라도 하게 되면 어떻게 합니
까! 전하를 과부로 만들 셈입니까!"

"헛소리하지 마세요!"

"이게 왜 헛소리입니까!"

"불경한 자 같으니!"

대회의장은 아수라장이 되었다. 감히 황태자의 약혼자의 전사
를 운운하는 간 큰 사람들과 그래도 논의는 해야 하는 거 아니냐
는 사람들로 언성은 올라가기만 했다.

본래 이런 상황이라면 황제가 간섭해야 하지만, 지금 황제는 본래 책임지는 것을 싫어하는 사람이었다.

"황태자는 어떻게 생각하는가?"

웅성거리는 회의장을 관조하고 있던 황제가 들으란 듯이 스타티스에게 물었다. 자기 죽음을 논하는 사람들을 보며 핼쑥해진 로메오와 달리, 스타티스는 의연하기 그지없었다. 그녀는 태연한 어조로 대답했다.

"나라를 위해 산화한다면 그것만 한 황태자의 배우자가 어디 있겠습니까. 오히려 영광입니다."

고결하다 못해 결벽적인 말이었다. 섣불리 입을 놀리던 신하들의 입은 일제히 닫혔고, 황제는 흡족한 미소를 지었다.

"역시 황태자로다."

그가 스타티스에게 못마땅해하는 점이 바로 여자라는 점이었다. 그래서 이렇게 대찬 모습을 보일 때면 후계를 스타티스로 정하길 잘했다는 확인을 받는 것 같았다.

"황태자가 괜찮다고 하니 아무 문제없군. 그렇다면 국혼을 당기도록 하지."

미혼인 남자를 전장에 파견하는 법은 없다. 그 관례로 제임스가 올리비아와 얼굴도 모른 채 혼인을 했고, 로메오의 결혼식은 앞당겨졌다.

"그럼 언제가 좋겠는가?"

황제는 시기조차도 황태자에게 물었다. 생각하고 결정하는 걸 미루는 티가 안 나는 게 그의 제왕으로서 자질이리라.

그리고 스타티스는 대답이 늘 명쾌하고 빨랐다.

"바로 다음 달에 하도록 하지요."

"다음 달? 지나치게 매우 급하지 않은가?"

"저는 화려한 드레스도, 보석도 필요하지 않으니 긴 준비가 필요하지 않습니다."

"허허."

제복을 입고 결혼하겠다는 뜻이다. 황제는 그조차도 기꺼워서 연신 고개를 끄덕였다. 로메오만 슬쩍 스타티스의 눈치를 살피다가 다시 고개를 숙였다.

'좋지 않아, 이 흐름.'

모두 부산스럽게 계산을 하는 와중에, 알키저스 백작의 얼굴은 굳어져 있었다. 그 입장에서는 어렵게 황후로 앉힌 아들이 후손을 남기지 못한 채 죽는 것이 최악의 시나리오였다.

'심지어 다음 달 식이라니. 길일을 받기도 힘들다.'

이 수도 저 수도 쓸 수 없으니, 남은 것은 로메오가 살아오는 것뿐이었다. 알키저스 백작은 어떻게든 병력을 따오리라 다짐하며 입을 열었다.

"황족이 직접 출장하는 만큼, 병력 또한 보강해야 하지 않겠습니까?"

로메오를 밀어내고 황후 자리를 노리는 놈들 천지인지라, 반대가 뻔할 것을 알고도 내뱉은 말이었다.

그런데 뜻밖에 호응하는 말이 바로 돌아왔다.

"조카사위가 저리 용맹하게 나서는데 어찌 황실 어른으로 두고 보겠습니까. 이번 추가 병력은 타이론의 사병을 동원하겠습니다."

"!!"

알키저스 백작은 놀라서 눈을 동그랗게 뜨고 고개를 들었다.

금빛 머리카락을 단정하게 넘긴 잘생긴 사내가 근엄한 표정으로 앉아 있었다. 최근 대공비 문제로 두문불출하는 이안 타이론 대공이었다.

그가 나서는 것이 의외인 것은 황제도 마찬가지였다. 황제는 미간을 찌푸리며 물었다.

"괜찮겠니? 몇 년이나 걸릴지 모른다."

짐짓 다정한 어조가, 엄숙한 회의장에서 거슬렸다. 하지만 그런 내색 없이 이안은 고개를 숙였다.

"타이론의 부 또한 제국에게서 받은 것이니, 나라를 위해 사용하는 것이 옳습니다."

타이론에서 주도하는 백화점 사업으로 인해 일각에서는 지나친 편애 아니냐는 주장이 나오고 있었다. 그런 주장들까지 쏙 들어가게 하는 발언이었다. 그리고 의심병 환자인 황제의 마음을 흡족하게 하기에도 충분했다.

황제는 너털웃음을 터뜨렸다.

"허허허, 나는 무슨 복을 받았길래 이렇게 충성스러운 사위와 아우를 두었단 말인가."

황제의 시선이 당당한 스타티스와 어쩐지 소심해 보이는 로메오, 그리고 고개 숙인 이안을 스쳐 지났다.

"이만하면 충분하다는 확신이 드는군."

무엇보다 그를 짜릿하게 하는 것은 고개를 숙인 이안의 모습이었다.

황제는 기분 좋게 웃으며 입을 열었다.

"경사를 두 번에 나누어 치를 이유가 있나. 이번 국혼에 황위를 선위하겠소."

고개 숙인 이안의 눈동자가 아무도 모르게 반짝 빛이 났다.

그것이야말로 그가 기다리던 한마디였다.

❖ ❖ ❖

시간을 돌려, 대회의가 열리기 전.

이안은 집무실에서 제임스를 마주하고 있었다.

'형님과는 다른 의미로 곰 같은 사내군.'

황제가 포동포동한 판다라면, 이쪽은 손을 휘둘러서 연어를 마구 잡을 것 같은 불곰 스타일이었다.

문이 꽉 차도록 덩치가 커다란 것도 마음에 들지 않았다. 이안은 다짜고짜 본론을 꺼냈다.

"여긴 무슨 일이지?"

제임스는 대답 대신 이안의 맞은편 의자에 털썩 앉았다. 이안의 미간 주름이 더더욱 깊어졌다.

"무례하기는."

"자리를 권할 것 같지 않아서."

표정 없는 얼굴이 뻔뻔하기까지 했다. 허름한 옷자락에서는 흙냄새가 났다. 멀리서부터 곧장 달려온 것이 분명했다.

'아내가 없는 집에서, 아내의 전남편과 조우라.'

웃기지 않은 블랙코미디 같은 상황이었다. 이안은 입술을 비틀었다.

"여긴 뭐 하러 왔지? 나를 비웃으러 왔나."

"떠보는 건 그만하지."

"……."

비꼬는 말에 돌아오는 대답이 우직했다. 이안은 과거 올리비아가 말했던 '벽돌'이 이 남자라는 사실을 확신했다.

'이야기를 나누면 나눌수록 짜증스럽군.'

굳이 막장치정극에 나란히 등장하지 않았어도, 성향이 맞지 않을 사내였다. 이안은 손깍지를 꼈다.

"오르세에서 왔다는 말이 무엇이지?"

"말 그대로의 뜻이다."

말수 적은 사내가, 지금 이 순간만큼은 기름칠이라도 한 것처럼 매끄럽게 혀를 움직였다.

"바로 직전까지 올리비아와 함께 있었지."

빠직, 소리가 머릿속에서 울리는 것 같았다. 이안은 손가락에 힘을 주었다. 저절로 사나운 소리가 목에서 흘러나왔다.

"……내가, 진짜 방법이 없어서 그대를 두고 보고 있다고 생각하나?"

"왜 나에게 화를 내는 거지?"

제임스는 가볍게 고개를 기울이며 말을 이었다.

"올리비아가 내게 먼저 동행을 요청했다. 나는 그저 그녀의 부탁을 들어준 것뿐이고."

역시 괜히 집무실에 들렀다. 이안은 신경질적으로 미간을 문지르며 대꾸했다.

"올리비아가 그랬을 리 없어."

단답에 조급해진 듯, 제임스의 말이 많아졌다.

"그걸 확신하나? 그대는 그녀의 아버지가 오르세 사람이라는 것도 몰랐지 않은가."

하지만 차라리 그 말을 하지 않는 편이 이안을 약 올리기에는 좋았으리라. 이안은 입술을 비틀어 신랄하게 웃었다.

"역시 얕은 거짓말이군."

"뭐?"

설마 이런 반응이 돌아올 줄 몰랐던 제임스는 눈을 동그랗게 떴다. 이안은 턱을 괴며 물었다.

"올리비아가 알키저스 영식과 절친한 친구라는 건 아나?"

"난 그녀에 대해 모르는 게 없어."

"정말?"

확신하는 그가 멍청하게 보여, 이안의 말투가 조금 더 상냥한 설명조가 되었다.

"애초에 두 사람이 친해진 것은 오르세 왕국이라는 접점 때문이었어. 모르는 게 없다는 사람이 그런 거짓말로 사람을 떠보나."

"!!"

정말 로메오와 올리비아의 접점을 몰랐던 제임스는 눈을 동그랗게 떴다.

사실은 두 사람이 친구라는 사실에도 별 관심이 없었다. 어떻게 친해졌냐고, 무슨 이야기를 하냐고 물어본 적조차 없었다.

'그냥 황후와 공작부인이니 친근한 거라고 생각했어.'

제임스와 올리비아가 부부였던 지난 생에서 파넬 공작부인은 귀부인들 중 가장 지위가 높은 여성이었다.

사교계에 서툴 수밖에 없는 황후를, 제 부인이 돕고 있다고만 생각했다.

'나는 도대체 어디까지 그녀에게 무심했던 것인가.'

자괴감에 빠진 제임스에게, 이안은 쐐기를 박듯 냉정하게 말했다.

"이 이상 치졸하게 굴지 말고 내 아내에게 집적대는 건 그만두도록 해."

"하하."

어쩜 이렇게 두 사람이 하는 말이 비슷한지.

'올리비아가 이 남자 때문에 변한 것일까.'

지난 생에서 올리비아는 말수가 적고 차분했다. 제임스의 말이 못마땅해도 눈썹만 치켜올리는 것이 유일한 감정표현이었다.

하지만 하고 싶은 말을 다 쏟아내는 그녀와, 또 먼 곳에서도 그녀를 믿고 있는 이안을 보니 비로소 깨달음이 찾아왔다.

'애초에 인연이 아니었다.'

애끓는 연정이었다.

한 번도 제대로 표현은 하지 못했지만, 이 세상에 그녀보다 더 사랑한 것은 없었다. 그래서 죽음으로 떠난 그녀를 억지로 잡아매기까지 했다.

'그저 나는 고통만을 연장한 것뿐이었구나.'

그녀에게도, 또 자신에게도.

인정하고 나니 마음이 후련했다. 제임스는 한결 편안한 어조로 말을 이었다.

"오르세까지 동행했던 것은 사실이다. 그녀의 일행이 파넬 영지에서 바퀴가 부서져서 잠시 멈췄거든. 제대로 된 호위도 없길래, 내가 오르세까지 지켜주었지."

"올리비아는 잘 지내나?"

"글쎄."

제임스는 턱을 문질렀다.

"내가 모르는 여자 같더군."

울고, 웃고, 자신이 좋아하는 것, 하고 싶은 것을 명랑하게 떠드는 올리비아의 모습 자체가 낯설었다.

'무슨 대답이 저래.'

물론, 이안에게는 불친절하기 그지없는 대답이었다. 이안은 비꼬아 말했다.

"아내의 안부를 전해주러 여기까지 왔다니 고맙다고 말해야 하나."

"물론 그 때문에 온 것은 아니다."

제임스는 다시 딱딱해진 얼굴로 이안을 응시했다.

"타이론에서 북방으로 병사를 주둔시키는 중이라고 들었다."

그가 수도에서 그 깽판을 부렸어도, 북방에서 그를 향한 지지는 하늘을 찔렀고, 부하들은 여전히 그를 믿고 있었다.

덕분에 그는 아직 황제도 모르는 따끈따끈한 북부의 소식을 비밀리에 받아볼 수 있었다.

"그런데?"

물론 그 모든 사실을 비밀에 부치고 싶어 하는 이안에게는 달가운 말이 아니었다.

'이놈이 뭘 요구하려고.'

이안이 경계심 어린 눈빛으로 제임스를 바라보았을 때였다. 제임스가 무뚝뚝한 목소리로 말했다.

"그 지휘관을 날 시켜달라."

"뭐?"

제임스의 두꺼운 입술에서 흘러나온 말은 이안이 전혀 상상하지 못했던 말이었다.

"제 발로 걸어찰 때는 언제고 왜 나에게?"

"그동안의 세월에 대한 답례라고 할까."

제임스는 쓴웃음을 지었다.

그녀에게 지독한 세월이라고 해도, 제임스에게는 평안하고 고마운 나날들이었다.

'그러니 아깝지 않다.'

제임스는 음울한 눈을 들어 이안을 마주 보았다.

"나는 이제 수명이 얼마 남지 않았다."

"수명……?"

이안은 눈을 깜빡였다. 시한부라니, 예상 범주 내의 말이 아니었다. 이안이 가라앉은 목소리로 물었다.

"수명이 얼마 남지 않았다니? 죽을병이라도 걸린 건가?"

"자세하게 말할 수는 없지만, 5년 정도 남았다."

제임스는 너무나 담담해서 죽음을 논하는 사람 같지가 않았다. 이안의 얼굴이 찌푸려졌다.

'……정말인가?'

진위를 알아내기 어려운 말이었다. 잠시 고민해보던 이안은 고개를 갸웃했다.

"그걸 왜 나에게 말하는 거지?"

이안의 말에 제임스는 팔짱을 꼈다. 통나무 같은 팔뚝이 도드라졌다.

"올리비아가 그랬지. 나는 수를 계산 못하니까 차라리 정직하게 모든 패를 밝히고 요구를 하라고."

올리비아, 라고 부르는 목소리가 지나치게 친근해서 이안의 입꼬리가 삐뚜름해졌다. 하지만 굳이 그 사실을 지적해서 말을 끊거나 하지는 않았다.

저 말이 진실이라는, 느낌이 들었으니까.

제임스는 담담한 어조로 말을 이었다.

"내가 북부로 가는 것이 최선의 패일 것이다. 나를 이용해라."

"그렇게 해서 요구하는 것은?"

뭔가 커다란 것을 요구할까 해서 귀를 기울였건만, 돌아온 것은 지나치게 추상적인 대답이었다.

"그녀의 행복."

이안은 입을 꾹 다물었다. 갑자기 피로감이 밀려와서, 제임스는 눈을 감았다.

'다시는 북부로 돌아가지 않으려 했건만.'

북부는 산맥 사이로 비옥한 평야가 펼쳐져 있는 곳이었다. 애초에 황량한 땅이라면 이민족들이 그리 기승을 부리지 않으리라.

'지긋지긋해.'

인생의 절반을 그곳에서 보낸 제임스에게, 북부는 아늑한 고향 같기도 하고 증오스러운 감옥 같기도 한 곳이었다.

'하지만 거기서 숨을 거두는 것도 나쁘진 않겠지.'

올리비아가 타이론을 택한 이후 홧김에 북부로 가지 않겠다고 했다. 하지만 막상 북부로 돌아가지 않는다고 생각하니 거기서 고생하고 있을 부하들의 얼굴이 눈에 밟혔다.

'파넬 영지도 정비하였고, 어머니들도 크게 혼이 났으니, 지난 생처럼 파넬이 엉망으로 굴러가지도 않을 거야.'

신변정리가 모두 끝난 셈이다. 제임스는 그 어느 때보다 홀가분한 상태였다.

이안은 턱을 괴고 제임스의 표정 없는 얼굴을 물끄러미 바라보았다.

'올리비아의 행복이라.'

"그건 그대가 요구하지 않아도 당연히 최선을 다할 일인데."

자꾸만 뾰족하게 대꾸하게 되는 건, 아무래도 전남편이라는 관계 때문이리라.

이안의 대답에 제임스는 한층 더 낮아진 목소리로 말했다.

"그녀에게 위협이 될 만한 건 모두 없애버려. 이렇게 오르세로 나돌아야 하는 상황이 벌어지지 않도록."

내심 그 부분에서 자존심이 상해 있었던 이안인지라, 날카로운 지적에 입을 다물 수밖에 없었다. 그는 날카로운 시선으로 제임스를 훑어보았다.

'내게는 지나치게 좋은 조건인데.'

지금 제임스는 지나치게 차분해서 여유로워 보이기까지 했다. 바로 얼마 전까지 올리비아를 다시 자신의 아내로 삼기 위해 무리수를 두던 남자라고는 믿기지 않았다.

결국, 이안은 조심스러운 어조로 묻고 말았다.

"……그 말이 사실인가?"

"믿든지 말든지. 그대가 믿는 건 중요하지 않다."

친구 사이도 아닌데 무슨 신뢰가 필요하단 말인가. 제임스는 퉁명스럽게 대답했다. 하지만 이어지는 질문에는 그의 말문도 막혔다.

"올리비아는 알고 있나?"

"……."

제임스는 헤어지기 전날, 올리비아가 웃으며 했던 말을 떠올렸다.

"당신은 나보다 아주아주 오래 살 테고."

"모른다."

투머로우는 그녀에게 이야기하라고 말했지만, 제임스는 결국 끝까지 말하지 못했다.

'그렇게 해사하게 웃는 올리비아는 처음 보았으니까.'

이안은 슬픔에 잠겨드는 제임스를 보며 물었다.

"올리비아에게 집착했던 것도, 남은 생애를 그녀 곁에서 보낼 생각 때문이었나."

"비슷해."

"이기적이군. 죽을 줄 알면서 젊은 여자를 붙잡아두다니."

"……그런 생각은 못 해봤는데."

이안의 지적에 제임스의 눈이 조금 커졌다.

'이기적이라고?'

제임스는 조금도 그런 생각을 해보지 못했다. 그는 이미 올리비아를 먼저 떠나보낸 삶을 두 번이나 겪었으니까.

그러니 한 번쯤은, 그녀를 남기고 자신이 먼저 떠나도 된다고 생각했는데.

'그게 이기적.'

생각해보니 이안의 말이 맞았다. 올리비아는 자신을 살려달라고 부탁하지 않았다. 시간을 돌린 것도, 그녀보다 먼저 죽기를 원한 것도 모두 그의 선택이었다.

'나는 어디까지 어리석을 참인지.'

제임스는 쓴웃음을 지었다.

"그렇군. 당신 말이 옳아. 그래서 그녀 곁에 있는 사람이 당신인 거겠지."

전과 완연하게 다른 태도에 이안은 이맛살을 찌푸렸다.

"왜 갑자기 이렇게 마음이 바뀐 건가?"

제임스는 초연한 눈을 들어, 이안에게 대답했다.

"나 혼자만의 짝사랑이었다는 걸 깨달았기 때문이다."

그 대답은 이안의 마음에 돌처럼 무겁게 박혔다.

❖ ❖ ❖

이안은 한숨을 내쉬었다.

'인간은 모르지만, 제임스 파넬은 기사로서는 믿을 만한 사람이지.'

북부에 타이론이 동원 가능한 병력을 투입해서 한 번에 정리할 셈이었다. 그래도 몇 년이 걸릴지 장담할 수 없었다.

'나로서는 감사한 일이지만.'

그만큼 마음이 무거웠다. 이안이 재차 한숨을 내쉬었다. 푸른 눈동자가 매섭게 빛났다.

'일단 선위 계획은 발표가 되었으니.'

최대한 빠르게 완벽하게 실권을 빼앗아오는 게 중요했다. 이안이 입술을 꽉 깨물었을 때였다.

"이안."

익숙한 목소리가 그를 불렀다. 지금 이 시점에서 그의 이름을 부를 사람은 단 한 사람뿐이었다.

"황제 폐하를 뵙습니다."

이안은 얼른 자리에서 일어나서 고개를 숙였다. 황제는 손가락질로 회의장 밖을 가리켰다. 이안은 황제를 따라나섰다.

두 사람이 향한 곳은 황제의 입장 대기실이었다. 완벽히 두 사람만 남자, 황제가 걱정스러운 표정으로 이안에게 물었다.

"어차피 화이트폴에서 나설 거라고 하지 않았더냐. 왜 너까지 병사를 동원하려는 거냐?"

'역시.'

아까는 만면에 미소를 지었으면서, 지금은 또 다른 소리를 내뱉는다. 타이론에서 전공을 세울까 불안감이 와락 밀려온 것이 분명했다.

'이런 얄팍함이 그를 오랫동안 자리보전하게 해주었지만.'

칼자루를 쥔 자가 변덕스러운 탓에, 이리저리 휘둘리는 칼들은 얼마나 괴로운가.

이안과 스타티스는 서로를 싫어했지만, 그 부분에서 공감대가 형성되어 동맹을 이루게 되었다. 표정 없는 얼굴로 작전을 설명한 스타티스는 이를 갈며 한마디를 내뱉었다.

"더 이상 다른 사람이 내 인생을 쥐고 흔들게 두지 않겠어."

이안은 그 의견에 완벽하게 공감했다. 그리고 완전한 자유를 얻기 위해서 지금은 몸을 낮춰야 할 때였다.

이안은 준비해온 답을 꺼내 들었다.

"폐하께서 화이트폴을 아껴두었으면 하는 마음에서입니다."

"그게 무슨 뜻이지?"

황제의 얼굴이 다시 와락 찌푸려졌다. 이안은 부드러운 어조로 설명했다.

"폐하, 폴카의 왕비 자리는 보통 자리가 아닙니다. 고작 북방행으로 건네기에는 아까운 자리 아닙니까?"

"그건……."

황제는 눈을 깜빡였다. 이안은 차분한 시선으로 황제를 응시했다.

'걸려들지 않을 리가 없어.'

조심성도 많고 욕심도 많은 사람이었다. 저 떡밥을 물지 않을 리가 없었다.

그리고 그의 예상대로 황제는 고개를 주억거렸다.

"그건 그렇지. 기왕이면 동맹을 굳건히 유지하는 데 도움이 되는 가문의 여식을 보내면 좋은 자리이긴 하지. 아니면…… 시간을 끌어 화이트폴한테서 다른 걸 더 얻어낼 수도 있겠지."

그럴 줄 알았다. 이안은 눈을 내리깔았다.

"물론, 저는 화이트폴 후작영애에게 큰 마음의 짐을 지고 있고, 그녀가 폴카의 왕비로도 적합하다고 생각합니다. 하지만 정치가 사적 감정으로 움직일 수 있는 건 아니지 않습니까."

"그래서?"

반문에는 이미 솔깃한 기색이 역력했다. 이안은 쐐기를 박았다.

"북방은 저희 타이론에서 책임지도록 하겠습니다. 폐하께서는 더 큰 것을 얻으십시오."

"그 말은 네가 북방으로 출장도 불사하겠다는 뜻이냐?"

"필요하다면, 당연한 일입니다."

고민하는 듯 잠시 말이 없던 황제가 묘한 표정으로 이안을 응시했다.

"그녀는 네게 아직도 미련이 있는 것 같던데."

여기서 그녀가 '릴리아나'라는 것을 눈치채지 못할 수가 없었다. 이안은 난처한 표정을 지었다.

"북방행을 자처하는 데는 그 이유도 있습니다. 눈에서 멀어지면 마음에서도 멀어지기 마련이니까요."

"인기가 많으니 고달프구나."

"……."

이안은 턱에 힘을 주었다. 표정이 일그러질 것 같았기 때문이다. 긴장한 보람이 있었는지, 황제는 이안의 변화를 눈치채지 못했다. 황제는 손을 들어 이안의 어깨를 토닥였다.

"네 도움은 잊지 않겠다. 앞으로 이어질 스타티스 치세에도 큰 도움이 될 것이다."

"아닙니다. 마땅히 해야 하는 일입니다."

이안은 다시 고개를 숙였다.

황제는 껄껄 웃으며 대기실을 나섰다. 이안은 그 뒤를 따라나서지 않았다. 그는 지친 표정으로 말했다.

"갑자기 어지럽군요. 조금 있다가 들어가겠습니다."

"아니다. 요즘 네가 마음고생이 심하지 않았니. 이어지는 회의

8. 드디어 알게 되었다   453

는 불참하고 저택으로 돌아가 쉬어라."

"감사합니다."

황제가 나서고 문이 완전히 닫힌 뒤에야 이안은 신경질적으로 머리를 쓸어 넘겼다.

'피곤해.'

예전에는 어떤 식으로 황제를 대했는지가 생각이 나질 않았다. 그때는 그냥 적당히 비위도 맞추고 했던 거 같은데.

'올리비아.'

이안이 만난 사람 중에 속내를 감추지 않고 투명하게 드러내는 사람은 올리비아가 처음이었다.

"타이론 공작님, 저와 결혼해주세요."

그녀의 청혼은 릴리아나를 비롯한 다른 사람들과는 완전히 달랐다.

'제발 그 말 좀 안 하면 안 되냐고 했더니 이렇게 대답했었지.'

"선택지를 두 개 드릴게요. 흔쾌히 결혼한다, 수줍어하면서 결혼한다. 어느 쪽이세요?"

당돌했던 올리비아의 모습을 떠올린 이안은 쿡쿡 웃음을 터뜨렸다.

'그녀와 같은 사람은 어디에도 없어.'

헤어져 있으니 더더욱 또렷하게 느껴졌다. 이안은 주먹을 쥐었다.

'일을 빨리 마무리 지어야 해. 오르세로 날아갈 거야.'

그녀의 편지가 없는 것은 서운했지만, 이안은 좋게 생각하고 있었다. 잘 지내고 있으므로 편지 쓸 생각도 못 하고 있을 거라고 말이다.

"내가 갈 때까지 즐겁게 지내고 있어요, 올리비아."

❖ ❖ ❖

"세상에, 이건 꿈일 거야."

올리비아는 침대 위에서 자신의 얼굴을 손바닥으로 감쌌다.

'왜 임신을 생각 못 했을까.'

늘어난 잠, 갑작스러운 피로, 조금씩 변하는 체형.

모두 다 임신의 신호였는데.

"이안이 곁에 없어서 다행이야……."

올리비아는 눈을 질끈 감았다.

그를 만나고 싶지가 않았다.

❖ ❖ ❖

올리비아의 방문으로 들썩이던 저택은 거짓말처럼 가라앉았다. 빨래를 널며 하녀들은 한숨을 내쉬었다.

"아가씨께서 갑자기 왜 저러시는 걸까요?"

"그러게요."

모두 올리비아가 우울해졌기 때문이다.

무슨 일이 있었던 것인지, 아침 식사를 하다 말고 올리비아는 방에 틀어박혔다.

"리나의 말에 의하면 침대 밖으로 아예 안 나오신대요."

리나는 올리비아를 가까이서 수발을 드는 하녀였다.

"왜 그러실까요?"

"글쎄."

시끌벅적한 저택이 좋았던 하녀들은 올리비아가 얼른 기운을 차리기를 기원했다.

가장 올리비아를 걱정하는 건 당연히 올리비아의 아버지인 마이엔 공이었다. 그는 바깥 일정도 모두 취소하고 올리비아의 방문을 두드렸다.

"올리비아, 들어가도 되나요?"

"……네."

안에서 들려오는 대답에 기운이 없었다. 마이엔 공은 한숨을 내쉬었다.

❖ ❖ ❖

끼이익.

아버지가 문을 열고 들어오는 것을 나는 물끄러미 바라보았다. 컴컴한 방에 아버지가 열고 들어온 문 모양으로 길게 빛이 늘어섰다.

'아침인가.'

나는 욱신거리는 눈을 문질렀다. 간밤에 많이 울어서 그런가, 눈가가 쓰라렸다.

'커튼을 걷어야 하는데.'

자리에서 일어나는 것조차 싫었다. 이런 무력함은 오랜만이었다.

저벅저벅.

가볍게 걸어와서는 아버지가 내 침대 맡에 앉았다. 그러고는 다정한 어조로 내게 물었다. 아버지는 상냥한 미소를 지었다.

"어디 아픈가요?"

나는 대답 없이 아버지를 바라보았다. 아버지의 상냥함이 지금은 나를 더 슬프게 했다.

나는 걱정하지 말라는 뜻에서 희미한 미소를 지어 보였다. 하지만 제대로 미소를 짓지 못했던 모양이다. 아버지의 얼굴이 와락 구겨진 것을 보면 말이다.

"무슨 일이 있었나요?"

나는 고개를 저었다. 아버지의 단정한 미간에 주름이 더 깊어졌다.

"헛구역질한 것 때문이에요? 그렇다면 신경 쓰지 말아요. 전에도 말했지만 멜리사도 비위가 무척 약했답니다. 당신이 멜리사와 닮았다는 증거 같아서 오히려 기뻤는걸요."

나는 어색하게 웃었다.

"그런 건 아니에요."

"그러면요?"

나는 입술을 우물거렸다.

'아버지와 상의해볼까?'

하지만 차마 입술이 떨어지지 않았다. 나는 적당한 대답을 내뱉었다.

"향수병……인 것 같아요."

"남편이 많이 보고 싶은 모양이군요."

나는 입술을 꾹 깨물었다. 보고 싶은 건 사실이었다. 하지만 동시에.

'보고 싶지 않아.'

우리 결혼의 가장 큰 전제조건이 바로 아기였다.

'아기를 가지지 않기로 했는데, 이렇게 덜커덕 생겨버리다니.'

그렇게 조심했는데, 무너지는 건 한순간이었다. 나는 손바닥으로 눈을 덮었다.

'그동안 그럼 그 꿈들이 다 태몽이었구나.'

꿈에 나온 강아지를 소중히 안아 들었던 것, 이안과 꼭 닮은 남자가 엄마라고 불렀던 것.

모두 태몽이었다.

'이안을 닮은 아들인가 봐.'

어린 이안의 모습을 상상해보려다가 다시 고개를 흔들었다.

'그런 것이 문제가 아닌걸.'

심지어 타국에서 알게 되다니. 여러모로 난처한 상황이었다.

'편지를 쓸까? 중요한 문제이니 직접 말을 해야 하지 않을까? 하지만······.'

말을 꺼냈다가 이안의 얼굴이 일그러진다면.

'무서워.'

이안에게 모든 심경을 토로하고 의지를 하고 싶은 마음과 동시에 그에게 최대한 늦게 말하고 싶은 마음이 어지럽게 교차했다. 나는 흔들리는 눈으로 아래쪽을 내려다보았다. 편편한 배는 조금도 임신한 것 같지가 않았다.

그때 아버지가 조심스러운 어조로 물었다.

"많이 힘든가요?"

나는 고개를 흔들었다. 이건 온전히 내 문제였기 때문에, 아버지에게까지 우울함을 전염시키는 건 옳지 않았다.

"그냥 기분이 가라앉아서 그래요. 시간이 지나면 괜찮아질 거예요."

"저런."

내가 억지로 웃어 보였음에도, 아버지는 혀를 찼다.

"이럴 줄 알았으면 사위와 함께 올 걸 그랬군요. 제가 생각이 짧았습니다."

"아니에요. 오고 싶다고 한 것도 저였잖아요. 그렇게 말씀하지 마세요."

"올리비아."

내 손을 붙드는 손이 다정하기 그지없었다. 아버지는 낮은 음성으로 물었다.

"정말 타이론 대공을 사랑하는군요. 그렇지요?"

"……네."

잠시 숨을 멈췄던 나는 천천히 고개를 끄덕였다.

'사랑.'

결국 지금 이 고민은 모두 사랑하기 때문이었다.

그를 사랑하기에, 그를 실망시키고 싶지 않다.

'어려워.'

막연히 사랑하는 사람은 조금 더 편할 거라 생각했다. 더 스스럼없이 자신을 보여줄 수 있다고 생각했는데.

'완전히 착각이야. 사랑하니까 더 조심스러워지는걸.'

미움받고 싶지 않다. 그와 다투고 싶지 않다. 그와 헤어지고 싶지 않다.

'그런데 어떻게 해야 할지 모르겠어.'

아이가 필요 없다고 말하는 이안을 상상하는 것만으로도 심장이 찌르는 것처럼 아팠다.

나는 아버지의 손을 꽉 잡았다. 아버지는 내 손가락을 물끄러미 내려다보다가 고개를 끄덕였다.

"사랑은 좋은 것이죠. 인생의 가장 큰 축복 아니겠습니까."

그 말에 나는 충동적으로 입을 벌렸다.

"아버지께서는 왜 지금까지 독신이셨어요?"

아버지가 고개를 갸웃하며 날 바라보았다.

"무슨 의미인가요?"

"어머니를 잃으신 지 오랜 시간이 흘렀잖아요. 외롭지 않으셨어요?"

침대에 앉아서 나는 이런 고민을 했다.

'만약 이안이 완전한 이별을 선언한다면 혼자서 꿋꿋하게 그에 대한 마음을 지키며 살아갈 수 있을까.'

한 번 누군가의 온기를 알아버렸는데, 그 없이 살 수 있을까. 나는 대답을 찾을 수가 없었다.

하지만 망설이는 나와 달리, 아버지는 어쩐지 후련한 어조로 대답했다.

"물론 외로웠지요. 누군가 다른 이의 체온에 위로받고 싶었던 밤이 없다고는 말하기 어렵군요."

붉은 눈동자가 나를 응시했다. 나보다 훨씬 많은 것을 경험해 온 눈동자였다.

"멜리사를 그리워하는 마음, 또 내 아이를 찾고 싶다는 마음이 독신의 이유였지만, 온전히 그 이유 때문만은 아니었죠. 저는 국왕 전하를 압박하고 싶지 않았습니다."

"그건……."

아버지가 내뱉은 말은 지극히 현실적인 이유였다.

순간 말문이 막힌 나는 눈을 동그랗게 뜨고 아버지를 바라보았다. 아버지는 어깨를 움츠리며 웃었다.

"로맨틱하지 않은 이유라서 실망했나요?"

"그런 건 아니에요."

오히려 현실적이고 솔직한 대답이라 마음이 놓였다.

내가 당혹스러웠던 것은 다른 이유 때문이었다.

'이안이랑 상황이 똑같아.'

나는 두 손으로 이불을 꽉 잡았다.

머릿속에는 지난 생의 이안이 떠올랐다. 내가 숨을 거둘 때까지도 계속 독신이었던 그 남자.

'이안도 이런 생각이었을까?'

늘 무심해 보이던 그때의 이안을 떠올리니 마음 한구석이 욱신거리는 기분이었다.

나는 울적한 어조로 물었다.

"왕족에게 혈통이란 그렇게 중요한 건가요?"

"내게 중요하다고 해서 타이론 대공에게도 그렇다고 확답할 수는 없지요."

우문현답이었다. 차분하게 대답한 뒤, 아버지는 한마디를 덧붙였다.

"적어도 한 가지는 확답할 수 있습니다. 타이론 대공은 당신을 목숨처럼 사랑하고 있을 겁니다."

"네에?"

이게 또 무슨 말이람.

나는 눈을 동그랗게 떴다. 아버지는 내 머리를 쓰다듬으며 인자한 미소를 지었다.

"이렇게 사랑스러운 내 딸에게 빠지지 않으면 누구에게 빠지겠어요."

뭐야. 뭔가 근거가 있는 말인가 해서 귀를 기울였더니.

'팔불출 발언이었나.'

나는 입술을 삐죽이며 대답했다.

"남들이 들으면 창피할 말이지만, 그래도 듣기 좋네요."

"하하."

아버지는 너털웃음을 지었다. 나는 입술을 삐죽이다가 결국 웃었다.

"고마워요, 아버지."

❖ ❖ ❖

마이엔 공과 내일은 건강한 모습을 보여주기로 약속하고 난 뒤, 나는 오랜만에 책상에 앉았다.

책상 위에는 가지런히 편지지와 펜이 놓여 있었다.

'편지⋯⋯.'

지난번 이후 다시 편지를 적지 않았다.

'이안은 편지를 기다리고 있으려나.'

기다리고 있을 것이다. 내가 편지를 보내지 않으면, 이안은 내가 어디 있는지 알 방법이 없었다.

'하지만 왠지 그이는 어떻게든 찾아서 올 것 같단 말이야.'

제집인 것처럼 천연덕스럽게 문을 열고 들어올지도 몰라. 나는 쿡쿡 웃고 말았다.

하지만 웃었음에도 나는 펜을 결국 들 수 없었다. 나는 빈 종이를 내버려 둔 채 자리에서 일어났다.

'내일 아버지와 상의해봐야겠어.'

오늘 대화로 깨달았다. 아버지는 어떤 상황이든 나를 지지해 줄 사람이었다.

'그리고 이안에게도 이야기를 전해야지.'

나는 다시 침대에 누웠다. 마음고생을 한 탓일까. 방 안에만 있었는데도 잠이 밀려왔다.

하지만 결과적으로 다음 날, 나는 아버지에게 임신 소식을 알릴 수가 없었다.

오랜만에 산뜻한 분홍색 원피스를 입고 머리를 땋고 있는데, 하녀가 달려 들어왔다.

"아, 아가씨, 그, 그게요!"

"무슨 일이에요?"

오르세에 온 이래 이렇게 하녀가 쿵쾅쿵쾅 뛰어다니는 모습은 처음 보았다. 나는 눈을 깜빡거렸다.

한참 동안 말을 버벅거리던 하녀는 큰 소리로 대답했다.

"왕자님! 왕자님께서 오셨어요!"

"왕자님?"

나는 괴상하게 얼굴을 찌푸리고 말았다.

❖ ❖ ❖

마이엔 공은 예의 바른 미소를 지으며 니코 왕자를 맞이했다. 웃는 얼굴은 상냥했지만, 흘러나온 말은 그렇지 못했다.

"분명 방문 의사는 공손히 거절했던 것 같은데."

"예, 저도 잘 받아보았습니다."

니코 왕자는 뻔뻔스럽게 웃으며 마이엔 공의 인사를 받았다. 그러고는 자신이 곱게 안고 온 벨벳 상자를 내려놓았다.

"하지만 어마마마께서 제 사촌에게 귀한 선물을 내리셔서요. 아랫것들에게 시키기가 불안했답니다."

"……."

왕비가 올리비아의 존재를 달가워할 리가 없는데. 하지만 벨벳 상자는 겉만 보기에도 무겁고 귀해 보였다.

니코 왕자는 마이엔 공과 흡사한 다정한 미소를 지으며 덧붙였다.

"그리고 왕실에서 제국어를 제일 잘하는 사람이 저 아닙니까. 사촌에게 오르세를 설명하기에는 제가 제일 적합할 것입니다."

"물론 그렇습니다만."

틈을 찾기 어려운 말이었다. 마이엔 공은 속으로 한숨을 내쉬었다.

'작정하고 왔군.'

왕실 사람들이 하루라도 더 올리비아를 먼저 보고 싶어서 들썩이는 것은 마이엔 공도 알고 있었다. 하지만 이렇게 왕자가 직접 찾아오니 달갑지 않은 게 사실이었다.

'어차피 제국으로 돌아갈 아이거늘.'

마이엔 공이 다시 정중하게 니코 왕자를 내쫓으려고 할 때였다. 등 뒤에서 또각또각 여자 구두가 대리석을 울릴 때 나는 소리가 울렸다.

"아버지."

뒤를 돌아보니 은빛 머리카락을 곱게 땋아 내린 올리비아가 치맛자락을 나풀거리며 걸어오고 있었다.

오르세에서 보기 힘든 디자인의 원피스가 우아하고 고풍스러 웠다.

"올리비아."

마이옌 공이 떨떠름한 미소를 지었을 때였다.

"여신……?"

옆에서 얼떨떨한 소리가 들렸다. 누군가 했더니 니코 왕자는 입을 떡 벌리고 올리비아를 바라보고 있었다.

'이런.'

예감이 썩 좋지 않아, 마이옌 공은 손바닥을 문질렀다.

오르세 국왕은 정비로부터 세 명의 아들을 두었다.

'그러니까 오늘 우리 집에 찾아온 왕자는 두 번째 왕자, 니코란 말이지?'

오르세어도 익숙하지 않은데, 잔뜩 흥분해서 빠르게 말을 뱉 어내는 하녀에게서 내가 원하는 정보를 골라 듣기는 어려웠다.

'갈색 머리카락에, 다정한 미소로 유명하다고.'

국왕의 아들이면, 내 사촌이라는 뜻이었다.

'아버지와 혈연이면 다정한 게 당연하지.'

내 아버지라서 하는 말이 아니라 마이옌 공은 내가 본 이들 중 에서 가장 신사다운 사람이었다.

'나도 아버지처럼 온화하게 늙고 싶어.'

이미 지금 시점에서 늦어도 한참 늦은 것 같지만. 나는 회귀한 이후 내가 했던 행동들을 다시 떠올려보았다.

'……차라리 지난 생이 더 온화했을지도.'

그냥 떠올리지 않는 게 낫겠다. 나는 다시 기억의 저편에 나의 행동들을 묻어두었다.

타이밍 좋게 나를 안내하던 하녀가 말했다.

"아, 저기 계시네요."

나는 고개를 들어 복도를 바라보았다. 복도에는 아버지와, 금실이 잔뜩 들어가서 휘황찬란한 제복을 입은 청년이 서 있었다.

'저 사람이 니코 왕자구나.'

놀랍게도 아버지와 닮은 구석이 조금도 없었다. 나는 조금 실망했다.

'물론, 은발의 왕족들이 득시글득시글할 거라고 생각은 하지 않았지만.'

부드러운 갈색 곱슬머리에, 평균 정도의 키, 그리고 마른 체구를 가진 왕자는 어쩐지 유약하게만 보였다.

'내가 너무 제임스와 이안에게 길들여진지도.'

제임스는 평균을 논하는 게 의미가 없을 정도로 큰 덩치의 소유자였고, 이안도 올려다보려면 고개가 아플 정도로 키가 훌쩍 컸다.

하여간 이안하고 비교하니 평범한 얼굴이었지, 니코 왕자만 두고 보면 그럭저럭 말끔한 외모였다.

'그래도 국왕 전하를 제외하면 처음으로 찾아온 친척이구나.'

잘 보여서 나쁠 것은 없다는 생각이 들었다. 그래서 내가 지극히 사교적인 미소를 지었을 때였다.

나를 돌아본 니코 왕자가 어리버리한 어조로 중얼거렸다.

"여신⋯⋯?"

"?"

나는 당혹스러워서 걷던 걸음을 멈췄다.

'내가 귀가 이상한가? 제대로 들었나?'

여신이라고 한 것 같은데.

오르세어가 능통하지 않아서 확신이 들질 않았다. 나는 자연스럽게 웃으며 아버지 곁에 섰다.

"어떻게 나왔나요."

"하녀가 알려주어서요. 왕자님께서 오셨다면서요."

내 대답에 아버지가 어쩐지 내 곁의 하녀를 슬쩍 노려보는 것 같았다.

'어?'

하지만 내가 이상한 낌새를 눈치채기 전에 아버지는 온화한 미소를 지으면서 니코 왕자를 소개했다.

"네. 이쪽이 이 나라의 니코 왕자입니다."

"⋯⋯."

그런데 소개말에도 불구하고 왕자는 대답이 없었다. 얼빠진 표정으로 눈도 깜짝하지 않은 채 나를 바라보기만 했다.

"크흠."

결국 아버지가 헛기침을 하며 니코 왕자를 팔꿈치로 살짝 건드렸다. 니코 왕자는 화들짝 놀라더니만, 얼굴을 새빨갛게 붉히며 말했다.

"죄, 죄송합니다. 너무 아름다우셔서 그만."

"네?"

이렇게 직설적으로 칭찬을 듣기는 또 처음이었다. 나는 당황스러워서 눈을 깜빡였다. 아버지가 낮은 목소리로 왕자를 다시금 불렀다.

"니코 왕자."

그제야 헛 하고 정신을 차린 니코 왕자가 우아하게 고개를 숙였다.

"무례를 범해 죄송합니다, 레이디."

"아니에요."

기분이 나쁘지는 않았다. 오히려 순진한 꼬마를 보는 기분이라 웃음이 나왔다.

"이렇게 면전에서 아름답다는 이야기는 처음 듣네요."

'아니지.'

사실 니코 왕자만이 아니었다. 이안도 수시로 내게 이렇게 속삭이곤 했다.

"예뻐요."

'이안.'

나는 항상 예쁘다, 아름답다 하면서 호시탐탐 내 입술을 노리던 남자를 떠올렸다.

처음 만났을 때 이안은 지나치게 무심한 태도였기 때문에, 그가 본색을 드러낸 순간 무척 당황스러웠던 기억이 난다.

'음흉스러운 남자 같으니. 외모가 취향이라고 조금도 티를 내지 않더니.'

그러더니 정식으로 식을 치르기 무섭게 돌변했지.

'다른 사람이 그랬다면 그때처럼 설렜을까?'

나는 고개를 가로저었다.

'이안은 특별해.'

그의 말 한마디, 나직하게 웃는 모습, 곤란한 듯 미간을 찌푸리는 표정.

무엇 하나 평범하지 않았다. 내게 그는 특별한 사람이었다.

"……."

이렇게 사랑하는데, 사랑하기 때문에 만나는 것이 두려워지다니 참 아이러니한 일이었다.

내가 회한에 젖어 있을 새도 없이, 정신을 차린 왕자가 나에게 인사했다.

"저는 오르세의 2왕자, 니코입니다. 드디어 마이엔 공의 따님을 찾았다고 들어서 방문했습니다."

"네. 마이엔 공의 딸 올리비아입니다."

내가 오르세식으로 인사를 하려고 하니, 니코 왕자가 나의 손을 덥석 붙들었다. 그러고는 제국식으로 내 손등에 입을 맞추려고 했다.

바로 그때였다.

"손은 놓고 이야기하지요."

아버지가 그리 말하면서 우리 사이로 끼어들었다. 때문에 니코 왕자가 붙든 손은 풀리고 말았다.

니코 왕자가 살짝 뺨을 부풀리며 투덜거렸다.

"하지만 제국식 예법은……."

"이곳이 제국은 아니니까요."

그의 반문은 나오기도 전에 온화하게 웃고 있는 아버지의 단호한 말에 잘려 나갔다.

'아니, 우리 아버지에게 이런 면이?!'

웃는 낯만 보아서 다른 사람들의 부탁도 잘라내지 못하겠다고 생각했는데, 생각보다 강단이 있었다.

"아버지."

"흠흠."

내가 웃으면서 아버지를 부르자, 아버지는 민망했는지 헛기침을 하면서 고개를 돌렸다.

나는 환하게 웃으면서 아버지의 팔에 매달렸다.

"아버지, 너무 좋아요."

아버지는 얼굴을 붉히시면서 연신 헛기침을 했다. 우리 두 사람을 물끄러미 바라보고 있던 니코 왕자가 생긋 웃었다.

"두 분이 다정하시군요."

니코 왕자의 말에 아버지는 근엄하게 대답했다.

"친해지려고 노력 중이랍니다."

그 말에 나는 입술을 삐죽이며 투덜거렸다.

"우리 이미 친한 것 아닌가요? 저 혼자만 그렇게 생각했던 건가요?"

"그, 그게 아니라."

"제게 낯설다고 느끼고 계셨다니."

"그, 그게."

조금 놀렸더니 어쩔 줄 몰라 하는 아버지가 귀여워 보였다. 내가 쿡쿡 웃었을 때였다.

"저도⋯⋯."

니코 왕자가 슬그머니 대화에 끼어들었다.

"저도 친해지고 싶습니다, 레이디."

"어머나."

진지한 척 허리에 힘을 주고 몸을 세운 모습이 어린애 같았다. 나는 키득키득 웃었다.

"영광이에요, 왕자님."

❖ ❖ ❖

그렇게 아버지와, 나, 그리고 니코 왕자가 앉아서 차를 마시게 되었다. 으레 친척들이 할 만한 대화를 나누고 있으니, 비서관이 찾아왔다.

"잠시만 결제 관련으로 드릴 말씀이 있습니다."

"이런……."

아버지가 걱정스러운 눈으로 나를 돌아보았다. 나는 어깨를 으쓱했다.

"괜찮아요. 다녀오세요."

"얼른 다녀올게요."

아버지는 연신 니코 왕자를 찜찜한 표정으로 쳐다보다가 결국 자리를 떴다.

나는 고개를 갸웃했다.

'그래 봐야 나는 유부녀인걸. 뭘 저리 걱정하신담.'

아버지가 떠나고 나서도 우리 테이블은 전혀 어색하지 않았다. 니코 왕자는 제국에 대해서 많이 공부를 해서 대하기가 편안했다. 특히 유창한 제국어는 제국인이라고 해도 믿을 정도였다.

나는 신기해서 니코 왕자에게 물었다.

"어째서 제국어를 공부하셨어요?"

나의 질문에 그는 어깨를 으쓱했다.

"마이엔 공처럼 되고 싶었거든요."

"아버지처럼요?"

"왕족이라고 왕국 내에서 평안하게 살기만 하란 법이 있습니까. 전 세계를 여행하고 다니는 마이엔 공의 모습이 제겐 동경의 대상이었습니다."

"그렇군요."

나는 고개를 끄덕였다. 나 또한 아카데미에서 오르세로 여행 올 것을 꿈꿨으니 저 마음은 이해할 수 있었다.

'왕족으로 사는 건 따분할 수도 있지.'

다시금 내 머릿속에 오페라를 보며 졸고 있던 이안의 모습이 떠올랐다.

'사라져라. 사라져.'

마음을 조금만 놓으면 이안이 자꾸만 생각났다. 나는 고개를 흔들어 이안에 대한 생각을 털어버렸다.

명랑해 보이는 외모의 소유자인 니코 왕자는 그 느낌대로 계속해서 활달하게 이야기를 늘어놓았다. 주로 화제는 우리 아버지였다.

"저는 마이엔 공을 정말 존경합니다. 닮고 싶다고 생각합니다."

"네. 저도 그렇게 생각해요."

"마이엔 공은 정말 외모도 멋있으시고."

'뭐야, 우리 아버지 팬이야?'

하지만 우리 아버지가 멋있는 분이신 것은 맞기에, 나는 적당히 그의 말에 맞장구를 쳐주었다.

이제 더 이상 아버지를 예찬할 것이 없어진 니코 왕자는 잠시 망설이다가 이 질문을 던졌다.

"제국은 어떤가요?"

나는 고개를 갸웃했다.

"무엇을 물으시는지 모르겠네요. 제게는 고향이니까요."

제국의 수도를 떠난 것 자체가 이번이 처음이다. 나의 대답에 니코 왕자는 과장스럽게 자신의 이마를 때리며 웃었다.

"제 질문이 잘못되었군요. 제국에서는 어떻게 지내셨습니까?

474

혹시…… 마음에 품은 정인이 있으십니까?"

은근히 아닌 척 물어보는 모습이 어린 소년을 보는 것 같아서 귀엽기까지 했다. 나는 다소곳한 태도로 대답해주었다.

"저는 결혼을 했어요."

"네?"

설마설마했는데, 아버지가 오르세에 내가 어떤 사람인지 조금도 알리지 않은 것 같았다.

'나를 배려하신 거겠지.'

사용인들이 왜 아가씨라고 부르는지도 알 것 같았다. 대부분이 내가 유부녀인 줄 모르는 것이다.

'그래도 괜한 기대를 품으면 안쓰러우니까.'

나는 눈치채지 못한 척, 웃으면서도 딱 잘라서 말했다.

"아버지께서 아무 말씀도 안 하셨나 봐요. 저는 결혼을 이미 했답니다."

"어, 언제."

"오래된 건 아니에요. 올해 했거든요."

"이럴 수가."

니코 왕자는 퀭한 얼굴로 비틀거렸다.

'조금 미안한가?'

나는 어색하게 웃었다. 하지만 그를 배려하고 자시고 할 문제가 아니었다.

'물론, 예전처럼 자신 있는 상황은 아니지만.'

나는 두 손으로 내 납작한 배를 덮었다. 한 번 임신을 자각해서 그런가, 배가 무겁게 느껴졌다.

'……이안이 아이를 포기하자고 하면 어떻게 하지?'

고민거리가 아니었다. 아이가 아예 생기지 않았다면 모를까, 이미 살아 숨 쉬고 있는 아이를 어떻게 포기하겠는가.

'최악의 경우 이혼이라도 요구하면…….'

끔찍한 상상에 마음이 괴로워진 나는 눈을 질끈 감았다.

그 뒤로 우리의 대화는 데면데면하게 흘러갔다. 니코 왕자도 나도 자신의 생각에 갇혔기 때문이다.

"……마이엔 공께서 바쁘신 것 같으니, 저는 이만 돌아가 봐야겠습니다. 이것은 어머니께서 주시는 선물입니다."

니코 왕자는 자리에서 일어서면서 나에게 네모난 상자를 건네주었다. 나는 환하게 웃으며 그것을 받았다.

"감사해요."

그래도 친척을 만나 선물도 받다니, 그 자체로도 기분이 좋았다. 니코 왕자가 웃으며 상자를 쓰다듬는 나를 물끄러미 쳐다보았다. 그러고는 묘하게 울먹이는 표정을 지으며 내게 물었다.

"제가 환영회 당일에 에스코트해도 되겠습니까?"

"?"

나는 순간 대답할 타이밍을 놓쳤다. 좋거나 싫어서가 아니고 오르세를 잘 모르기 때문이었다.

'보통 아버지가 에스코트해주지 않나?'

오르세는 제국과 다른가 싶어서 멈칫한 사이, 니코 왕자는 내 손을 붙잡고 손등에 조심스럽게 입을 맞췄다.

"그럼 며칠 있다가 뵙겠습니다."

"아? 네."

묘한 여운이 남는 인사였다. 나는 물끄러미 그를 바라보다가 돌아섰다.

환영회 날은 금세 찾아왔다.

내가 방에서 뭘 하고 있든지 간에 절대로 먼저 찾아오는 일 없던 저택 하녀들이, 그날 아침만은 우르르 들어왔다.

"아가씨! 일어나세요."

"얼른 준비하셔야지요!"

"으응⋯⋯?"

단잠에 빠져 있던 나는 아침 댓바람부터 찾아온 그녀들을 얼떨떨한 표정으로 바라보았다. 하녀들은 무척 의욕에 차 있었다.

"오늘이 드디어 무도회 첫날이잖아요! 어서 준비하셔야지요!"

"⋯⋯오후부터잖아?"

"그러니까 준비라고요!"

제국에서도 이렇게 일찍 준비한 적이 없는데 왜 여기서는 이렇게 일찍 준비해야 한단 말인가.

'왜 이렇게 의욕에 가득 차 있지?'

얼마나 이 모습이 낯설었냐면, 내가 그동안 참석했던 무도회는 무도회가 아니었나 싶었을 정도였다.

그렇게 정신없이 일어나서 꾸미고 나서야 나는 그 이유를 알게 되었다. 하녀들이 나를 앞에 두고 눈을 빛냈던 것이다.

"이제 누구를 데리고 입궁하실 건가요!"

"……데리고 입궁을 해요?"

"네. 무도회에 귀족 영애들은 수발을 들 하녀를 데리고 함께 들어가요. 보통 한 명이지만, 지체 높은 귀족은 세 명도 데려가지요."

"가서 무엇을 하는데요?"

"무도회에 참석을 하죠!"

"아하."

그러니까 하녀들로서는 귀족 영애를 따라 입궁하는 것이 유일한 입궁 방법이었던 모양이다.

'그런데 그동안 이 저택에는 영애가 없었고.'

말하자면 첫 번째 기회가 온 셈인 것이다.

'내게 선택을 받고 싶어서 그렇게 열정적으로 나를 꾸몄던 거구나.'

말하자면 그들도 설레고 있었던 것이다.

'하긴, 왕궁이 얼마나 구경하고 싶겠어.'

나는 턱을 괴고 피식 웃었다. 눈을 빛내며 나를 바라보고 있는 하녀들이 퍽 귀엽게 느껴졌다.

"모두 여섯 명이었던가요?"

"맞아요, 아가씨."

"무도회는 삼 일간 이어지니까 두 명씩 번갈아 가면서 참석하면 되겠네요. 서로 순번을 협의해서 오도록 해요."

"감사합니다!!"

내 대답에 하녀들은 환하게 웃으며 우르르 또 몰려나갔다.

'가위바위보라도 하려나.'

나는 또 피식 웃었다. 웃어서 그런지 조금 나른함이 밀려왔다.

'나도 저렇게 설렜던 적이 있었을 텐데……'

있었나? 잘 모르겠다.

'나는 빨리 어른이 되어야 했으니까.'

진상들은 무도회에 아예 참석을 못 하도록 몇 번이나 방해를
했다.

'그런 방해를 물리치고 겨우겨우 참석하면 뭐하나.'

첫째 진상 친구들에게 망신을 당하고 정원에 나가서 눈물을
흘렸던 기억이 선연하다.

'나에게 무도회는 특별히 무장하고 나가야 하는 전쟁터 같은
곳이었지.'

황궁의 화려함, 다른 사람들과 대화를 나누는 즐거움 같은 것
을 알기에는 여유가 없었다.

'그런데 이제 와서 이런 여유가 생기다니.'

와글와글거리는 하녀들의 모습이 마냥 귀엽게만 보였다.

조금 있으니 하녀 두 명이 다가와서는 내게 꾸벅 인사를 했다.

"오늘은 저랑 마리가 아가씨를 보필하기로 했어요."

"잘 부탁드려요!"

"나야말로 잘 부탁드려요."

내가 상냥하게 대답하자, 그녀들은 또다시 까르르 웃음을 터
뜨렸다. 그러고는 발그레 얼굴을 붉히고 물었다.

"저어, 아가씨, 이런 말씀을 드려서 죄송한데요."

"네. 말해보아요."

"저희 둘은 그럼 꾸미러 가도 될까요?!"

그 말에 나 또한 큰 소리로 웃음을 터뜨리고 말았다. 설렘이 내게도 전염되는 것 같았다.

"그렇게 해요. 꼭 예쁘게 하고 와야 해요."

"네!"

두 사람이 우르르 떠나고 네 명의 하녀가 남았다. 그녀들은 내 머리카락을 장식할 핀에 대해서 토론을 시작했다.

"은빛 머리카락을 살려주려면 역시 붉은 루비 아닌가요?"

"푸른색 사파이어도 잘 어울려요. 지금 입은 드레스가 붉은 계통이니까요."

그렇게 마지막 단장을 하고 있으니, 문득 이런 궁금함이 들었다. 나는 고개를 갸웃하며 물었다.

"귀족과 수행원들이 모두 한곳에 섞여 있는 건가요?"

내가 궁금한 건 그거였다. 하녀가 무도회를 따라 참석한다니, 오르세의 신분제가 제국만큼 뚜렷하지 않은 건가.

내 질문에 하녀들은 저마다 자신이 알고 있는 정보를 쏟아내었다.

"저도 참석해본 적이 없어서 잘 모르지만, 듣기로는 플로어가 구분되어 있대요."

"그리고 손목에 민트색 리본을 달아야 해요."

"아마 아가씨께서 춤을 추시는 무도회장에는 높은 계층의 귀족분들만 모여 있을 거예요."

"언덕 같은 구조라고 생각하시면 되어요."

나는 고개를 끄덕였다.

"아아."

'마구 섞이는 건 아닌가 보구나.'

작위별로 들어갈 수 있는 홀이 구분되어 있는 모양이다.

'홀이 얼마나 큰지는 모르지만, 많은 인원을 수용할 수는 없을 테고, 정원까지 개방하겠지.'

내가 하녀 입장이라면 아가씨를 따라 들어가서 왕궁의 정원만 구경해도 신기할 것 같았다.

"아가씨, 마실 것을 가져다드릴까요?"

"음."

나는 조금 고민했다. 오르세의 드레스는 구조상 화장실을 다녀오기가 무척 불편했기 때문이다.

'그렇다고 아예 안 먹고 있을 수는 없지만.'

나는 고개를 들어 하녀에게 말했다.

"그보다 숄을 가져다줄래요?"

"숄이요?"

"얇은 레이스도 좋아요. 어깨에 걸치고 싶어서요."

"추우세요?"

"아, 아뇨."

추워서가 아니다.

"……역시 민망해서요."

가슴골이 훤히 드러나는 드레스가 조금 부담스러웠다. 내가

얼굴을 붉히며 그렇게 말하자, 하녀들은 한차례 깔깔깔 웃음을
터뜨렸다.

❖ ❖ ❖

시간은 금방 흘렀다. 너무 이른 시간부터 단장했다고 생각했
는데 조금 핑거푸드를 축내고 있으니 어느덧 일어나야 할 시간이
되었다.

"즐거운 시간 보내세요!"

"내일도 있으니까 오늘은 적당히 피곤하지 않을 정도로만 즐
기고 오세요."

"맞아요. 내일도! 내일모레도 있으니까요!"

"하하."

내일도 이렇게 이른 시간에 들썩이지만 않으면 피곤하지도 않
을 거 같은데.

'순번이 정해졌으니 내일까지 저렇게 들떠 있지는 않을 거야.'

과연 그럴까. 나는 지나치게 내게만 긍정적인 생각을 하며 고
개를 끄덕였다.

'어차피 저들이 일찍 쳐들어와도 내일은 피곤해서 눈 못 뜰걸.'

굽이 낮은 구두를 신고 걸어 내려오니, 마침 복도 저편에서 걸
어오던 아버지를 딱 만날 수 있었다.

"무척 아름답군요, 우리 딸."

"아버지도 멋있으세요."

매일 나에게 구박만 하던 플로렌스 자작과 달리, 아버지는 참 다정다감했다. 설탕 같은 칭찬을 들으며 나는 배시시 웃었다.

"그럼 마차에 오를까요?"

"네."

아버지를 따라 마차로 올라가고 있으니 저절로 이안이 안아 올려주던 때가 떠올랐다.

'쇼핑하러 갈 때. 내가 드레스 폭이 좁아서 마차에 오르지 못하고 망설이니까 번쩍 안아주었지.'

장난스럽게 찡긋거리던 눈매가 선연했다.

"혹시 자기 부인을 만나면 이렇게 전해달라고 하더군요. 늘 스스로 해결하려는 모습이 멋진 건 아는데, 나한테는 기대도 된다고요."

우뚝.

나는 나도 모르게 발판에 한 발을 올린 채로 멈춰서고 말았다. 나보다 앞서 오른 아버지가 내 손을 잡은 채로 고개를 갸웃했다.

"올리비아?"

"저기, 아버지……."

"네?"

"마차에는 저희 둘이만 타나요?"

"그렇죠. 하녀들은 마부 곁에 앉을 거예요."

아버지는 갑자기 그런 것을 묻는 나를 의아한 눈으로 바라보면서도 상냥하게 대답해주었다. 나는 고개를 끄덕였다.

"아버지와 단둘이 하고 싶은 말이 있어서요."

"네, 좋아요. 시간은 충분하니까요."

황궁까지 마차는 느릿하게 굴러가기 시작했다. 나는 두 손으로 치맛자락을 꽉 쥐었다.

"아버지, 제가 언제고 아버지께 제 결혼에 대해서 말씀드리겠다고 한 것 기억나시나요?"

"물론입니다."

"사실은요……."

나는 아버지에게 내가 살아온 과정에 대해 사실대로 털어놓았다. 빚 대신 팔리듯 결혼을 해서 만난 세 명의 시어머니와, 전쟁에 나간 남편, 내가 파넬에서 어떤 대우를 받았는지.

"그래서 타이론 대공을 골랐어요. 파넬을 탈출하려면 그 방법밖에 없었거든요."

"……올리비아."

아버지는 내 말을 묵묵히 듣고 계시다가 천천히 나와 눈을 맞추었다. 붉은 눈이 짙게 가라앉아 있었다.

"그 사람들은 어떻게 지내고 있나요?"

"누구요? 어머니들이요? 잘 지내고 있겠지요."

"……."

잘 지내든 거지같이 지내든 나랑은 이제 아무 상관 없었다. 하지만 아버지께는 그렇지 않았던 모양이다.

아버지의 얼굴이 더더욱 우울해졌다. 나는 웃으며 아버지의 손을 잡았다.

"그런 표정 짓지 마세요, 아버지. 아버지를 속상하게 하려고 한 말이 아니에요."

"당신이 무척 마음고생을 하면서 자랐을 거라고 생각은 했습니다만……."

아버지의 얼굴이 죄책감으로 흐려졌다. 나는 아버지의 손등을 토닥였다.

"전 괜찮아요. 충동적으로 선택한 사람이었지만, 이안은 좋은 사람이었거든요. 전 정말 행복했어요."

"……왜 과거형이죠?"

내 말에 아버지는 고개를 갸웃했다. 나는 옅은 미소를 지었다.

"고민이 생겼거든요."

정말 이걸 아버지에게 말씀드려도 되는 건가. 하지만 내가 의지할 사람은 아버지뿐이었다.

나는 최대한 태연자약해지려고 했지만, 어쩔 수 없이 얼굴이 일그러졌다.

"아기를 가졌어요, 아버지. 그이는 아기를 원하지 않는데요. 도대체 어떻게 하면 좋을까요?"

❖ ❖ ❖

"……."

내 고백을 들은 뒤, 아버지는 잠시간 말이 없었다. 나는 쭈뼛쭈

뻣 아버지의 눈치를 살폈다.

'아버지도 놀라신 걸까.'

아버지에게 사실을 털어놓는데도 이렇게 심장이 떨리는데 과연 이안에게는 말할 수 있을까. 나는 입술을 깨물었다.

'인생이란 왜 이렇게 내 뜻대로 풀리지 않는 걸까.'

이제야 행복해질 수 있다고 생각했는데, 사고처럼 아이가 찾아올 줄은 상상도 못 했다. 내가 속절없이 무릎 근처의 치맛자락만 뜯고 있을 때였다.

아버지가 천천히 입을 열었다.

"오르세에 오기 전까지는 모르고 있었군요, 그렇지요?"

"네."

알았다면 무리해서 마차 여행을 시도하진 않았을 것이다. 조심해야 하는 초기 때 장거리 마차 여행을 떠나다니.

'정말 다행이야.'

만약 무슨 일이라도 났으면 또 어쩔 뻔했나. 순간 아찔했다.

아버지는 턱을 문지르다가 조심스럽게 물었다.

"사위가 아기를 원하지 않는다는 뜻은 뭡니까?"

"그게 저희 결혼의 조건이었어요. 왜냐면 저도 아기를 원하지 않았거든요."

이안은 자신이 황족혈통이라서 아기를 원하지 않았다. 그리고 나의 경우에는.

"아기를 낳는 건 무척 위험한 일이잖아요."

아기 낳는 것이 두려웠다.

'이번에도 그렇게 고통스러울까.'

나는 그냥 막연히 지난 생을 떠올리고 한 말이었는데, 아버지의 얼굴이 하얗게 질렸다.

"이런…… 올리비아."

내 손을 꽉 붙드는 아버지의 손이 가늘게 떨렸다. 나는 그제야 아버지가 어머니를 떠올리고 있다는 걸 깨달았다.

'아.'

우리 어머니는 나를 낳고 쇠약해져서 돌아가셨다.

아버지는 그 곁을 지키시지도 못했다. 아버지가 조금 빠른 어조로 중얼거리듯 말했다.

"누구에게나 불행한 사고가 일어나지는 않아요. 당신에게는 더더욱이요."

"아버지."

"일단 유명한 의사들부터 수소문해봐야겠군요. 복잡하고 말이 많은 수도보다 한적하고 마음이 편안한 곳으로 가서……."

"아버지, 진정하세요."

내가 힘을 주어 말하자, 아버지는 조금 켕긴 표정으로 나를 바라보았다.

"맞아요. 저는 괜찮을 거예요. 어머니보다 건강한걸요."

나도 본 적 없는 어머니지만 그냥 그렇게 말했다. 이모가 늘 누워 있다가 일찍 병사한 것을 생각하면 우리 어머니도 비슷했을 것이다.

"미안해요. 내가 모자란 아버지라……."

아버지는 몇 번 심호흡을 했다. 그러고는 훨씬 차분한 어조로 내게 물었다.

"그래서 방에 틀어박혀 있었던 거군요."

"네."

"얼마나 마음고생을 했을까."

그 말에 이번에는 내가 울컥했다. 혼자 끙끙거리며 고민하던 내 마음을 읽어주는 것만 같았다.

아버지는 그런 내 손등을 차분하게 토닥였다.

"올리비아. 나와 멜리사도 비슷했습니다. 상황이 우리를 극한으로 몰아갔기 때문에 아이가 선물이라는 생각조차도 하지 못했어요. 사랑에 빠진 것조차 후회하던 시절이 있었습니다."

안 봐도 두 사람이 어떤 고난을 겪었을지는 뻔했다.

'그리고 아버지는 정말 다 잃었으니까.'

왕위까지 걷어찼으면 행복해져야 했는데, 아내는 어디로 사라진 건지 알 수도 없었다.

그 비통함이 고스란히 지난 얼굴이 차분하게 나를 응시하고 있었다.

"하지만 당신이 있어서 저는 무척 행복합니다. 타이론 대공 또한 그렇게 느낄 테죠."

"……그이가 화내지 않을까요? 제게 실망할 수도 있잖아요?"

"물론, 그럴 수도 있지요. 사람이란 예기치 못한 상황에 부닥치면 제일 먼저 화가 나니까요."

아버지의 말은 담담하고 온화해서 잘 듣는 약을 내 머릿속에 바르는 것만 같았다. 아버지는 마지막으로 내 손을 힘주어 잡으며 말했다.

"하지만 그가 정말 당신을 사랑한다면, 원하지 않았던 아기까지 사랑하게 될 거예요. 당신이 그랬던 것처럼요."

그리고 네게는 이제 이 아버지가 있지 않니.

아버지가 내뱉지 않은 말이 귓가를 울리는 것만 같았다.

❖ ❖ ❖

환영회가 열리는 오르세의 왕궁은 제국과는 완전히 양식이 달랐다. 둥근 돔 형식의 지붕이 이곳이 낯선 이국이라는 걸 내게 알려주는 것 같았다.

"오늘은 마음 편하게 환영회에 참석하도록 해요. 그리고 내일 진료를 받아봅시다."

아버지는 그렇게 말하며 나를 토닥여주었다. 나는 고개를 끄덕였다.

'지금 고민한다고 해서 해결되는 것은 아무것도 없으니까.'

그리고 아버지에게 털어놓아서 그런지 마음이 한결 가벼웠다.

나는 고개를 두리번거리며 오르세 왕궁을 쳐다보았다. 아버지가 그런 나를 보며 피식 웃었다.

"왕궁에 대한 설명이 듣고 싶은가요? 제가 아는 범위 내에서 설명하자면······."

하지만 아버지의 목소리는 이어지지 못했다. 등 뒤에서 우리의 대화를 젊은 남성이 싹둑 잘랐기 때문이다.

"여기 계셨군요."

뒤를 돌아보니 부슬부슬한 갈색 머리카락을 완전히 뒤로 넘긴 니코 왕자가 서 있었다.

"안녕하세요, 왕자님."

"한참 찾아다녔습니다."

니코 왕자는 성큼성큼 내게로 다가왔다. 아버지가 그런 내 앞으로 한 걸음 나섰다.

"왜 우리 딸을 찾아다녔나요? 왕자는 지금 왕족 입장을 준비해야 하지 않습니까."

묘하게 뾰족한 어조였으나, 니코 왕자는 조금도 개의치 않고 서글서글하게 웃었다.

"저는 제 사촌누이의 에스코트를 맡기로 했거든요. 그런데 사촌누이를 찾을 수가 없어서 한참 헤맸답니다."

"에스코트?"

"이미 사촌누이께는 허락을 받았답니다."

"네?"

아버지는 고개를 크게 갸웃했다. 그러고는 나를 돌아보았다.

"저 말이 진짜인가요, 올리비아?"

"네? 아, 저는 다들 그렇게 하는 건 줄 알고······."

"이런."

나는 조금 당혹스러웠다.

'뭐야, 보통 그런 거 아니었어? 특별한 거였어?'

내 입장에서야 뻔히 아버지가 있는데 에스코트를 청해오니 당연히 오르세의 관습인 줄 알았다. 아버지는 내 놀란 표정에서 그런 마음을 읽고는 혀를 찼다.

"앞으로는 조심해야 합니다. 사람들은 당신이 오르세 관습에 익숙하지 않다는 걸 배려하지 않고 입소문을 내니까요."

"네. 명심하겠습니다."

나는 살짝 고개를 숙였다. 아버지의 말씀은 틀린 게 하나도 없었다.

내가 한미한 자작가 영애로, 춤과 예법을 익힐 기회가 별로 없었음에도, 사람들은 내가 완벽한 파넬 공작부인이 되지 못했음을 헐뜯었으니까.

"제가 떼를 쓴 것이니, 누이를 나무라지 말아주세요."

니코 왕자는 밉지 않게 생글생글 웃으며 우리 대화에 끼어들었다. 그러고는 내 귀에서 반짝이는 노란색 귀걸이를 보며 웃었다.

"선물로 드린 장신구를 착용하셨군요."

니코 왕자가 건네준 벨벳 상자에는 바로 시트린 귀걸이와, 작은 티아라가 들어 있었다.

'귀걸이만 착용했는데 용케 알아봤네.'

티아라는 어쩐지 과하게 느껴져서 착용하기 꺼려졌다. 나는 어깨를 으쓱했다.

"네. 가족들로부터 받은 선물이라고 생각하니 기뻐서요."

"잘 어울리십니다."

낯간지러운 칭찬이 나쁘지는 않았다. 사실 나는 계속 니코 왕자가 어린 소년처럼 보여서 조금 귀엽기도 했다.

하지만 우리의 대화가 썩 좋지 않게 들렸던 모양이다. 아버지는 경각심을 가지고 또 대화에 끼어들었다.

"왕자, 제가 말씀드리지 않았는데 제 딸은 출가외인입니다."

"알고 있습니다."

하지만 니코 왕자는 바로 알고 있다고 대답했다. 아버지가 조금 놀라서 나를 돌아보시기에 나는 어깨를 으쓱했다.

"이미 티타임 때 말씀드렸어요."

"그런데 왜?"

사촌끼리 선물을 주고받는 것에 아버지가 필요 이상으로 예민하신 것 같았다. 나는 아버지의 팔에 팔짱을 끼며 배시시 웃었다.

"걱정하실 일은 없을 거예요."

"제 딸은 믿습니다만……."

너는 못 믿는데.

그런 표정으로 아버지는 니코 왕자를 빤히 쳐다보았다. 노골적인 시선이 민망해서 나는 헤헤, 하고 어색하게 웃으며 니코 왕자의 팔에도 팔짱을 끼었다.

"이렇게 아버지와 사촌을 양쪽에 팔을 끼우고 있으니 좋네요."

"흠."

아버지는 난처해하면서도 내 넉살 좋은 말에 결국 입을 다물고 말았다. 나는 어깨를 으쓱했다.

'어차피 아버지도 함께 셋이 입장하는데 별일이 있을 게 있나.'

나는 대수롭지 않게 생각했다. 나의 느긋한 마음에는 제국에선 사촌 간의 결혼이 금지되어 있는 것도 한몫했다. 아무리 니코 왕자가 어필을 해도 내게는 남자로 느껴지지도 않았다.

조금 있으니, 무도회장의 넓은 문이 나타났다. 시종이 큰 소리로 우리의 입장을 알렸다.

"니코 왕자님과 마이엔 공, 그리고 마이엔 영애 드십니다."

나는 천천히 오르세의 사교계로 한 걸음 내디뎠다.

❖ ❖ ❖

오르세의 귀족들은 대다수 나에게 호의적이었다.

"어머나, 마이엔 공을 정말 쏙 빼닮았네요."

"따님을 찾게 되신 것을 진심으로 축하드려요, 마이엔 공."

"정말 이 나라의 경사네요."

정신없이 밀려드는 축하 인사를 받으며 나는 어색하게 웃기만 했다.

'아, 갑자기 피곤해진다.'

하녀들도 무도회에 참석한다고 말할 때부터 느꼈는데, 오르세의 무도회는 제국과 텐션이 달랐다. 제국이 좀 더 무겁고 우아한 분위기라면, 오르세는 꼭 축제 한복판에 온 것 같았다.

'적어도 자기소개는 하고 말을 쏟아내야 하는 거 아니야? 오르세는 이런 식인가?'

자기소개도 없이 쏟아지는 말들에, 내가 어색하게 고개를 끄덕이면서 대답하고 있을 때였다.

조금 뾰족한 질문이 내게로 날아들었다.

"그런데 왜 니코 왕자님과 함께 입장하신 건가요?"

"네?"

일순간 사람들의 시선이 내게 바늘처럼 꽂히는 것을 느낄 수 있었다. 다들 생글생글 웃고 있지만, 나의 입술에 귀를 기울이고 있었다.

"아……."

내가 말이 막혀서 입술을 벙긋거렸을 때였다. 내 아버지가 여유가 느껴지는 느릿한 어조로 대답했다.

"니코 왕자님이 제국어에 능통해서 그렇답니다. 제 딸은 아직 오르세어에 그리 밝지 않거든요."

현명한 대답이었다. 질문을 던진 부인이 호호호 웃음을 터뜨렸다.

"어머나, 외국인이라는 소문이 사실이었군요."

"니코 왕자님의 제국어 실력은 오르세 안에서도 소문이 자자하지요."

그들의 태도를 보며 나는 조금 어이가 없어졌다.

'아니, 그렇게까지 경계의 대상이야? 여긴 사촌 간이어도 상관없어?'

나는 눈을 깜빡였다. 어쨌든 지금 이 순간에는 아버지의 애드리브대로 따르는 게 맞는 것 같아, 나는 어색한 오르세어로 대답했다.

"열심히 공부하도록 하겠습니다."

"그럼요. 앞으로 오르세에서 사실 거니까요."

"오르세에 오신 것을 환영해요."

튀어나오려는 한숨을 꾹 눌러 참고 나는 어색한 미소를 지었다. 그리고 조금 있으니 국왕 전하와 왕세자, 왕비와 후궁들이 나왔다. 국왕이 등장했으니 조금 분위기가 차분해질까 했더니만, 국왕의 연설 또한 흥이 가득 차 있었다.

"오늘은 모두가 알다시피, 존경하는 마이엔 공이 드디어 혈육을 찾은 즐거운 날입니다. 모두 재회한 부녀를 축복해주시길!"

"축복해요!"

"행복하세요!"

무도회장의 모든 사람이 나를 향해 축복의 말을 던지는 진풍경이 펼쳐졌다. 나는 다른 의미로 아찔해졌다.

'아아, 적응 안 된다.'

정말 이 분위기에 적응할 수 있을까. 나라가 달라진다는 게 이렇게까지 문화가 달라진다는 것임을 나는 이제야 깨달았다.

조금 멍해져 있는 나를 니코 왕자가 잡아끌었다.

"올라가서 왕실 어른들과 인사하도록 하죠. 제가 소개해드릴게요."

"네."

나는 아버지와 니코 왕자를 따라 왕족들이 앉아 있는 단상으로 올라갔다. 위로 올라가니 무도회장의 모습이 한눈에 들어왔다.

'데리고 온 하녀들은 저기 있네.'

멀리서 나를 향해 손을 흔드는 하녀들이 보였다. 넓은 유리벽 하나로 무도회장이 나뉘고, 내 예상대로 정원까지 완전히 개방된 형태였다.

'날씨가 따뜻하니 굳이 벽으로 닫아두지 않는구나.'

어쨌든 개방성은 좋은 구조였다.

단상 위에는 이미 알고 있는 국왕 외에도 많은 여성들이 있었다. 니코 왕자가 웃으며 그중 머리를 높이 틀어 올린 여성을 소개했다.

"제 어머니이신 왕비님이시랍니다."

"처음 뵙겠습니다."

나는 고개를 숙여 그녀에게 인사했다. 그리고 답인사를 기다리고 있을 때였다.

"그 귀걸이는 어디서 났지요, 영애?"

들려온 것은 인사가 아니라 뾰족한 추궁이었다.

웃는 얼굴에 균열이 가는 것만 같았다. 나는 손에 힘을 주어 바르르 떨리려는 얼굴을 막았다.

"……그게 무슨 말씀이지요, 왕비님?"

하지만 목소리가 갈라지는 것은 어쩔 수 없었다. 나를 도둑으로 보는 것 같은 시선에 내가 입술을 비틀었을 때였다.

니코 왕자가 타이밍 좋게 우리 사이에 끼어들었다.

"제가 선물한 것이에요, 어마마마."

"왕자가?"

얼음처럼 차가운 분위기가 느껴지지 않는지, 니코 왕자는 생글생글 잘도 웃었다.

"네. 사촌누이가 반가워서요."

"반가워서?"

왕비는 기가 찬 듯이 코웃음을 쳤다. 그러고는 다시 나를 응시했다.

"그건 내 물건입니다, 영애."

"뭐라고요?"

"제 물건이지요. 어마마마께서 제게 주셨지 않습니까!"

'아하.'

내가 공작부인으로 지낸 게 몇 년인가. 몇 개의 단어만 듣고도 이 상황에 대한 답이 나왔다.

'그러니까 왕비가 내린 보석을 내게 선물로 주었다?'

왕비가 왕자에게 여성의 장신구를 내릴 때는 그 의미가 명확한 것.

'철딱서니 없이 그게 자기 거라고 생각했나 보군, 저 왕자는.'

"잠시만요."

나는 곧장 귀걸이를 풀었다. 왕비의 시녀가 바로 내게서 귀걸이를 받아갔다. 나는 생긋 웃으며 몇 번이나 반복했던 변명을 늘어놓았다.

"아무래도 제가 오르세어에 익숙하지 못해 곡해한 것 같군요. 바로 돌려드리겠습니다."

"아닙니다. 정말 제 것인데……."

눈치도 없이 끼어드는 왕자를, 나는 서늘한 시선으로 바라보았다.

"그리고 저랑 이야기 좀 할까요, 왕자님."

귀엽다고 웃어넘기려고 했더니 이런 빅엿을 줘? 속이 부글부글 끓었다.

❖ ❖ ❖

아무래도 내가 아버지 곁에 있다고 해서 마음을 지나치게 놓았던 모양이다.

'조그마한 것 하나하나 조심해야 하는 곳이 사교계이거늘.'

하다못해 철없는 사촌이 뒤통수를 칠 줄이야.

'인간적으로 이건 내 잘못 아니다. 누가 결혼까지 한 사촌누이에게 애정 공세를 할 줄 알았겠어.'

요새 어째 제임스도 그렇고, 지난 생에 없던 꼬임이 자꾸 있는 것 같은데.

'선을 그어야지.'

지난 생과 달리 내가 다른 사람들의 말을 살갑게 받아주어서 그런 것 같았다.

니코 왕자와 나는 무도회장과 정반대의 후원으로 향했다. 등이 여기저기 켜져 있어서 전혀 어둡지 않은 곳이었다.

"제가 계속 사촌끼리 할 수 있는 일인가 해서 웃어넘겼는데, 아무래도 선을 넘은 것 같군요."

내가 차가운 목소리로 그리 말하자, 니코 왕자의 어깨가 움찔 떨렸다.

"그 귀걸이와 티아라는 보통 물건이 아니에요. 맞죠?"

"음, 사실은……."

니코 왕자는 자신의 갈색 머리카락을 배배 꼬았다. 꼭 엄마에게 혼나는 어린애 같았다.

"어마마마께서 마음에 드는 여인이 생기면 선물하라고 주신 것이에요."

"허어."

설명을 듣고 나는 혀를 찼다. 내 행동에 그가 움찔 어깨를 떨었다. 나는 눈을 가늘게 떴다.

'실제로도 어릴지도.'

하는 행동을 보니 성년이 아닐 수도 있겠다는 생각이 들었다. 하지만 어리다고 해서 모든 행동이 납득되는 것은 아니다.

"그걸 왜 제게 주셨죠? 저는 결혼한 몸이라고 이미 말씀드렸는데요."

"하지만 오르세에서 계속 지낼 것이지 않습니까?"

"네?"

생각지 못한 반문에 나는 눈을 깜빡거렸다. 니코 왕자는 억울하다는 듯이 뺨을 부풀리고는 툴툴대듯 말했다.

"제국이 우리와 달리 정략결혼이 보편적이라는 사실을 이미 알고 있습니다. 당신의 결혼도 그런 식이었을 테고요."

제국의 결혼식에서 본인들 의사보다 부모의 의사가 더 크게 반영되는 것은 맞았다.

"당신의 남편은 지금 여기 없지 않습니까? 결혼한 지 얼마 되지 않은 새 신부를 머나먼 타국까지 홀로 보냈다는 건 뻔한 일이죠. 사랑이 없는 결혼이라고요."

기가 막혀서 픽 웃음이 나왔다.

"이봐요, 왕자님. 왜 제 배우자를 당신이 마음대로 판단하죠?"

내 말에 오히려 니코 왕자는 발끈했다. 내가 자신의 사랑을 의심한다고 생각한 모양이었다.

"이런 강렬한 사랑을 어떻게 외면합니까. 고작 몇 개월 늦게 만났다는 이유로."

"그래서 일방적으로 이런 짓을 저지르셨다?"

"네! 그리고 아셨을 거 아닙니까. 당신의 남편이 누구인들 간에 저보다 나을 수 없다는 걸요."

"아하, 그래서 그런 고풍스러운 장신구를 보내셨구나."

나는 진짜 조금 웃겼다. 상대가 이렇게까지 어리고 순진하게 굴지 않았다면 조금 덜 웃겼을까.

"대단한 자신감이시네."

"뭐라고요?"

누군들 자기보다 나을 리 없다는 말도 참 우스운 말이었다. 한 차례 잘게 웃은 나는 얼굴을 굳혔다.

"왕자님, 제가 방금 당신의 막무가내 행동에 감동했을 거라고 생각하셨나요? 그러면 대단히 오해세요."

잘 모르겠다. 나는 10대에도 저렇게 고백하는 사람들을 무척 싫어했으니까. 도서관에 놓이는 꽃이나 과자 따위를 와르르 버린 이유도 같았다.

"누가 동의하지 않은 강요를 좋아할 수가 있나요?"

그들이 내 자리에 둔 선물은 모두 일방적인 것들이었으니까.

내 대답에 니코 왕자의 얼굴이 새빨갛게 달아올랐다.

"가, 강요라니요! 사랑은 그런 말로 포장할 수 있는 것이 아닙니다."

"사랑. 그 말이 만능 키워드인가."

나는 고개를 기울였다.

"왕자님은 만난 지 두 번밖에 안 되는 제 무엇에 그렇게 사랑을 느꼈는데요?"

"그, 그건."

내 질문에 니코 왕자는 당혹스러운 듯 땀을 뻘뻘 흘렸다. 그러고는 더듬더듬 말을 이었다.

"당신처럼 아름다운 여인은 처음 보았기 때문에……. 할바마마와 똑같은 은빛 머리카락에……."

상대를 처음 만났을 때, 상대에 대해 아는 것이 없으니 외모가 눈에 들어오는 건 당연하다.

'이안도 그렇게 말했었지.'

"처음엔 얼굴이 취향이었죠. 특히 눈이."

"예쁜 여자가 당신이 아니면 안 된다고, 제발 결혼해 달라고 간절하게 청혼을 하는데 심장이 얼마나 빨리 뛰던지."

하지만 그렇게 말했던 남자가, 눈앞에 있는 이 왕자처럼 다짜
고짜 내게 달려들었던가?

'그래. 나는 사랑이 무엇인지 알고 있어.'

이안을 떠올리니, 지금 이 순간 더없이 의연해질 수 있었다. 나
는 힘을 담아서 강인한 어조로 말했다.

"제 남편이 길가의 비렁뱅이일지라도 그 사람이 제가 사랑하
는 남자예요. 그러니 이런 불쾌한 일은 벌이지 말아주세요."

우리의 대화에 누군가가 끼어든 것은 바로 그 순간이었다.

"잘 들었나?"

낮고 그윽한 목소리가 내 등 뒤에서 울렸다. 내가 그 목소리에
뒤를 돌아보기도 전에 커다란 손이 내 어깨를 감싸 안았다.

"!!"

나는 눈을 동그랗게 뜨고 옆을 돌아보았다. 익숙한 황금빛 머
리카락이 눈에 들어왔다. 매끈하고 잘생긴 얼굴이 낮게 으르렁거
렸다.

"그러니까 내 아내에게서 썩 꺼져!"

이안이었다.

❖ ❖ ❖

스타티스와 로메오의 결혼식은 황태자의 국혼이라고 하기엔
믿기 어려울 정도로 간결하고 빠르게 치러졌다.

사실 결혼은 전체에 불과하고, 메인은 대관식이었기에 일어난

일이기도 했다.

"의상은 이렇게 하면 될까요?"

"제복이니 화려한 망토를 다는 편이 좋겠습니다."

"전하께서는 담비 망토를 두르시는데, 어떻게 해야 할지……."

남자 황후 자체가 워낙 드문 일이다 보니 고려해야 하는 것이 한두 가지가 아니었다. 물론 바쁜 것은 온전히 로메오였다.

'으으, 출정 준비도 해야 하는데, 혼인이 이렇게 복잡하다니.'

손을 잡고 함께 들어올 것인지, 반지는 누가 끼워줄 것인지, 자리에는 어떻게 앉을 것인지. 사소하다면 사소한 문제이건만, 중신들은 그 사소한 문제에도 개떼처럼 달려들었다.

"아, 힘들다."

오늘도 한차례 입씨름을 하고 난 로메오는 너덜너덜해져서 정원 의자에 널브러졌다.

"그런 행동은 황후마마의 품위를 손상시킵니다."

"헙."

널브러지지는 못했고 조금 편안하게 앉았다.

'이게 정말 옳은 일인가.'

로메오는 아픈 관자놀이를 꾹꾹 누르며 입술을 짓씹었다.

'물론, 내 인생은 성공한 것이지만.'

알키저스 백작가의 장남이 아닌 아들.

집안을 물려받아야 하는 장남이 아닌 이상, 좋은 혼처를 찾아다녀야 하는 것은 숙명이나 다름없다.

'황후 자리라니, 내게 과분한 자리이지.'

어른들 말 잘 듣고, 얌전히, 몸가짐을 단정하게 하고 있어라. 그렇게 했더니 이 나라에서 가장 높은 여성의 남편이 되었지만.

'내가 잘할 수 있을까.'

바닥이 없는 늪에 빠진 것처럼 막막한 것도 사실이었다. 지금까지는 어른들의 말을 들으면 되었지만, 이제부터는 그의 인생이니까.

'나도 올리처럼 씩씩하면 좋을 텐데.'

올리비아를 떠올리며 로메오는 시무룩한 표정을 지었다. 올리비아와 친구로 지내는 내내, 그녀의 굳은 심지가 부러웠다.

'나는 마음이 약해서 주변에 휘둘리고 말아.'

꽃이든 케이크든 가차 없이 버리는 모습을 보고 얼마나 부러웠던가. 그는 어쩔 수 없이 다른 사람들의 시선이 신경 쓰였고, '착한 아이' 병에 걸린 것처럼 강박적으로 살았다.

'그 결과가 여기인데⋯⋯.'

이제는 더 무엇을 해야 한단 말인가.

로메오가 조금 가라앉은 눈으로 바닥을 내려다보고 있을 때였다. 머리 위에서 심드렁한 음성이 쏟아졌다.

"무슨 생각을 하지?"

찬란한 금빛 머리카락을 가진 여자는 다름 아닌 스타티스 황태자였다. 로메오는 후다닥 자리에서 일어나 고개를 숙였다.

"전하를 뵙습니다."

약혼자라기보다 신하에 가까운 느낌이었다. 스타티스는 눈살을 찌푸리며 재차 물었다.

"무슨 생각을 하냐고 물었어."

"저어……."

이번에는 대답을 우물쭈물거린다. 같은 말을 두 번 하는 것도, 대답을 기다리는 것도 싫어하는 스타티스의 미간에 주름이 생겼다.

하지만 흘러나온 말에, 그녀는 조금 놀랄 수밖에 없었다.

"제가 좋은 황후가 될 수 있을까 고민하고 있었습니다."

"좋은 황후?"

"네. 그건 어떻게 해야 될 수 있는지 아무도 알려주지 않아서요."

"……."

스타티스는 눈을 느리게 깜빡거렸다. 그녀도 비슷한 고민을 한 적이 있었으니까.

"어떤 황제가 되어야 좋은 황제가 될 수 있을까 생각하고 있었습니다."

그 말을 들은 황제가 무어라 했겠는가.

"좋은 황제는 아버지 말을 잘 듣는 황제지."

'개소리.'

스타티스는 입술을 비틀었다. 황제가 알려준 것들은 죄, 안 좋은 것들뿐이었다.

9

제국의 시계는
급박하게 흘렀다

남을 어떻게 밀어내고, 어떻게 유리한 고지를 차지하는가.

어떻게 다른 사람을 저울질하는가.

'내게도 늘 협박이었지. 말을 듣지 않으면 나를 먼 타국으로 팔아치우겠다고.'

황태자 임명이 폴카에서 날아온 결혼동맹보다 빨라서 다행이었다. 아니었으면 손바닥 뒤집듯이 스타티스를 폴카로 보냈을 사람이었다.

'제대로 알려준 것은 아무것도 없었다.'

그에게 휘둘리지 않는 삶을 살고 싶다고 생각만 하고 있었을 뿐. 그렇게 생각을 정리한 스타티스가 입술을 열었다.

"그건 누구나 같은 입장이 아니겠나."

그녀의 말에 로메오는 고개를 들었다. 스타티스는 무심한 척 머리카락을 쓸어 넘기며 말을 이었다.

"우리가 만난 것도 그저 우연이었고, 운이 좋아 서로 잘 맞는다면 좋은 부부가 될 테지."

"그게 아니라면……."

로메오는 우물쭈물 운을 떼었다가 다시 입술을 꾹 다물었다. 스타티스는 그런 로메오를 보다가 느릿하게 운을 떼었다.

"한 가지는 말하고 싶군."

로메오를 보고 있지만 스타티스의 시선은 그를 향하지 않고 있었다. 그녀는 모후인 황후를 떠올리고 있었다.

"힘들고 못 견딜 것 같을 때는 말을 해. 깔끔하게 이혼해줄 테니까."

그 말에 로메오의 시선이 흔들렸다. 스타티스는 웃음기 없는 얼굴로 그를 돌아보았다.

"내가 황제가 되어서 좋은 점은 그것 하나 아니겠나? 내 자식들이 모두 다 내 자식이라는 거."

수많은 후궁, 한 명의 황후, 그리고 수많은 자식.

분명 같은 아버지의 자식인데도 형제들은 형제가 아닌 것처럼 황위를 두고 다투었다.

하지만 스타티스가 황위에 오른 이상 그런 일은 없을 것이다. 모든 자식은 다 스타티스의 자식이며, 경쟁은 공정할 것이니.

"굳이 버틸 필요도 없고 희생할 필요도 없어. 다 내팽개치고 도망치면 돼. 재혼하고 싶다고 해도 허락해주지."

언젠가 자신의 어머니에게 하고 싶었던 말을, 스타티스는 담담히 로메오에게 해주었다. 과오를 바로 잡겠다고 결심한 만큼, 그녀는 실제로 그렇게 할 생각이었다.

"그렇다면."

하지만 로메오에게 이런 반문이 들려온 것은 의외였다.

"……그렇다면 전하께서 도망치고 싶으실 때는 어찌 합니까?"

"재미있는 말이군."

스타티스는 피식 웃었다. 그녀의 손이 로메오의 멱살을 콱 붙들어서는 강하게 그녀에게로 끌어당겼다. 아까와는 비교할 수 없는 짓궂은 목소리가 로메오의 귓가를 울렸다.

"그럼 도망칠 수 있게 빨리 후계를 만들어볼까?"

붉은 입술이 그의 입술에 숨결이 얽힐 것처럼 가까이 다가왔다. 그 순간.

"으왁!"

로메오는 꼴사나운 비명을 지르며 물러나고 말았다.

"저, 저는 피, 피곤해서 이만! 쉬, 쉬시옵소서!"

덜덜덜 떠는 것을 감추지도 않고 로메오는 새빨간 얼굴로 다다다 소리를 질렀다. 그러고는 스타티스가 정말 그를 잡아먹기라도 하는 것처럼 후다닥 도망쳤다.

"하하하."

웃음이 적은 스타티스였지만, 웃을 수밖에 없었다.

'나쁘지 않아.'

충동적으로 고른 것치고, 로메오는 나쁘지 않았다. 우선 올리비아와 친구라는 점이 마음에 들었다.

'여성과 오랫동안 동등한 친분을 유지할 수 있는 사내라면 나와도 그런 부부가 될 수 있겠지.'

불타는 사랑 같은 건 원하지도 않았다. 지엄한 황제가 어떻게 침실에서는 한낱 사내에게 몸을 맡기겠는가.

'그냥 사이좋은 친구처럼 지낼 수만 있어도 괜찮다고 생각했는데.'

로메오는 꽤 괜찮았다.

"너무나 짓궂으십니다."

로메오의 품행을 지적했던 시종이 이번에는 스타티스의 행동을 지적했다. 스타티스는 피식 웃었다.

"뭐, 어떤가. 나는 뭐든지 최초인데, 남편과의 관계 또한 다른 이와 같을 수 없지."

스타티스는 그동안 이 제국에 없었던 황제가 될 생각이었다.

❖ ❖ ❖

이런저런 소소한 일상이 흐르고, 결국 두 사람의 국혼일이 되었다. 국혼은 올리비아의 기억과 달리 다이아몬드 홀이 아니라 대성당에서 치러졌다.

전통적으로 대관식이 대성당에서 치러졌기 때문이다.

제복을 입고 등장하는 황태자와 그 약혼자, 반지를 끼워주는 것 외에는 입맞춤조차 없는 근엄하고 간결한 결혼식이었다.

그리고 드디어 그 순간이 왔다.

"황제의 관을 쓸 마음의 준비가 되었는가?"

커다란 다이아몬드가 박힌 관을 들고 황제가 물었다. 스타티스는 표정 없는 얼굴로 고개를 끄덕였다.

"예."

"그래. 잘하리라 믿는다."

황제는 고개를 끄덕이며 스타티스의 금빛 머리카락 위에 황제의 관을 씌워주었다. 그리고 황제의 권위를 상징하는 붉은 홀을 쥐여주었다.

황제, 엘리자베스 1세. 그것이 스타티스의 새로운 이름이었다.

그리고 같은 날, 초야도 치르지 못하고 로메오는 수도를 떠나야 했다.

머나먼 북방을 향해서였다.

❖ ❖ ❖

"내가 황제로 임명된다고 해서 바로 황제의 권위가 생기는 것은 아니다."

그날 스타티스는 이안과 은밀한 대화를 나누었다. 이안은 고개를 끄덕였다. 이미 다 아는 내용이었다.

'형님이 쉽사리 물러날 리가 없어.'

이안이 황족이라는 걸 이 제국에 아는 사람이 하나 없을 때도, 끝없이 견제하던 사람이 바로 이안이었다.

"이미 물밑 협상을 해보았지만……."

"쉽게 넘어오지 않겠죠."

황제가 그런 성품이라서 그런지, 귀족회의에 참석하는 귀족들 중에도 황제와 비슷한 성품들이 많았다. 다른 사람의 눈치를 기민하게 살피고 자신에게 이득이 되는 쪽으로 약삭빠르게 움직이는 사람들.

"확실하게 태황제보다 우위에 있다는 증거를 보여주지 않으면 힘들 겁니다."

"확실하게."

"다룰 수 없는 사람을 다루는 게 좋겠죠."

"짐이 다룰 수 없는 사람이라……."

스타티스는 턱을 쓰다듬었다. 이안은 태연스럽게 한 사람의 이름을 꺼냈다.

❖ ❖ ❖

북방으로 향하는 길은 험준했다. 특히나 취미 정도의 승마밖에 익히지 않은 로메오에게는 이런 고행길이 없었다.

'짐은 너무 무겁고.'

로메오 같은 사내에게 풀체인메일 갑옷은 아무도 기대하지 않았다. 하지만 장군이 되어 전쟁에 나가는 판국인데 검 한 자루는 들고 가야 할 것 아닌가.

'검이 이렇게 무거운 건지 몰랐지.'

로메오의 검술 실력 또한 취미 수준의 사브르를 벗어나지 않왔다. 어쩌다 시비 걸리면 결투하는 척은 할 정도?

'내가 휘두르던 사브르는 제대로 된 검이 아니었구나.'

실제 전장에서 사용될 롱소드는 검날의 길이가 130cm. 강철로 그 정도 길이에, 뼈를 부술 정도의 두께로 제작되다 보니, 무게가 상상을 초월했다.

'이래서야 체면이 서질 않는군.'

승마도 익숙하지 않은데, 경갑 차림을 하고 무거운 검까지 옆에 차고 있으니 무게를 잡는 것만으로도 기운이 쭉 빠졌다.

자연히 북방을 향하는 속도는 늦어졌다.

로메오의 상태를 눈치챈 동행인이 무뚝뚝한 어조로 말했다.

"쉬었다 가겠습니다."

"죄, 죄송……."

"황후는 죄송하다는 말을 함부로 하지 않습니다."

"……."

함부로 하면 안 되는 걸 누가 모르냐고!

'하지만 저절로 나오는 걸 어떻게 해!'

로메오는 말에서 내리다가 허벅지가 바르르 떨려서 꼴사납게 바닥에 주저앉을 뻔했다.

"헉!"

"쯧."

그러자, 동행인이 혀를 차며 커다란 손으로 로메오의 팔뚝을 잡아 힘으로 일으켜 세웠다. 로메오의 무게와 짐이 합쳐진 것을 떠올리면 어마어마한 힘이었다.

'으아아아.'

로메오는 부담감에 벌벌 떨리는 눈으로 자신의 팔뚝을 잡고 있는 사내를 바라보았다.

"괜찮으십니까?"

"……."

묻는 말투는 정중했으나, 로메오는 선뜻 대답을 하지 못했다.

뻣뻣해 보이는 검은 머리카락에, 음울해 보이는 회청색 눈, 그을린 얼굴에 곰처럼 커다란 덩치.

바로 제임스 파넬이었다.

'부담스러워, 부담스럽다.'

그냥 남자 대 남자로 마주해도, 덩치가 너무 커서 저절로 위압감을 주는 남자다. 그런 데다가 지난번 두 사람의 마지막이 썩 좋지 않았지 않나.

'나한테 앙금이 남았을 텐데.'

로메오는 슬금슬금 제임스의 눈치를 살폈다. 제임스는 또다시 무뚝뚝한 어조로 대답했다.

"식사도 해야 합니다."

"네, 네."

로메오는 또 무심코 존댓말로 대답하고 말았다.

제임스가 북방으로 향하던 로메오의 일행에 끼어든 것은 정확히 절반 지점을 지났을 때였다. 타이론의 지원군이 합류할 거라고 했던 곳이기도 했다.

'당연히 누군가가 군사를 이끌고 올 거라고는 생각했지만 그

게 저 남자일 줄은 몰랐지.'

로메오는 슬금슬금 제임스의 눈치를 살폈다. 무뚝뚝한 얼굴은 감정을 읽기가 어려웠다.

'도대체 무슨 꿍꿍이속일까.'

분명 올리비아의 재혼 건으로 이안과 척을 졌을 텐데. 무엇에 낚여서 그가 여기 있는지 알 수가 없었다.

'나로서는 안심이긴 하지만.'

북방 전투에서 제임스 파넬을 능가할 수 있는 사람이 있을까. 그는 사교계에서는 어리숙할지 몰라도 전장에서는 무서운 남자였다.

'설마 올리를 또 걸고넘어진 것은 아니겠지.'

로메오는 슬그머니 또 제임스의 얼굴을 바라보았다. 그는 자각하지 못했지만, 정신만 차리면 그는 제임스를 관찰 중이었다.

그러다가 제임스가 기다렸다는 듯이 눈을 마주쳐왔다. 제임스는 고개를 기울였다.

"하고 싶으신 말씀이 있습니까?"

몰래 보고 있다고, 스스로는 굳게 믿고 있었던 로메오인지라, 이런 직설적인 질문이 날아오자 얼떨떨해졌다.

"네?"

"어서 하시죠. 제가 시선을 받는 것을 좋아하지 않습니다."

"그, 그게."

"하시는 김에 말도 내려놓으시고. 이제 이 나라에서 두 번째로 높으신 분 아닙니까."

"……."

구구절절 옳은 말인데 거부감이 느껴지는 것은 결국 저 남자의 분위기 때문이리라.

잠시 고민하던 로메오가 무거운 목소리로 물었다.

"도대체 무슨 꿍꿍이예요?"

"없습니다."

"북부에는 절대 안 갈 거라고 했잖아요."

"목숨을 걸었던 전우들이 다시 떠올랐습니다."

"태황제 폐하께서 여쭈실 때는 마음이 그렇지 않았는데?"

"사람이란 마음이 자주 바뀌지 않습니까."

옆에서 사람이 피를 토하며 쓰러져도 꿈쩍도 하지 않을 것같이 생긴 남자가, 마음이 자주 바뀐다니 믿기지도 않는 소리였다.

'그것도 보통 사람들이나 그렇지!'

로메오가 거짓말하지 말라는 표정을 짓고 있으니, 제임스는 무뚝뚝한 어조로 뼈를 때렸다.

"말 타는 것에나 집중하십시오. 저를 북부 사령관으로 임명하기 전에 낙마로 목이 부러져 죽으면 얼마나 우스운 상황입니까."

"……."

그러니까 스타티스의 작전은 이랬다. 로메오가 북방에서 익숙하지 않음에도 열심히 싸우는 모습에 감화받은(?) 제임스가 찾아와서, 로메오가 다시 제임스를 북부 사령관으로 임명하고 돌아온다.

그런데 로메오가 말도 제대로 못 타고 있는 것이다.

'……그래. 말 위에서 정신이나 차리자. 저 남자를 본들 뭘 알

수 있는 것도 아니고.'

로메오는 한숨을 푹 쉬었다. 북부까지도 꼬박 보름이 걸렸다. 로메오는 자기 눈으로 보게 된 북부의 실상에 큰 충격을 받았다.

'이게 정말 같은 나라가 맞아?'

거칠게 펼쳐져 있는 넓은 땅, 가난한 사람들, 제대로 정비되어 있지 않은 제반시설, 넘치는 고아.

"북부는 원래 그렇습니다."

로메오의 마음을 읽은 것처럼 제임스가 무뚝뚝한 어조로 대답했다. 로메오는 떨리는 눈으로 그를 돌아보았다.

"하지만……."

"하지만이 아닙니다. 식량이 비옥하게 생산되더라도 이민족이 훔쳐 가기 일쑤인 데다가, 식량을 지키다가 남자들은 죽어 나가니 고아가 됩니다. 지키는 데만 급급해서 도로나 학교를 지을 시간이 없죠."

높은 성벽이 보였다. 성벽에는 세월의 흐름이 고스란히 드러나 있었다. 이끼가 낀 아랫부분과 달리 위에 쌓인 돌들은 새것이었다.

"지난번 습격 때 다시 정비한 성벽입니다. 그래도 그 뒤로 큰 사건이 없었던 것 같군요."

"……."

로메오는 입을 다물었다. 저 성벽을 쌓기 위해 얼마나 큰 희생이 오갔을지 상상하기 벅찼다.

'지난번 습격이라고 했지.'

그건 아마도 눈앞의 남자가 막은 것이리라. 우두머리를 잡았다고 수도에도 소문이 자자했었다.

잠시 말없이 성벽을 둘러보던 로메오가 제임스에게 물었다.

"당신이 여기서 얼마나 있었다고 했죠?"

"제가 스물에 왔으니, 다섯 해가 꽉 찼군요."

"……"

스물에 이런 땅에 사령관이라는 지위를 받고 와서 얼마나 막막했을까. 말문이 막혀서 선 로메오를 보며 제임스는 코끝으로 한숨을 쉬었다.

'실상은 그보다 곱절이나 더 오래 있었지.'

언제쯤 돌아갈 수 있을지 시간이 흐르길 간절히 기원하며 마음이 문드러지던 10년이었다.

"집이 그립지 않았나요?"

"그리웠습니다. 사무치도록."

제임스의 목소리는 지나치게 차분해서 내뱉는 말과 뉘앙스가 달랐다.

"제게 올리비아는 집과 다름없었습니다."

하지만 그래서 더 애처롭게만 들렸다. 제임스는 자신을 응시하는 로메오의 시선을 눈치채고 어깨를 으쓱했다.

"당신을 원망하는 건 아닙니다. 올리비아도 탓하지 않습니다."

제임스의 음울한 눈이 척박한 북부를 담았다.

"돌아보니 제 고향은 다 부서지고 남은 것이 없어, 이제는 여기 뼈를 묻어도 되겠다는 생각이 들었습니다."

"……."

로메오는 입을 다물었다. 뼈를 묻다니, 무척 묘한 말이었다.

❖ ❖ ❖

군용으로 지급되는 육포는 질기고 맛도 없었다. 그저 고기를
먹었다는 느낌만 주려는 것 같았다.

"왜 고기를 육포로 먹어야 하는 거죠?"

로메오의 물음에 제임스는 담담하게 대답했다.

"그 육포는 수도에서 내려오는 것입니다. 이 주변에는 짐승들
의 씨가 말라서 고기를 얻기가 어렵습니다."

"왜요?"

"이민족들은 농사를 지을 수 없는 험지에 살기 때문에 사냥을
주로 합니다. 훌륭한 활 솜씨를 가지고 있지요."

"그럼 이 지역에서 태어난 아이들은 거의 고기를 못 먹는단 말
인가요?"

"때때로 이민족들과 몰래 거래해서 얻어먹는 일도 있고, 집에
서 닭이나 토끼 같은 가축을 키웁니다만…… 소는 농사에 필요하
니 먹을 수 없고, 돼지는 키우기 어렵습니다."

로메오는 북부에 와서 비로소 세상을 보는 것만 같았다.

'이렇게 사는 사람들이 있구나.'

생존에 떠밀려서 교육도, 여가도 즐길 수 없는 사람들.

'내가 이 사람들을 위해 할 수 있는 일은 없을까?'

로메오는 황후로서 자신이 무엇을 할 수 있을까 고민에 빠졌다. 이 또한 과거에 없었던 새로운 미래의 분기점이었지만, 제임스도 지금은 눈치채지 못했다.

둘이 잘 맞는 듯, 맞지 않는 듯 지내는 사이.

첫 번째 전투가 벌어졌다.

뎅뎅뎅!

한참 단잠에 빠져 있는데 어지러운 종소리가 울렸다. 침대에 누워 있던 로메오는 화들짝 놀라서 구르듯이 침대를 벗어났다.

"뭐, 뭐예요?"

부스스한 머리로 문을 열고 나서니, 이미 옷을 차려입고 검을 든 제임스가 밖으로 나서고 있었다.

"침략입니다."

늘 이랬다는 듯이, 그의 목소리는 담담하기 짝이 없었다. 로메오는 그제야 정신을 차리고 서둘러서 옷을 갈아입었다.

"도대체 무슨……."

밖은 어둡고, 적은 보이지 않았다. 무심코 제임스에게 다가가던 로메오를 제임스가 붙들어서 자신 쪽으로 확 끌어당겼다.

"헉!"

그리고 그가 있던 자리로 쒜애액- 하고 화살이 지나갔다. 제임스가 자신의 허름한 망토를 벗어 로메오에게 둘렀다.

"저들은 활을 잘 쏩니다. 어둠 속에서 밝은 옷을 입으면 표적이 됩니다."

"아."

왜 저렇게 검은색 일색으로 입고 다니나 했더니 전장에서의 습관이었던 모양이다. 매서운 눈으로 전방을 살피던 제임스가 무뚝뚝한 목소리로 로메오에게 말했다.

"맨손으로 화살을 잡을 것 아니면 웅크리고 계시죠."

"아니, 그럼 경은……."

너는 뭐 맨손으로 화살을 잡을 수 있냐?

그렇게 대답하려던 순간 제임스가 검을 들어 자신에게 날아오던 화살을 쳐냈다.

"……네."

저런 사람에게 뭐라고 하겠는가. 로메오는 얌전히 대답하고 웅크렸다.

전투는 금방 끝이 났다. 작정하고 털어버리려고 온 것이 아니고, 그냥 한번 찔러본 것뿐인 듯했다. 해가 어스름 뜰 무렵, 공세는 완전히 사라졌다. 장교 하나가 웃으며 제임스에게 말을 붙였다.

"아마 장군께서 돌아왔나 확인한 것 같습니다."

"이제 장군이 돌아오신 걸 알았으니 또 조용하지 않겠습니까."

"시끄럽다."

제임스의 무뚝뚝한 대답이 무엇이 그리 좋은지, 그들은 다들 환하게 웃으며 제임스에게 살갑게 대했다. 그 모습을 보며 로메오는 눈을 깜빡거렸다.

'저런 게 신뢰구나.'

모두가 제임스를 의지하고 따르는 것이 느껴졌다.

'나는 저렇게 될 수 있을까?'

생각해볼 필요도 없었다. 안 될 일이었으니까.

'그럼 나는 어떻게 해야 할까.'

로메오가 고민에 빠졌을 때였다. 로메오를 향해 제임스가 손을 내밀었다. 로메오가 엉겁결에 손바닥에 손을 올리니 제임스의 미간이 확 찡그려졌다.

"망토 돌려주십쇼."

"아."

로메오의 얼굴이 민망함에 화르륵 달아올랐다. 로메오는 속으로 비명을 질렀다.

'역시 나도 이 남자를 좋아하지 못하겠어, 올리!'

올리비아가 들었다면 '거봐, 벽돌이라니까.' 하고 웃었을 것이다.

❖ ❖ ❖

물론 가벼운 노크 같은 거였다고 해도 침략은 침략이었다. 눈먼 화살에 맞아서 끙끙대는 병사들이 한둘이 아니었다.

"으으, 아파."

"이거라도 물고 있어. 뽑아야 하니까."

"으윽!!"

마취도 안 한 생살에서 화살을 뽑는 모습을 처음 본 로메오는 눈을 질끈 감았다.

'이런 건 줄 몰랐어.'

수도에서 북부의 상황은 늘 숫자에 불과했다.

몇 번 침략했다더라, 몇 명이 다치고 몇 명이 죽었다더라, 제임스 파넬 공작이 간 뒤로 사상자가 몇 명으로 줄었다더라.

'심지어 공을 세우겠다고 출전을 희망하는 사람들도 있었지.'

그들은 과연 자신들이 숫자로 세던 사람들이 이렇게 살아 숨 쉬는 사람들이라는 사실을 알고 희망했던 걸까.

'이게 지배자가 짊어지는 무게.'

이런 상황들을 끝없이 숫자로 보고 받으면서 결정을 내려야 하는 사람. 그게 바로 지배자였고, 이제는 스타티스와 로메오가 할 일이었다.

'아무도 내게 이런 상황을 알려주지 않았어.'

올리비아와 마찬가지로 로메오 또한 수도를 떠나본 적이 없었다. 로메오는 비로소 세상을 보는 것 같았다.

'내가 알아야 해.'

스타티스가 제위에 있는 동안 이보다 더 큰 전쟁이 일어날 수도 있었다. 그때 올바른 의사결정을 하기 위해서는 로메오도 세상을 알아야 했다.

'피하면 안 돼.'

그런 마음으로, 로메오는 병사들이 치료를 하고, 또 집으로 돌아가는 모습을 마지막까지 지켜보았다.

"괜찮으십니까?"

창백해진 로메오에게, 로메오를 따라 내려온 보좌관이 로메오를 걱정하여 물었다. 로메오는 고개를 내저었다.

"내가 한 일이 뭐가 있다고……."

'그 남자는 나처럼 적응할 시간도 주어지지 않았을 텐데.'

로메오의 시선이 저절로 제임스를 찾았다. 이제는 한적해진 성벽을 걷다가, 로메오가 제임스를 찾은 것은 아주아주 어둡고 외진 곳이었다. 그는 검을 꼭 끌어안고 혼자 눈을 감고 있었다.

'자나?'

하지만 분명 자는 것은 아니었다. 로메오는 조심스럽게 그쪽으로 걸어갔다. 발소리에 제임스가 눈을 뜨고 자리에서 일어났다.

로메오가 물었다.

"지금 뭘 하는 거예요?"

"무얼 말입니까?"

"지금 앉아서……."

로메오는 제임스가 안고 있던 검을 보았다.

'넘버즈 투머로우.'

분명 아까 화살을 쳐낼 때는 저 검이 아니었는데. 어둠 속에서도 휘황찬란하게 빛나는 검이 그 자리에 있었다. 제임스는 그것을 숨기듯 망토 안쪽으로 밀며 대답했다.

"몸이 좋지 않아서 숨을 고르고 있었습니다."

'거짓말.'

근거는 알 수 없지만 확신이 들었다. 뭔가 의미가 있는 행동이라는 걸.

"어서 들어가 주무십시오."

제임스는 끝까지 무뚝뚝하게 대답하고 돌아서려 했다. 바로 그때였다.

"쿨럭!"

커다란 몸이 무너지듯 거친 기침을 토해냈다. 한두 번이 아니었다. 의학에 문외한인 로메오의 귀에도 심상치 않게 들리는 기침이었다. 로메오는 몸을 돌리고 떠나려는 제임스의 팔을 붙들었다.

"사실대로 말해 봐요, 당신. 무슨 일이 있는 것 아닙니까?"

"저리 가시죠."

제임스가 성가시다는 듯이 손으로 로메오를 떠밀었다. 하지만 로메오는 더욱더 강하게 제임스를 붙들었다.

"말해 봐요. 내가 도울 수 있는 것은 최대한 도울 테니까."

"비키라고⋯⋯!!"

화를 내며 제임스는 로메오를 밀쳤다. 그리고 도망치듯 자리를 피했다.

"저런, 무례한!!"

로메오의 보좌관은 무척 노여워했으나, 로메오는 화를 낼 수가 없었다. 그가 걸친 옷이 연한 색이기에, 더욱더 선명하게 보였다.

그것은 피였다.

❖ ❖ ❖

부하들의 말처럼, 제임스가 돌아왔다는 사실을 알아서인지 그후로 본격적인 습격은 없었다.

날이 따뜻하고 보드라운 어느 날, 로메오는 단상에 섰다. 계획대로 제임스에게 지휘봉을 넘겨주기 위해서였다.

황후에게 걸맞은 화려한 제복을 입은 로메오의 앞에 무릎 꿇은 제임스가 무뚝뚝한 목소리로 말했다.

"사령관, 명령을."

초라한 옷을 입은 사내가 이렇게 커 보일 수가 있을까. 로메오는 순간 목이 막히는 것만 같았다. 로메오는 무거운 목소리로 대답했다.

"……저는 사령관이 아닙니다. 그럴 자격도 없고요."

"네?"

대본에 없던 대사에 제임스는 눈살을 찌푸렸다. 로메오는 어쩐지 울 것 같은 얼굴로 대답했다.

"당신이 아니면 도대체 누가 자격을 가지고 있단 말입니까. 당신이 이 북부의 진정한 사령관입니다."

"황후 폐하."

제임스가 조금 당혹스러운지, 눈살을 찌푸렸다. 로메오는 그런 그의 손을 잡아 그를 일으켜 세웠다.

"제가 꼭 병력 증설, 물자 보급 등 처우 개선을 황실에 건의하겠습니다. 그때까지 북부를 부탁합니다."

제임스의 눈꼬리가 쓱 올라갔다. '얘가 갑자기 왜 이렇게 살갑게 굴지?'라고 생각하는 게 뻔히 보였다. 로메오는 조금 우물거리다가 천천히 입술을 열었다.

"올리에게도…… 꼭 이야기할 테니, 조금만 기다려주세요."

"?!"

제임스는 눈을 동그랗게 떴다. 로메오는 대답 대신 어색하게 웃고는 단상을 내려갔다.

이미 지휘부는 다 알고 있는 계획, 보여주기조차도 비틀린 상황이었으나, 나중에 이 사건은 이렇게 역사에 기록된다.

> 비겁한 수를 쓰지 않고 겸허히 상대를 인정한, 겸손한 황후
>
> — 황제의 남자, 로메오 알키저스 편 中

❖ ❖ ❖

태황제의 변덕스럽고 의심이 많은 성품은 많은 적을 만들었다. 강직하고 불같은 성미의 사람들은 칩거하여 정계에 나오지 않았고, 교활한 기회주의자들은 비록 황제의 눈치를 보긴 했지만 진심으로 충성하지 않았다.

그들에게 접근한 것이 바로 이안이었다.

"언제까지 자치권 없이 중앙 정부에 끌려다닐 셈이지?"

이안이 접근한 것은 귀족회에서도 가장 입김이 센 피에트로 백작이었다. 그는 태황제의 제1 후궁의 오라비이기도 했다.

"……어째서 그런 말씀을 하십니까?"

피에트로 백작은 오랫동안 황위를 가지고 저울질하는 황제 때문에 잃은 것이 많았다. 금전적으로나, 이권적으로나. 모두 조카를 황제로 만들기 위해서였으나, 마지막에 태황제가 선택한 것은 다름 아닌 스타티스였다.

당연히 태황제에게 감정이 좋지 않았다.

'하지만 상대는 태황제의 동생 아닌가.'

스타티스와 놀랍도록 비슷한 외양을 가진 이안을, 피에트로 백작은 의심스러운 눈으로 바라보았다. 이안은 눈을 내리깔며 자조적으로 중얼거렸다.

"그대라면 나와 같은 심정일 것 같으니 말일세."

"……."

그 말을 피에트로 백작은 바로 알아들었다.

'하긴, 대공이 친동생이라는 사실조차도 오랫동안 감추셨지.'

그게 바로 태황제였다.

잠시 이안과 시선을 마주하던 피에트로 백작이 입을 열었다.

"……확실합니까?"

자신에게 무슨 이권을 줄 것인가 물을 줄 알았던 이안은, 조금 놀란 표정을 지었다. 피에트로 백작은 피식 웃었다.

"왜요? 의외입니까? 한 방 먹일 수 있다면 돈 몇 푼, 허가증 몇 개가 중한 것이 아닙니다."

"백작은 감정적인 사람이 아닐진대……."

"그러기에는 휘둘린 햇수가 스무 해가 넘습니다, 전하."

평생을 휘둘려 살았던 남자는 그 말에 입을 다물었다. 그 마음을 말로 하지 않아도 정확히 알 수 있었다.

"확실하게 밀어낼 걸세."

"좋습니다. 저는 전하께 협력하겠습니다."

그런 식으로 일사천리로 사람들이 모여들었다. 설령 태황제에

게 유감이 없는 사람이라고 해도 이번에는 손을 보탰다. 새로 황
위에 오른 황제에게 밉보이고 싶은 사람은 없으니 말이다.

그리고 그 무렵 로메오가 수도로 돌아왔다.

❖ ❖ ❖

로메오가 수도에 입성한 것은 대회의 도중이었다. 대회의장은
조금 우스운 상황이 연출 중이었다.

황제가 상석에 앉아 있고, 그보다 더 높은 상석에 태황제가 만
두처럼 포근한 표정을 지으며 앉아 있었다.

서기관이 굳어진 얼굴로 글을 읽었다.

"다음 안건은 폴카의 왕비 후보 선발입니다."

본래라면 이 부분에서 귀족들이 먼저 의견을 내야 하건만, 말
을 제일 먼저 꺼낸 것은 가장 상석의 태황제였다.

"폴카의 왕비 후보는 내가 마음에 둔 영애가 있는데……."

바로 릴리아나였다. 하지만 태황제가 말을 다 꺼내기도 전에
회의장문이 열렸다.

"황후 폐하께서 드십니다."

전장에 있어야 하는 황후가 돌아왔다.

태황제의 얼굴은 구겨졌고, 다른 귀족들도 웅성거렸다. 로메
오가 열린 문으로 터덜터덜 걸어 들어왔다.

"다녀왔습니다, 폐하."

"고생했습니다."

스타티스만이 의연하게 로메오의 인사를 받았다. 상석으로 로메오가 오르려는데, 태황제가 큰 소리로 말했다.

"어째서 지금 여기 있는 겁니까, 황후! 북방을 비워두고 온 것입니까?"

태황제가 화이트폴과 거래한 내용은 바로 북방출정과 릴리아나의 혼사였다.

'그런데 왜 황후가 여기 있단 말인가!'

이것은 그가 화이트폴과 하는 거래에 큰 차질을 줄 수 있었다. 태황제가 당혹스러운 표정으로 로메오를 바라보았을 때였다.

로메오가 침착한 태도로 입을 열었다.

"북방에 저와는 비교도 되지 않는 유능한 장수가 있어, 지휘권을 넘기고 귀환하였습니다."

"도대체 누구!"

"바로 제임스 파넬 공작입니다."

로메오의 대답에 회의실은 일순간 시끄러워졌다. 그 소란을 잠재운 것은 태황제였다. 멋대로 책상을 두들겨 입을 다물게 한 뒤, 태황제는 버럭 소리를 질렀다.

"파넬 공작은 북방으로 돌아가지 않겠다 선언했는데 그게 무슨 말인가!"

바로 그때였다. 가만히 인형처럼 말 한마디 하지 않고 앉아 있던 스타티스가 입을 열었다.

"제가 명령했습니다."

"황제?"

기가 막혀서 태황제는 책상 밖으로 몸을 내밀어 스타티스를 바라보았다. 그리고 턱을 괸 채 자신을 쳐다보지도 않는 스타티스의 건방진 태도에 분을 터뜨렸다.

"어, 어째서 황제가 그런 명령을! 북방으로는 화이트폴이 갈 거라고 하지 않았소?!"

그 말은 해서는 안 되는 말이었는데, 너무 화가 나서 그런지 여과 없이 튀어나왔다. 화이트폴 후작과 태황제 사이에 오간 거래를 눈치챈 이들의 얼굴이 굳어졌을 때였다.

스타티스가 천천히 몸을 일으켰다.

"여기 폴카의 왕비가 되고 싶은 소녀들이 얼마나 많은지 아십니까, 아바마마."

조용한 목소리에는 힘이 실려 있었다.

"모두가 원하는 자리를, 거래로 누군가가 가진다는 것이 과연 공정합니까?"

완전히 자신을 부정하는 말에 태황제의 안색이 창백해졌다.

"황제……."

"이제 아바마마의 시대는 끝났습니다. 그리고 나의 시대에서는 더 이상 이런 관행이 이어지지 않을 것입니다."

스타티스는 황제를 돌아보지 않았다. 그녀는 피식 웃으며 마지막 한마디를 던졌다.

"물려주신 김에 편히 쉬시지요."

완벽히 태황제의 패배였다.

❖ ❖ ❖

대회의는 그렇게 끝이 났다. 다른 안건들은 '태황제를 내쫓은 뒤' 재논의하기로 했다. 회의장을 나오면서 태황제가 붙든 것은 당연히 자신의 편이라고 믿어 의심치 않는 이안이었다.

"이안, 이안!"

"예, 폐하."

이안은 공손하게 뒤를 돌아보았다. 태황제는 믿음직한 동생의 팔을 붙들고 분통을 터뜨렸다.

"어떻게 스타티스가 이럴 수가 있지?! 너는 알고 있었느냐?"

"황제 폐하께서 그동안 느꼈을 모멸감을 생각하면 예상 못 할 일은 아니었죠."

"뭐라고?"

태황제는 이안이 스타티스를 '황제 폐하'라고 깍듯하게 높여 부르는 것에서 한 번 충격, 그리고 '모멸감'을 언급하는 데서 한 번 더 놀랐다.

"이안, 너, 너는⋯⋯."

"어머니와 달리 저는 살려두신 것에 감사하는 건 사실입니다."

이안은 자신을 붙들고 있는 태황제의 손을 정중하게 떼어내었다. 그리고 깔끔한 어조로 덧붙였다.

"하지만 저 또한, 아버지도 어머니도 없는 사람으로 사는 것이 행복하지 않았습니다."

"이안⋯⋯."

이안은 애타는 목소리로 자신을 부르는 태황제를 뒤로했다.

'사는 게 그런 것이지.'

어떻게 사람이 마냥 좋을 수만 있겠는가. 어쩔 수 없이 양가감정을 가지게 되고 만다. 태황제가 자신을 진심으로 사랑하지만, 어쩔 수 없이 견제하는 것처럼 말이다.

'기나긴 악연이었다.'

그리 생각하며 이안은 태황제를 등 뒤에 두고 저벅저벅 걸었다. 등 뒤에서 찌를 듯한 시선이 느껴졌지만, 돌아보지 않았다.

"휴."

태황제가 완전히 보이지 않는 곳에 다다라서야 이안은 걸음을 멈췄다.

'분명 업보대로 받는 것일진대, 왜 이리 마음은 무거운 것인지.'

이안이 한숨을 푹 내쉬었을 때였다. 케닌이 묘한 표정을 지으며 이안에게 성큼 다가섰다.

"전하."

"……조금 있다가 이야기해."

이안은 케닌을 쳐다보지도 않고 매정하게 대답했다. 그러자 케닌이 슬금슬금 입꼬리를 올려 웃으며 대답했다.

"후회하실 텐데요?"

"후회는 네가 하겠지. 요즘 내가 만만한가 본데……."

"편지가 왔습니다!!"

이안이 화를 내기 전에, 케닌은 냉큼 소리부터 질렀다. 이안의 얼굴이 일그러졌다.

"편지가 무슨……."

거기까지 이야기한 이안의 눈이 동그래졌다. 케닌이 지금 이 상황에서 히죽거리며 들고 올 편지가 뭐가 있겠는가!

"빨리 줘!"

"그러게, 후회하실 거라니까."

케닌은 성질 급한 상관에게 구시렁거리며 편지를 내밀었다. 오랜 시간 험한 여행길을 견디면서 건너온 편지는 모서리가 닳아져 있었다. 앞면에는 딱 떨어지는 필체로 발신인이 적혀 있었다.

– 올리비아 타이론

'올리비아!'

이안은 떨리는 손가락을 연신 미끄러뜨리며 편지를 열었다. 간절히 기다리던 것이 무색하도록, 편지 내용은 간결했다.

– 보고 싶어요.

"……."

이안은 물끄러미 편지지를 들여다보았다. 동상이 된 것처럼 굳은 모습이 어색하기만 했다. 케닌이 뻘쭘한 표정으로 이안의 옆구리를 쿡 찔렀다.

"저, 저기요, 전하?"

바로 그 순간이었다. 가만히 굳어 있던 남자가 내달리기 시작한 것이다. 케닌은 엉겁결에 그의 뒤를 따라 뛰며 물었다.

"저, 전하! 전하! 왜 그러시는 거예요? 어디 가세요?!"

이제 막 태황제를 밀어냈다. 그렇다고 해서 이 황궁에 태황제
를 지지하는 세력이 없어진 건 아니었다.

'앞으로 할 일이 태산인데!'

잘못해서 역풍을 맞으면 어쩌려고?! 케닌의 애타는 마음도 외
면한 채, 이안은 큰 소리로 대답했다.

"올리비아를 만나러 갈 거야!"

"뭐라고요?"

"올리비아를 만나러 갈 거라고!"

이만하면 오래 참았지!

❖ ❖ ❖

하지만 황궁을 내달린 것처럼 대공 정도의 신분이 오르세로
넘어가는 건 간단하지 않았다. 하지만 천운이라고 해야 할까. 적
절한 명목이 있었다.

'오르세 사절단의 귀환 배웅'.

마이엔 공과 달리 제국에 남았었던 오르세 사절단이 귀환하고
있었다.

사절단은 이미 일주일 전에 귀환했기 때문에, 그들을 따라잡
기는 쉽지 않았다. 잠도 자지 않고 말을 타고 꼬박 내달려서야 겨
우 그들에게 합류할 수 있었다.

'이제 올리비아를 만날 수 있어!'

하지만 그래도 상관없었다. 이미 아주 오랫동안 참았으니까.

'이번에야말로 고백할 거야.'

이안은 자신의 품에 든 묵직한 주머니를 꾹 쥐었다. 그 안에는 그가 올리비아에게 선물하려 마음먹은 목걸이가 들어 있었다.

'이번에야말로.'

그렇게 열심히 오르세 왕궁에 도착해서도, 이안은 곧장 올리비아를 만날 수 없었다. 오르세 국왕이 돌아온 사절단을 보고 난처해하면서 말했다.

"허어, 내가 기껏 마이엔 공의 딸을 찾은 것을 축하하는 환영회를 오늘 열기로 했는데."

그의 말인즉슨, 환영회와 사절단의 귀환이 겹쳤다는 것이다.

"내 체면도 있으니, 이틀만 귀환 소식을 늦게 알리면 어떻겠소? 대신 왕궁에서 융숭하게 대접하겠소."

누구 명이라고 거절하겠는가.

그런 이유로 이안의 도착은 대외적으로 알려지지 않았다.

'올리비아가 내 아내라는 사실도 알려지지 않은 것 같군.'

마이엔 공이 의도적으로 그 사실을 숨긴 것 같았다.

'빨리 보고 싶은데.'

가까운 곳에 있다고 생각하니 더더욱 마음이 닳아졌다. 이안은 마음을 가라앉히려고 무도회 반대편의 후원을 거닐었다.

익숙한 목소리가 들린 것은 바로 그때였다.

"그 귀걸이와 티아라는 보통 물건이 아니에요. 맞죠?"

"!!"

이안은 깜짝 놀라 그 목소리가 들린 곳으로 걸음을 옮겼다.

'올리비아!'

그곳에는 꿈에 그리던 그의 아내가 서 있었다.

'그런데 저놈은 뭐야?'

웬 비리비리한 놈팡이와 함께.

놈팡이는 유들유들해 보이는 얼굴에 작달막한 녀석이었다. 그는 올리비아를 향해 뺨을 붉히며 이렇게 말했다.

"어마마마께서 마음에 드는 여인이 생기면 선물하라고 주신 것이에요."

마음에 드는 여인. 귀에 거슬리는 단어가 쏙쏙 들렸다.

'설마……'

이안은 활활 타오르는 눈빛으로 니코 왕자를 쏘아보았다. 올리비아가 새침한 어조로 물었다.

"그걸 왜 제게 주셨죠?"

그 말을 듣는 순간 이안은 주먹을 꽉 움켜쥐었다.

'역시 올리비아에게 집적거리고 있었구나!'

역시 품에서 떼어놔서는 안 되었다. 이안은 다시는 아내 곁에서 떨어지지 않으리라 재차 다짐하며 귀를 기울였다. 가만히 듣고 있으니, 니코 왕자의 말은 점입가경이었다.

"그리고 아셨을 거 아닙니까. 당신의 남편이 누구인들 간에 저보다 나을 수 없다는 걸요."

'뭐 인마!'

아주 기가 막히는 소리였다. 상대는 뭘 들이대도 이안보다 한참 밑질 것 같은 꼬맹이였다.

'당장 멱살 잡고 끌어내 버려야······.'

다소 위험한 상상을 하며 이안이 막 한 걸음 내디뎠을 때였다.

올리비아가 허리에 손을 얹고 당당하게 대답했다.

"제 남편이 길가의 비렁뱅이일지라도 그 사람이 제가 사랑하는 남자예요. 그러니 이런 불쾌한 일은 벌이지 말아주세요."

"······!!"

이안은 눈을 동그랗게 떴다. 그녀는 분명 니코 왕자에게 말을 하고 있었는데, 그녀의 말 한마디 한마디가 그의 마음을 쥐고 흔드는 것 같았다.

'당신은 어떻게 그렇게 씩씩하지?'

올리비아의 모든 것이 좋았다. 한없이 연약하여 흔들릴 때도, 그에게 간절하게 매달릴 때도.

하지만 역시 제일 좋을 때는 그녀가 꼿꼿하게 고개를 들고 씩씩하게 대답할 때였다.

'짜릿해.'

그가 사랑하고, 또 그를 사랑하는 여자가 지금 바로 눈앞에 있었다. 더 망설일 필요가 없었다.

이안은 와락 올리비아를 끌어안았다. 말랑하고 포근한 촉감이 비단처럼 팔에 달라붙었다.

'나도 보고 싶었어.'

그리운 향기가 그를 독한 술처럼 취하게 했다. 이안은 니코 왕자를 향해 낮게 일갈했다.

"그러니까 내 아내에게서 썩 꺼져!"

❖ ❖ ❖

나는 놀라서 나를 뒤에서 끌어안은 이안의 옆얼굴을 멍하니 바라보았다.

"이안……?"

도무지 믿기지 않았다. 눈을 깜빡이며 그의 이름을 부르니, 그가 눈을 사르르 접으며 곱게 웃었다.

"네, 올리비아."

"정말 당신이에요?"

"이렇게 잘난 남자가 세상에 또 있을까요?"

뺀질뺀질한 대답을 보니 이안이 확실했다. 내가 붕어처럼 멍하니 입술만 벙긋벙긋할 때였다. 보는 앞에서 꺼지라는 소리를 들은 니코 왕자가 화가 나서는 발을 쿵쿵 굴렀다.

"뭐, 뭡니까! 무례한 사람 같으니……!"

나름의 위협 행동이었지만, 유감스럽게도 전혀 위협적이지 않았다. 이안이 조금 더 여유로운 어조로 대꾸했다.

"무례한 건 남의 아내에게 함부로 들이대던 당신의 행동이죠."

이안의 말에 니코 왕자의 눈살이 확 찌푸려졌다.

"당신이 제 사촌의 남편이란 말입니까?"

"네. 그러니 실컷 보시고 대답하시죠, 정말 제가 당신보다 못났는지."

"뭐……!!"

버럭 하려던 니코 왕자의 목소리가 점점 줄어들었다. 나라도 그럴 것 같았다.

'와, 새삼 다시 보니 키가 작네.'

단둘이 서 있을 때는 몰랐는데, 이안과 이렇게 마주 서니 확실하게 알겠다.

'얼굴도…….'

니코 왕자는 평범하게 못나지 않은 얼굴이었지만, 반짝반짝거리는 이안 앞에 있으니 한 마리 오징어가 된 것 같았다.

나는 짠한 눈으로 내 사촌을 바라보았다. 니코 왕자도 스스로 그렇게 느낀 것인지, 얼굴을 붉히고 있다가 내게 버럭 했다.

"당신이 외면에만 휘둘리는 그런 사람인 줄 몰랐습니다!"

"하?"

외면에만 휘둘린 게 누군데!

기가 막혀서 한마디 해주고 싶었지만, 해줄 새도 없이 그는 돌아서고 말았다.

"이런."

저렇게 돌아섰으니 돌아가서 또 이상한 소리를 하는 거 아닐까. 내가 고민에 미간을 찌푸렸을 때였다. 부드러운 입술이 촉 하고 내 뺨에 닿았다.

"제가 얼굴만 잘생긴 게 아닌데 말입니다. 그렇죠?"

"이, 이안."

"올리비아."

귓가에 속삭여지는 그의 목소리에 소름이 오스스 돋아났다. 나는 어깨를 부르르 떨었다. 오랜만에 들어서 그런지, 한층 더 매혹적이었다.

'안 돼! 지금 이렇게 있을 때가……'

그의 품을 빠져나가야 했건만, 내가 그의 가슴팍을 손바닥으로 밀기 무섭게, 그가 두 팔로 내 허리를 꽉 끌어안았다.

보드라운 입술이 내 입술을 꽉 틀어막았다.

"읍!"

그의 체취가 훅하고 밀려들었다. 오랜만에 느껴보는 그의 품이었다. 나를 꽉 붙드는 팔에, 나도 모르게 매달렸다.

'이안.'

머리끝까지 열이 오르는 것 같았다. 뒤로 쓰러질 듯 나의 허리가 휘자, 이안이 내 등을 받치며 입술을 뗐다.

"드레스가 매혹적이네요. 당신의 흰 피부와 잘 어울려요."

그가 내 어깨에 살짝 잇자국을 내었다. 그러고는 천천히 빗장뼈 쪽으로 입술을 미끄러뜨렸다.

'내 상상하고 똑같아.'

온몸이 저릿저릿해지는 것만 같았다. 이대로의 그에게 내 몸을 맡기고 싶을 때였다.

"엄마."

540

정신이 번쩍 들었다. 나는 몸에 힘을 주어 서며, 그의 입술을 손바닥으로 막았다.

"아, 안 돼요."

"올리비아?"

이안이 의아한 어조로 나를 불렀다. 나는 떨리는 목소리로 입을 열었다.

"나, 나는……"

나는 아직 당신을 마주할 준비가 되지 않았다.

'오르세에 있는 동안은 만나지 않는다고 안심하고 있었는데.'

그런데 왜 이 남자는 내 앞에 있단 말인가.

"……어떻게 여기 있는 거예요?"

"당신이 보낸 편지를 받았습니다."

내 목소리가 분명 이상했을 텐데도, 이안은 부드럽게 내 말에 대답을 해주었다. 자신의 입술을 막고 있는 내 손등을 부드럽게 감싼 남자가, 내 손바닥에 입을 맞추었다.

촉, 하는 소리와 함께 묘하게 야릇한 목소리가 울렸다.

"나는 당신 말을 잘 듣잖아요."

내 얼굴이 화르륵 달아올랐다. 동시에 나는 울고 싶어졌다. 내 편지라니.

'보고 싶다고 적은 그 한 줄 편지?'

고작 그 한마디에, 당신은 머나먼 타국까지 날 쫓아왔단 말인가. 애정을 담뿍 담은 눈동자가 어두운 밤하늘 아래 나를 응시했다. 부드럽게 휘어진 푸른 눈동자가 도리어 내 마음을 할퀴는 것만 같았다.

'내가 임신했다는 사실을 알면 저 눈이 일그러질지도 몰라.'

그런 상상을 하니 겁이 더럭 났다. 나는 그가 붙든 손을 뿌리쳤다. 동그랗게 눈을 뜨고 날 마주 보는 사람에게 버럭 소리도 지르고 말았다.

"나, 나는 지금 당신을 보고 싶지 않아요."

"뭐라고요?"

"당신을 보고 싶지 않다고요!"

"……?!"

놀란 듯 입술을 오므리는 이안의 얼굴이 낯설었다. 더 이상 보고 있었다가는 울면서 사실대로 술술 불게 될 것 같아, 나는 몸을 휙 돌렸다.

'정말 보고 싶었는데. 이게 뭐람!'

마음이 뒤죽박죽이었다. 당장 안겨서 위로받고 싶은 마음 반, 그가 날 뿌리칠 것 같은 두려움이 반이었다. 결국, 택한 것이 도망이었다.

"잠깐만요, 올리비아."

재게 발을 놀리는 나를 보고 퍼뜩 정신을 차린 이안이 등 뒤에서 나를 불렀다.

"기다려요!"

그의 목소리가 또다시 마음을 애절하게 쥐어짰지만, 나는 눈을 질끈 감았다. 바로 그 순간이었다.

"헉!"

턱하고 발이 바닥에 튀어나온 돌에 걸렸다. 몸이 크게 기우는 것을, 이안이 안아주었다. 분명 무거울 텐데도, 그는 솜뭉치라도 드는 것처럼 가벼운 소리를 내며 나를 안아 들었다.

놀란 내가 가볍게 발을 휘적이자, 그가 조심스럽게 나를 바닥에 내려놓았다.

"……알았습니다. 제가 그렇게 보고 싶지 않다면 일단 물러나 드리죠."

내게 가까워진 얼굴이 가라앉아 있었다. 나와 눈을 마주친 그가 입꼬리를 끌어올리니, 애달픈 미소가 되었다.

"저는 당신 말을 잘 들으니까요."

"윽."

그 말을 들으니 또 마음이 바늘로 찔리는 것 같았다. 나는 얼굴을 찌푸리며 중얼거렸다.

"그렇게 말하지 말아요. 내가 나쁜 사람 같잖아요……."

언제 애달파했냐는 듯이, 이안은 냉큼 내 말꼬리를 잡았다.

"물론, 올리비아는 나쁜 사람이 아니죠. 당신 얼굴을 보겠다고 국경도 넘은 남자를 뒤도 돌아보지 않고 팽개쳤지만요."

"윽."

뼈를 때리는 말에 반박할 말도 없어서 나는 입만 벙긋거렸다.

'비겁하게 팩트로 공격하기냐!'

내가 그를 흘겨보자, 이안은 거짓으로 눈물을 닦는 척 하며 덧붙였다.

"이유도 말해주지 않고 다짜고짜 보고 싶지 않다고 말했지만 괜찮습니다. 전혀 나쁘지 않아요."

"……얄미워."

"하하하."

내 투정에 그는 유쾌하게 웃었다. 그러고는 고개를 숙여 나와 눈을 마주했다.

"그러니까 말해줘요, 올리비아. 뭐 때문에 도망치는 겁니까?"

입술이 닿을 듯, 가까운 거리가 신경 쓰였다. 나는 고개를 휙 돌리며 중얼거렸다.

"말하면 싫어할 거예요."

"절대로 안 싫어해요. 당신을 싫어할 사람이었으면 아까 당신이 돌아설 때 이미 오만 정 다 떨어졌어요."

"……그렇게 방금 행동이 밉상이었어요?"

오만 정 다 떨어졌을 거라는 말에 찔끔한 내가 슬그머니 그의 눈치를 살피며 물었다.

그는 눈을 찡긋하며 대답했다.

"당신이니까 참았습니다."

"못 살아, 진짜."

어이가 없어서 나는 피식피식 웃고 말았다. 그리고 참 아이러니하기도 하지. 막상 웃기 시작하니, 기분이 한결 가벼워졌다.

'내가 뭐 때문에 이렇게 고민을 한 거람.'

참 어리석은 일이었다. 막상 그를 마주하고서야 깨닫다니.

내가 믿지 못한 것은 이안이 아니라, 결국 나 자신이었다.

'내가 사랑받을 자격이 없다고 생각하고 있었나 봐.'

오르세에서 아버지에게 받은 모든 것들이 다 불편했던 것도, 나를 쫓아 여기까지 온 남편을 뒤로하고 도망쳤던 것도 결국 다 내 마음의 문제였다.

'그저 솔직하게 마주 보는 것만으로도 문제가 쉽게 해결될 수 있는데.'

나는 허리에 힘을 주고 몸을 반듯하게 세웠다. 마음이 가벼워져서인지, 고민했던 말은 생각보다 훨씬 가볍게 흘러나왔다.

"나 임신했어요."

"……뭐라고요?"

이안이 알아듣지 못한 듯, 재차 물었다. 나는 눈을 질끈 감았다. 그리고 또박또박 대답해주었다.

"나, 당신의 아기를 가졌다고요."

이 남자는 또다시 멍한 어조로 말했다.

"다시, 다시 말해줘요."

첫 번째는 후련했고, 두 번째는 조금 떨렸다. 하지만 같은 말을 세 번째 반복할 때는 부아가 치밀었다.

'그냥 찰떡같이 좀 알아듣지!'

나는 또박또박 한 단어 한 단어 잘라서 소리치듯 말했다.

"당신의! 아기가! 내 배 속에! 있다고요!"

소리를 지르고 나서 조금 아차 싶었다.

'이렇게 버럭대면서 이야기하면 안 되는데.'

조심스럽게 받아들일 수 있도록 이야기해도 모자랄 판에 소리를 지르는 게 웬 말인가.

내가 스스로 반성하고 살짝 어깨를 움츠렸을 때였다. 한참 동안 멍하니 내 배를 내려다보다가 중얼거렸다.

"……아직 배가 안 나왔는데?"

"임신한 지 얼마나 되었다고 배가 나와요! 배가 나오는 건 아기 낳기 두세 달 전부터예요."

이렇게까지 임신 출산을 모를 수가 있나. 그렇게 생각했다가 문득 제임스를 떠올려보니 모를 수도 있다는 생각이 들었다. 나는 조금 빠르게 덧붙였다.

"그때 생겼어요. 당신이 준비되지 않았다고 했는데, 제가 그냥 하자고 했던 그때."

"아."

내 말에 이안은 눈을 깜빡거렸다.

"당신이 먼저 내게 다가왔었던 그때?"

"으악! 왜 그런 것만 상세하게 기억하는 건데!?"

하늘에 맹세하건대 내가 저 남자와 결혼한 뒤, 내가 먼저 유혹한 것은 그때가 유일했다. 그런데 그 유일한 유혹이 이렇게 부메랑이 되어서 내 뒤통수를 칠 줄이야.

'항상 부끄러움은 내 몫이야. 이래서 사람은 한순간도 충동에 몸을 맡기면 안 되거늘.'

얼굴이 화끈거려서 나는 손바닥으로 내 뺨을 만지작거렸다. 그 뒤로 우리 사이에는 말이 오가지 않았다.

이안은 묵묵히 나를 쳐다보기만 했다.

결국 침묵이 불편해진 내가 부루퉁한 목소리로 말했다.

"……뭐라고 말 좀 해봐요."

"그게…….'"

하지만 이안은 입술을 벌렸다가 다시 앙다물어버렸다.

나는 머리카락을 쓸어넘겼다. 이럴 거라고 예상은 했지만, 역시 지나치게 당혹스러운 일이었다. 나는 먼저 입을 열었다.

"미안해요."

"네?"

내 사과에 이안이 눈을 동그랗게 떴다. 나는 그와 시선을 마주하지 못하고 계속 말을 이었다.

"모두 나 때문이에요. 아기를 낳지 않기로 했으면서 피임을 제대로 못 하고…….'"

그때 그렇게 충동적으로 굴지 않았더라면 지금 이렇게 어색할 일도 없었을 텐데.

'나는 정말 바보야.'

저절로 눈에 눈물이 고였다. 바로 그때였다. 이안이 두 손으로 내 어깨를 붙들었다.

"아니, 아니에요. 사과하지 말아요. 사과할 일이 아닙니다."

"하지만 당신, 계속 불편해하고 있잖아요."

"불편한 게 아니에요. 저는…… 음, 그러니까."

이안은 입술을 깨물었다. 그리고는 살짝 고개를 갸웃했다.

"신기하다?"

"신기해요?"

"아버지가 될 거라고 단 한 번도 생각해본 적이 없어서. 하지만 신기한 거랑은 좀 달라요. 가슴이 간질간질하기도 하고."

　잠시 고민하는 듯 미간을 찌푸리고 있던 이안이 이번엔 반대 방향으로 고개를 갸웃했다.

　"이게…… 기쁨인가요?"

　"그걸 왜 나한테 물어요."

　나는 입술을 삐죽였다.

　'그래도 다행이야.'

　하지만 마음 한구석에서는 안도의 한숨이 나왔다. 이안의 얼굴 어디에서도 불쾌한 감정은 느껴지지 않았으니까.

　나는 그제야 내 고민을 솔직하게 털어놓았다.

　"나는 당신이 아기를 지우라고 할 줄 알았어요."

　"네?"

　내 말에 이안은 정말 깜짝 놀랐다. 나는 살짝 눈을 내리깔며 덧붙였다.

　"아니면 당장 이혼하자고 할 줄 알았어요."

　"잠깐만요. 왜 그렇게 극단적인 겁니까?"

　"하지만 당신은 정말로 아기를 가지고 싶어 하지 않았잖아요."

　"올리비아."

　이안의 손바닥이 내 오른뺨을 감쌌다. 그의 말간 눈을 마주하고 있자니, 지난 며칠 동안 고민했던 것이 떠올라서 울컥했다.

　'……내가 얼마나 불안했는데.'

　내가 아랫입술을 꽉 깨물었을 때였다. 이안의 둥근 눈이 부드럽게 휘어졌다. 이안이 정중한 어조로 물었다.

"키스해도 됩니까?"

헛웃음이 나왔다. 나는 슬쩍 그를 흘겨보며 대답했다.

"지금 심각한 이야기 중인데."

"심각하니까 더더욱요."

"……입술만 댔다가 떼어요."

"네네."

이안은 얌전하게 대답했다. 커다란 두 손이 내 얼굴을 감싸고, 알싸한 향기가 훅 가까워진다고 생각했더니.

"읍!"

입술을 비집고 말캉한 살덩이가 밀려 들어왔다. 나는 고개를 비틀어 물러나려고 했지만, 그가 강한 힘으로 오히려 나를 자신에게로 잡아당겼다.

얽어오는 혀가 뜨거웠다. 허리를 쓸어내리는 손길에 등줄기가 짜릿했다. 한참이나 각도를 달리하며 입을 맞춘 끝에야, 이안은 나를 놓아주었다.

나는 주먹으로 그의 가슴팍을 팡 때렸다.

"정말! 이럴 때 말을 안 듣죠."

"하하."

꽤 힘을 실어서 때렸는데도 아프지도 않은지 키득키득 웃는다. 두꺼운 팔이 나의 허리를 휘감고 자신의 몸으로 바짝 잡아당겼다. 깜짝 놀라, 그의 팔에 매달리니 사르르 웃는 얼굴이 반짝였다.

"키스할 때 어땠어요? 여전히 날 사랑합니까?"

"그게 무슨 질문이에요?"

여전히라니. 질문의 시작부터가 잘못되었다. 나는 한시도 그를 사랑하지 않은 적이 없었다. 아이가 생겼을 때도 그에게 미움받는 게 가장 두려웠을 정도로.

그리고 그런 마음은 이안도 마찬가지였던 모양이다.

"난 당신을 사랑합니다. 숨 쉬는 시간도 아까워요. 입을 맞추기에도 부족하거든요. 여기까지 오면서 이번에야말로 침대 밖으로 일주일은 안 나올 거라고 몇 번을 다짐했는지 모릅니다."

적나라한 말에 내 얼굴이 발갛게 달아올랐다.

'그의 이런 말에 심장이 간질간질하다면 내가 이상한 걸까.'

예전이라면 남사스러운 소리 그만하라고 등짝을 때렸을 텐데, 심장이 요란하게 뛰었다. 나는 눈물이 고인 눈을 들어 그를 마주 보았다. 그가 내 이마에 입을 맞추고는 나를 붙들고 있던 손을 풀었다.

"당신에게 주고 싶은 게 있습니다."

그가 걸치고 있던 겉옷의 안주머니에서 작은 주머니를 꺼냈다. 주머니 안에서 나온 것은 빨간 물방울 모양 보석이 길게 늘어지는 목걸이였다.

"당신의 눈동자 색과 비슷한 것 같아서요."

"예뻐요."

이안이 조심스럽게 내 목을 감싸듯 내 목덜미에 손을 가져왔다. 그리고는 툭 하고 내 목에 걸려 있던 목걸이를 풀었다. 바로 내 아버지 마이엔 공이 어머니에게 선물했던 그 목걸이였다.

"크리스털 목걸이는 당신의 부모님을 상징하는 물건이었죠. 하지만 이제 당신에게는 새로운 가족이 있지 않습니까."

"이안."

새로운 목걸이가 묵직하게 가슴으로 늘어졌다. 달칵 소리와 함께 목걸이를 채운 이안이 고개를 숙여 내 콧잔등에 입을 맞추고, 내 눈가에 입을 맞췄다.

"이제 가족이 된 거예요. 곧 태어날 아기와 당신, 그리고 나."

그리고는 마지막으로 내 입술에 입술을 포갰다.

바스락!

그 순간이었다. 등 뒤에서 울리는 소리에 나와 이안은 화들짝 놀라 뒤를 돌아보았다. 이 와중에도 나를 보호하듯, 이안은 나를 자신의 등 뒤로 보냈다.

희미한 불빛 사이로 회랑에서 걸어 나온 사람은 다름 아닌, 내 아버지 마이엔 공이었다.

"하도 안 오기에, 걱정이 되어……."

"아, 아버지."

그러다가 나와 이안이 입을 맞추는 모습을 보시고 멈추어 선 것이다.

'못 살아!'

아버지를 마주할 자신이 없었다. 민망함에 얼굴이 화르르 달아올랐다.

❖ ❖ ❖

니코 왕자의 활약(?)으로 사절단의 귀환은 예정보다 빨리 알려지게 되었다.

이안은 완벽한 사교용 미소를 지으며 자신을 소개했다.

"제국의 이안 타이론 대공입니다. 올리비아의 남편이지요."

국왕에게 정중하게 자신을 소개하는 이안은 타국에서도 반짝반짝 빛이 났다. 이안의 소개에 등 뒤에서 소곤소곤거리는 소리가 들려왔다.

"이안 타이론 대공이라면……."

"그, 소문의 소유자 아닌가요?"

"부실하다던……."

'맙소사, 이 나라에도 다 소문이 나 있구나.'

나는 슬쩍 이안의 눈치를 살폈다. 생글생글 웃고 있는 얼굴 어디에도 꺼림칙한 기색은 느껴지지 않았다.

'오르세어를 몰라서 다행이야. 이건 나만의 비밀로 간직하고 있어야겠다.'

물론, 이안은 제국에서도 대국민 고자라는 별명에도 꿈쩍도 하지 않던 사람이다.

'그러나 타국에서도 대국민 고자로 불린다는 걸 알면 그렇게 의연하기 어렵지 않을까.'

진실은 저 너머로.

이안의 소개에 왕비가 눈살을 찌푸렸다. 그녀는 내가 유부녀라는 사실을 몰랐다는 게 불쾌한 듯싶었다.

"아내보다 많이 늦으셨군요."

"네. 특별히 가져와야 할 것이 있어서요."

이안은 품에서 밀랍이 쾅 찍혀 있는 편지를 꺼냈다.

"황제 폐하의 친서입니다."

"오오."

오르세 사절단이 아버지보다 유독 늦게 귀국한 것에는 스타티스 황제의 즉위도 한몫했다. 새 황제가 즉위하면 각국에서는 축하사절단을 보낸다. 그러나 이미 제국에 체류하고 있던 오르세 왕국 입장에서는 즉위식을 참석하고 오라고 명령을 내린 것이다.

'그리고 황제는 각국으로 황제가 바뀌었으니 잘 지내보자는 내용의 친서를 보내지.'

그걸 이안이 들고 온 것이다.

'참 용의주도한 사람이야.'

어떻게 이렇게 빨리 오르세로 넘어올 수 있었나 했더니, 저런 사정이 있었던 모양이다. 내가 신기한 눈으로 이안을 응시하니 이안은 눈을 찡긋했다.

"물론, 제가 미친 듯이 달려온 것도 있습니다. 오르세 사절단은 지금쯤 저에게 넌더리를 내고 있지 않을까요?"

"왜 그렇게 무리해서 일찍 온 거예요?"

"당신이 나를 보고 싶다고 했으니까요."

"네네."

또다시 그 '말 잘 듣는 착한 남편' 타령인가 보다. 나는 설렁설렁 고개를 끄덕였다.

조금 소란이 있었지만, 무도회는 다시 예정대로 진행되었다.

이안의 외모는 오르세에서도 먹혔다.

"어머나, 남편분이 정말 멋지시네요. 잘 어울리세요."

"세상에! 미의 남신이 강림한 것만 같아요."

"타이론 대공 전하, 만나 뵙게 되어 영광입니다."

타국의 고위귀족이라는 점도 매력적이지만, 그 남자가 키가 훤칠하고 잘생기기까지 했다면 화제는 더 만발하기 마련이다. 심지어 그에게 이상한 소문까지 붙어 있다면.

"그 소문이 진짜냐고 물어볼까요?"

"예끼! 어떻게 물어보나요."

수군수군하는 말에도 웃음기가 어려 있었다. 나는 속으로 한숨을 내쉬었다.

'이러다가 무도회 내내 잡혀 있겠어.'

울었다 웃었다 화냈다 감정이 격하게 오간 탓인지 몸이 물먹은 솜처럼 무거웠다. 내가 피곤함에 눈을 살짝 깜빡였을 때였다.

나를 이 상황에서 구해준 건 아버지였다.

"사위와도 긴히 하고 싶은 말이 있으니, 오늘은 일찍 돌아가 보겠습니다."

국왕에게 정중하게 인사를 올리고, 아버지는 많은 사람에 둘러싸여 있는 우리를 구해주었다.

"아버지!"

내가 환하게 웃으며 아버지를 바라보았을 때였다. 아버지가 굳어진 얼굴로 이안을 바라보았다.

"그리고 자네와 나는 할 말이 있지 않은가."

……아무래도 구해준 게 진짜 구해준 게 아닌 모양이었다.

저택으로 돌아가는 마차 안은 숨 막힐 것 같은 정적이 오갔다.

'아버지께서 오해하시면 어떻게 하지?'

나는 걱정스러운 시선으로 굳어진 표정을 짓고 있는 아버지와 얌전히 눈을 내리깔고 있는 이안을 쳐다보았다.

'으으, 이렇게 일이 풀릴 줄 알았으면 임신 이야기를 아버지에게 하지 않았을 텐데!'

이미 아버지는 이안이 아기를 원하지 않으며, 내가 그로 인해 그에게 버려질까 두려워하는 것을 모두 알고 있었다. 그 상황에서 사위가 짜잔 하고 나타났으니.

'우리가 어디까지 이야기했나 가늠하고 계실지도 몰라. 아니면 아예 먼저 뭐라고 불호령을 내릴까 고민 중이실지도.'

어느 쪽이든 조마조마하긴 매한가지였다. 나는 입술을 꾹 다물었다. 그때였다. 아버지의 시선이 나를 스치다가 반짝 빛났다.

"목걸이…….."

"네?"

"아니."

"?"

아버지의 중얼거림을 제대로 알아듣지 못한 나는 고개를 갸웃했다. 하지만 아버지는 반복하여 말하는 대신 시선을 이안에게 고정했다.

"저는 아직 당신을 사위로 완전히 인정한 게 아닙니다."

"아, 아버지."

"우선 내 말부터 들어요."

시작부터 거친 말에, 나는 어쩔 줄 몰라 하며 아버지를 불렀다. 하지만 아버지는 그 또한 단호하게 고개를 저었다. 이안이 그런 내 손을 꼭 잡았다.

"괜찮아요, 올리비아."

"하지만……."

너무나 변수가 많아서 나는 고개를 끄덕이며 가만히 있기가 어려웠다.

'아버지가 아기도 싫다는 놈이 왜 피임도 신경 쓰지 않았냐! 이러면서 한 대 치기라도 하면 어떻게 해?'

정중하고 온화한 아버지를 봐서는 절대로 상상할 수 없었지만, 때때로 부모는 상상치 못한 일도 해낼 수 있는 존재인 법이다.

내가 초조함에 손가락을 꼼지락거리는 것과 달리, 아버지와 이안은 침착하기 그지없었다. 먼저 말을 꺼낸 것은 아버지였다.

"몇 가지, 묻고 싶습니다."

"얼마든지요."

무슨 질문이냐! 나까지 잔뜩 긴장해서 귀를 기울였을 때였다.

아버지의 입에서 흘러나온 질문은 조금도 예상하지 못했던 것이었다.

"올리비아를 괴롭게 했던 사람들은 지금 어떻게 지내고 있습니까?"

나는 눈을 깜빡였다. 나를 괴롭혔던 사람들?

'그야, 플로렌스 자작과 파넬의 진상들이지만…….'

이안에게 왜 그것을 가장 먼저 묻는단 말인가.

'아버지, 역시 내 말을 마음에 두고 계셨던 걸까?'

마차 안에서, 내가 파넬에서 당했던 온갖 수치와 모욕을 듣고 부들부들 떨던 아버지의 모습이 눈에 선했다. 나는 감격한 표정으로 아버지를 바라보았다.

"아버지……."

그런데 그 질문에서 감동을 느낀 건 나뿐인 모양이다. 내 시선을 받은 아버지는 조금 당황했고, 이안은 어색하게 웃었다.

"하하하, 올리비아. 잠깐만 눈을 감고 있어볼래요?"

"네?"

"빨리요."

"……?"

아니, 왜 내 눈을 감아야 해?

하지만 내 의아함에 대답 대신 이안은 빨리 눈을 감으라고 재촉만 했다. 나는 고개를 갸웃하면서도 눈을 꼭 감았다.

뭔가, 이안이 제스처를 취한 것 같았다. 아버지가 꽤 흡족하게 들리는 목소리로 대답했다.

"그래. 그랬군요."

"그렇습니다."

"……?"

그렇긴 뭐가 그래. 나는 고개를 갸웃거리며 눈을 떴다. 두 남자는 팔짱을 끼고 고개를 끄덕이고 있었다. 나는 어이가 없어져서 물었다.

"지금 두 분이 뭐 하는 거예요?"

뭐, 왜? 내 일인데 당신들끼리 무슨 수신호를 주고받는 건데?

'나도 알려줘! 날 괴롭히던 사람들이 무슨 상황인지!'

진상들도, 플로렌스 자작도 아주 즐겁게 잘 지내고 있는 줄 알았는데, 두 사람의 대화를 보아 하니 무언가 있는 모양이다. 내가 눈을 가늘게 떴을 때였다.

"아기를 원하지 않는다고 들었습니다."

다음에 이어진 아버지의 질문에 나는 다시 눈을 내리깔 수밖에 없었다. 아버지는 진지한 눈으로 이안을 바라보며 물었다.

"그럼 태어날 아기는 어떻게 할 생각입니까?"

이안 또한 꼿꼿한 자세로 성실하게 대답했다.

"제가 아기를 낳고 싶지 않다고 했던 것은 순전히 제 혈통을 태황제께서 견제하시기 때문이었습니다. 제가 아기를 싫어하는 건 전혀 아닙니다."

그리고 거기까지 말하고 잠시 말을 고르던 이안이 천천히 입술을 열었다.

"그리고 그 문제를 막 해결하고 오던 참입니다."

그 말에 나는 눈을 동그랗게 떴다.

"문제를 해결해요?"

"태황제께서는 축출되셨습니다. 앞으로 대회의를 비롯한 어떤 정치적 화합에도 의견을 내실 수 없습니다."

"그 말은……."

이안의 말에 나는 눈을 빠르게 깜빡였다. 처음 듣는 말에 여러 가지 단어들이 낯설게 튀었지만, 결론은 하나였다.

이안은 이제 자유였다.

"이안……!!"

나는 감격해서 이안의 팔을 붙잡았다. 그럴 수밖에 없었다.

'이안이 그동안 얼마나 많이 괴로워했는데.'

태황제는 갓 태어난 이안에게서 어머니를 빼앗은 사람이었다. 이안을 사랑하지 않는 양부모에게 떠넘기고, 화이트폴에서 나쁜 기억이 생기도록 방치한 인물이기도 했다.

'그 사람을 밀어내다니.'

아주 어릴 때부터 그를 지배하던 나쁜 괴물을 몰아낸 것이다.

이안이 나의 어깨를 끌어안았다. 뜨거운 그의 체온이 익숙하게 날 감싸 안았다.

이안이 자신감이 넘치는 표정으로 내 아버지에게 말했다.

"저는 아버지가 될 준비가 되어 있습니다, 장인어른. 걱정하지 말고 맡겨주십시오."

"흠."

내 아버지는 이안의 말에 턱을 문질렀다. 근엄한 얼굴을 내가 긴장하여 바라보았을 때였다. 아버지의 얼굴이 일순간 부드럽게 풀렸다. 아버지는 허허로이 웃으며 중얼거렸다.

"이게 아버지의 마음일까요. 괜찮은 사내인데도 한없이 내 딸을 훔쳐 가는 도둑놈처럼 보이는 게."

"아버지……."

"여태껏 아버지로서 아무것도 해주지 못했는데, 더 제가 해줄 것도 없군요."

아버지가 온화한 눈빛으로 나를 바라보았다.

"훌륭하게 제 앞길을 헤치고 나갔군요, 올리비아. 장합니다."

"아버지."

다정한 칭찬의 말에 가슴이 간질간질해졌다. 나는 입술을 꽉 깨물었다.

'처음부터 잘 헤치고 나간 것이 아니에요, 아버지.'

내가 걸어온 많은 시간들이 주마등처럼 나를 스치고 지나갔다. 내게 손수건을 내미는 마이옌 공을 보고도 아버지인지 모르고 지나쳤던 일, 병상에 누워 하염없이 울어도 누구 하나 달래주지 않았던 날들, 죽는 줄도 모르고 죽었던 차가운 밤.

'용기를 내길 잘했어.'

나는 말없이 내 어깨를 감싸고 있는 이안의 손을 꽉 붙들었다.

'포기하지 않길 잘했어.'

불행에 그대로 잠식될 수도 있었다. 지난 생에도 그리 발버둥을 쳤는데도 어쩔 수 없었지 않냐고 자신을 이해시키면서 쓰레기통으로 걸어 들어갈 수도 있었다.

하지만 용기를 내길 잘했다. 희미하게 보이는 미래에 내 인생을 걸기를 잘했다.

아버지의 칭찬이 이렇게 좋을 수가 없었다. 대답하면 울어버릴 것만 같아서 나는 작게 고개만 끄덕였다.

그리고 아버지는, 그런 내 마음을 다 안다는 듯이 온화하게 고개를 끄덕였다.

그리고 아버지는 정중하게 이안에게 허리를 굽혔다.

"내 딸을 잘 부탁합니다, 타이론 대공."

나는 놀라서 자리에서 몸을 일으켰다. 나보다 이안의 손이 빨 랐다.

"마지막처럼 말씀하지 마세요, 장인 어르신."

이안은 차분히 아버지를 일으키며 말했다.

"이 사람은 대차 보여도 외로움을 많이 타고 가족을 무척 그리 워한답니다. 부디 자주 찾아와주세요."

"이안."

거슬림 없이 부드럽게 정리하는 그의 태도에 나는 눈을 크게 떴다. 아버지는 입술을 우물거리다가 잔뜩 낮아진 목소리로 대답 했다.

"고마워요."

❖ ❖ ❖

우리가 마이엔 저택에 오고 나서 조금 시간이 흘러서 한 무리 손님이 또다시 방문했다. 바로 이안을 따라서 오르세로 온 일행 들이었다.

반가운 얼굴이 나를 보며 눈을 글썽였다.

"비전하!!"

"케닌!"

바로 이안의 보좌관 케닌이었다. 나는 오랜만에 만나는 케닌을 보며 활짝 웃었다.

"여긴 어쩐 일이에요! 수도 일은 어떻게 하고요?"

"하하하, 제가 똥손이라서……."

케닌은 정신이 나간 사람처럼 웃었다. 케닌의 설명을 들어보니 이안을 따라 오르세로 오는 것은 제비뽑기로 정했다고 한다.

"평소 제가 운이 안 좋다고는 생각했는데, 이런 상황에서도 제가 당첨될 줄은 몰랐죠."

"운이 안 좋은 건가요? 좋은 거 아닌가요? 타국까지 나올 기회는 거의 없잖아요."

"그건 비전하께서 여기까지 어떻게 왔는지 직접 겪어보지 않아서 그러십니다."

케닌의 설명에 의하면 제정신으로는 따라갈 수 없는 지옥의 강행군이었다고 한다.

"오르세 사절단 사람들 얼굴이 하얗게 질린 것을 보셔야 했는데……."

"저런."

나는 밤낮없이 이안을 수행하느라 고생하는 케닌을 안쓰러운 눈으로 바라보았다.

"하지만 걱정하지 말아요. 돌아가는 길은 그렇게까지 험하지 않을 테니까요."

"과연 그럴까요? 저희 전하께서는 빨리빨리 병의 숙주 같은 분이라 비전하께서 계시더라도……."

이안에게 적잖이 시달렸는지, 내 말도 믿지 않았다. 나는 키득 키득 웃고 말았다.

"하지만 그가 아무리 빨리 가고 싶어도 갈 수 없을 거예요. 임산부는 험하게 돌아다니면 안 되거든요."

"……뭐라고요?"

내 말에 케닌은 돌처럼 굳어졌다. 나는 한층 더 환하게 웃으며 대답했다.

"임신했어요, 저."

"신이시여……."

아니, 반응이 왜 이래?

'상사의 아이가 생긴 것을 기뻐하는 반응이 전혀 아닌데.'

나는 갑자기 핼쑥해진 케닌을 미묘한 표정으로 바라보았다.

그 해답은 조금 있다가 우리에게 다가온 이안에게서 들을 수 있었다. 이안은 시원한 미소를 지으며 말했다.

"아, 임신 소식을 들었나? 그럼 이야기는 빠르겠네. 자네의 소속변경은 그런 이유로 당분간 없을 예정이다."

"으아아아아."

나중에 알고 보니 나와 재회하게 되면 이안은 케닌을 내 소속 보좌관으로 임명해주겠다고 했던 모양이다.

'그런데 임신으로 당분간 실무에서 떨어져 있을 테니.'

앞으로도 꽤 오랫동안 이안의 보좌관 확정.

"으아, 으아, 으아."

세상을 다 잃은 표정으로 해파리처럼 흐늘거리는 케닌의 어깨에 턱하니 이안의 팔뚝이 올라갔다. 겉만 보면 사이좋은 친구 같 았다.

"너무 좋아서 그러나? 빨리 좋다고 해."

"……좋아서 눈물이 납니다."

"목소리가 작다."

"좋아서 죽겠습니다!"

두 사람의 만담 아닌 만담을, 나는 키득키득 웃으며 지켜보았 다. 그렇게 터덜터덜 케닌이 비참하게 퇴장한 뒤, 이안이 성큼 다 가와서는 내 허리를 끌어안았다.

"올리비아."

"이안!"

나는 반사적으로 내 허리를 휘감는 그의 팔뚝을 두 손으로 꽉 잡았다. 아무래도 팔이 닿는 부위가 배이다 보니 신경이 쓰였다.

"이렇게 갑자기 끌어안는 건 지양해줘요. 물론, 당신이 조심할 거라는 건 알지만……."

"네, 명심하죠."

이안은 흔쾌히 고개를 끄덕였다. 그리고는 나의 귓가에 은근 한 어조로 속삭였다.

"그건 그렇고 이제 침실로 들어가야지요?"

어째 소름이 오스스 돋았다.

'침실!'

사람들이 제국어를 알아들을 리가 없는데도 눈치가 보였다. 나는 이안의 팔을 붙들고 다짜고짜 걸음부터 옮겼다.

하녀를 내보내고 방 안에 둘이 남아서야 한숨이 폭 나왔다. 나는 어색하게 웃으며 이안을 마주 보았다.

"첫날부터 한 침실에서 보내면 아랫사람들 보기 민망할 것 같은데요."

게다가 그는 엄연히 손님 자격으로 머무는 것 아니던가.

하지만 이안은 천연덕스럽게 눈을 깜빡이며 대답했다.

"장인 어르신께서는 흔쾌히 한 침실을 쓰라고 하시던데요."

"아니, 둘이 그런 이야기를 했어요?!"

한 침실을 사용하라니!

내 얼굴이 다시 화르르 불타올랐다. 이안은 재미있다는 듯이 능글능글 웃으며 고개를 기울였다.

"했을까요? 안 했을까요?"

"장난치지 말아요."

"하하."

이안은 키득키득 웃으며 나를 꽉 끌어안았다. 목덜미를 스치는 이안의 숨결이 오싹거렸다. 커다란 손가락이 내 허리둘레를 거미처럼 기었다.

"농담입니다. 사실은 집사가 손님방이 정비되지 않아서 일행을 수용하기 힘들겠다고 하길래 제가 당신과 같은 방을 쓰겠다고 말했어요."

"아."

케닌을 비롯한 타이론 공작 일행이 수가 꽤 되었다. 갑자기 손님들이 우르르 찾아왔으니 방이 준비되지 않은 것도 이해되었다.

'심지어 밤이니까.'

그걸 그렇게 이야기하다니. 나는 뾰족한 눈으로 이안을 흘겨보았다. 그때였다.

"올리비아."

진지한 목소리가 내 이름을 불렀다. 나는 조금 긴장한 표정으로 그를 올려보았다. 처음 보았을 때부터 예쁘다고 생각했던 살구색 입술이 천천히 다가왔다. 입술이 벌어지고 드러난 가지런한 이가 내 아랫입술을 얕게 깨물었다.

"읏."

아파서가 아니라 오랜만에 느껴보는 은근한 분위기에 저절로 신음소리가 흘러나왔다. 그의 손가락이 내 등 뒤의 리본을 스르륵 풀어냈다. 동시에 그의 말캉한 혀가 고른 치열을 더듬었다.

"으응……."

도대체 얼마 만에 입을 맞추는 건지 모르겠다. 하지만 마냥 몸을 맡기기에는 여러 가지 걸리는 점들이 있었다. 나는 가볍게 이안의 가슴을 밀어내었다.

"저기, 이안. 아는지 모르겠지만 임신 초기에는 되도록 몸을 조심해야……."

그는 밀리기는커녕 두 팔로 나를 더 강하게 끌어안았다. 낮은 목소리가 한숨처럼 흘러나왔다.

"안고만 있을게요. 그건 허락해주십시오."

"……."

"보고 싶었습니다."

나도 그가 많이 보고 싶었다. 나는 그를 마주 안고, 그의 어깨에 얼굴을 묻었다.

'머릿속이 텅 비는 느낌이야.'

무엇을 피해서 여기까지 왔는지, 뭘 고민했는지 다 잊었다.

'우리 두 사람만 중요한 것을.'

아버지가 어떻게 높은 자리도, 많은 재산도 뒤로할 결심을 했는지 알 것 같았다. 아버지도 어머니의 손만 붙들 수 있으면 충분했던 것이다.

'하지만 두 분은 결국 사랑을 이루지 못했지.'

부모님을 떠올리니 이렇게 이안과 마주할 수 있는 순간이 더더욱 소중하게 느껴졌다.

"나도 보고 싶었어요, 이안."

한 번 더 꽉 끌어안은 뒤, 이안은 나를 풀어주었다. 커다란 손이 머리카락을 귀에 꽂아주었다. 내가 좋아하는 연한 푸른색 눈동자가 부드럽게 휘어졌다.

"이제 덥석 안아 들기를 할 수 없다는 게 슬프네요."

예전이라면 덥석 안아서 침대에 내려놓았을 텐데, 임신해서 그럴 수 없다는 뜻이었다. 나는 쿡쿡 웃고 말았다.

"앞으로 할 수 없는 게 얼마나 많은데요. 그걸로 슬퍼하면 안 될걸요."

"역시 둘째는 없는 거로……."

"네? 뭐라고요?"

"아닙니다."

아주아주 불손한 말이 들렸던 것 같은데.

나는 눈을 가늘게 떴지만, 이안은 반짝반짝거리는 미소로 나의 시선을 튕겨냈다.

그 뒤로 우리는 잘 준비를 했다. 드레스를 벗고 통이 넓은 잠옷으로 갈아입었다. 머리를 부슬부슬 풀고 있으니, 이안이 내 머리카락에 쪽하고 입을 맞췄다.

"이번에야말로 머리 잘라보지 않을래요? 얼굴형이 예뻐서 단발도 잘 어울릴 거예요."

"아."

나는 눈을 동그랗게 떴다.

'지난번에는 해본 적이 없는 스타일이라고 거절했었지.'

그의 손가락 사이로 물처럼 빠져나가는 은빛 머리카락이 눈에 들어왔다. 나는 저 머리카락이 서서히 어떻게 희어지는지 이미 알고 있다. 마흔이 될 무렵에는 이미 은색 머리카락 사이로 눈처럼 흰 머리카락이 꽤 많이 섞여들었으니까.

'그리고 이제는 당신 곁에서 시간이 흐르겠지.'

이안의 곁에서 함께 늙어갈 나를 떠올리니 심장이 기분 좋게 두근거렸다. 나는 고개를 크게 끄덕였다.

"좋아요. 내일 일어나서 자르도록 해요."

"맡겨주세요."

기운차게 대답하며 이안이 내 머리카락 끝에 입을 맞췄다.

채비를 끝낸 우리는 침대에 누웠다. 나를 끌어안는 손길이, 곁에서 느껴지는 뜨거운 체온이 기분 좋았다.

내 어깨에 입술을 묻으며 이안이 중얼거렸다.

"딸이었으면 좋겠습니다. 기왕이면 당신을 꼭 닮은 예쁜 딸."

"딸이요?"

"네. 당신하고 커플로 꾸미면 얼마나 황홀할까요."

헤비쇼퍼다운 발언이었다.

'그런데 아들 같은데.'

나는 입술을 살짝 삐죽였다. 태몽이 사실이라면, 태어날 아이는 이안을 꼭 닮은 아들일 터.

'실망할지도 모르니까 말하지 말아야겠다.'

태몽에 관한 것은 나만의 비밀로 간직해야지.

"국혼은 어떻게 되었나요?"

"국혼과 동시에 즉위식이 치러졌습니다. 다시 뵐 때는 황후마마라고 부르셔야 할 겁니다."

"로메오의 표정이 기대되네요."

오르세의 이야기, 제국의 이야기를 도란도란 나누다가 우리는 잠이 들었다.

단잠이었다.

❖ ❖ ❖

마음이 편안해서인지, 무도회가 힘들어서인지 나는 꽤 늦은 오전에 일어났다. 아침 식사는 정원에서 하자는 권유에 따라 밖으로 나서니, 케닌이 이미 앉아 있었다.

"좋은 아침입니다, 케넌."

"네네."

케넌의 우거지상은 오늘도 펴지지 않았다. 둥근 테이블에, 딱 케넌과 마주 보는 의자를 빼내어 주며 이안이 말했다.

"여기 앉아요, 올리비아."

"고마워요."

나는 자리에 앉았다. 이안이 내 곁에 앉자, 기다리고 있던 하녀가 트레이에서 음식을 꺼내어 주었다. 케넌 앞에도 접시가 놓이는 것을 보며 나는 눈을 동그랗게 떴다.

"아직 식사를 안 한 거예요? 배고프지 않아요?"

나야 늦잠을 잤지만, 케넌은 늘 해가 뜨기 전에 일어나는 사람이다.

'배가 많이 고팠을 텐데.'

나는 걱정스러운 눈으로 케넌을 응시했다. 케넌이 반색하며 내 말에 대답하려 할 때였다.

"아, 그거야……."

이안이 케넌의 말을 가로챘다.

"그래, 케넌. 먼저 식사하고 있지 그랬어?"

"……위선자."

이안의 말에 케넌이 부들부들 떨며 이안을 흘겨보았다. 이안은 팔짱을 끼고 뻔뻔스럽게 대꾸했다.

"뭐라고? 매우 불경스러운 소리가 들리는 것 같은데."

"아닙니다."

저런. 안 봐도 알 것 같은 상황에 나는 어색하게 웃었다. 그리고 부드럽게 화제를 돌렸다. 안 그래도 케닌을 볼 때부터 묻고 싶기도 했다.

"그래서 백화점은 어떻게 되었어요? 개점일 전에 제국을 떠나게 되어서 얼마나 신경이 쓰였는지 몰라요."

"대박! 초대박이었습니다!"

화제 전환은 성공적이었다. 나 못지않게 케닌 또한 그 이야기를 하고 싶었는지, 에그 베네딕트를 가르던 식기를 내려놓고, 빠른 어조로 말했다.

"비전하의 안목은 정말 대단하세요! 처음 계획을 들었을 때도 대단하다고 생각했지만, 정말 예상보다 훨씬 매출이 좋아요."

과거에서 그랬던 것처럼 대박이 났구나. 나는 환하게 웃었다.

"케닌의 수완이 좋은 덕분이지요. 케닌이 아니었다면 엄두도 낼 수 없었을 거예요."

"비전하!"

내 말에 케닌이 감격한 표정으로 나를 바라보았다. 그리고는 갑자기 퍼뜩 정신을 차린 사람처럼 두 손으로 자신의 몸을 엑스 자로 가리며 이안에게 소리쳤다.

"질투하지 마세요, 전하! 남자의 질투는 추하다고요."

케닌의 말에 이안은 팔짱을 끼고 여유로운 미소를 지었다.

"질투를 할 리가 있나. 유능한 수하는 유능한 상관 아래 모이는 것을."

이안의 말에 케닌은 몹시 짜게 식었다.

"으으, 재수 없어."

"뭐라고?"

"······아닙니다."

두 사람의 마음은 몰라도 보는 입장에서는 웃기기만 했다. 나는 입을 가리고 웃으며 말했다.

"두 사람은 여전하군요."

내 말에 케닌은 거짓으로 우는 것처럼 눈꼬리를 손등으로 찍었다.

"여전해서 너무 슬픕니다, 비전하. 그래도 비전하를 뵈면 소속을 바꿔준다고 하셔서 그것만 등불처럼 믿고 의지했는데."

"하지만 케닌의 능력을 펼치기에는 저보다 전하 곁이 좋을 거예요. 케닌은 저 같은 사람의 보좌를 하기에는 아까워요."

"비전하······."

내 격려에 케닌이 다시 감격한 표정을 지었다. 그때였다. 이안이 내 어깨를 꽉 끌어안았다. 그리고는 싸늘한 어조로 케닌에게 말했다.

"케닌, 1미터 밖으로 멀어지게."

"질투는 추하다고 말씀드렸지요, 전하!"

"하하하."

이제야 내 일상이 돌아온 기분이라, 나는 큰 소리로 웃음을 터뜨리고 말았다.

'이 악마!'

케닌은 손수건을 물어뜯었다.

목에 걸릴 것 같은 아침 식사를 마치고 나서 케닌은 정원을 구경하겠다는 핑계로 두 사람과 헤어졌다. 그리고는 덤불 구석에 숨어 있는 판이었다.

'어떻게 그렇게 악랄할 수가 있담.'

케닌은 이른 아침에 불쑥 자신의 방에 찾아왔던 이안을 떠올렸다. 밤을 새운 것처럼 퀭한 눈을 문지르며 찾아온 금빛 악마는 뜬금없이 물었다.

"케닌, 아침 식사했나?"

"네? 당연히 했습니다만."

"그럼 두 번 먹어."

애초에 케닌의 대답은 신경 쓰지 않았다는 투였다. 케닌은 기가 막혀서 되물었다.

"왜 두 분이 단란하게 드시지 않고……."

그러니까 돌아오는 대답이 가관이었다.

"둘만 있으면 자꾸 건드리고 싶어져."

그건 당신 사정이지!

'면전에 그렇게 소리 질렀어야 했는데.'

케닌은 손수건을 개처럼 거칠게 깨물었다. 잡아당기기도 하고 고개를 도리도리 흔들기도 했다.

'악마. 희대의 악마.'

도대체 무슨 죄를 지어서 저 악마의 눈에 띄었단 말인가. 아카데미 수석을 차지한 게 죄란 말인가! 독신주의자란 말에 속아서 덥석 제안을 수락한 내가 바보였지!

'누군 연애 못 할 줄 아나! 나도 연애할 수 있다고! 안 하는 것 뿐이라고!'

상당히 근거를 입증하기 어려운 변명을 씨불이며 케닌은 계속 성질을 내었다. 바로 그때였다.

"저어……."

"네?"

"!$^$&*."

"네??"

그녀의 입에서 흘러나온 것은 오르세어였다. 케닌은 5개 국어를 할 수 있는 수재였지만, 안타깝게도 오르세어는 공부하지 않았기 때문에 알아들을 수가 없었다. 그녀도 그 사실을 깨달았는지 어색한 미소를 지으며 손을 내밀었다.

그녀의 손에 들린 것은 손수건이었다.

❖ ❖ ❖

나와 이안은 세상에서 가장 희귀한 것을 보는 눈으로 앞을 바라보았다.

"흥흥흥~."

나는 조심스럽게 이안에게 소곤거렸다.

"케닌 맞나요?"

"맞습니다만."

두 사람이 보고 있는 것은 다름 아닌 노래하는 케닌이었다.

"케닌이 노래를 하다니!"

"음치가 아니었나?"

나와 이안은 제각각 다른 이유로 놀랐다.

우리는 지금 환영 무도회 두 번째 날에 참석하기 위해 준비하고 1층에 내려와 있던 참이었다.

'가기 싫다.'

첫째 날부터 니코 왕자와 불미스러운 일이 있어서 그런지, 준비하는 내내 마음이 불편했다. 하지만 오늘은 참석하지 않을 수가 없었다.

'오늘은 사절단의 귀환도 겸하는 날이니까.'

이안이 예정보다 빨리 존재를 알리게 되면서 환영 무도회는 그 성격이 바뀌게 되었다.

'그리고 드레스랑 하녀들도 모두 정해졌는걸.'

이미 3일 동안 나를 따라 참석할 하녀들이 정해진 상태인데, 내가 손바닥 뒤집듯이 마음을 바꾸면 무척 슬퍼할 것이다.

하여간 그런 이유로 오늘 무도회에는 케닌도 참석해야 하는데.

'오늘 상태가 왜 저러지?'

불평이 많을지언정 기본적으로 이성적인 케닌과 도통 어울리지 않았다. 그의 등 뒤로 너른 꽃밭이 펼쳐져 있는 것처럼 보이는 건 내 눈의 착각인가?

"도대체 무슨 일이 있었을까요? 아는 것 없나요?"

"저도 아침 식사 이후 지금 처음 보는 겁니다."

"흐음?"

오르세 저택 내에서 케닌을 저렇게 들뜨게 할 일이 뭐가 있단 말인가. 나는 고개를 갸웃했다.

그때였다.

"오늘도 아름답습니다."

내가 계속 케닌을 신경 쓰는 것이 탐탁지 않다는 듯이, 이안이 내 허리를 끌어안았다.

'이렇게 깜짝깜짝 놀라게 끌어안지 말라고 해도.'

몸이 쓰러지듯 그의 품에 안기는 바람에 귀에 걸린 붉은 루비 귀걸이가 짤랑 소리를 내며 흔들렸다. 이안이 선물한 목걸이와 색을 맞춘 것이었다.

"올리비아."

이안의 눈이 부드럽게 휘어졌다. 내 목에 걸린 목걸이가 몹시 흡족했는지, 그는 고개를 숙여 내 목덜미에 입을 맞췄다. 그 얼굴을 보니 화를 내기가 어려웠다.

'저렇게 좋아하다니…….'

생각해보면 결혼한 지 얼마 되지 않아서도 내 목걸이에 유독 신경을 썼었지. 보석상에서도 바꾸어 끼우려고 했었고.

'내게 의미 있는 선물을 하고 싶었던 걸까.'

당신은 그 자체로 내게 의미 있는 사람이라고 말하려다가, 나는 입을 꾹 다물었다. 지나치게 낯간지러웠던 탓이다.

'나도 마음의 빗장이 풀렸나 봐.'

손바닥으로 얼굴에 바람을 부치고 있으니, 이안이 내 뺨에 입을 맞췄다.

"오르세 드레스가 잘 어울립니다."

"그런가요?"

나는 고개를 갸웃했다. 오늘 입은 드레스 또한 오프숄더의 상체 대부분이 드러나는 디자인이었는데 드러난 어깨가 시린 느낌이었다.

"저는 도통 적응이 되질 않아요. 제국보다 노출이 많고……."

"……."

그런데 바로 뭐라고 맞장구를 칠 줄 알았던 이안이 입을 꾹 다무는 게 아닌가.

"이안?"

나를 안고 있는 그의 손에도 힘이 들어갔다. 나는 그의 팔뚝을 손가락으로 톡톡 두드렸다.

"말해봐요. 무슨 생각 했어요?"

이안은 고개를 획 돌렸다. 당혹스러움이 감추지 못하고 고스란히 묻어 있었다.

"아닙니다."

"얼굴이 빨개졌는데?"

"저는 태어날 때부터 완벽한 신사로서, 신사는 숙녀의 명예에 어긋날만한 말과 행동은 아무것도……."

"사실대로 말하면 들어드릴게요."

"아."

내 말에 이안의 동공이 잘게 지진을 일으켰다. 잠시 머뭇거리며 망설이던 그는 결국 내게 고개를 숙였다.

"사실은……."

그가 소곤소곤 내 귀에 속삭였다. 나는 웃는 낯으로 그의 말을 다 들었다. 그리고 냉담한 목소리로 대답했다.

"2미터 떨어져요."

"올리비아?"

"빨리 저리 가요. 앞으로 접근금지예요."

"……."

이안은 말없이 내 곁에서 멀어졌다. 나는 고개를 돌리고 있는 그를 가느다란 눈으로 쏘아보았다.

'저렇게 멀쩡한 얼굴로 그런 생각을 하고 있었다니.'

천사 같은 얼굴 돌려내!

그렇게 케닌은 꽃을 뿌리고 다니고, 나와 이안은 어색한 침묵을 유지하고 있을 때였다. 아버지가 서둘러서 계단을 내려왔다.

"많이 기다렸습니까?"

"아버지."

아버지는 온화한 미소를 지으며 살짝 고개를 숙였다.

"미안하군요. 제가 기다려야 하는데."

"아니에요. 얼마 기다리지 않았어요."

"그럼 얼른 갑시다."

나는 아버지의 팔에 팔짱을 끼었다. 현관으로 걸어 나가려고 하니, 꿈쩍도 하지 않고 떨어져 있는 이안이 아버지의 시선에 들어왔다. 아버지는 고개를 갸웃하며 물었다.

"왜 거기 계신 겁니까, 타이론 대공?"

이안은 경건한 어조로 대답했다.

"벌을 받는 중입니다."

"??"

아버지의 얼굴이 의아해진 것은 당연했다. 나는 한숨을 폭 내쉬었다.

'약아서.'

아버지를 걸고넘어지면 내가 어떻게 계속 멀리 떨어져 있으라고 했겠는가.

"빨리 이리 와요, 이안."

"네."

이안은 생글생글 웃으며 내 옆에 찰싹 붙었다. 내가 한숨을 내쉬며 이안의 팔에도 내 팔을 끼웠다.

"다녀오세요, 주인님."

"다녀오세요."

모두의 배웅을 받으며 현관문을 열고 나서니, 미리 대기해 있던 마차에 마부와 따라가는 하녀들이 고개를 숙였다.

이상한 소리가 들린 것은 바로 그때였다.

"헉."

개구리가 밟힌 것 같은 소리를 낸 사람은 다름 아닌 케닌이었다. 나는 고개를 갸웃했다.

"케닌?"

케닌은 불그죽죽해진 얼굴로 어딘가를 가리켰다.

"저, 저 여성분은 누구신가요?"

누굴 가리키나 했더니 오늘 나를 따라 무도회에 갈 순번인 하녀 두 사람 중 하나였다. 나는 살짝 고개를 갸웃했다.

"제 하녀인데요."

"오, 이런."

나의 대답에 케닌의 얼굴이 펑하고 터졌다. 나는 눈을 가늘게 떴다.

'설마?'

아무리 봐도 케닌의 표정은 평소와 달랐다.

❖ ❖ ❖

이틀째 무도회는 어제보다도 훨씬 사람이 많았다. 니코 왕자는 어제의 소란을 의식해서인지 참석하지 않았다.

어제 소란을 일으킨 주범이라고 할 수 있는 왕비는, 언제 그런 일이 있었냐는 듯이 우아하게 웃으며 말했다.

"어젠 실례했소. 이렇게 멋진 남편을 먼저 만났더라면 그런 실수는 하지 않았을 텐데 말이오."

사과하는 척, 유부녀임을 감춘 나를 교묘하게 돌려 까는 말이었다. 나는 못 알아듣는 척 생글생글 웃으며 대답했다.

"실례는 왕자님께 했지요. 니코 왕자님께서 특별히 신경을 써 주신 것인데 일이 이렇게 되어서 마음이 아팠답니다."

"왕자는 신경 쓰지 마시오."

왕비는 내가 눈치 없이 니코 왕자를 감싸고도니 감정이 팍 상한 것 같았다.

'내가 사교계 경험이 몇 년인데.'

나는 속으로 픽 웃었다. 국왕의 축사가 끝나고 이런저런 소개가 이어졌다. 어제보다 긴 식전행사에 조금 피곤하다 싶을 무렵 춤곡이 흘러나오기 시작했다.

'이안하고 한 곡 춰야 하나?'

나는 새로운 고민에 빠졌다.

진지한 고민에 빠져 있는 내게 다가온 케닌이 떨리는 목소리로 나를 불렀다.

"저, 저기 비전하."

"네, 케닌."

비장한 표정으로 부르길래, 설마설마했더니만 역시 질문은 그것이었다.

"아까 그 아가씨는 어디에 계실까요?"

케닌은 내가 본 중에서 가장 연애와 거리가 먼 사람이었다. 입버릇처럼 자신은 고결한 비혼주의자라고 주장하지 않았던가.

'그런데 타국에서 사랑이라니.'

어쩐지 로맨틱하기도 하고 걱정되기도 하고.

"아랫사람들은 가장 아래 구역에서 즐긴다고 들었어요. 저기 정원과 맞닿은 무도회장이요."

"그렇군요."

"잠깐만요, 케닌."

내 대답을 듣기 무섭게 뛰어 내려가려는 케닌을 붙들었다.

"오르세어로 '저와 교제해 주세요.'라는 말은 배우고 가세요."

"아! 감사합니다!"

내 말에 케닌의 얼굴이 환하게 개였다. 씩씩하게 내가 읊어준 말을 중얼거리며 달려 나가는 케닌의 등을 보며 나는 미간을 찌푸렸다.

"케닌, 괜찮을까요?"

그러자 내 곁에서 멀뚱멀뚱 모든 상황을 지켜보고 있던 이안이 곧바로 대답을 툭 내놓았다.

"안 괜찮겠죠."

아니, 지금 저렇게 들떠 있는 사람에게 이렇게 대놓고 안 괜찮을 거라고 해도 돼?

나는 이맛살을 찌푸리고 이안을 돌아보았다.

"……슬슬 당신이 케닌에게 너무한 거 아닌가 싶은데요."

"음."

내 지적에 이안은 고개를 기울였다.

"저는 제법 저 친구를 아끼고 있다고 생각하는데."

내가 기나긴 면박의 역사를 알고 있는데, 아끼다니 무슨 망발!

이런 마음이 고스란히 표정에 드러났던 모양이다. 이안은 피식 웃으며 내 이마에 살짝 입을 맞췄다. 그리고 상냥하게 대답했다.

"올리비아가 그렇게 말하니, 다정하게 대해주도록 노력하죠."

❖ ❖ ❖

'이런 짜릿함!'

케닌은 씩씩하게 사람들 사이를 갈랐다. 그를 부르는 사람들도 있었던 것 같은데 어차피 오르세어를 할 줄 몰랐기 때문에 아무래도 상관없었다.

'심장이 두근거려! 나는 살아 있어!'

사랑을 처음 느껴보는 10대 소년처럼 그는 들떠 있었다.

손수건을 건네주는 그녀의 얼굴을 보는 순간, 심장을 사로잡히는 것만 같았다.

바다처럼 푸른 눈, 바르르 녹아내리는 것 같은 옅은 금발.

'어라?'

거기까지 생각했던 케닌은 우뚝 멈춰 서고 말았다.

'묘한 기시감이……?'

조금 전까지 두근두근 설레던 마음에 찬물을 맞은 것만 같았다.

'그러고 보니 이 기분도 처음이 아닌 것 같아.'

분명 이렇게 짜릿짜릿했던 적이 일전에 있었다. 정확하게 기억은 나질 않지만…….

'아마도 학생 때.'

뭔가 기억이 날 듯 말 듯해서 케닌이 얼굴을 구겼을 때였다.

"어어어?"

가장 아래 구역은 그가 생각하는 것보다 더 사람이 많았다. 그만큼 붐비기도 했다. 갑자기 파도처럼 출렁이는 사람들의 무리에 케닌이 떠밀려서 뒷걸음질 쳤을 때였다.

"으악."

작은 비명을 지르며 케닌은 뒤로 넘어갔다. 모든 문을 열어 정원까지 개방된 상태라 케닌은 곧장 풀밭으로 넘어졌다.

"으으으."

뒤통수를 부딪치면서 넘어진 게 몇 년 만이람.

케닌이 머리를 문지르면서 몸을 일으켰던 그때.

"……!!"

"?!"

수풀 뒤에서 뜨겁게 입을 맞추던 남녀와 눈이 짠하고 마주쳤다. 그런데 어째 얼굴이 익은 것이.

'그 여자!'

바로 그가 찾아 헤매던 바로 그 하녀였다.

"꺄아!"

케닌이 올리비아에게 배운 말을 써먹을 새도 없이, 여자는 비명을 질렀다.

잔인하고도 빠른 실연이었다.

❖ ❖ ❖

내가 케닌을 걱정한 지 얼마 되지 않아, 케닌은 퉁퉁 부은 눈으로 돌아왔다.

"도대체 무슨 일이에요, 케닌?"

"비전하."

내가 서둘러 손수건을 내밀자, 그가 눈물을 글썽이며 내 손수건에 코를 킁 풀었다.

'눈물을 닦으라고 준 것이지, 코를 풀라고 준 것이 아닌데.'

상대가 너무 서럽게 울고 있어서, 나는 차마 그리 말하지 못하고 어색한 웃음만 지었다.

'여기서 손수건 가지고 인상 쓰면 마음에 대못을 박는 거다.'

참자, 올리비아!

그렇게 조금 떨떠름하게 있으니, 이안이 끼어들었다.

"왜 그러고 있나, 케닌."

"저리 가세요, 전하."

이안이 보나 마나 자신을 놀릴 거라고 생각한 케닌은 파리 쫓듯 손을 휘저어 이안을 내쫓았다. 이안은 흐응, 하고 콧소리를 내더니 불쑥 이렇게 물었다.

"아직도 잘 모르겠나?"

"뭘요?"

"그대는 나를 좋아해."

"네?"

케닌도 나도 눈을 동그랗게 뜨고 이안을 바라보았다. 이안은 놀라기는커녕 팔짱을 끼고는 당당하게 말했다.

"잘 생각해봐, 여자, 날 닮았을걸."

"히끅!"

정곡이었는지 케닌이 울다 말고 딸꾹질을 하기 시작했다. 이미 충분히 놀란 사람에게, 이안은 쐐기를 박았다.

"다시 보면 콩깍지가 벗겨졌으니 기억만큼 예쁘지 않을……."

"그만두세요! 이미 충분히 자괴감이 드니까요!"

그렇게 외친 뒤, 케닌은 원망스러운 눈길로 이안을 노려보다
가 테라스 밖으로 뛰어나갔다.

'이게 무슨 일이야.'

나는 입을 벌린 채로 눈만 깜빡거렸다. 너무나 순식간에 지나
간 일이라 머리가 상황을 따라가기가 벅찼다.

'그러니까, 케닌이 이안을 좋아한다고?'

나는 창백한 얼굴로 이안을 돌아보았다. 이안은 이 와중에 당
황하거나 놀라기는커녕 태연했다. 이랬던 것이 한두 해 일이 아
니라는 듯이 말이다.

나는 떨리는 목소리로 물었다.

"……진짜예요?"

"음, 정확히는."

이안은 어깨를 으쓱했다.

"케닌은 예쁜 걸 좋아해요. 지독한 심미주의자죠."

"그런데요?"

이안은 아주 당당하게 어깨를 으쓱했다.

"저보다 미적으로 뛰어난 사람이 세상에 있을 리가요."

"……."

이 순간, 나는 케닌이 조금 불쌍했고, 왜 평소에 케닌이 이안을
재수 없다고 입에 달고 살았는지도 알 것 같았다.

'저 높은 자존감!'

어떻게 저렇게 한 치 망설임도 없이 자신만큼 세상에 아름다운 사람이 없다고 자신한단 말인가.

'반박할 수 없는 게 분해!'

헛소리하지 말라고 말하고 싶었는데, 유감스럽게도 내가 평생 본 사람 중에서 이안이 가장 잘생긴 것은 사실이었다.

'그래도 자기 입으로 이야기할 것은 아니지!'

내가 떨떠름한 표정을 지었을 때였다. 이안은 키득키득 웃으며 내 팔에 자신의 팔을 끼웠다.

"농담이고요, 사실 원흉은 황제 폐하입니다."

"네에?"

황제 폐하라면…… 스타티스?

스타티스와 이안의 얼굴이 무척 닮은 것은 사실이었다. 만두 같은 태황제보다 스타티스와 이안이 남매 같을 정도로 말이다.

"황제 폐하가 보좌관을 찾느라 아카데미를 곧잘 방문했었거든요."

이안은 지금 떠올려도 웃기다는 듯이 키득키득거렸다.

"지금도 기억이 납니다. 기껏 아카데미 수석을 데려다 놨더니, 황태자 전하 앞에서 코피를 뿜으며 기절했던 것이."

"첫사랑이었군요."

나는 고개를 끄덕였다. 그 이야기를 들으니 모든 것이 납득되었다.

'그래서 금발에 푸른 눈이 매력적으로 각인되었나 봐.'

하지만 아까 그 하녀는 스타티스나 이안처럼 휘황찬란한 미녀가 아니었는데. 나는 조금 애잔한 눈으로 케닌이 사라진 곳을 바라보았다.

"케닌도 그 사실을 알고 있나요?"

"슬쩍 떠보니 기절한 기억이 없더라고요. 지나치게 수치스러워서 기억을 지웠나 봅니다."

"저런."

하긴, 나 같아도 황태자 앞에서 코피를 뿜으며 기절했다면, 그 기억을 도려내고 싶을 것 같았다.

'스타티스 황제가 첫사랑이라니 케닌 눈 높네.'

이미 황제에게는 내 친구 로메오가 있기에 나는 그냥 모른 척하기로 했다.

내가 한숨을 폭 내쉬었을 때였다. 이안이 갑자기 팔짱을 끼고 있던 내 팔을 자신 쪽으로 바짝 당겼다.

"그보다 제 부인이 제게만 관심을 가져주셨으면 좋겠는데."

그가 손을 흔들어 나를 불렀다. 나는 고개를 갸웃하며 그에게 고개를 가까이 대었다. 그가 내 귓가에 속삭였다.

"정말 아까 말한 거, 해도 됩니까?"

'아니, 이 사람이!'

아까 말한 거라면 오프숄더 드레스를 보고 자신이 떠올린 음란한 망상들 아닌가!

'진짜 어쩜 이렇게 뻔뻔하담.'

나는 부끄러워 얼굴이 새빨갛게 달아올랐는데, 정작 말을 한 사람은 반질반질한 얼굴로 고개를 갸웃갸웃거렸다.

그런데 그 모습이 왜 이렇게 귀엽게만 보인단 말인가.

'이게 콩깍지인가.'

당장 그의 뺨을 붙들고 입을 맞추고 싶은 충동이 불쑥 솟아났다. 나는 피식 웃으며 고개를 끄덕였다.

"좋아요."

"네?"

내 대답에 이번에 눈을 휘둥그레 뜬 것은 이안이었다.

뺨을 은은하게 붉히고 눈을 내리깔고 있는 나를 보던 그의 입술이 슬금슬금 올라갔다. 그가 몹시 짓궂은 어조로 내게 과장스럽게 귀를 들이대었다.

"뭐라고요? 잘 안 들립니다."

이 남자 보소. 또 이렇게 받아주면 기어오르지.

나는 큰 소리로 그의 귀에 대답했다.

"2미터 밖으로 떨어지라고 했어요!"

❖ ❖ ❖

이런저런 사연이 있던 무도회가 끝나고, 아버지는 오르세에서 가장 유명하다는 의사를 저택으로 초청했다.

잠시 내 손목도 진맥하고 배에 청진기도 대보고 하던 의사는 환하게 웃으며 고개를 끄덕였다.

"임신이 맞습니다. 축하드립니다."

이미 임신을 확신하고 있던 내게는 별로 의미 없는 말이었지만, 어째서인지 숨을 죽이고 의사의 목소리에 귀를 기울이고 있던 아버지와 이안은 동시에 낮은 탄성을 내질렀다.

"고생했습니다."

아버지가 내 손을 꽉 붙들었다. 부들부들 전해져오는 떨림은 감격 같기도 하고 두려움 같기도 했다.

나는 의사에게 물었다.

"기간은 얼마나 되었을까요?"

"정확히는 알 수 없지만, 입덧 시기로 추측하기로는 10주 정도 되지 않았을까 싶습니다."

"10주."

10주라면 오르세로 오고 있을 때 딱 임신 초기였다는 뜻이다. 마차 안에서 내내 잠을 잤던 것이 떠올랐다.

'많이 힘들었을 텐데.'

게다가 텔레포트 존에서 사고도 있지 않았던가.

같은 생각을 의사도 했던 모양인지, 내가 고심하고 있던 것을 그대로 짚었다.

"임신 초기에는 특히 몸을 조심하셔야 하는 것 알고 계시지요? 장거리 마차 여행이었는데도 문제가 없었다니 하늘이 도우셨습니다. 앞으로도 적게는 2주, 넉넉하게 4주간은 안정을 취하십시오."

"네."

마차 여행으로 고단한 나머지 아기가 잘못되기라도 했다면 얼마나 마음이 아팠을까. 나는 두 손바닥으로 내 배를 감쌌다.

'고생했어, 우리 아가.'

어쩐지 아기가 괜찮다며 씩 웃는 것 같았다.

의사의 말을 아버지에게서 전해들은 이안이 물었다.

"그렇다면 오르세에 최소 2주는 머물러야겠군요."

"아예 이참에 오르세에서 출산하는 것은 어떻습니까?"

아버지가 물었다. 목소리는 침착했지만, 손이 여전히 미미하게 떨리고 있었다. 나는 안타까운 눈으로 아버지를 바라보았다.

'아버지.'

이미 나와 제대로 이야기도 나누지 못한 채 헤어진 적이 있는 아버지인지라, 딸이 임신했다는 상황 자체가 두려운 것 같았다. 이안은 난처한 미소를 지었다.

"마음은 이해합니다만, 장인 어르신. 이 아이는 공국의 후계자이기도 하고, 현 황제 폐하께서 자녀를 낳기 전까지는 황위 계승권에도 유력한 후보입니다."

"……그 말이 옳습니다. 제가 사적인 감정에 지나치게 흔들렸군요."

아버지도 왕족인지라 왕위계승권이 가지는 상징성을 모를 수가 없었다. 아버지는 어색하게 웃으며 고개를 끄덕였다.

그때였다. 이안이 산뜻한 어조로 말했다.

"하지만 대신 장인 어르신께서 제국으로 오시면 되지 않겠습니까?"

"제가요?"

이안의 말에 아버지는 눈을 동그랗게 떴다. 이안은 부드러운 미소를 지었다.

"임신 기간에는 감정이 예민해진다고 하니 장인 어르신께서 마음의 지지가 되어주시는 것도 좋지 않겠습니까."

"하지만 지금부터 출산 때까지는 꽤 시간이 남았는데. 그렇게 오래 신세를 지는 것은 폐가 되지 않겠습니까?"

아버지의 말씀대로 출산까지는 7달 정도 남아 있었다. 하지만 그 질문에 이안은 단정하게 웃으며 대답했다.

"저희는 이제 가족인걸요."

이안의 말을 듣는 아버지의 얼굴이 빨갛게 달아올랐다. 아버지는 살짝 몸을 돌렸다.

잠시 가늘게 어깨를 떨고 계시던 아버지는 이내 언제 약한 모습을 보였냐는 듯이 반듯하게 허리를 세웠다.

"죄송합니다. 늙으니까 눈물만 많아져서."

"그럼 이번에 저희와 함께 제국으로 가시는 걸로 알겠습니다."

이안은 그렇게 아버지의 걱정을 일단락 지었다. 하지만 아직 남은 문제도 있었다.

"아직 생제르망 상회 건이 해결이 되지 않았는데⋯⋯."

아버지가 조심스럽게 꺼낸 걱정거리에 이안은 주먹으로 자신의 가슴을 두드렸다.

"그것도 걱정하지 마십시오. 유능한 부하가 있거든요."

믿고 맡길 유능한 부하라니. 딱 한 사람의 얼굴이 떠오르는 건 내 착각일까?

"이안, 설마?"

❖ ❖ ❖

설마가 맞았다!

이안이 나를 대신해서 오르세에서 생제르망 상회의 일을 넘겨받을 관리인으로 지목한 것은 다름 아닌 케닌이었다.

"네? 오르세로 발령이라고요?"

오랜만에 하는 일 없이 정원에서 볕을 쬐고 있던 케닌이, 이안의 명령에 눈을 동그랗게 떴다. 이안은 고개를 끄덕였다.

"임신한 아내와 내가 언제까지 오르세에 머물 수는 없잖아."

"그래서 저요? 제가 여기서 뭘 할 수 있는데요?"

이안이 너무나 다짜고짜 사전 설명 없이 '너 오르세에서 일해.'라고 말했나 보다. 내가 조금 빠른 어조로 두 사람의 대화에 끼어들었다.

"사실 이번에 생제르망 상회에 대한 상속절차를 끝냈어요."

"와아, 비전하. 이제 보니까 돈이 졸졸 따라다니시는 분이시네? 곧 있으면 저희 전하보다도 부자가 되시겠어요!"

'아니, 감탄하는 포인트가 왜 이래?'

전에 백화점 일을 진행할 때도 느꼈지만, 케닌도 상당히 돈에 밝았다. 하지만 지금 내가 부자가 된 이야기를 하고 싶은 게 아니지 않은가!

나는 케닌의 손을 붙들고 조금 더 설명을 보탰다.

"케닌, 부탁드려요. 오르세 말도 아직 서툰 당신에게 이런 부탁을 드리는 게 참 죄송스럽지만……."

"생제르망 상회를 관리하는 거예요? 제가요?"

"네. 믿고 맡길 분이 당신밖에 없네요."

여행이라면 몰라도 일로 외국에서 나와 있는 것은 보통 힘든 일이 아니다. 그것을 감안해서 간절하게 애원한 것인데, 어째 케닌의 표정이 해맑았다.

"몇 년이나요?"

나는 고개를 갸웃했다.

"음, 아기를 낳고도 바로 움직일 수가 없으니…… 물론, 아버지께서 오시면 또 상황이 달라지겠지만요. 적어도 2년?"

"최소 2년이란 말씀이죠?"

"예."

"야호!!"

케닌은 뛸 듯이 기뻐했다.

'아니, 왜 이렇게 기뻐하는 거야?'

얼떨떨할 새도 없었다. 케닌이 두 손으로 내 손을 붙들고 흔들었기 때문이다.

"걱정하지 마세요, 비전하. 제가 외국어에 얼마나 능하다고요. 오르세어 정도는 한 달 안에 숙달할 자신이 있습니다."

나는 기가 막혀서 말도 더듬으며 물었다.

"저어, 케닌? 지금 좋아하는 거예요?"

그러자 케닌은 냉큼 대답했다. 곧 이안과 멀리 떨어진다는 생각에 언어필터도 없어진 것 같았다.

"당연히 좋지요! 저도 결재받지 않고 사업을 해보고 싶었거든요! 지랄 같은 상사도 없고, 권한은 넓고, 얼마나 좋습니까!"

이렇게까지 좋아하는 모습을 보니 짠하기까지 했다. 나는 눈을 가늘게 뜨고 이안을 바라보았다.

"……도대체 부하를 얼마나 부려먹는 거예요?"

"손이나 떼고 이야기합시다."

이안은 케넌이 뭐라고 지껄이든 상관없다는 듯이 오로지 나와 케넌이 맞잡고 있는 손만 쳐다보고 있었다.

'이크, 이러다가 또 불똥이 튈라.'

괜히 멀쩡한 부하의 손을 다치게 하고 싶지 않았기에 나는 얼른 케넌의 손을 놓았다. 다행히 케넌은 이안의 번뜩이는 시선을 아직 눈치채지 못한 모양이었다. 케넌은 환하게 웃으며 주먹으로 자신의 가슴을 두드렸다.

"맡겨만 주세요, 비전하! 제가 잘 관리하고 있을게요!"

"네네, 좋아요."

부하가 의욕에 불타오르면 나야 고마운 일이지. 나는 그저 웃었다.

제국으로 돌아가는 날은 2주 뒤로 하기로 했다. 괜히 타지에서 많은 시간을 보내느니 집에 가서 조금이라도 빨리 편안하게 쉬자는 생각이었다.

'2주 동안 무얼 한담.'

나는 턱을 괴고 생각에 빠졌다. 게으른 고양이처럼 꾸벅꾸벅 졸면서 의자에 앉아 있으니, 이안이 찾아왔다.

"뭐하고 있습니까?"

"이안."

나는 내게 다정히 다가와서 입을 쪽 맞추는 남자의 뺨에 마주 입을 맞춰주었다. 그리고 나른하게 웃으며 대답했다.

"제가 할 일이 무엇이 있나요. 그냥 쉬고 있지요. 이안은요?"

"저도 웬만한 일들이 이제 막 끝났습니다."

이안이 오르세에 온 것은 그저 나를 만나러 온 것이 아니기에, 그도 나름대로 해결해야 하는 일들이 많이 있었다.

"다행이에요."

나는 타국에서도 바쁘게 돌아다녔을 남편을 꼭 끌어안았다. 이안이 피식 웃으며 내 정수리에 입을 맞췄다. 그리고 내 의자의 손잡이에 걸터앉으며 말했다.

"그래서 2주 동안 아내와 오르세에서 즐거운 시간을 보내려고 하는데……. 뭔가 하고 싶은 것 있나요?"

"딱히 없는데요."

'굳이 할 일을 만들어야 한다면 낮잠이나 잘까?'

임신한 탓인지 늘어지기만 해서 무언가를 하고 싶지가 않았다. 내 대답을 들은 이안의 입꼬리가 쓰윽 고양이처럼 올라갔다.

"좋습니다. 그렇다면 제가 하고 싶은 일을 하면 되겠군요."

그 말을 듣는 순간 소름이 돋는 건 왜일까. 나는 몸을 일으켜 그의 팔뚝을 꽉 붙들었다.

"……잠깐만요, 이안. 제가 임신 초기라는 사실을 잊은 건 아니 겠죠?"

당신이 무슨 일을 꾸미든 간에 나는 무리하면 안 되는 연약한 사람이라고!

그런 바람을 가득 담아서 짙은 눈빛으로 그를 응시하니, 이안이 어깨를 으쓱하며 웃었다.

"당연히 잊지 않았습니다. 이리 오세요, 올리비아. 장인 어르신께서도 기다리고 계시답니다."

"네?"

'도대체 무슨 일을 하려고.'

아버지와 나, 이안 셋이서 하하호호 할 만한 일이 떠오르질 않았다. 나는 고개를 갸웃거리며 따라갔다.

이안의 손을 잡고 1층 로비로 내려가 보니 흰 장갑까지 야무지게 끼고 계신 아버지가 있었다. 아버지는 다정하게 내 뺨에 입을 맞췄다.

"올리비아. 몸은 괜찮은가요?"

"아주 좋아요, 아버지. 아버지는 그런데 오늘 그 복장은……."

너무나 외출 복장이어서 어쩐지 좀 불안해졌다.

내가 슬금슬금 이안과 아버지의 눈치를 살피고 있을 때였다. 아버지가 티 없이 맑은 미소를 지으며 말했다.

"사위가 오르세에 있는 생제르망 상회에 가보고 싶다고 해서요. 저도 이번 기회에 직접 안내하는 게 좋다고 생각했습니다."

"아."

생제르망 상회를 발음할 때에 아버지에게서는 큰 자부심이 느껴졌다. 나는 고개를 끄덕였다.

'내가 지나치게 이안을 의심하고 있었나 봐.'

생각해보니 생제르망 상회를 물려받는 서류에만 서명을 했지, 나도 정확히 그곳이 어떤 일을 하는지는 모르고 있었다.

'제국에서 아기를 낳으면 당분간 오기 힘들 테니까. 이참에 모두 살펴보고 오는 게 좋겠지.'

케닌은 믿을 만한 사람이지만, 아랫사람을 부리려면 어떤 일인지 주인도 잘 알고 있어야 하는 법이다.

"좋아요, 아버지."

내가 환하게 아버지의 팔에 팔짱을 꼈을 때였다. 아버지가 흐뭇한 미소를 지으며 덧붙였다.

"아기용품을 여기서 준비하는 것도 제법 의미 있는 일이라고 생각되었고요."

"네?"

아기용품. 준비. 이 단어들이 의미하는 바가 있지 않은가. 나는 불안한 눈으로 이안을 돌아보았다.

'설마. 설마.'

"……우리 지금 쇼핑 가는 거 아니지요?"

"하하."

내 질문에 이안은 사람 좋은 미소만 흘렸다. 하지만 그의 미남계에 휘둘릴 내가 아니었다. 나는 그의 팔을 꽉 붙들었다.

"웃지 말고 대답해요. 우리 지금 쇼핑 가는 거예요?"

"쇼핑이라뇨. 이제는 당신 소유인 상회를 둘러보는 것입니다."

괜히 근엄한 척 이안이 정색하고 대답했다. 그리고는 슬그머니 이렇게 덧붙였다.

"물론, 그 김에 이것저것 입어볼 수는 있겠지만……."

"이안!"

이안의 쇼핑 스타일을 알고 있는 나로서는 질릴 수밖에 없었다.

'또 얼마나 사려고! 제국까지 들고 가는 것도 일인데!'

우리 동네에서 잔뜩 사는 것과, 다른 동네에서 사서 운반까지 하는 것은 엄연히 스케일이 다르다. 운반비용을 감안하면 오히려 손해일 수도 있고.

"제 말 좀 들어봐요, 올리비아."

하지만 이안도 나름대로의 이유가 있었다.

"저는 오르세의 드레스를 보는 순간 이런 생각이 딱 들었답니다. 마이옌 공의 따님이 운영하는 백화점 1층에 있는 오르세 양식의 드레스 전문점."

몽롱하게 말을 늘어놓은 이안이 나를 향해 싱긋 웃으며 손바닥을 펴 보였다.

"그럼이 괜찮지 않나요?"

"그, 그건 그렇지만."

그런 정도가 아니라 아주 좋았다. 특이한 것을 좋아하는 제국 상류층에게 오르세 양식의 물건들은 대단히 매혹적일 테니까.

'게다가 내 출신이 오르세이니, 전문적으로 보이잖아?'

나는 오르세를 이제 처음 밟아보지만, 어쨌든 오르세 국적을 가지고 있고, 아버지도 오르세 사람이다. 어설프게 오르세를 따라 해도 진짜 오르세 물건처럼 보일 거란 뜻이다.

"여성복뿐만 아니라 육아용품이나, 생활용품 코너에도 오르세 물건들이 있으면 호응이 좋을 겁니다. 마침 생제르망 상회가 있으니 유통에도 이점을 가지고 있죠."

"……일리 있는 말이에요."

반박의 여지가 없는 완벽한 계획이었다. 나는 고개를 끄덕였다. 백화점과 생제르망 상회의 소유자로서 진즉 이런 생각을 해보지 못했다는 죄책감까지 들었다.

"미안해요. 당신이 그렇게 진지하게 생각하고 있는 줄 몰랐어요."

"아닙니다. 그동안 제가 오해받게 행동한 것이 문제겠죠."

"이안."

나는 겸손하게 대답하는 이안을 감격한 눈으로 바라보았다. 이안은 씨익 짓궂게 웃었다.

"그리고 당신이 해주기로 약속한 그걸 하려면……."

"잠깐만, 잠깐만요. 무척 음흉한 목소리가 들린 거 같은데?"

"음흉이라뇨. 저랑 절대로 어울리지 않는 단어를."

"……."

내가 그 부분을 지적하고 나서자, 이안은 또 언제 그랬냐는 듯이 푸른 눈동자를 반짝반짝 빛냈다. 순진한 아기천사 같은 얼굴이었다.

'왜 저렇게 천사처럼 생긴 거야.'

하지만 그렇게 투덜거리다 보니 이런 생각이 들었다.

'악마들도 기본적으로 천사처럼 예쁘게 생겼잖아?'

역시 악마였나.

'애초에 말도 안 되는 대국민 사기를 칠 때부터 알아봤어야 하는데.'

나는 한숨을 푹 내쉬었다. 내 한숨 소리를 들은 아버지가 눈가를 곱게 접으며 웃었다.

"사위가 쇼핑을 좋아하나 보군요."

"네. 저 사람의 유일한 취미예요."

"좋은 것 아닙니까. 물건을 보는 안목이 좋다는 뜻이지요."

'그렇게 긍정적이지 않을 텐데.'

하지만 반박하기는 어려웠다. 이안이 물건을 보는 눈이 좋은 것은 사실이었으니까.

나는 아버지의 팔을 잡아끌었다.

"어서 가봐요."

생제르망 상회는 내가 생각한 것 이상으로 커다란 상회였다.

'과연! 이래서 다른 나라로 진출까지 꿈꾸었던 거군!'

막연히 오르세에서 제국까지 진출할 때는 그러려니 했는데, 이렇게 직접 와서 보니 상회 규모가 장난이 아니었다.

"유통부, 영업부, 신제품 개발부……."

"사람에게는 전문 분야라는 것이 있으니까요."

"저도 그 의견에는 동의해요."

내가 공작부인으로서 교육을 하나도 받지 못하고 파넬에 가게 되었을 때, 나는 서둘러서 많은 것을 익혀야 했다.

하지만 예법, 춤, 교양을 익히기에도 바쁜데 꼭 익혀야 하는 것들이 있었다.

바로 자수와 꽃꽂이.

"이런 건 손이 빠른 아이들을 시키면 되잖아요! 다른 것을 공부하기에도 바쁘단 말이에요."

"남편의 손수건도 만들지 않겠다는 말이냐!"

진상들의 난리질로 결국 손수건에 이름 새길 정도의 자수는 배웠지만, 태피스트리 같은 거대한 작품까지는 배우지 않았다.

'지금 생각해도 웃겨. 어차피 남편은 10년 있다가 돌아오는데 무슨 남편 손수건 만드는 법을 배우라고.'

그리고 그게 내 인생에서 가장 아까운 시간이었다. 그 시간에 다른 것들을 배웠다면 사교계에서 자리를 잡는 시간이 더 빨랐을 것이다.

'물론 지금은 괜찮지만······.'

그때 배운 것들로 내가 타이론에서 대공비로서 흠잡을 데 없이 활동하고 있다는 걸 생각하면 참 우스운 일이었다.

'이래서 배워서 쓸데없는 건 없다는 말이 있나 봐.'

그런 생각을 하고 있을 때였다. 상단관리인이 우리를 반기러 달려 나왔다.

"연락은 미리 받았습니다. 유아용품은 저쪽 방에 미리 몇 점 꺼내놓았는데 한번 보시렵니까?"

"그전에······."

이안의 입술이 드디어 열렸다.

"여성 장신구와 드레스를 보고 싶습니다."

"네?"

"기왕이면 모자 종류와 장갑, 구두도요. 제 아내에게 맞는 아이템들을 종류별로 모두 갖추고 싶군요."

"?!"

상단주는 설마 이런 주문을, 심지어 본인도 아니고 남편에게 받을 거라고는 상상 못 한 표정을 지었다. 잠시 후 우리가 안내받은 방 안으로 수많은 물건이 운반되어 왔고, 또 나갔다.

"좀 더, 붉은 계통으로."

"질이 떨어집니다. 이런 걸로는 안 됩니다."

"오간자가 더 들어간 건 없습니까?"

쉼 없이 사람들이 오가는 사이 물건들은 소파 위에 착착 쌓였다. 아버지는 조금 핼쑥해진 얼굴로 중얼거렸다.

"사위가 아주 손이 크군요."

"……죄송해요. 제가 버릇을 잘못 들여서."

아무래도 제국에 돌아가면 돈을 사용하는 단위부터 다시 가르쳐야겠다.

〈3권에서 계속〉

두 번째 남편이 절륜해서 우울하다 2

초판 1쇄 인쇄 2021년 6월 3일 **초판 1쇄 발행** 2021년 6월 10일

지은이 지미신
펴낸이 이승현

웹소설 본부장 이진영
편집 오가진
디자인 김태수

펴낸곳 ㈜위즈덤하우스 **출판등록** 2000년 5월 23일 제13-1071호
주소 경기도 고양시 일산동구 정발산로 43-20 센트럴프라자 6층
전화 031)936-4000 **팩스** 031)903-3893 **홈페이지** www.wisdomhouse.co.kr

ⓒ 지미신, 2021

ISBN 979-11-91583-81-6 04810
       979-11-91583-83-0 (세트)